FOLIO BIOGRAPHIES

collection dirigée par

GÉRARD DE CORTANZE

# Federico García Lorca

par

Albert Bensoussan

Gallimard

*Crédits photographiques :*

1, 2, 5, 6, 17 : Fundación Federico García Lorca, Madrid. 3 : Akg-images. 4 : Corbis / Epa. 7 : Leemage / Farabola. 8, 9, 10 et 14 : Leemage / Aisa. 11 : Rue des Archives / The Granger Collection. 12, 13 et 18 : Leemage / Prisma Archivo. 15 : Prod DB © Emiliano Piedra / DR. 16 : M. Lefort.

Universitaire, écrivain et traducteur, Albert Bensoussan est agrégé d'espagnol, docteur ès lettres et professeur émérite à l'université de Rennes-2. Auteur d'essais littéraires, dont *Retour des Caravelles*, *Confessions d'un traître* et *J'avoue que j'ai trahi*, ainsi que de fictions, notamment *Frimaldjezar* (prix de l'Afrique méditerranéenne) et *Dans la véranda* (prix du Grand Ouest), il est la voix française, entre autres, de Mario Vargas Llosa. Il a coordonné, pour le XXe siècle, une *Histoire de la littérature espagnole* (Fayard). Il collabore régulièrement à *La Quinzaine littéraire*.

*À Matilde Tubau,*
*que j'ai épousée après qu'elle m'eut récité*
*le* Romancero gitan.

## *Avant-dire*

*Les dieux parlent dans le soleil et l'odeur des absinthes.*

ALBERT CAMUS[1*]

En 1954 paraissait pour la première fois en Espagne, à Madrid, une édition des œuvres complètes[2] de Lorca, mise au point par Arturo del Hoyo, avec un prologue tout à la fois éclairant et fort émouvant de Jorge Guillén et un épilogue de Vicente Aleixandre, alter ego du poète, et tous deux parmi ses plus chers amis. Cet ouvrage, je l'ai acquis à sa parution, voici cinquante-cinq ans, signé et daté sur la page de garde, précieux jalon de l'adhésion d'un lecteur fervent au poète de sa prédilection. Relié pleine peau, il tient de la *Bible* ou des *Mille et Une Nuits* et ne m'a jamais quitté, malgré les vicissitudes et le chaos de l'Histoire.

En 1954 débutait la guerre d'Algérie et nous entrions à l'université. À Alger, la librairie « Les Vraies Richesses » nous abreuvait de beaux et bons livres, et son propriétaire, le valeureux libraire-éditeur Edmond Charlot, avait fait connaître quelques années plus tôt, à l'initiative de son auteur

* Les notes bibliographiques sont regroupées en fin de volume p. 418.

maison Albert Camus, la première traduction en français de poèmes de Lorca sous la plume d'un jeune homme « monté » d'Oran, André Belamich, qui traduirait ensuite et présenterait toute l'œuvre de Federico García Lorca. Il fut, en effet, le maître d'œuvre des deux précieux volumes des *Œuvres complètes* de Lorca dans la Pléiade.

Le nom de Lorca, à Alger, était étroitement lié à celui d'Albert Camus. L'éditeur Charlot, pour son coup d'essai, en 1936, réussit un coup de maître en publiant, à quelques centaines d'exemplaires, *Révolte dans les Asturies*, une pièce de théâtre collectif fondée sur la crise majeure que connut l'Espagne, deux ans avant le déclenchement de la guerre civile, alors que la droite venait de remporter les élections et prétendait balayer les acquis du Front populaire de la seconde République. Pièce militante, qui doit beaucoup aux idées de Lorca, qui s'était attaché, peu avant, à fonder ce qu'il appelait le « théâtre sous le sable », appelant activement le public à participer à la représentation sur scène, et imaginant un théâtre populaire authentique et engagé. Camus fut, bien sûr, censuré et sa pièce interdite par le Gouvernement général de l'Algérie. Mais Edmond Charlot, l'éditeur de la pièce, ne fut pas découragé et il plaça Albert Camus à la tête d'une revue qu'il venait de créer, *Rivages*, dont le troisième numéro, en 1939, fut consacré à Federico García Lorca. Dans ce sillage, Camus, créant ensuite la collection « Poésie et théâtre », confia alors à Félix Gattegno cette première traduction en français du *Romancero gitano*, qui parut en août 1941[3]. Par la suite, André Belamich, un jeune homme qu'il avait connu dans cette ville où il situerait *La Peste* — et où il assurait des cours dans l'établissement privé pour les enfants juifs que le régime de Vichy avait chassés de l'école —, prendrait la relève et traduirait pour Gallimard la quasi-totalité de l'œuvre du poète et dramaturge.

Et nous, jeunes hispanistes, élèves d'un ardent lorquien dont je veux ici me souvenir, Charles Marcilly, nous le lisions, nous le scandions et l'aimions, « chantant ses vers en nous émerveillant » de l'allure altière d'Antoñito el Camborio, le fier Gitan qui s'en allait à Séville voir les taureaux, ou des trois petites Mauresques semant l'amour à Jaén. Cinquante-cinq ans après, le verbe de Lorca est aussi séduisant, sa voix fascinante, son œuvre renversante. Nous n'avons jamais cessé de le lire, le faire lire et comprendre, et de l'aimer. Oui, plus d'un siècle après sa naissance et sept décennies après sa disparition, Federico est immensément présent.

Rennes, le 26 mai 2009

## Parler de Federico

| | |
|---|---|
| *Gerineldo, Gerineldo,*<br>*paje del rey más querido.* | *Gerineldo, Gerineldo,*<br>*page du roi le plus aimé*[1]. |

Écrire sur García Lorca, parler de Lorca c'est dire, d'abord, le malentendu. Voilà un jeune homme charmant, spontané, turbulent, voire chahuteur et bruyant, qui vit entouré d'un cercle d'amis attentifs où il brille et parade. Il a tous les dons, il dit ses poèmes, il scande ceux des autres — il sera, sur les tréteaux de sa Barraca, l'inoubliable récitant de *La Terre d'Alvargonzález* d'Antonio Machado —, il joue merveilleusement du piano pour lequel il ressuscite de vieilles mélodies espagnoles, il gratte même de la guitare, c'est un artiste complet, il peint, il dessine, il déclame et chante, il est poète. Il est même beau, malgré sa démarche claudicante, sa paupière lourde, sa lèvre épaisse, son regard brûlant, sa voix rauque. On jurerait voir passer le chevalier d'Olmedo sur sa pouliche noire, fringant cavalier promis à la mort, comme l'a chanté Lope de Vega, et représenté Federico : puisqu'il est si bien doté, si riche de promesses, il mourra. Il est mort, il avait trente-huit ans, il fut l'une des premières victimes de la guerre civile. Poète assassiné.

Mais le malentendu est ailleurs : García Lorca, poète secret, voix sourde parlant dans le masque, fut obsédé par la mort, la sienne propre qu'il vit en prophète, en voyant lumineux :

Ah, c'est la mort qui m'attend
sur le chemin de Cordoue[2] !

S'est-il trompé de ville ? La mort l'a frappé non loin de là, au pied de l'Alhambra et de ses murailles rouges. Sa mort andalouse en a trompé plus d'un. Cette fausse légèreté d'un papillon de nuit, cette insouciance de la phalène à se brûler les ailes, son rire qui habitait tous les lieux traversés, flattant les gorges, perçant les cœurs. Ce rivage gitan qu'il a tant fardé de jaune, et son farfadet de *duende* qui fonde sortilèges et *romances*. Borges qui était aux antipodes — Buenos Aires *versus* Grenade — le qualifia fielleusement d'« Andalou professionnel ». Il n'avait pas perçu — tant pis pour lui ! — la grande voix qui retentit à Harlem en donnant au monde avec le *Poète à New York* l'un des plus grands textes de l'histoire du surréalisme, et ouvrit sur scène, avec *Le Public* et *Lorsque cinq ans seront passés,* un « théâtre de l'impossible » selon lui, l'éventail des frustrations, ses yeux de solitude. Cordoue, lointaine et seule…, Federico lointain et seul. Qu'il est dur de l'atteindre, de le rattraper dans sa course, de toucher son ombre impalpable, par les ombres myrteux fantôme qui ne cesse de nous hanter, depuis cette lointaine adolescence où nous passions, oui, notre torse au safran en bouclant nos mèches pour lui plaire au-delà de la mort, nous qui l'avons lu à vingt ans sous le masque de Rimbaud.

Federico se contemplait dans le miroir et ne se voyait pas. Il se cherchait derrière l'image et se désespérait de n'y rien trouver quand les autres célébraient le magicien, le conteur, le musicien. Federico recherchait son double inaccessible, son impossible gémeau, en quête d'une amitié peinte comme un jeu de l'oie à la Dalí dont il n'atteignit jamais la neuvième case. Il n'y a pas de poésie plus funèbre et plus sombre, sous l'apparente diablerie des sons, le primesaut des cadences, les images et les pirouettes. Il avait quelque chose de notre Max Jacob, feu follet lui aussi broyé par l'Infâme. Et comme lui, prince et enfant.

Aussi entend-on sur ses lèvres d'ineffables rondes, des comptines archaïques, des couplets d'antan, depuis *Las Morillas de Jaén* ou ses *Cuatro Muleros* (« Des quatre muletiers qui vont à la rivière ») jusqu'à sa danse du furet — en fait, passage joyeux du Christ en procession — : « Voyez d'où il vient… voyez où il va ! » Mais aussi, parfois, il s'irritait de ces futilités : Ô poète enfantin, clamait-il alors, brise donc ta montre ! Or le temps ne passait pas, plantant douillettement ses crocs. Et le Sauveur — Salvador Dalí ? — basculait dans ses bras comme une poupée égyptienne et fardée. Cet adolescent obscur, dans sa quête d'une inaccessible maturité, était un garçon blessé, pleurant de plaisir, pleurant à l'envi, comme pleurent les enfants du dernier banc, dira-t-il en se rappelant sa scolarité difficile. Quant à la femme, elle est distante et mystérieuse, telle Margarita Xirgu qui fut sa voix sur scène, ou la Argentinita pour qui il écrivit son *Maléfice de la phalène,* femme et vedette, haut juchée, sur les planches ou les autels, pourtant femme de chair, à qui il lancera : « Ne me montre pas ta hanche fraîche. » Car Federico lui préfère d'autres images — épi, épée, nard, magnolia, œillet viril — précipitées au fond de cet œil sabré du poète qui deviendra l'image primordiale du cinéaste Luis Buñuel, son ami, son ingrat compagnon de route, qui le raillera ou le dénigrera dans *Un chien andalou*, ce film écrit avec la complicité de Dalí.

Lorca, cet Andalou qui connut l'immense popularité des voix claires, répété de bouche en bouche, célébré de table en table, triomphal sur toutes les scènes, était un peu las de cette « gitanerie » parfois clinquante, ce mythe dont il fit le tour, tout à la fois vestiaire et bestiaire qu'il utilisa aux seules fins d'expression de ses fantasmes, de ses démons, ces monstres engendrés dans le sommeil de sa raison.

Seules les marges le retenaient, la poésie était pour lui comme un parcours en terre étrangère dont il rapportait, après la fulgurante extase, de belles pierres blanches, ses poèmes, qu'il qualifiait alors de récits de voyages. Ainsi en alla-t-il de Harlem, de Cuba, de New York, des terres de Noirs et de Juifs, et tant pis encore — ou tant mieux — si tel Gitan sut retenir son regard par son teint brun de verte lune. Pour García Lorca aussi, Salvador Dalí valait le voyage. Et Walt Whitman, cet « Adam primordial » qu'il admirait, et Ignacio Sánchez Mejías, l'homme à l'épée de flamme et au profil romain. Mais son plus fidèle compagnon fut cet autre qui était lui-même, désirant vivre, écrivait-il, avec cet enfant obscur qui voulait s'arracher le cœur en pleine mer, avec ce double condamné qui le tirait vers l'inéluctable et dont il choyait la bouche, sans lumière déjà pour la mort.

Lorca, pour nous, ne sera pas seulement la voix de cette Andalousie qu'il vit moins comme lieu de joie et de débridement que comme terre de mélancolie, ces sables chauds du Sud réclamant de blancs camélias, car il sut imposer, sous les oripeaux, sous les dominos, le timbre de sa différence, de sa multiplicité, de son écartèlement, de ses masques douloureux, en se heurtant à son visage chaque jour nouveau, lui qui rêvait, en sa nef espagnole, en son bateau ivre, de « nuit verte aux neiges éblouies ».

Pas plus que Picasso ne peut se ramener à la seule esquisse d'une arène de corrida, aux chatoiements d'un châle de Manille, au sourire triste d'un clown ou à la saveur des *churros* malaguènes, Lorca n'est le poète de la fête gitane ou des nuits dans les jardins d'Espagne, des sortilèges d'un Manuel de Falla — Andalou de Cadix installé à Grenade en 1920, dans une de ces maisons blanches sur les hauteurs qu'on appelle un *carmen* —, son aîné amical. Mais il fut bien, comme lui, le chantre de « la vie brève ». Ou peut-être, avant tout, de l'être mutilé. Que d'images avons-nous — dessins ou poèmes — du poète aux mains coupées, percé de dards, qui se voyait homme sans bras, tronc sans branches, perdu parmi la foule. Projetant, dans le sillage d'Apollinaire, l'image d'un cou coupé, sanglant et solaire. Ou, dans l'amertume de l'inaccompli, se lamentant de l'ignorance figée d'un piètre amant et des limites de feu de son torse. Car si son ventre ne l'était point, sa poitrine était désespérément plate. De là sa prédilection pour les aimables flèches de saint Sébastien, en impassible extase, ou pour l'image martyrisée de sainte Eulalie dont il contemple les seins coupés sur le plateau de Zurbarán tandis que son sexe tremble, embrouillé comme un oiseau dans les ronces. L'érotisme de Lorca, omniprésent, atteint toujours à sa plus haute expression, à l'aveuglante beauté. Mais aussi, homme inaccompli et sans descendance, le voilà *Yerma*, bréhaigne, s'identifiant à sa stérilité et se lamentant sur son ventre infécond ; ou alors, comme la petite Rosita, condamné au célibat, hantant le cloître des filles de Bernarda Alba, dont la jupe sent le soufre et la cendre. Et Sodome, enfin, dont il n'eut pas le temps de décrire les fastes délétères et la destruction — son ultime projet théâtral —, car ses flammes furent refusées à celui qui se définissait non comme un homme ou même un poète, mais comme une pulsation blessée qui sonde les choses de l'autre côté.

Federico est définitivement sur l'autre rive. Il a rejoint le fond de ce puits d'encre qui peuplait son sommeil, glaiseux, glaireux, comme vomi du monde et retournant au tuf matriciel, emplissant enfin, ainsi qu'il le voulait, et le savait, son cœur de mousse. Mais dans le même temps, sûr de sa gloire et de ce feu qu'il tenait entre ses mains, prométhéen et vigie lumineuse, niant le silence de sa voix et proclamant à la face du monde qu'il n'est pas mort assassiné, et qu'il est à tout jamais, dans les ris et les jeux, sous les chants et les flèches, dans le *Sol y sombra* de l'arène sanglante, l'ombre immense de ses larmes.

# Esquisse de Federico

*Un bel enfant de jonc,*
*larges épaules, taille mince,*
*le teint de pomme nocturne,*
*grands yeux, bouche douce-amère,*
*et les nerfs d'argent brûlant,*
*rôde dans la rue déserte.*

FEDERICO GARCÍA LORCA[1]

Parlons de son voisin de Málaga. Un jour de vernissage à Paris, une admiratrice quelque peu perplexe, en arrêt devant un tableau de Picasso, se tourna vers le peintre et s'écria : « Je n'y comprends rien ! » Pablo Ruiz lui répondit : « Madame, pour comprendre mon tableau, il faut apprendre le Picasso ! »

Jorge Guillén, l'ami de toute la vie de García Lorca, prétend qu'en la présence du poète, il n'y avait plus de saison, ni de moment, ni jour ni nuit, ni hier ni aujourd'hui, ni chaud ni froid, et qu'on oubliait tout pour ne se reconnaître que dans une sorte d'aura, une atmosphère toute particulière hors du temps et de l'espace, faite de lumière, de cette clarté toute « guillénienne », dont il se ferait le chantre dans *Clamor*, qui émanait de sa personne. Et Jorge Guillén de dire, en respirant cet air ancien : « Il faisait… Federico[2]. »

Si Picasso le peintre était une langue… secrète, Federico était pour l'Andalousie et pour toute l'Espagne un air que l'on respirait. Un ensoleillement qui l'enveloppait comme le corps du torero se revêt de l'habit de lumière. Et c'est pour lui qu'Eluard (quand bien même il s'adressait à l'intemporelle fiancée) écrivit : « Ce que j'aime en ta présence / c'est l'arrivée d'une lampe ardente / en plein jour. » Federico, en effet, était porteur de feu, luciphore et voyant lumineux. Sommé de se définir par Gerardo Diego, qui publia une anthologie de la poésie espagnole en 1927, Federico devait déclarer, nouveau Prométhée : « Je porte le feu dans mes mains. » Il lui suffisait d'apparaître dans un cercle d'amis ou de monter sur scène, d'ouvrir la bouche en laissant sortir sa voix rauque, pour capter toute l'attention, comme l'ampoule attire cette phalène, dont il chanterait plus tard le maléfice. Dépositaire de la grâce, il avait le don d'éclairer toute nocturne assemblée. Le poète ou prophète possédait ce génie qu'il a lui-même nommé *duende*, mot intraduisible qui évoque le lutin ou le ludion, l'elfe ou le farfadet, l'ange de clarté et le sortilège de la nuit, l'emprise des sens et l'amour sorcier cher à son ami Manuel de Falla.

Est-ce pour lui que James Joyce, sans y penser, traça son *Portrait de l'artiste en jeune homme* ? L'Histoire avec sa grande Hache assassine en a décidé ainsi : il mourra en son encore belle jeunesse, à l'âge de trente-huit ans, et c'est miracle qu'il ait tant produit, tant écrit et dit, et qu'il nous ait légué tant de beaux diamants de nuit. Il se trouvait alors aux crêtes d'une ardeur bouillonnante, les poches pleines de feuillets, la tête forgée d'images, et des manuscrits comme s'il en pleuvait. Jamais nous ne saurons voir en Federico le vieillard qu'il aurait pu être, telle cette présence affaissée d'un Rafael Alberti, lui qui l'accompagna si longtemps sur les routes de la poésie, et dont le corps nonagénaire contredisait si cruellement les vers écrits « sur les anges », *Sobre los ángeles*[3]. Federico, lui, restera pour nous un éternel jeune homme.

Mais Federico n'était pas un enfant, comme on l'a trop souvent dit et écrit, sur la foi de quelques images et de maints témoignages. Tout comme de la musique de Chopin — cet autre « Frédéric » —, qu'il aimait tant interpréter, on a dit de Lorca qu'il usait d'un art maniéré et féminin. Pour l'un comme pour l'autre, nous percevons, au contraire, un jeu — un Je — vigoureux et viril. Mais il fut, très tôt, par son écriture souveraine, un homme qui avait gardé et savait conserver toute la fraîcheur et l'innocence d'une enfance radieuse, bercée de toutes les sources bruissantes ou roucoulantes de son Fuente Vaqueros natal. Avec ce rayonnement étonné qu'on voit aux yeux des enfants et qui en abusait plus d'un, au point de croire que la main qui traçait les lignes de sa poésie et de son théâtre avait la fragilité d'une menotte puérile. Il faut fuir comme la peste ces clichés et ces préjugés, qui s'attachèrent ensuite, pour le dénigrer, à l'intimité tourmentée du poète, à son homosexualité. Si Marcelle Auclair insiste sur son côté enfantin, elle qui l'a bien connu et a magnifiquement servi son art dramatique, c'est parce qu'elle était mère et se sentait une âme protectrice face à cet enfant poète (ainsi le voyait-elle) qu'elle admirait et aimait.

Lorca était moyennement grand et robuste, avec une grosse tête, des traits qu'on pourrait juger grossiers s'ils n'étaient paysans, le visage parsemé de grains de beauté, la bouche charnue, une voix grave qui frappait tous ses auditeurs, que ce soit sur la scène du théâtre de La Barraca, qu'il avait créée, ou dans l'intimité des conversations. Sans doute confondait-on alors, et à tort, naïveté créatrice, art de l'image ou faculté affabulatrice, avec maniérisme, délicatesse esthétique et féminité. Ce talent qu'ont seuls les enfants de confondre l'imaginaire et la mémoire, eux qui se réfugient dans la fiction comme au fond d'une armoire. Mystificateur ? Non. Menteur ? Oui, c'est une évidence, si l'on veut bien confondre mensonge et songe. Trompeur ? Assurément pas. Ou alors préférons ce terme de *embaucador* qui, en espagnol, désigne celui qui nous fait croire à la lune, nous fait prendre des vessies pour des lanternes, nous abuse de belles images ou de séductions et nous précipite sur la toile d'araignée de son charme. C'est bien cela, finalement, qui définissait Federico : il était tout entier Charme. Et aussi charme au sens que lui donna Paul Valéry : chant, et assurément chant profond.

Sa jeunesse d'esprit, en toute occasion, désarmait la critique, annulait le sarcasme. Et c'est sur la portée supposée de ses phrases et de ses rimes qu'il fut alors attaqué. Et il fallut qu'un sbire acquis au franquisme et à son idéologie mortuaire — qu'on se rappelle le détestable *¡Viva la muerte !* (« Vive la mort ! ») du tristement célèbre général Millán Astray — eût assez de « plomb dans sa tête de mort », comme le pressentit le poète dans son *Romance de la garde civile espagnole*, et une absence totale de pensée et de cœur, pour que

Federico fût pris et fusillé à l'aube sanglante de la guerre civile.

## Sinon l'enfance...

*Sinon l'enfance,*
*qu'y avait-il alors qu'il n'y a plus ?*

SAINT-JOHN PERSE[1]

Federico est né à Fuente Vaqueros — que d'aucuns appellent La Fuente, « source » ou « fontaine » —, au pied de Grenade, le 5 juin 1898 à minuit, sous le signe des gémeaux et de la double étoile de Castor et Pollux. Signe de vitalité, dit-on, et de séduction. Cette date a pu varier suivant la mémoire capricieuse du poète qui, pour la galerie, retrancha à son âge ici une année (1899), et là deux, laissant croire qu'il avait vu le jour avec le siècle. Mais non, il était bel et bien né en cette année 1898, funeste pour le destin espagnol — peut-être est-ce en raison de ce chiffre détestable, « 98 », que Federico refusait d'être apparu avec le désastre — et marquée d'une pierre noire, car c'est en 1898 que l'Espagne, dans une guerre désastreuse qui l'opposa aux États-Unis, fit une croix sur son empire. Qu'on se souvienne : l'explosion du *Maine* dans le port de La Havane déclencha la riposte des Américains qui, à l'autre bout du globe, détruisirent la flotte espagnole dans la baie de Manille, faisant quatre cents victimes ; et l'Espagne, en à peine quatre mois de guerre, perdit ses riches territoires d'outremer, ses colonies de Cuba, de Porto Rico et les sept mille cent sept îles de l'archipel des Philippines (en vérité, vendues pour vingt millions de dollars aux États-Unis). 1898 représenta donc pour les intellectuels le début de la décadence, la date emblématique d'une vaste réflexion sur le destin tronqué de l'Espagne impériale — celle qui était si vaste, aux temps de Philippe II (lui qui donna son nom aux îles Philippines), que le soleil, disait-on, ne se couchait jamais sur les terres de son empire. Mais le soleil s'était bel et bien couché pour lui déjà dans les Flandres, ce territoire lâché après deux siècles de domination espagnole (du XVI^e^ au XVIII^e^ siècle), amorçant un déclin bourbonien qui trouve son terme l'année même de la naissance de García Lorca. C'est le dramaturge contemporain Eduardo Marquina qui donna en 1909 ce titre astucieux à sa pièce : *En Flandes se ha puesto el sol* (*Dans les Flandres le soleil s'est couché*), axée sur la défaite espagnole et taxée par la critique d'« anachronisme nationaliste » ; mais Marquina sera justement un des hommes de théâtre que Lorca va rencontrer alors qu'il fait ses premiers pas sur la scène et dont l'aide et l'amitié seront déterminantes dans la création de *Mariana Pineda*. Cependant, la perte des colonies pourra représenter un atout pour certains, dont justement le père de Lorca, qui va bâtir sa fortune sur l'industrie sucrière, grâce à la culture de la betterave compensant à la fin du XIX^e^ siècle la perte de la canne à sucre cubaine. En effet, dès les années quatre-vingt on s'était aperçu que la Vega (plaine) de Grenade, avec ses terres humides, était propre à y faire pousser la betterave sucrière ; après 1898, et la fin de l'importation à bon prix du sucre de Cuba, les cheminées d'usine de distillation du saccharose allaient orner ce plat pays au sud de Grenade. Il est temps maintenant de nous pencher sur le berceau de Federico.

Il naît, donc, à quelque dix-sept kilomètres de Grenade et à une cinquantaine de kilomètres de la mer, à Fuente Vaqueros, un bourg de deux mille cinq cents habitants, dans une vallée fertile arrosée par deux cours d'eau, le Genil et le Cubillas, au sein d'une famille fortunée. Il connaît une enfance heureuse et protégée, malgré quelques traumatismes. Il sera l'aîné de quatre enfants.

Il convient de retrouver le cocon, le lit matriciel, l'œuf primordial par quoi tout a commencé. Et donc, sans toutefois, à l'instar de *Tristram Shandy,* faire des antécédents le nœud même de la biographie, il nous faut évoquer cette famille et ces deux rameaux qui ont donné naissance au poète.

La branche paternelle est issue de cette Vega andalouse. Famille de propriétaires terriens, mais aussi gens cultivés et artistes : hommes et femmes savent lire et écrire, avec, de surcroît, des goûts musicaux et littéraires prononcés. Pour la petite histoire, s'agissant d'un poète qui a tant chanté le monde gitan, il semble bien que la bisaïeule de Federico, et peut-être sa trisaïeule, soit issue de la famille gitane.

Le bisaïeul de Federico, Antonio García Vargas, avait, dit-on, une jolie voix et chantait en s'accompagnant à la guitare. Quant au frère de ce dernier, Juan de Dios, c'était un violoniste appréciable. Le grand-père du poète, Enrique García Rodríguez — on remarquera que le patronyme est invariable, mais que le second nom de famille est différent, en fonction de l'épouse qui, en Espagne, garde toujours son nom de jeune fille —, était secrétaire de mairie, tout en jouissant de l'héritage des terres. Son frère — le grand-oncle, donc, de Federico — était musicien et jouait de la mandoline espagnole, la *bandurria* ; il se fit un nom au café de Chinitas, à Málaga, où il se produisait. Lorca sera, pour sa part, en parfaite filiation, un hôte assidu de ce célèbre café malaguène — qui existe toujours, avec son décor des années vingt, ses affiches tauromachiques, et ses glorieux souvenirs artistiques. Ce grand-oncle musicien, Federico García Rodríguez, va transmettre son prénom, par l'intermédiaire de son neveu, à notre poète — et sans doute aussi un peu de son talent musical. Les autres frères de ce grand-père étaient, l'un, maître d'école dont on dit aussi qu'il dessinait avec talent et, l'autre, un dilettante connu pour son existence bohème et quelque peu scandaleuse. Ce dernier, justement — Baldomero —, était un excellent guitariste, notamment de flamenco, et aussi un poète qui avait même publié à Grenade un petit recueil de poésies intitulé *Siemprevivas* (*Immortelles*). Comme la mère de Federico admirait beaucoup l'oncle Baldomero, il est fort probable que Lorca l'ait tenu en haute estime ; d'autant qu'il est acquis que l'enfant avait appris par cœur quelques rimes et chansons de son grand-oncle. Il s'en souviendra plus tard dans ses propres compilations du folklore andalou, et il rendra même publiquement hommage à Baldomero García Rodríguez, lors d'une causerie donnée à Fuente Vaqueros en 1931. Brebis galeuse de la fratrie, nul doute que ce bohème, musicien et artiste marginal, ait influencé le comportement de Federico. Ajoutons aussi que cette famille était, par tradition, libérale et même, pour certains de ses membres, anticléricale. Ce que Lorca n'a jamais été, ne serait-ce que par respect pour sa mère, qui avait une relation privilégiée avec le religieux et la divinité. C'est d'elle, et de sa piété, que se souviendra Federico au ravin de la mort, quand il cherchera à bredouiller une rassurante prière, ce *Confiteor* qui échappait alors à sa mémoire.

Un détour, maintenant, vers les femmes et leur immense influence sur Federico dont l'éducation et la sensibilité furent assurément tributaires de son entourage matriarcal et féminin. La grand-mère paternelle du poète, Isabel Rodríguez Mazuecos, femme d'Enrique, offrait la particularité d'être non seulement libérale en politique, comme son mari, mais aussi anticléricale, et elle était surtout une fervente lectrice et une femme cultivée, une sorte d'esprit fort, ce qui, à cette époque-là, en Espagne, ne courait certainement pas les rues. Elle fréquentait bibliothèques et librairies et, de surcroît, avait coutume de lire à haute voix à ses enfants, et donc au père de Federico, des pages de ses lectures préférées, au premier rang desquelles *Notre-Dame de Paris*, roman que toute la famille de Lorca avait lu, fascinée assurément par l'histoire d'Esmeralda, la petite Gitane.

Federico se souvient surtout de sa mère lui lisant des pages du plus prestigieux des génies français.

Influencée, certes, par la grand-mère Isabel, doña Vicenta privilégie le théâtre de Hugo, ce qui ne sera pas sans conséquence sur la vocation future de l'enfant. Et dans ce théâtre, la pièce la plus espagnole et la plus retentissante (puisqu'elle fit scandale à sa première en 1830) : *Hernani*. Il s'en souvient dans un de ses premiers poèmes (non inclus par lui dans ses œuvres publiables, et retrouvé biffé sur un manuscrit au fond d'une malle) :

Ma mère lisait
un drame de Hugo.
Les bûches brûlaient.
Dans la salle noire
doña Sol mourait,
comme un cygne blond,
de mélancolie[2]...

Comment ne pas penser à Nerval et au « soleil noir de [sa] mélancolie » ? Mais Lorca avait-il lu *Les Chimères* ? Après tout, la mélancolie fait bien partie de la « tristesse d'Olympio », et Hernani, cet autre *Desdichado*, est aussi, pour le romantisme, l'archétype du mélancolique.

La mère déclame donc la tragédie, mais pour quel public ? L'un des plus étonnants qui soient : les ouvriers de ferme, les domestiques, tous gens analphabètes, et puis son petit Federico qui note, dans une lettre adressée bien plus tard, en 1932, à un ami :

Ma mère lisait à merveille et, à ma grande stupéfaction, je voyais pleurer les domestiques. Bien sûr, moi je n'y comprenais rien... Rien ? Si. Je percevais l'atmosphère poétique, mais pas du tout les passions du drame. Toutefois, ce cri de « doña Sol, doña Sol », au dernier acte, a exercé sur mon théâtre une influence considérable[3].

Les autres auteurs de ses lectures étaient les « grandes têtes molles » (l'expression est de Lautréamont, reprise par Philippe Soupault et le surréalisme) espagnoles du moment : Zorrilla, auteur, au XIXe siècle, de cet ineffable, inusable et ronflant *Don Juan* joué alors sur toutes les scènes espagnoles au jour de la Toussaint, le délicat poète romantique Bécquer dont les poèmes ont bercé de cris d'hirondelles et de roucoulements doucereux toute l'école publique espagnole jusqu'à nos jours, Espronceda et sa *Chanson du pirate*, romantique en diable, et bien d'autres. Quelques grands Français figuraient également sur sa table de chevet : Lamartine et Alexandre Dumas. Mais c'est bien Victor Hugo qui remportait la palme, car la grand-mère Isabel avait installé sur un buffet un buste en plâtre, grandeur nature, de notre poète et romancier national. Par-dessus le marché, la famille s'enorgueillissait de posséder une édition de luxe en six volumes reliés pleine peau des œuvres complètes de Victor Hugo, qui constituèrent les premières lectures de Federico, plein d'admiration pour l'auteur de *Ruy Blas* et des *Orientales*[*].

Les neuf enfants des grands-parents paternels de Federico étaient tous, semble-t-il, doués pour la

* Il s'agit de l'édition espagnole, traduction de Jacinto Labaila, publiée par Terraza, Aliena y Compañía à Valence en 1888, avec de belles illustrations en couleurs. Elle fait partie de la collection du musée Lorca à Fuente Vaqueros.

musique. L'aîné, père du poète, Federico García Rodríguez, était habile à la guitare, dont il aimait jouer le soir, au retour des champs, entouré de toute sa maisonnée. Musicien aussi était son jeune frère Luis qui, de surcroît, était un excellent pianiste ; et, au demeurant, un grand ami de Manuel de Falla, dont la musique allait tant marquer Federico. La tante Isabel également jouait de la guitare et chantait merveilleusement bien ; c'est elle qui enseigna le solfège et le maniement de cet instrument à son neveu. C'est un fait : Federico grandit dans une atmosphère musicale, littéraire et raffinée. Les fées et les muses se sont penchées sur son berceau. De tous côtés, sur son arbre généalogique immédiat, se dressent musiciens, poètes, compilateurs de folklore, bohèmes ou rebelles, libéraux et originaux en cette terre andalouse de Grenade — la capitale bien-pensante, confite en dévotion, affichant un esprit bourgeois des plus traditionnels dont le jeune Federico saura très tôt s'affranchir et que, plus tard, il stigmatisera.

Le père du poète, qui était né en 1859 à Fuente Vaqueros, se maria à l'âge de vingt et un ans avec Matilde Palacios, qui devait mourir subitement quatorze ans plus tard, sans descendance car elle était stérile — notons déjà que la stérilité sera un thème majeur du théâtre lorquien —, en laissant à son mari, outre les vastes terres lucratives de la Vega de Grenade, un substantiel héritage en argent. Don Federico le placera en acquérant le grand domaine de Daimuz (mot arabe signifiant « ferme de la caverne »). Lorsque Federico naîtra, son père sera, par d'astucieux investissements, un propriétaire terrien fortuné, et même un des hommes les plus riches de la région. On peut se demander ce qu'aurait été Lorca sans la betterave sucrière. Tout comme un Valery Larbaud dut sa carrière de génial dilettante aux sources de Vichy Saint-Yorre de sa mère, Federico bâtit sa gloire et ses facilités d'écriture sur l'industrie du sucre.

Federico García Rodríguez se mariera en secondes noces, en 1897, avec une modeste maîtresse d'école de Fuente Vaqueros, Vicenta Lorca Romero, née en 1870 à Grenade, et descendue dans la Vega occuper son poste d'enseignement en 1892. Le premier patronyme de la mère de Federico semble indiquer une origine juive, du moins le poète le pensa-t-il et en tira-t-il quelque fierté, tout comme de l'ascendance gitane supposée de la branche paternelle. Lorca est le nom d'un bourg de la province de Murcie et l'on croit, à tort ou à raison, que les Juifs adoptèrent souvent, dans le passé espagnol, le nom des villes où ils habitaient, notamment au temps de l'Inquisition, quand la conversion forcée les amenait à changer d'identité (de là l'abondance de patronymes séfarades tels que Toledano, Zaragoza, Béjar, Barchilona — pour Barcelona —, Soria ou Soriano, Valensi ou Valencia, Marciano ou Murcia, Djian pour Jaén, etc.). On sait, par ailleurs, que le bourg de Lorca comptait au Moyen Âge une importante communauté juive. Cela reste donc plausible.

La branche maternelle du poète, à l'inverse de la paternelle, était d'humble extraction, au point même que l'entourage du père s'émut alors de ce que l'on considérait comme une mésalliance. Il n'est pas indifférent de le souligner quand on sait à quel point Federico, qui se complaisait dans les marges, sera sensible à la vie des humbles et des pauvres. Il savait bien d'où il venait, à quelles branches il se rattachait, et il assuma autant l'aisance de son père, qui allait lui permettre de mener une vie oisive toute tournée vers l'art, que la modestie de sa mère, élevée dans un collège religieux destiné aux filles pauvres, et qui lui apprit, sans aucun doute, le poids et le prix des choses. Et aussi une grande humilité, malgré l'exubérance parfois tapageuse qu'il affichera dans le cercle de ses amis où il aimait briller et se faire valoir, sûrement plus par jeu que par vantardise.

C'est sa mère qui lui donna aussi le goût des livres et de la littérature, comme on l'a vu. C'est d'ailleurs cet atout, dans une province espagnole et rurale peu cultivée, qui séduisit le père de Federico, un homme rude, aimant la musique et les taureaux. Alors qu'il courtisait, bien chastement, la jeune Vicenta, et qu'elle le berçait de toutes ces belles phrases et de cette poésie qu'elle avait apprise dans l'enceinte conventuelle de son éducation qui allait la mener à l'enseignement, don Federico García Rodríguez lui lança un jour : « Tu parles comme un livre, Vicenta. » Rien n'était plus vrai. Federico son fils, qui l'aimait et l'admirait tant, cachait, sous un physique abrupt, massif, voire grossier, qu'il avait hérité de son père une âme toute littéraire qui lui venait de sa mère. Il suffit de lire les lettres bien tournées de doña Vicenta à son fils Federico, sagement composées et marquées au sceau d'une belle éducation et d'une orthographe parfaite, pour saisir tout ce que le poète devra à sa génitrice[4].

Le couple eut cinq enfants. D'abord Federico,

baptisé le 11 juin 1898 sous le nom de Federico del Sagrado Corazón de Jesús. Mais Vicenta a un accouchement difficile et, mal remise, elle ne peut nourrir son bébé au sein ; il aura donc une nourrice, qui n'est autre que la femme du grand valet du domaine, logeant dans la maison en face de celle des maîtres. Federico, dont on peut douter qu'il ait eu alors le traumatisme de l'enfant non allaité et délaissé par sa mère, comme d'aucuns ont pu le prétendre, gardera toujours une grande tendresse pour sa nourrice. La fille de cette dernière, Carmen, de six ans plus âgée que Federico, deviendra sa meilleure amie et compagne de jeu. Le second enfant, Luis, né en 1900, mourut d'une pneumonie deux ans plus tard, et là, oui, on peut légitimement penser que Federico fut marqué par la perte de ce cadet, alors qu'il n'avait pas quatre ans ; mais c'est le père, surtout, qui en éprouva un grand choc, craignant désormais pour la santé de toute la famille, obsédé d'hygiène et de médicaments, transmettant, de surcroît, sa peur panique de la maladie à Federico. Puis vint Francisco, en 1902, qui sera le frère chéri et le confident ou complice du poète, dont il nous laissera un émouvant témoignage dans son ouvrage de souvenirs, *Federico y su mundo*. Enfin naquirent deux filles, María de la Concepción, dite Concha, en 1903, et Isabel en 1909. Federico manifestera toujours beaucoup de tendresse pour son frère et ses deux jeunes sœurs, ainsi que pour ses parents. La vie familiale qu'il connut était faite d'aisance, de tendresse et d'harmonie. Oui, il eut une enfance et une jeunesse heureuses. Et un père compréhensif qui, sans savoir que son fils serait un génie accompli, n'allait en rien contrarier sa vocation, malgré une bougonnerie de façade et une réticence de pure forme à satisfaire tous les caprices de son premier-né, et à favoriser ce qui, au début du moins, ressemblait au dilettantisme d'un jeune homme de famille riche.

Mais quel était le paysage qui entoura l'enfance de Federico et quel rapport entretenait-il avec la nature ? La question est d'autant plus impérieuse que la poésie lorquienne est pleine de végétation et de fleurs, à portée souvent symbolique, et qu'elle se nourrit de toute cette eau de la vallée andalouse et d'un passé historique propre à son terroir. Le poète s'est souvent flatté de n'être ni grenadin ni citadin, mais un enfant de la Vega, un campagnard qui avait grandi entouré de flore, de faune et de sources rafraîchissantes, dans un paysage verdoyant dominé, en arrière-plan, par l'imposante massif de la sierra Nevada — dont le pic Mulhacén, plus haut sommet du relief espagnol, culmine à 3 478 mètres. Les propriétés, nombreuses, du père nichaient au milieu de bosquets, riches en gibier et en faisans, et d'ormes centenaires. La terre, limitée par les deux rivières, y était fertile, et agricole la vocation des paysans, jusqu'à l'avènement de l'industrie sucrière. L'eau était partout en ce lieu de naissance de Federico, d'où le nom de La Fuente, « la source ». Ici pas une ferme qui n'eût son puits, pas un champ qui ne fût irrigué de canaux. La couleur dominante est évidemment le vert, qu'on retrouvera bientôt, comme teinte obsédante, dans la poésie lorquienne, par ailleurs peuplée par cette végétation luxuriante et arrosée de toute cette eau féconde.

La maison des Lorca est au centre de ce bourg, toute de blanc chaulée, vaste pour l'époque et confortable. L'intérieur est carrelé et les plafonds ont des poutres apparentes. En 1903, la famille déménage pour une autre bâtisse de Fuente Vaqueros, encore mieux aménagée et presque bourgeoise, près de l'église du village, dont les cloches berceront l'enfant Federico, qui n'a alors que cinq ans, d'une musique qu'il se rappellera toujours et qu'on entend ici et là dans ses poèmes. À l'âge de neuf ans, Federico déménage une fois de plus, parce que le père emmène toute sa famille vivre, à quatre kilomètres de là, au village d'Asquerosa — quel vilain nom, n'est-ce pas ? en espagnol cela signifie « la dégoûtante » — qui porte, depuis 1941, un nom plus gracieux : Valderrubio. Mais Federico aimera beaucoup ce coin de la Vega, au point d'en vanter les charmes dans une lettre, en juillet 1921, à son ami d'enfance, le futur grand critique Melchor Fernández Almagro : « Asquerosa est un des villages les plus jolis de la Vega : blancheur, sérénité des habitants[5]. » Il n'en finit pas d'en vanter les mérites, et ce même été de ses vingt-trois ans il évoque ce paysage familier dans une lettre à son ami d'enfance et de toute la vie, Adolfo Salazar, qui vient alors de publier un article élogieux sur le poète grenadin :

Voici quelques jours il s'est levé une lune vert-mauve au-dessus de la brume bleue de la sierra Nevada et en face de ma porte une femme chantait une berceuse qui était comme un serpentin d'or s'enroulant autour de tout le paysage. C'est surtout à la tombée du soir que l'on vit en pleine fantaisie, dans un songe à demi effacé... Parfois tout s'évapore et nous restons dans un désert gris perle, rose et argent éteint. Je ne peux te dire le prodige de cette Vega et de ce petit village blanc parmi les peupleraies sombres[6].

Le père voulait, par cette nouvelle acquisition, mieux contrôler les terres qu'il possédait dans la région, et aussi, peut-être, se rapprocher de la gare de chemin de fer qui le conduisait ou le conduirait à Grenade. Federico suivit donc une scolarité un peu mouvementée, changeant trois fois d'établissement, si l'on ajoute à ces déménagements son entrée à l'école secondaire d'Almería, en 1908, dirigée par un ami et collègue de doña Vicenta, Antonio Rodríguez Espinosa, ancien instituteur de Fuente Vaqueros. Ce dernier donnant, de surcroît, des leçons particulières à Federico qu'on imagine déjà assez rebelle aux études et à la férule scolaire... Au demeurant, l'enfant n'y restera guère, rapatrié bientôt par une sérieuse affection — un phlegmon à la gorge — qui le rend... à l'affection des siens. Cet Antonio Rodríguez Espinosa était un ami personnel de doña Vicenta, qu'il avait connue avant sa venue à Fuente Vaqueros. Il avait même assisté au baptême du petit Federico del Sagrado Corazón de Jesús. Sur la photo enfantine que l'on connaît, Federico est assis au milieu des élèves de ce maître qui exerça sûrement une grande influence sur lui, à Fuente Vaqueros et à Almería. Influence d'autant plus notable que cet Espinosa était un de ces nouveaux instituteurs disciples de l'Institution libre d'enseignement, qui se distinguait de l'éducation étroitement catholique et traditionaliste en usage en Espagne par un enseignement laïque et novateur. Ce maître avait un grand ascendant sur ses élèves et, en particulier, sur son petit protégé, fils de son amie Vicenta. Federico éprouvera toute sa vie pour ce maître d'école, qu'il retrouvera plus tard à Madrid, à la veille de son retour fatal à Grenade, un grand respect et beaucoup de dévotion. Que seraient nos grands écrivains sans leur instituteur ? On sait quelle influence le maître peut avoir sur cet âge tendre, il est le formateur par excellence, et le presque Dieu de l'enfant, comme le prouve aussi la fidélité d'Albert Camus envers son maître d'école Louis Germain, à qui il dédia son discours de prix Nobel.

De ce séjour à Almería, qui ne durera que quelques mois de l'année scolaire 1908-1909, Federico va garder, malgré sa brièveté, un souvenir persistant. Almería est une des villes les plus africaines de l'Espagne. Desséchée, aride, miséreuse, elle sera le décor idéal pour le plus âpre de ses drames, *Noces de sang*, dont l'action se déroule à Níjar, au sortir d'Almería. Les didascalies de la pièce indiquent un horizon de plateaux et de grands figuiers de barbarie, et le poète prête à l'un de ses personnages cette réplique éclairante sur le paysage désertique : « Quatre heures de chemin sans une maison, sans un arbre. » Dans son *Romancero gitan*, Lorca évoquera, à travers sa « Nonne gitane », « Les cinq blessures du Christ / ouvertes à Almería ». Comment mieux dire ce lieu d'âpreté et de douleur ? Sans doute Federico a-t-il gardé aussi le souvenir de sa gorge enflée par le phlegmon qui le fit si tôt revenir à Valderrubio et au giron maternel. Décrivant plus tard cette ville andalouse, dans une lettre adressée en février 1927 au poète José Bergamín, son contemporain, Lorca va jusqu'à lui trouver une allure algérienne, ce qui ne manque pas de surprendre, mais sans doute faut-il comprendre là qu'il la trouvait assez orientale ou arabe pour la rapprocher de la ville qui compta tant dans la vie de Cervantès. Toujours est-il qu'il revoit là Almería « avec son âpreté et sa poussière algérienne, couleur de safran[7] ».

Mais dans la Vega la nature continuait de fasciner l'enfant solitaire. Un enfant de la terre, qui déclarera toujours passionnément : « J'aime la terre », et qui ne manquera jamais, au détour de ses activités et de ses fatigues, de revenir au pays se ressourcer, et d'y puiser une inspiration toujours renouvelée. Dans les premiers manuscrits du poète, qu'on a peu à peu exhumés, nous trouvons trace de cette fascination pour sa plaine, dans de courts textes écrits pendant l'adolescence, avec cette simplicité et cette candeur d'âme que Federico cherchera à retrouver dans ses grandes compositions à venir. Son tout premier gribouillage évoque Fuente Vaqueros, si cher à son cœur, « un petit village très silencieux et odorant de la Vega de Grenade ». Si grand est l'attachement tellurique qu'il ressent, alors qu'il n'a sans doute que seize ou dix-sept ans, qu'il rêve déjà d'y reposer pour l'éternité : « C'est dans ce village que je serai terre et fleurs[8]. » On admirera la litote. Il se voit revenu à la terre, en parfait croyant chrétien — *et in pulverem reverteris* (et en poussière tu retourneras) —, son corps donnant naissance à cette belle végétation fleurie. Les senteurs qui sont dans sa tête de « jeune homme de la ville[9] » — car il rédige ces pages alors qu'il vit désormais dans l'austère Grenade — sont le fenouil et le céleri sauvage. Mais il revoit la place du village avec ses peupliers, ses lauriers, ses rosiers en fleur, ses plantes grimpantes. Nous sommes encore assez loin de la débauche florale qui caractérisera bientôt son encre mémorieuse.

Village rétréci qu'il contemple déjà avec des yeux d'adulte : la grand-place bordée de bancs et d'arbres ombragés, où donnent des ruelles étroites et obscures qui, enfant, lui faisaient imaginer quelque cortège d'ombres et de fantômes. Sur un côté est l'église, modeste, avec une tour « si basse qu'elle n'émerge pas de l'ensemble des maisons et lorsque sonnent les cloches on dirait qu'elles le font depuis le cœur de la terre[10] ». Bien sûr, le petit villageois qu'il fut, l'enfant campagnard qu'il était, est ici particulièrement proche de la terre, de la glèbe dont il a toujours dans ses narines l'odeur de paille, forte et, dit-il, « divine ». À la porte de l'église est une croix de bois, et sa façade est couronnée d'une Vierge des Accouchées, l'enfant Jésus dans les bras, chargée de médailles et d'ex-voto. L'image marquera le futur poète, dont l'œuvre à venir se peuplera de femmes implorant la naissance d'un enfant, d'épouses bréhaignes se lamentant sur leur stérilité et prêtes à tout, à tous les pèlerinages, quel qu'en soit le risque. Le risque, disons-le déjà, était moins de ne pas voir la Vierge opérer le miracle que de trouver quelque robuste gaillard de village de substitution pour s'employer au « retour de la fécondité », thème majeur de *Yerma*, une des pièces emblématiques — et scandaleuses — du poète dramaturge. Mais surtout, au beau milieu de cette place de village, se trouve la fontaine (une des images récurrentes de la poésie lorquienne), dont il perçoit la chanson éternelle, car si la place est silencieuse et religieuse, l'eau jaillissante est bruissante en permanence. Son oreille entendra à jamais ce babil des fontaines et des sources, qui sera le contrepoint fécond des sables stériles et d'un Sud assoiffé, à l'image de ses frustrations d'homme advenu...

À l'avènement de la République en 1931, les édiles de Fuente Vaqueros débaptisèrent la rue de la Iglesia, où Federico avait passé sa petite enfance pour la nommer « Calle Federico García Lorca ». Quelle fierté légitime chez le poète, enfant de ce pays, qui est si tôt reconnu dans sa gloire ! Il n'a, en effet, que trente-trois ans. Cet hommage lui va droit au cœur :

> Vous pouvez bien croire que lorsqu'à Madrid, ou ailleurs, on m'interroge sur le lieu de ma naissance, je dis que je suis né à Fuente Vaqueros pour que la gloire ou la renommée qui doit tomber sur moi retombe aussi sur ce si sympathique, sur ce si moderne, sur ce savoureux et libéral village de La Fuente. Et sachez tous que je fais tout aussitôt son éloge comme poète et fils de ce bourg, parce que dans toute la Vega de Grenade, et sans nulle passion, il n'est d'autre village plus beau, ni plus riche, ni qui pousse autant à l'émotion que mon petit village natal[11].

L'âme naïve de l'enfant sera profondément religieuse. Il revoit sa mère venir le réveiller au matin, dans la chambre qu'il partageait avec son frère Francisco et ses deux petites sœurs, et ouvrir largement les volets en clamant invariablement :

« Que pénètre la grâce de Dieu ! » Et pas un matin qu'il ne récitât devant sa mère la candide prière : « Ange gardien, douce compagnie, ne m'abandonne de jour ni de nuit. » Cette religiosité s'accompagnait d'une grande douceur et aussi d'un amour, d'une tendresse qu'il n'oubliera jamais : sa mère à l'aube passait furtivement dans la chambre pour s'assurer du bon sommeil de sa nichée, il en retient ce bruit de « frou-frou de jupes, très doux » ; puis c'était le tour du père qui, invariablement, avant de s'en aller aux champs, entrait caresser et baiser ses enfants. Le souvenir en est si fort que Lorca le consigne avec application et insistance :

> Mon père... nous embrassait avec tendresse, tout doucement et en retenant son souffle, comme s'il ne voulait pas nous éveiller... Je riais souvent du visage de mon père qui nous regardait avec amour. Il y avait un tremblement dans sa bouche et une vivacité dans ses yeux ! Je riais alors de voir son expression. Aujourd'hui je crois que j'aurais pleuré[12].

Dix ou douze ans après, l'émotion est grande, et ce jeune homme qui écrit et ne sait pas qu'il sera bientôt écrivain, poète, dramaturge, musicien, dessinateur, artiste et rebelle, nous dit ici qu'il eut une enfance heureuse, protégée, pleine de tendresse. Et qu'il fut un enfant aimé.

Oui, c'est cet amour et cette tendresse de l'enfance qu'il retient, quand il se remémore ces paysannes du village chez qui, encore bébé, il allait faire la sieste et dont il revit le cocon de leurs « bras chaleureux ». Il revoit, dans ce milieu modeste et paysan, les banquets de pain de maïs frit aux poivrons, ces *migas* du pays qui font encore aujourd'hui le charme de quelques auberges andalouses. Il ressent les caresses de ces gens humbles et, tout particulièrement, celle du vieux berger. Enfant, il se pend à ses jambes, s'installe entre ses genoux, et le vieillard lui rapporte toutes les légendes de la montagne et des vallées. Oui, écrit-il, « je m'endormais caressé par mon parrain le berger », qui sera cause, à sa mort, des premiers sanglots de l'enfant. Devant la chambre mortuaire, Federico est là, dans le chagrin de sa mère, donnant libre cours à ses gémissements qui représentent sa première douleur, son premier traumatisme, et il écrit cette phrase si forte et révélatrice d'une extrême sensibilité : « J'avais le cœur dans un étau[13]. »

En 1934, dans une interview accordée à Buenos Aires au journaliste de *Crítica*, Lorca revient sur cette enfance qui ne l'a jamais quitté, car, écrit-il, « les émotions de l'enfance sont en moi. Je n'en suis pas sorti » ; et il sélectionne dans sa mémoire d'homme de trente-six ans un souvenir qui remonte à sa huitième année, lorsqu'il vivait encore à Fuente Vaqueros. Sous l'injonction du journaliste, ses yeux se ferment, sa tête part en arrière, il est encore enfant, il est toujours enfant, et ce qu'il perçoit, dans ce bistrot de Buenos Aires, dans le bruit de crayon du journaliste grattant sa feuille, c'est le frémissement des peupliers, dont il a tant parlé, et qui entouraient sa maison, tout comme ils ornaient la place de l'église du bourg. Et que disent-ils, ces peupliers ? Le poète entrouvre les lèvres et laisse tomber au regard de l'interviewer ébahi : « Fe... de... ri... co... » Oui, c'est ce qu'il entend dans sa tête : les arbres lui parlent, l'appellent, le reconnaissent. Le petit garçon qu'il est converse avec la nature, avec les bestioles — fourmis, blattes, papillons, lézards... — qui bientôt vont peupler sa première pièce, *Le Maléfice de la phalène*, si mal comprise par le public, avec ses cafards, ses scorpions et ses araignées. Pour Federico, la nature est un lieu de conversation, elle est ce « bois amical » dont parlera aussi Paul Valéry, et tous les peupliers sont ses amis.

Mais il est un autre souvenir, qui assurément dut retenir l'attention des psychanalystes à l'affût du moindre indice symbolique dans son œuvre, c'est l'introduction de la charrue moderne, au début du XX^e siècle, dont il se rappelle le nom : la charrue Brabant. Il ressuscite, en 1934, ce souvenir d'enfance, surgi des terres de Daimuz, si éloquent et riche d'émotion, si prometteur d'images ultérieures :

C'était en l'an 1906. Ma terre, terre d'agriculteurs, avait été labourée par les vieilles charrues en bois, qui grattaient à peine la surface. Et cette année-là, quelques laboureurs acquirent les nouvelles charrues Brabant — le nom m'est resté pour toujours en mémoire —, qui avaient été primées pour leur efficacité à l'Exposition de Paris en 1900. Enfant curieux, je suivais à travers tout le champ la vigoureuse charrue de chez nous. J'aimais voir comment l'énorme soc d'acier ouvrait une entaille dans la terre, entaille d'où jaillissaient des racines au lieu de sang. Une fois, la charrue s'arrêta. Elle avait buté contre quelque chose de résistant. Une seconde plus tard la brillante lame d'acier sortait de la terre une mosaïque romaine. Elle avait une inscription dont je ne me souviens pas maintenant, bien que, je ne sais pourquoi, me viennent à la mémoire les noms des bergers Daphnis et Chloé[14].

Et voilà comment le « viol » de l'entraille terrestre aboutit à une « bergerie » bucolique et poétique, virgilienne en un mot. Qui interdit d'y voir une métaphore de la création, dans sa fougue ravageuse, dans son brutal rapport aux mots, au terreau du langage, qui exhume du plus profond l'histoire ancienne, l'image éternelle du couple primordial de ceux qui s'aiment ? Daphnis et Chloé représentent, dans l'histoire littéraire et mythologique, l'allégorie de l'amour, mieux, le triomphe de l'amour après bien des épreuves, c'est l'amour réussi et non l'amour contrarié et tragique de *Roméo et Juliette* (dont Lorca saura se souvenir dans sa pièce *Le Public*). C'est aussi la partition bucolique (1912) de Maurice Ravel dont Lorca avait, sans doute, entendu parler dans sa jeunesse pétrie de musique. Le viol de la terre met au monde l'amour fou, retenons seulement cette intuition de l'auteur de *Noces de sang*.

Amour, tendresse et émotion composent, donc, son paysage affectif. Mais il y a aussi, avec bonheur, les ris et les jeux avec ses compagnons. Federico fut assurément un enfant sociable et bien intégré, qui aimait jouer et rire. Il nous plaît d'imaginer que cette faculté de jouer ne le quitta jamais. Lorca reste pour nous un grand jeune homme joueur, câlin, mutin, avec, bien sûr, cette mélancolie qu'ont parfois les enfants trop sensibles qui voient bien que la vie n'a pas seulement la couleur du miel et qui sentent combien fugitifs peuvent être les instants de plaisir ; ou qui souffrent de voir la douleur des autres, et partagent leur angoisse ou leur peine. Mais là, dans ce petit village, au milieu de cette place, tout est joyeux, tout est vif et rassurant. Ils jouent à des jeux paysans, celui de la brebis où l'acheteur vient chercher auprès du Maître (toujours interprété par Federico) ces bêtes accroupies à terre qui font « bê, bê », lequel, au terme de palabres aussi laborieuses que savoureuses, s'engage à ne pas les tuer et les manger, mais à les élever pour avoir du bon lait et en faire du bon fromage qu'on dégustera mêlé de sirop. Federico, tout pénétré de la puissance de son père, joue alors au seigneur féodal, entouré de ses sujets, ces garnements plus ou moins déguenillés qui sont les enfants des pauvres gens du village. Très tôt, il se sentira l'âme d'un chef et cette qualité de meneur de jeu, de coordinateur d'activités, il saura la garder, notamment quand il dirigera d'une poigne vigoureuse l'équipe théâtrale de La Barraca, sa grande œuvre sociale et artistique, sa plus belle réussite.

Bien sûr, tout n'est pas innocent dans ces jeux, et les petits paysans en savent bien plus que l'enfant des maîtres sur certains sujets. Il entend encore la voix tentatrice de ce grandet de Carlos :

> « Hein, si on mettait les filles toutes nues, et nous tout nus, tu aimerais, Quico ? »... et moi, tremblant et interdit, je disais : « Oui, oui, j'aimerais beaucoup[15]. »

Le commentaire qui suit soulève un pan de mystère autour de la sexualité de Federico : « Ils ouvrirent mes yeux sur les vérités et les désillusions[16]. » Lorsqu'il nous rapporte ses impressions dans un de ses premiers textes en prose, « Mon village », il se campe en enfant de la campagne, qui savait déjà tout du sexe et des filles, mais lorsqu'il rédige ces pages, dans son adolescence attardée, il prend soin de noter son désenchantement. Est-ce que tout est dit ?

L'iconographie dont nous disposons nous apporte

quelques éléments appréciables. Il y a notamment cette photo, évoquée plus haut, où le petit Federico pose avec ses camarades de l'école maternelle de Fuente Vaqueros. Il a alors trois ou quatre ans. Autour de lui des gosses du pays, mal fagotés, gros bas et culottes jusqu'au genou, en blouse, tête nue. Federico, lui, est au premier rang, au centre, assis par terre, mais surtout il est le seul à porter une sorte de casaque jupe, oui, une jupe en cloche assurément, avec une ceinture et un plastron boutonné jusqu'au cou, et un immense chapeau rond, sous lequel surgissent des cheveux plutôt longs. Il regarde fixement l'objectif, mais fait une moue boudeuse ; il est triste, et peut-être inquiet, aussi a-t-il posé chacune de ses menottes sur le genou de ses deux voisins, à gauche et à droite, comme pour se tenir ou se rassurer. Plus tard, il y aura cette fameuse photo de plage, en maillots de bain, avec Dalí, sur laquelle Federico enserre de sa main le genou de Salvador, avec un tout autre sens, comme un signe d'appartenance ou d'emprise. Et plus tard encore, cette photo de groupe où, deux rangs derrière, il tend la main et touche le front de son dernier ami, Rafael Rodríguez Rapún. Bien sûr, ce gosse de riche, couvé par sa mère, et dont le petit frère Luis allait ou venait de mourir — la photo fut prise au cours de l'année 1901-1902, mais comme en général les photos de classe se font vers la fin des cours, on peut supposer que, si elle date de mai-juin 1902, alors oui, Federico vient de perdre son tout petit frère qui n'aura vécu que deux ans —, avait quelque raison d'avoir le cœur gros et de se sentir à part dans ce groupe de gosses du village. Sa sensiblerie enfantine, qui se prolongea peut-être, explique que, parmi ces petits paysans habitués au grand air, à la vie naturelle et au spectacle des animaux (impudiques ?), on l'ait traité de « femmelette ». En réalité, on ne sait rien de l'éveil de l'enfant à la sexualité. Il n'en a jamais parlé, à l'inverse de ce grand bavard de Dalí, dans ses *Aveux inavouables,* et même plus tard il restera très discret sur ce domaine, très pudique ou retenu. Ou disons encore, complexé. Nous y reviendrons.

Le caractère peut-être délicat de Federico apparaît plus sûrement au sein d'une tribu nombreuse et singulièrement féminine. Les neuf enfants de son grand-père paternel avaient eu une descendance prolixe et Lorca ne comportait pas moins de quarante cousins germains, dont le poète faisait grand cas, ayant un sens de la famille très prononcé. C'est cet attachement à sa famille, à son terroir, aux siens qui allait le faire revenir constamment au pays, malgré les séductions de Madrid et ses multiples activités, comme s'il avait eu besoin, sans cesse, de se ressourcer, de revenir chez lui puiser la source — la *fuente* — de son inspiration. Voilà pourquoi son œuvre est à ce point enracinée dans sa Vega : une œuvre terrienne, au milieu des siens.

De toute sa parentèle, Federico privilégiait ses cousines germaines, camarades de jeu et aussi modèles futurs pour son théâtre. Ici Clotilde, là Matilde, à peu près du même âge. Mais l'on retiendra surtout la cousine Aurelia, fille de sa tante Francisca, de dix ans plus âgée que Federico et que ce dernier adorait, parce qu'elle jouait merveilleusement de la guitare en chantant des couplets populaires ou ces habaneras tellement en vogue après la perte de Cuba ; mais il l'aimait aussi pour son caractère fantasque et démonstratif, au point de lui consacrer sa dernière œuvre théâtrale, qui demeura inachevée, *Les Rêves de ma cousine Aurelia*, une pièce qui, au demeurant, est pleine des souvenirs et des souffrances de sa mère au couvent du Colegio de Calderón, par où, de surcroît, sa jeune sœur Concha allait également passer. Alors qu'il vient d'écrire *La Maison de Bernarda Alba*, une pièce où tous les personnages sont féminins, on voit que sa dernière inspiration puise encore aux souvenirs de trois femmes, sa cousine, sa mère et sa sœur. Décidément, Federico fait et fera de la femme l'objet quasi exclusif de son inspiration. Sans doute parce qu'il se projetait en elle, ou se retrouvait dans ses gestes ou ses atours, lui qui, plus tard, adorera se déguiser.

Mais restons encore dans cette enfance pour y relever un des éléments les plus révélateurs de la personnalité future du poète. Très tôt, Federico vécut plus par l'imaginaire que par l'activité physique. Son corps était lourd, maladroit, peut-être avait-il une jambe plus courte que l'autre, ce qui le faisait se dandiner légèrement en marchant. Il avait sûrement les pieds plats, et l'on a invoqué aussi une maladie infantile qui l'aurait empêché de marcher avant l'âge de quatre ans, mais sa famille et ses proches l'ont nié, ou ont refusé de lui imputer le moindre défaut physique. Toujours est-il qu'il courait moins vite que les autres, et même qu'il ne courait pas du tout, hostile au sport, fâché avec les joutes et les courses. Aussi, pour compenser cette relative infirmité, Federico se tourna très vite vers le spectacle et ces figures qui s'agitaient et se démenaient sous la baguette magique du « metteur en scène ». Un guignol ambulant passa-t-il un jour par la Vega et Fuente Vaqueros ? Il fut conquis, séduit, galvanisé. Son premier jouet véritable fut un petit théâtre de marionnettes, qu'il acheta de ses propres deniers, en brisant sa tirelire, alors qu'il était encore jeune adolescent. Il dessinait lui-même des figurines en carton, en se faisant aider par une de ses tantes qui avait un bon coup de crayon ; sa nourrice taillait dans le carton et cousait les chiffons, dont on vidait les vieilles malles, sur les indications de Federico qui savait bien les animer de ses doigts, les brandir au-dessus de sa tête sur son corps trapu. Alors il conviait toute la famille, et ses petits camarades, à des spectacles qu'il inventait, déjà. Ou alors, au sortir de l'église, il réunissait son jeune frère, sa petite sœur, et quelques domestiques dans la cour à l'arrière de la maison, et là, contre le mur où il plaçait une statuette de la Vierge et quelques roses qu'il allait cueillir au jardin, affublé de vieilles frusques qu'il était allé récupérer au grenier et qui, à ses yeux, devaient ressembler à la chasuble et à l'étole du prêtre, il leur mimait la messe, sans doute à sa manière : Voyez, disait-il en levant une coupe qu'il avait remplie de raisins écrasés, ceci est mon sang ! Puis il rassemblait quelques croûtons sur une assiette, qu'il dressait en l'air en clamant : et voici mes os ! Ainsi font les enfants singeant les adultes, en touchante maladresse, estropiant les rites et les mots. Mais sans nul sacrilège, car l'Église connaît le poids, le rôle et la grâce des innocents, si l'on veut bien se rappeler l'Évangile selon

Marc : « Laissez venir à moi les petits enfants, et ne les en empêchez pas ; car le royaume de Dieu est pour ceux qui leur ressemblent. Je vous le dis en vérité, quiconque ne recevra pas le royaume de Dieu comme un petit enfant n'y entrera point. » Qui douterait un seul instant que Federico n'ait pas assimilé cet enseignement, plus tard, lui qui se voulait enfant chéri de Jésus ? Même si sa vision chrétienne n'était pas toujours aussi orthodoxe que ne l'aurait souhaité, disons, sa mère.

Oui, sa mère, si pieuse, n'aurait sans doute pas apprécié ce simulacre, qui pouvait à ses yeux paraître sacrilège, aussi réservait-il ce « mystère » aux seuls compagnons de jeu et à la domesticité, jugée complice, et dont il exigeait, au demeurant, qu'elle essuyât quelques larmes quand il entamait le sermon. Car Federico n'était pas seulement mime, mais déjà acteur, un tantinet cabot, et rien ne le séduisait tant, dès son plus jeune âge, que de déclamer. Comme il le fera plus tard, adulte et adulé, montant sur les tréteaux, se mettant en scène, déclamant et gesticulant, à grand renfort de vestiaire et de théâtralité...

## La montée à Grenade

*Tu es le miroir d'une Andalousie*
*souffrant des passions vastes et muettes.*

FEDERICO GARCÍA LORCA[1]

L'adolescence de Federico se déroule bientôt en ville, à Grenade, juste au-dessus de la Vega, où la famille s'installe définitivement en 1909, tout en conservant la propriété d'Asquerosa (Valderrubio) pour les vacances. Les García Rodríguez habiteront d'abord, et jusqu'en 1916, une maison bourgeoise sur la Chaussée du Darro (Acera del Darro). Le río Darro, ou Dauro — comme aimait à dire Federico qui voyait ses eaux charrier de l'or —, est l'une des deux rivières enserrant Grenade, mais qui se cache là en souterrain avant de disparaître définitivement du panorama de la ville, l'autre étant le Genil, né dans la sierra Nevada et affluent du Guadalquivir, qui descend baigner Fuente Vaqueros. Ces deux rivières, l'abondance des eaux ruisselant des pentes du Mulhacén, et les innombrables sources et fontaines de la ville inspireront au poète une poésie fluviale et abondante. Né de l'humide Vega, bientôt grenadin en milieu liquide et babillard, par quelque phonétique fatale, il tombera sous les balles franquistes à la « Fontaine aux larmes ».

Quelle est cette ville dans laquelle Federico va résider jusqu'à ce qu'il parte à Madrid pour faire carrière ? Une capitale rétrécie. Grenade, grande cité historique, voit sans cesse sa population décroître — elle n'est que de soixante-neuf mille habitants en 1909 — en même temps que disparaissent les dernières maisons mauresques, vestiges de son riche passé, rasées afin de laisser place à la Gran Vía de Colón, où s'installe la famille García Lorca, ainsi que d'autres propriétaires terriens qui ont fait fortune dans la betterave, ce qui vaudra à cette artère centrale le facétieux surnom de Gran Vía del Azúcar, le « boulevard du Sucre ». La ville, hormis sa voie royale, est ruineuse et miséreuse ; beaucoup d'artères périphériques n'ont pas encore d'éclairage public, et la misère est envahissante, surtout celle des coteaux du Sacromonte, peuplés de Gitans, en face de la splendeur de l'Alhambra et des jardins du Generalife, qu'on tâche d'entretenir pour le maigre tourisme. Pourtant il suffit de gratter un peu pour retrouver l'ancienne capitale du royaume de Grenade, celle qui s'appelait à l'arrivée des Maures, au VIIIe siècle, Elvira, comme le rappellera le poète-dramaturge, notamment dans sa pièce la plus grenadine, *Doña Rosita la vieille fille* :

Grenade, rue d'Elvira
où vivent les Manolas,
celles qui, à l'Alhambra,
vont seules toutes les trois[2].

Mais Lorca savait-il encore que les Arabes la nommèrent *Gart Al Yahud*[*], « ville des Juifs », qui pourrait être une origine du nom « Grenade », parce qu'il y avait à la chute du royaume pas moins de vingt mille Juifs qui, pour la plupart, suivirent les hommes de Boabdil dans leur exil au Maroc, mais qui, pour beaucoup aussi, se convertirent au catholicisme et devinrent alors ces « nouveaux chrétiens » ou marranes que l'Inquisition n'allait pas tarder à montrer du doigt. Juive, arabe et morisque (après 1492), la ville garda longtemps un caractère oriental qui, peu à peu, s'effaça, à l'exception du palais et des jardins du dernier roi

* Ou, selon une autre hypothèse, *Gar-Anat*, autrement dit, « ville des pèlerins », en arguant de la légende (on n'ose parler d'histoire) des vaincus de Jérusalem face aux légions romaines au Ier siècle.

de Grenade, pour persister néanmoins dans l'imaginaire. C'est là que Federico le retrouve. Lorsqu'il présentera plus tard son *Romancero gitan*, faisant un sort au poème biblique *Thamar et Amnon*, il déclarera alors : « Ce poème est judéo-gitan... comme sont les gens qui peuplent les montagnes de Grenade et quelques villages de l'intérieur cordouan[3]. » Aux derniers temps de son existence, Federico, qui avait le projet de revenir à la cité historique et de mettre sa plume au service du passé juif de Grenade, était entré en contact avec le directeur des études séfarades de l'Institut des Espagnes à l'université de Columbia, qu'il fréquentera pendant son année new-yorkaise : la pièce de théâtre qu'il voulait écrire avait pour sujet l'expulsion des Juifs de l'Espagne. Mais Federico, lui, fut « expulsé » de la vie par les sbires du futur très catholique *Caudillo de España por la gracia de Dios*.

Grenade, en 1909, est une cité austère qui a perdu les attraits et le charme de la capitale des rois maures qu'elle fut au XV^e^ siècle. Le jeune Federico en perçoit le silence pesant et le bruissement religieux, qui impressionnent son âme simple : « Le vent, écrit-il, fait de Grenade un orgue dont les tuyaux seraient ses ruelles étroites. » Il la décrit comme une ville endormie, sans grâce réelle, et qui va bientôt lui peser au point de l'inciter aux escapades andalouses, galiciennes et castillanes, puis à la fuite — définitive — à Madrid.

Mais il gardera, néanmoins, une grande fascination pour la cité antique, son histoire, sa grandeur à l'époque de l'Andalousie arabe, dont témoignent palais et jardins. Et ces petites ruelles aux maisons tassées, ce quartier pauvre et antique bientôt éventré par l'auguste Gran Vía, ou Grande Voie, de Christophe Colomb — toutes les villes d'Espagne, dans la perception aiguë de la décadence et, pour l'abolir, vont compter alors une rue, une place ou une avenue au nom du conquistador, comme si décidément le soleil ne devait pas, ou n'aurait pas dû, se coucher sur l'empire. Cependant, s'agissant de Grenade, on ne peut oublier que c'est là même, aux environs de Grenade, au campement de Santa Fe, que les Rois Catholiques, Ferdinand et Isabelle, signèrent, le 17 avril 1492, le contrat accordant à Christophe Colomb le soin et la mission de « découvrir » l'Amérique. Grenade avait donc quelque raison singulière d'honorer l'amiral de la mer Océane.

C'est justement dans la majestueuse artère percée par et pour la plus huppée des bourgeoisies citadines que don Federico installera, en 1916, la nouvelle demeure familiale, dans cette avenue du Sucre. Il s'agit, en fait, d'une grande bâtisse (qu'on pourrait presque taxer d'hôtel particulier, n'était la situation rurale et andalouse) à plusieurs étages, avec comme il se doit un patio ombragé d'une treille, un jardin et un jet d'eau. Dans cette maison, autour du couple et de ses quatre enfants, vivent aussi la tante Isabel, sœur du père, restée célibataire, qui se charge d'apprendre à Federico l'art de la guitare, tout en lui farcissant la tête de ces chansons andalouses que le poète et musicien allait harmoniser et populariser plus tard. Enfin on trouve aussi la domestique et ancienne nourrice Dolores, dont le verbe haut et la truculence passeront dans les prochains personnages ancillaires des pièces lorquiennes.

Le « modernisme » de la cité s'assortit, par compensation, d'une complaisante esthétique de l'orientalisme, mis au goût du jour depuis qu'un Américain, Washington Irving, écrivit les *Contes de l'Alhambra* en 1832, un beau livre d'images plein d'histoires et de légendes de l'époque hispano-mauresque, et qui eut un grand retentissement. Lorca y fut assurément sensible, et ses premiers écrits témoignent, parfois, d'une certaine mièvrerie orientaliste. Heureusement il y a le palais des rois maures, dressé comme un fier navire dans la cité qui vit la fin du royaume de Grenade en 1492, sous les armées d'Isabelle la Catholique. Et il y a ces jardins du Generalife qui représentent la quintessence de la beauté liquide de la ville. L'Alhambra est alors perçu comme un lieu mythique et une présence fantasmée. Résonnent-ils dans l'esprit du poète en herbe, ces alexandrins de Victor Hugo ?

L'Alhambra ! L'Alhambra ! palais que les Génies
Ont doré comme un rêve et rempli d'harmonies[4].

Federico a treize ans quand il assiste à une représentation de la célèbre compagnie dramatique María Guerrero, qui donne en 1911 une pièce en vers (ampoulés) : *Le Château des perles*, dont l'auteur, Francisco Villaespesa, un Andalou d'Almería, prétendait écrire « comme un Arabe de Grenade » ! L'adolescent est conquis par cette poésie de pacotille et cette sollicitation aux rêveries mauresques. Francisco García Lorca nous rapporte que son grand frère, sitôt rentré, rejoua la pièce avec la domesticité : il déguisa la bonne, brune comme une Andalouse ou une Gitane, il la talqua de poudre de riz et lui fit endosser des voiles à la façon mauresque, puis lui souffla quelques répliques pseudo-arabes comme il en avait entendu sur scène. Et lui-même entortilla un turban sur sa tête, un des nombreux déguisements qu'il affectionnera tant plus tard, aimant par-dessus tout se mettre en scène, se déguiser, jouer et déjà disparaître sous le masque…

À Grenade, puisqu'il faut quand même être sérieux, Federico doit aller au lycée, mais son père, fort judicieusement et en dépit de toute la religiosité de la mère, ne veut pas pour son fils d'un établissement religieux. Alors il l'envoie au « Collège du Sacré-Cœur de Jésus » qui, comme son nom ne l'indique pas, est en fait un collège laïc tenu par un cousin de doña Vicenta, Joaquín Alemán Barragán. Federico n'est pas très assidu, c'est un rêveur, un enfant imaginatif qui a du mal à se plier à la férule, pour bienveillante qu'elle soit dans ce cas-là. Il ne s'intéresse guère aux matières enseignées, est inapte aux mathématiques, incapable de dire deux mots de français, qui était alors la langue étrangère enseignée, de surcroît écrivant affreusement mal, défaut qu'il allait vite corriger en faisant des lettres de l'alphabet peu conventionnelles qu'il traçait en dessin artistique, comme l'atteste l'extravagante signature « Federico Garcia Lorca », en très hautes jambes verticales et petites boucles gracieuses et sans accent sur le *i* de García.

Cette signature ferait les délices d'un graphologue averti. Orgueil incommensurable des lettres hautes ? Caractère rétracté comme le prouverait la courbe du D exagérément tournée vers la gauche ?... Fioritures d'artiste en haut et en bas du G du patronyme paternel ? Sécheresse du Lorca maternel ? Avis aux experts !

En 1909 il passe l'examen d'entrée en sixième — ce que les Espagnols nomment « première année du baccalauréat » —, mais doit s'y reprendre à trois fois pour épuiser les différentes matières : langue espagnole, géométrie et arithmétique, calligraphie — façon espagnole de désigner ce que chez nous nous appelions naguère « écriture » —, géographie de l'Espagne et de l'Europe, religion. Il est décidément peu doué, ou disons plutôt peu appliqué aux études. Malgré tout il passera son baccalauréat en octobre 1914, à seize ans, ce qui était alors l'âge normal, mais ce n'est que l'année suivante qu'il fut vraiment bachelier en satisfaisant aux épreuves de mathématiques, qui furent toujours sa bête noire. Federico ne saura jamais compter, au grand dam de son institutrice de mère, ni, bien entendu, gérer un budget — un mot inconnu de son vocabulaire.

En revanche, s'il ne s'intéresse guère à ce que veut lui apprendre l'école espagnole, Federico est un lecteur accompli. Éveillé à la littérature par les lectures que lui faisait doña Vicenta, sa mère, il s'adonne passionnément aux livres, au point que son père ouvrira pour lui un compte dans la grande (et seule) librairie de Grenade. Et là, que va-t-il acheter et lire ? Des œuvres scandaleuses aux yeux des Espagnols du moment : le *Candide* de Voltaire — mis à l'index au temps du franquisme —, ou *L'Origine des espèces*, de Darwin, essai ressenti — à juste titre ? — comme une remise en cause du dogme catholique. Mais il lit aussi les classiques, à commencer par les grands auteurs grecs — Hésiode, Sophocle, Platon… — et latins, essentiellement Ovide et ses *Métamorphoses* qui influèrent tant la poésie espagnole de la Renaissance, celle de Garcilaso de la Vega et de Góngora, ce dernier devenant vite son poète de prédilection sur lequel il prononcera, quelques années plus tard, une célèbre conférence. Sans oublier, évidemment, les grands classiques de la *Comedia* espagnole : Cervantès, Lope de Vega, Calderón et Tirso de Molina, auteurs dont il exploitera les œuvres majeures pendant les quatre années où il dirigera le théâtre universitaire de La Barraca. Parallèlement, il lira Shakespeare et Victor Hugo, deux grands maîtres pour tout lettré espagnol du début du XXe siècle. Mais, ignorant la querelle des Anciens et des Modernes, il lira résolument et avec profit le très scandaleux Oscar Wilde, et aussi, dans un autre registre, les quatrains érotico-sensuels des *Rubaïyat* d'Omar Khayyam, où son âme andalouse trouva sûrement de quoi se repaître. Sans cette lecture essentielle, aurait-il, plus tard, composé le *Divan du Tamarit*, adoptant — plus ou moins — le mètre arabe, ou plutôt l'esprit oriental passé au crible de l'Andalousie ? Et il découvrira dans sa boulimie, pêle-mêle, le dramaturge Maeterlinck — dont l'influence sera marquante, notamment, dans cette pièce de maturité, *Lorsque cinq ans seront passés* —, les *Confessions* de saint Augustin, et dans leur foulée les mystiques espagnols, sainte Thérèse et saint Jean de la Croix, le *Faust* de Goethe, la poésie vénéneuse de Baudelaire, les vers enflammés de Rimbaud, la petite musique de Verlaine, les arcanes de Mallarmé — lus sans doute sous l'influence du poète le plus célèbre de son temps, Rubén Darío le Nicaraguayen, l'inventeur du « modernisme », mort en 1916, alors que Federico a tout juste dix-huit ans et a déjà entassé dans la petite caisse sous son lit quantité de feuillets noircis de vers et de poésie adolescente. Lecteur, donc, infatigable et déjà barbouilleur de rime et raison.

Arrêtons-nous à deux figures majeures de la poésie moderne. Dans le poème que son frère Francisco considère comme sa première création poétique : *Canción. Ensueño y confusión*, Federico évoque diverses figures poétiques parmi lesquelles il privilégie « Rubén le magnifique », si forte est son admiration pour le poète nicaraguayen — et sa dette envers lui. Quant à Verlaine, au-delà de sa poésie et de la révolution formelle qu'il représenta (« De la musique avant toute chose »), c'est à la personnalité même du poète français qu'est sensible Federico. Il avait, d'ailleurs, dans sa bibliothèque — tel qu'on peut le voir aujourd'hui à la Fondation García Lorca — une anthologie en espagnol des poésies de Verlaine, publiée par Manuel Machado (le frère d'Antonio), avec pour l'essentiel les poèmes de *Fêtes galantes*, des *Poèmes saturniens* et de *Sagesse*. Par sa liaison homosexuelle et dramatique avec Rimbaud, ce poète « maudit » et scandaleux retient toute son attention, au point qu'il confie, secrètement, son admiration dans une lettre adressée le 4 juin 1918 à un jeune lecteur enthousiaste de ses *Impressions et paysages*, Adriano del Valle. Il y brosse son propre portrait et se présente ainsi :

> Je suis un pauvre garçon passionné et silencieux qui, à peu près comme le merveilleux Verlaine, porte en lui un lys impossible à arroser ; et j'offre aux yeux stupides de ceux qui me regardent une rose très rouge à la nuance sexuelle de pivoine d'avril, qui n'est pas la vérité de mon cœur... Je me sens un Gerineldo chopinesque dans une odieuse et méprisable époque... Au plus profond de mon âme, il y a un désir énorme d'être très enfant, très pauvre, très caché. Je vois devant moi beaucoup de problèmes, beaucoup d'yeux qui me traquent... et je fais des efforts parce que j'aime les poupées de carton et les petits objets de l'enfance[5].

Ces phrases éclairent singulièrement sa personnalité et l'œuvre à venir. Qu'est ce lys — cette *azucena* — impossible à arroser sinon son désir inassouvi, cette incapacité à aimer chez celui qui se sent si différent de ses camarades et qui, sans qu'il le sache véritablement, n'est attiré que par le corps de l'homme, même s'il feint, comme il le dit, d'arborer pour la galerie ces fleurs rouges d'un désir « normal » et viril. Et pour se protéger, et ne pas entrer dans ce monde d'homme et de normalité auquel il se sent étranger, il va se réfugier dans l'univers de l'enfance, dans ses jeux et ses fantasmes. Et dans ses poupées bientôt promues au rang de marionnettes de théâtre.

Restons encore un peu sur les bancs de l'école. Son frère Francisco, qui n'avait rien d'un rebelle et qui deviendra, d'ailleurs, un juriste accompli et un brillant diplomate, lui donnera pendant toute sa scolarité le bon exemple. En vain. À l'inverse de son frère cadet, un sacré bûcheur, Federico, on l'a vu, ne travaille pas à l'école. Il rêvasse, rit ou pleure. Il reste volontiers au fond de la classe, se veut cet « élève du dernier banc » qu'il célébrera plus tard. C'est une plaque sensible. Est-ce là que ses camarades l'appelèrent « Federica » ? C'est bien possible si l'on en croit ce qu'en a dit un de ses condisciples — encore qu'il faille se méfier des impressions scolaires des enfants qui, devenus adultes, prétendent mesurer le passé à l'aune du présent. Federico avait-il la réputation d'être homosexuel, dans sa vie madrilène ? Alors, bien sûr, il pouvait bien se trouver un ancien condisciple pour signaler que « ça se savait déjà » ! Et puis, Federico avait et a toujours eu le goût de la toilette excentrique. Dès son plus jeune âge, ses vêtements tranchent sur ceux de ses camarades. Le futur metteur en scène et acteur qu'il sera ne s'habillera jamais comme tout le monde, comme si l'artiste devait forcément se distinguer du prosaïque citoyen. Au lycée, à l'inverse de ses camarades qui portent tous au col de la chemise un strict lacet, lui arbore une cravate flamboyante, presque une lavallière, ou alors ce nœud papillon qu'on voit sur presque toutes ses photos d'adulte.

Disons, à ce propos, un mot de sexe dans cette Espagne provinciale du début du XXe siècle. Federico est à Grenade, il a onze ans et non plus cet âge tendre des jeux d'enfant à connotation sexuelle et innocente tels qu'il les vécut avec ses petits camarades de la Vega. Il va y grandir et y passer ses années de puberté. En Espagne, le sexe fut anathème jusqu'à la proclamation de la seconde République — éphémère — pour devenir, ensuite, l'objet d'une véritable hystérie de censure et de répression aux temps du franquisme. Au bal des étudiants de la cité universitaire, il était interdit de danser si l'on n'avait pas chemise, cravate et veste. Le garçon qui allait en chemisette au plus chaud de l'été restait donc sagement assis sur sa chaise, faisant tapisserie, jusqu'à ce que tel danseur ami, fatigué de danser, vienne vers lui et lui prête cravate et veston afin de respecter la stricte règle sociale que de tyranniques surveillants étaient chargés de faire appliquer. Bien entendu, il était interdit de tomber veste et chemise dans le compartiment d'un train surchauffé, sous peine d'amende, et les maillots de bain, toujours d'une pièce pour les filles, n'étaient tolérés que dans l'étroit périmètre des plages ; dès qu'on se relevait, il fallait se rhabiller. Il n'est pas inutile de rappeler ces règles qui avaient cours déjà au début du siècle. La femme était frappée d'interdit, elle était mystérieuse, cachée, dissimulée sous des vêtements stricts, promise au seul mariage. On lui interdisait même de monter à bicyclette. Qui parle d'amourette ? ou de conter fleurette ? Les garçons faisaient alors le partage entre la femme qu'on doit aimer après mariage, et les filles de joie dont on usait en toute bonne conscience. Le bordel fut toujours une institution prospère et colorée dans l'Espagne traditionnelle.

Les compagnons de Federico, et tout particulièrement Luis Buñuel à Madrid, fréquentaient donc les « maisons honnêtes » de Grenade et se passaient le nom des « respectueuses » qui avaient du talent. C'est de cela et de celles-là qu'ils parlaient dans les rues, au café, dans ces réunions où seuls les hommes, les garçons étaient présents. En aucun cas les femmes. Federico ne mit jamais les pieds au bordel ! Et la femme lui restera à jamais inaccessible et refusée — malgré une expérience tentée au temps de son compagnonnage avec Salvador Dalí, sur laquelle nous reviendrons. Il se réfugiera longtemps dans ce qu'il appelle « le grand sacrifice de la semence » en vouant aux gémonies ses compagnons délurés, leur lançant : « Vous qui ne caressez que les putes ne sentirez jamais l'émotion d'étreindre et d'embrasser un animal nouveau-né. » Le petit paysan qu'il fut pointe là le bout du nez.

Sa force d'émotion trouvera cependant à s'exprimer à travers un amour de jeunesse, qui fut sans lendemain, mais lui berça le cœur et fit monter à ses lèvres de magnifiques mots d'amour. Ses premières gammes.

## Cher premier amour...

*L'astre de mon baiser se posera sur ton front.*
*La source de mon âme t'inondera de roses*
*Et le piano vibrant se mettra à chanter.*

FEDERICO GARCÍA LORCA[1]

Si sa promise s'appelait María Luisa, le premier amour de Federico était, en fait, la musique. Inscrite dans ses gènes, rappelons-le, avec son père qui aimait parfois, le soir, de retour des travaux des champs, gratter la guitare ; avec son oncle Baldomero, qui tenait le haut de l'affiche au café de Chinitas, à Málaga — ce café moderniste que le poète mettra en musique et en chanson. Et, bien sûr, avec la tante Isabel, son premier maître de guitare. Il avait tant de parents et d'ascendants artistes dans l'âme. Lorca fut bon guitariste, mais surtout excellent pianiste, même s'il ne commença à pratiquer le piano qu'à l'âge de onze ans. Il chantait aussi, malgré — ou plutôt grâce à — sa voix rauque, qui s'accordait si bien aux chants andalous et populaires qu'il passa tant d'années à recueillir, à harmoniser et à diffuser, de Madrid à Barcelone, de New York à La Havane, et à Buenos Aires. Il aurait pu faire carrière comme musicien, et la chose l'a certainement tenté. Tous ceux qui l'ont connu le revoient assis au piano, récitant, chantant, jouant. Non seulement des chansonnettes, mais aussi de belles partitions : ici une arabesque de Debussy avec laquelle il séduira Manuel de Falla, là une sonate de Beethoven, qu'entendit un soir Fernando de los Ríos*. Federico, qui avait l'âme sensible, aimait jouer aussi ce grand musicien et pianiste romantique tant admiré qui portait même prénom que lui : Frédéric Chopin.

Federico apprit à jouer du piano à Grenade alors qu'il était au lycée, avec pour maître un vieux compositeur raté, auteur d'un opéra — *Les Filles de Jephté* — qui fut conspué par le public et la critique, mais, au demeurant, excellent professeur : Antonio Segura Mesa. Ce dernier donna à

* Fondateur et directeur du Cercle artistique de Grenade où Federico venait d'entrer, il s'éprit aussitôt du jeune musicien, dont il guidera ensuite les pas à Madrid et dans sa future carrière théâtrale.

Federico des leçons particulières quotidiennes, et fut séduit par ses bonnes dispositions et son talent, qu'il encouragea en le poussant sur la voie professionnelle. Federico composa même, sous sa houlette, quelques partitions, hélas ! égarées. Il nous reste, cependant, les harmonisations qu'il fit des chansons folkloriques et populaires andalouses. La mort de son maître, en 1916, ne mit certes pas fin à sa pratique du piano, mais l'empêcha vraisemblablement d'entamer, comme il en avait eu initialement le désir, une carrière de pianiste professionnel. Au demeurant, les parents de notre surdoué du clavier, dès lors que le maître Segura eut tiré sa révérence, s'opposèrent à toute velléité musicale chez leur fils, qu'ils engagèrent plutôt à se tourner vers une solide carrière universitaire, dans cette discipline du droit qu'à l'inverse de son frère notre poète détestait.

Le piano de Federico, à Fuente Vaqueros, lui vient de sa grand-mère, qui en jouait, certes, et fut en quelque sorte le modèle de cet enfant qui l'admirait tellement, séduit par son verbe lorsqu'elle lisait à haute voix Victor Hugo et fasciné par ses doigts qui couraient sur le clavier. Lui aussi, très tôt, il a voulu gambader sur les touches, et s'est pris d'une telle passion pour son piano qu'il a pu écrire cette phrase soulignée par ses soins : « *Je t'aime par-dessus toutes les choses* », en évoquant, dans cette petite prose qu'il intitule « Mon piano », son double amour, celui de l'instrument et celui de la belle qui jouait avec lui et dont il était épris, cette jeune fille qui un beau jour l'a laissé : « Mon vieux piano, tu es mon âme ; sans toi je ne vivrais pas parce que je t'aime autant que celle qui s'est évanouie au loin[2]... »

Federico a dix-huit ans et, de façon somme toute normale, son âme romantique et son esprit rêveur le poussent à fantasmer sur quelque bel amour féminin, évidemment malheureux, dont ses premières proses témoignent. Bien entendu, celle pour laquelle son âme se meurt est blonde aux yeux bleus, mais a-t-elle vraiment existé, cette première cible de ses émois amoureux ? On peut en douter en lisant ce rapport excessif sur cet impossible amour :

> Pourquoi ne peux-tu pas m'appartenir ? Pourquoi ton corps ne peut-il pas reposer près du mien, si tu le désires ? Pourquoi m'aimes-tu à la folie et ne pouvons-nous pas nous aimer ? La société est cruelle, absurde et sanguinaire. Qu'elle soit maudite ! Nous la maudissons, elle qui ne nous laisse pas nous aimer librement[3].

L'adolescent se voit irrésistible, et s'imagine couché près du corps de cette belle jeune fille de ses rêves, mais la société condamne l'amour, c'est bien connu, toutes les pièces de théâtre et les drames romantiques ne parlent que de cela. Le thème du poids des convenances et des conventions sociales, depuis *La Dame aux camélias*, d'Alexandre Dumas fils, n'a cessé d'empoisonner le théâtre bourgeois dans l'Espagne du dernier quart du XIX^e^ siècle. Mais cela continue, et dans cet esprit même, il faut bien introduire une once de prostitution fatale :

> Qu'importe que nous venions de classes différentes, si nous sommes une âme unique ? Qu'importe que ta famille soit

infâme et que ta mère se prostitue si toi, tu es pure et eucharistique[4]... ?

L'écrivain en herbe n'y va pas avec le dos de la cuiller, n'est-ce pas ? Le voilà amoureux ni plus ni moins que d'une enfant du péché et du stupre. Alors, n'aurait-il d'autre choix que celui de Werther mettant fin à ses jours, désespéré de ne pouvoir vivre son amour ?

Ma poitrine est sur le point d'éclater et je fais souvent appel à la mort... mais c'est impossible... La société nous sépare et nous tue[5].

Nous sommes bien là dans la littérature, mais à force de fantasmer, il arrive aussi que les fantômes prennent corps et cette même année, un peu plus tard, nous trouvons enfin une belle enfant qui correspond à peu près à la description. Une blonde aux yeux bleus, encore, mais sans qu'on ne soit sûrs de rien. N'est-il pas possible que le poète projette son rêve sur un support qui, en réalité, serait fort différent ? Peu importe. Seul compte pour nous ce qu'il en dit et en écrit.

En septembre 1917 donc, Federico joue du piano avec cette jeune fille blonde aux yeux bleus — le rêve de tout homme du Sud, faut-il le répéter ? —, qui se nomme María Luisa Egea González — enfin un nom ! —, fille d'un cultivateur aisé de la Vega, et excellente au clavier. Il est amoureux d'elle. Il va lui dédier deux de ses compositions, un gentil petit poème intitulé « Cigale », le 3 août 1918, qui est celle qui chante dans la lumière puis disparaît « en chantant / transfigurée en musique / et en céleste lumière ». N'est-ce pas là un compliment galant, un *piropo* tel qu'on l'appelle en espagnol, comme se doit de lancer à l'aimée tout garçon bien né ? La deuxième composition est un long texte en prose inclus dans son premier ouvrage *Impressions et paysages*, intitulé « Sons », avec cette dédicace tellement explicite : « À María Luisa Egea, ravissante et géniale... Avec toute ma dévotion ». Il plaçait donc cette jeune fille très haut sur le socle des statues, des objets de piété et de beauté, le piédestal des génies, et en faisait un objet d'adoration, tout en soulignant qu'il succombait à son charme ; mais le texte qui suit est seulement une description de Grenade, la ville où ils se sont sans doute connus, c'est un hommage à la ville, et, indirectement, un hommage à la femme aimée. Au lieu d'une belle lettre d'amour, nous lisons alors cette description conventionnelle :

> Du haut des tours de l'Alhambra on voit l'Albayzin avec ses patios et ses vieilles galeries parmi lesquelles des nonnes déambulent. Sur les murs blancs des cloîtres se trouvent les chemins de croix. Près des jalousies romantiques des campaniles, les cyprès bercent avec langueur leur masse odorante et funéraire... Les patios sont rêveurs, ombreux[6]...

Description bien austère sur une note plutôt funèbre. Où est passée l'Espagne musulmane, et ses splendeurs de Mille et Une Nuits ? Où s'est perdue « la lune en son plein[7] » ?

Et donc, que s'est-il passé ? Se sont-ils touchés, se sont-ils embrassés, qui peut le dire ? On suppose, à lire ce qu'en rapporte Federico, qu'il lui a déclaré son amour par écrit, la jeune fille est alors excédée, elle froisse les feuillets et les jette au feu.

Non, elle ne l'aime pas. Elle ne l'aime plus. Peut-être s'est-il montré trop pressant, trop précis dans sa fougue amoureuse... Le voilà seul, devant son piano, et Chopin le console. Il ne lui restera qu'une douce vision, un souvenir de tendresse. Que lui a-t-elle annoncé en le quittant ? Je t'ai aimé naguère, mais ne pense plus à moi, dit-elle cruellement, mon cœur n'appartient à aucun homme, je mourrai vierge et sans aucun contact charnel, mon âme n'est pas de ce monde... Ces phrases que Lorca consigne dans son cœur et sa mémoire alors qu'il n'a que dix-huit ans, il saura s'en souvenir dans ce théâtre qu'il peuple de femmes sans hommes et de filles qui meurent vierges et laissées pour compte. Aussi le poète, meurtri, se dit-il que la félicité de ce monde n'est pas pour lui, que l'amour lui est refusé, et note pour finir, confondant probablement rêve et réalité : « Mon premier amour s'est effondré une nuit claire et froide de ce mois », datant son texte du 5 janvier 1917. Puis il s'en retourne à son piano et joue une valse de Chopin. Bien sûr, tout cela est terriblement romantique, comme on sait l'être à l'adolescence, avec cet excès de fièvre ou de désespoir, nourri de sentiments empruntés à la littérature et qui bercent l'âme d'une délicieuse souffrance. A-t-il vécu tout cela, l'a-t-il rêvé ? Est-ce illusion d'une âme trop littéraire ? Qui n'a connu un premier amour dans sa vie ? Eh bien, oui ! Federico a aimé, a souffert et alimenté ensuite son inspiration de ce thème récurrent de l'être éconduit par l'aimé(e).

Mais nous avons tout de même une autre amourette, plus précise. Lorsqu'il a dix-huit ans, Federico accompagne sa mère à la station thermale de Lanjarón, au pied du massif des Alpujarras. Doña Vicenta souffre de migraines chroniques, et l'on sait qu'elle a une santé fragile : chacune de ses grossesses a provoqué chez elle une dépression post-partum accompagnée de maux de tête et de ventre. Là-haut, dans la station, Federico s'éprend d'une jeune fille, de même prénom que la précédente, María Luisa Natera, dont on sait seulement aujourd'hui ce que ses descendants veulent nous dire et nous rapporter. Il semble bien que cette jeune fille aux yeux rêveurs ait pu inspirer à Federico ses premiers émois amoureux devant le « beau sexe » et ses premiers poèmes, mais là aussi la part imaginative l'emporte sur la réalité de son attirance pour la femme. Ses aspirations sont tout autres, même si le poète a pu être sensible au charme féminin de quelques « jeunes filles en fleurs ».

Toute cette période adolescente, dolente, amoureuse et musicale est peuplée de proses qui tentent de rivaliser avec ses propres partitions et, tout en nous renseignant sur ce qu'il avait devant son clavier, montrent bien que pour lui l'écriture et la musique se confondent. Significatifs sont les titres en espagnol ou en italien — la langue qui fonde notre musique — qu'il donne à ses textes d'alors : *Nocturno apasionado. Lento. Molto allegro appassionato. Andante. Molto allegro disperato. Adagio Cantabile. Molto Allegro con fuoco. Allegro ma non tanto y desfallecido. Ritornello del primer tiempo. Coda desfallecida. Minuetto con variazioni. Balada en fa sostenido mayor...* Non, on ne peut séparer les doigts qui frappent les touches de la main qui tient la plume. Toute la poésie de Lorca est chanson et son théâtre connaît systématiquement des pages lyriques, qu'il intercale thèmes musicaux, chansons ou chœurs, ou que sa propre phrase se scande comme un récitatif d'opéra.

Quant à la jeune femme blonde, éthérée, cette Ophélie perdue, elle restera au fond du cadre, entre les cordes de la harpe, âme de son piano, muse de son esprit, fondue dans ce baiser que, mieux que d'autres, il a su chanter comme un miracle de l'être tout entier, en nous donnant cette incroyable définition : « les bouches sont les sexes de l'âme » (*Canciones de beso al estilo de Oriente* [*Chansons de baiser au style d'Orient*[8]]). Cette année 1917 où tout finit — ou tout, peut-être, commence —, qui voit l'éclosion, l'épanouissement et la fin de cet amour initial, de cette première, unique et dernière femme de sa vie, Federico lance cette phrase :

> Je ne peux qu'embrasser. Elle n'est pas avec moi... mais je m'embrasse moi-même... Ah ! Baisers, donnez-moi des baisers, beaucoup de baisers[9].

L'adolescent est touchant, et en même temps il nous éclaire sur sa vie sentimentale qui va suivre : le refus, le rejet de la femme, de ce type d'amour, le refuge dans l'autosuffisance amoureuse et sexuelle, qui lui permet d'approfondir le sentiment amoureux et d'enrichir sa palette poétique, avant de rechercher cet Autre qui lui ressemble, ce frère, ce Gémeau dont il rêve de faire le compagnon et l'amant de toute sa vie.

En attendant, il reste chez le poète le fantasme

persistant de la femme, dont il sera l'un des chantres les plus éclatants, les plus sensuels et précis, avec des vers d'un érotisme d'autant plus brûlant et suggestif que rien ne sera consommé entre la femme et lui. En 1921, évoquant les *Ferias* — les « Fêtes » —, il se souvient sans doute de celle qu'il a aimée et qu'il nomme, par juste dévoiement, María del Carmen. C'est un poème intitulé « Chanson brune », et si l'on contemple le manuscrit, on voit bien qu'il se termine par une strophe que le poète a encadrée, comme pour mieux en souligner l'importance :

Je me perdrais bien
dans tes seins tremblants
dans les profondeurs noires
de ton corps suave[10].

Federico n'a pas fini de chanter la femme, dans toute sa gloire charnelle, dans son mystère, dans la séduction de sa gorge, dans ces replis prometteurs qui lui furent refusés. Ou qu'il refusa. Il en donnera toute la mesure dans son *Romancero gitan*.

## Le petit coin au fond de la salle

*Mon baiser était une grenade*
*Profonde et ouverte...*

FEDERICO GARCÍA LORCA[1]

À Grenade où Federico vit son adolescence, il y avait une brasserie assez vaste où se retrouvaient, selon l'heure, les principaux acteurs de la ville. Le matin, les maraîchers et commerçants, l'après-midi les amateurs de flamenco, guitaristes, *cantaores* et toreros, voire quelques souteneurs et mauvais garçons, le soir les familles venues se distraire en écoutant de la musique classique jouée par un petit orchestre, et en soirée prolongée la jeunesse intellectuelle d'avant-garde. Celle-ci entrait à l'Alameda — c'était le nom de l'établissement — et gagnait tout au fond, derrière le rideau de scène devant lequel se produisait le quintette piano et cordes, un petit coin où ne tenaient pas plus de trois tables. Les jeunes se pressaient là et discutaient, échangeaient des idées, remettaient le monde en question ou se proposaient de le changer, lisaient leur texte et rêvaient à l'impossible, alimentant une juste ambition par l'émulation et le paraître. Federico, qui allait déjà sur ses dix-sept ans, fréquenta assidûment ce qu'on appelait alors *El Rinconcillo* (le petit coin) et en devint vite une voix majeure, un esprit écouté. Ce n'était pas le cercle des poètes disparus, mais tout bonnement le petit coin des poètes et des artistes vivants, cherchant à s'affirmer.

Ce petit groupe fonctionnera de 1915 à 1922. C'est alors une tradition bien ancrée en Espagne, aussi bien dans les capitales (Madrid et Barcelone) qu'en province, d'avoir sa *tertulia* ou sa *peña*, sa petite coterie généralement emmenée par un bel esprit, un écrivain ou un artiste, voire, dans le domaine sportif, un *aficionado* de corrida, et plus tard un commentateur averti de matches de football. Federico, lui, est tout de suite séduit par cette habitude espagnole, qui s'est instaurée au XIXe siècle, et qui permet à l'intelligentsia, en herbe ou confirmée, de se retrouver à heure fixe au fond d'un café pour mettre le monde en équation, certes, mais aussi, dans son cas personnel, de s'exprimer et d'y briller. Plus tard, à Madrid, il fréquentera l'une des plus célèbres brasseries littéraires d'Espagne, le café Gijón, tout près de sa résidence d'étudiants, où il côtoiera les poètes de sa génération, entre autres Gerardo Diego, rassembleur de poètes et maître ès poésie, et Jorge Guillén, son affectueux aîné (de cinq ans), qui jouera un grand rôle dans la diffusion de son œuvre. C'est ce dernier qui encourage constamment Federico à se produire en public, car il sait par expérience que la poésie doit être lue à haute voix ou récitée par le poète, et là, dans ce petit coin de brasserie, Lorca l'a convaincu qu'il était un très grand « diseur », ou tout simplement un acteur. Lorsque, plus tard, Jorge Guillén, alors professeur de littérature à l'université de Valladolid, l'invitera à donner à l'Ateneo (traduisons : centre culturel) de cette ville non pas une conférence mais un récital poétique, il dira dans sa présentation au public tout ce qu'il a retenu de cette fréquentation juvénile du poète de Grenade :

> C'est là le grand secret de Federico García Lorca. Sa poésie, tout à la fois traditionnelle et très novatrice, et toujours de la meilleure qualité, exige pour sa plénitude la récitation en public. Et le public la comprend, et le public aime ça. Quel miracle, n'est-ce pas[2] ?

Et il définit alors l'art de récitant qui est le sien. Un art populaire et savant, mais avant tout une poésie simple et accessible, qui fait d'ailleurs qu'on ait pu parfois la mettre en chanson :

> Il sent en lui et il a devant lui un peuple magnifique. Et il se met à chanter comme le peuple chante dans son Andalousie, et il se met à poétiser — rond univers absolu — son Andalousie : sierra, ciel, homme et son fantôme. Il ne les copie pas ; il les chante, il les rêve, les réinvente ; en un mot il les poétise[3].

Quand Federico se met à fréquenter ce cercle du café Alameda de Grenade, l'esprit fort qui entraîne le groupe dans la discussion et le guide dans ses belles voies est une espèce d'Oscar Wilde andalou, un dandy obèse et maniéré du nom de Paquito Soriano Lapresa, qui avait l'art par son accoutrement, ses éclats de voix et ses mines, de choquer le bourgeois ; c'était même là toute sa vocation. Qui n'en a connu de pareils, de ces petits cercles de poètes et d'artistes d'une quelconque ville de province, où chacun, pour peu qu'il ait la tête dans les nuages artistiques, se sent pousser des ailes et se projette vers un futur glorieux ? Eh bien, à Grenade, on préparait déjà cet avenir et Lorca fut bientôt la « voix chantante » de ce petit groupe d'intellectuels. Chantante et récitante, tantôt se mettant au piano pour entonner quelque pièce folklorique et organiser un concours à qui devinerait l'origine régionale de la chanson, tantôt se tenant droit, debout, la tête dressée et la voix rauque, récitant une de ses dernières compositions poétiques. Car, comme le disait Jorge Guillén, sa poésie était faite pour être récitée, à la façon des troubadours et des jongleurs d'antan. Federico était un diseur et se fera bientôt une spécialité de récitals poétiques dans les diverses villes d'Espagne ou d'Amérique où on l'invitera à se produire.

Il admirait beaucoup, pour sa liberté de parole et ses allures décadentes, ce Paquito Soriano. Or ce dernier s'éprit de la jeune sœur de Federico, Concha, alors âgée de seize ans, raison pour laquelle cette idylle fut sans lendemain. Mais le dandy crut, à tort ou à raison, que le frère jaloux était responsable de la rupture. Il fit alors courir le bruit que Lorca était homosexuel. Comme on le voit ici, dès ses tendres années, Federico dut affronter ce problème, alors qu'il n'était encore qu'un jeune homme qui se cherchait, fiévreux et passionné, mais sûrement pas une « âme perdue » de Sodome.

Il serait un peu vain de passer en revue tous les noms de tous les camarades du cénacle grenadin ; notons seulement la présence d'un arabisant, José Navarro Pardo, jeune professeur à l'université de Grenade, qui, sans doute, sensibilisa Federico à cette culture du passé de la ville ; celle de Melchor Fernández Almagro, qui, avant de devenir un des critiques les plus avertis d'Espagne, sut déceler le génie littéraire de Federico et l'encourager dans sa création ; c'est lui qui, sitôt installé à Madrid, fera tout pour l'y attirer et orchestrer sa gloire ; et puis Antonio Gallego Burín, futur maire de Grenade, esprit régionaliste militant, qui vient ici en bonne place car, fondateur de la revue *Renovación,* il publia dans son premier numéro le premier poème de notre auteur, intitulé « Chrysanthèmes blancs », texte aujourd'hui disparu ; et enfin, José

Fernández Montesinos, grand connaisseur de la littérature et qui communiqua vraisemblablement à Federico sa passion pour le théâtre de Lope de Vega, qu'il saura plus tard mettre en valeur et donner à la scène. Ce *Rinconcillo* voyait aussi surgir parfois, entre deux tournées, le guitariste grenadin Andrés Segovia (né en 1893 à Linares, il était domicilié à Grenade) et Federico admirait sûrement le talent de ce musicien qui allait devenir le meilleur représentant de la guitare espagnole, celui qui interpréterait comme personne la fameuse partition *Recuerdos de la Alhambra*, tout en trémolos — morceau de bravoure de tout guitariste digne de ce nom. Et enfin, figure tutélaire, Manuel de Falla fut aussi un hôte assidu de ce cercle artistique modestement hébergé dans l'arrière-salle d'un café, qui, progressivement, allait devenir lorquien.

Que faisaient-ils d'autre que de bavarder le soir, ces jeunes gens ? Federico, pour sa part, qui avait brillé dans son « petit coin » toute la soirée, pendant que le quintette à cordes ravissait les consommateurs de la grande salle, sitôt que ce dernier rangeait ses instruments, s'installait au piano, et c'est lui alors qui faisait le spectacle parfois jusqu'à l'aube. Mais au-delà des activités littéraires et artistiques, et de la publication de ces revues éphémères, les membres de ce cénacle avaient coutume d'honorer les illustres visiteurs de leur ville en apposant des plaques commémoratives sur les maisons où tel et tel avaient séjourné : ainsi furent honorés Théophile Gautier qui, en publiant son *Voyage en Espagne*, avait évoqué Grenade comme « un véritable paradis terrestre », ainsi que des musiciens comme l'Espagnol Isaac Albéniz ou le Russe Glinka qui, dans ses tableaux symphoniques, sut mettre la musique andalouse au goût du jour en lui faisant franchir d'imprenables montagnes, des Pyrénées jusqu'à l'Oural.

C'est dans cette effervescence toute provinciale que Federico va publier son premier texte en prose. Il s'agit d'un hommage au dramaturge Zorrilla, dont on jouait chaque année à la Toussaint, et dans toute l'Espagne, le *Don Juan*, drame bien plus célèbre et populaire que la *comedia* éponyme de Tirso de Molina, *El Burlador de Sevilla* (« Le Trompeur de Séville »). Ce texte, intitulé initialement « Hommage à Zorrilla, 1817-1917 », fut publié précisément dans le numéro spécial, consacré à ce dramaturge en février 1917, du *Bulletin du centre artistique et littéraire* de Grenade. Recueilli plus tard sous le titre « Fantaisie symbolique », cet article prend prétexte de cet anniversaire pour dire, avec un lyrisme quelque peu désuet, les beautés de Grenade, vue à la façon moderniste, comme « un rêve de sons et de couleurs », et chanter le tribut poétique rendu à sa ville par Zorrilla, certes, et aussi par Ganivet, autre auteur grenadin. Rien ne nous retient vraiment dans cette prose de débutant, si ce n'est la distribution dramatique des voix : en dramaturge à venir, Lorca fait parler successivement « La voix de Zorrilla », « El Darro », « La voix de Ganivet », « La cloche », « La rivière » et, enfin, « La ville ». On sent bien là, déjà, poindre le futur metteur en scène qui mêlera toujours, dans ses pièces, le chœur antique et les *dramatis personae*, privilégiant le mouvement de l'échange dialogué à l'exposé plat et linéaire de quelques idées.

Était-ce là une juste gloire, une ambition suffisante pour le jeune Federico ? Sûrement pas, mais le *Rinconcillo* lui permit, par les solides amitiés qu'il y noua, de se lancer dans la capitale et de se hisser au plus haut sommet des lettres espagnoles. Et justement c'est à Grenade et au milieu de tous ses amis qui le soutiennent et l'aiment, qu'il accède aux premières marches de son ascension.

S'il faut épingler une date de ce séjour grenadin et de ce cercle d'amis, comme on pique sur un tableau mural un papillon aux ailes éclatantes, retenons le 17 mars 1918. Federico va sur ses vingt ans. Il pénètre dans l'auditorium du Centre artistique de Grenade, entouré de tous ses amis du *Rinconcillo* qui l'ont convaincu de se produire enfin, et de faire partager publiquement son talent. Jusqu'à présent il n'avait lu ses poèmes et ses textes que dans le petit coin au fond du café derrière le rideau de l'orchestre, mais maintenant il se doit aux autres, il lui faut servir son ambition, tous le lui disent. Alors Federico s'avance, de sa démarche maladroite, mais les épaules droites et le torse forci, l'œil un peu triste, parce qu'il a le trac, mais noir et plein de défi. La partie se joue là. Pour la première fois de sa vie, il va monter sur les planches et se produire en public.

Il a mis dans ses poches quelques liasses de feuillets où il a griffonné, de sa petite écriture dessinée, les meilleures pages de son premier livre, *Impressions et paysages*, qui va bientôt paraître à Madrid. Ce livre est connu de tous, car il contient notamment le journal de voyage de Federico lorsque, avec le professeur Berrueta et ses camarades, il a, à quatre reprises, parcouru l'Espagne. Nous y reviendrons en détail dans les pages suivantes.

## À la découverte de l'Espagne

*Il y a un peu d'inquiétude et de mort dans ces villes silencieuses et oubliées.*

FEDERICO GARCÍA LORCA[1]

Federico, non sans mal, a décroché son diplôme de bachelier en 1915. Il a alors dix-sept ans et entre à l'université de sa ville, qui n'est pas le meilleur centre universitaire d'Espagne. Le jeune homme s'inscrit conjointement en lettres et en droit, ce qui est alors la filière la plus commune. Malgré le niveau médiocre des études, il peut s'enorgueillir d'avoir rencontré deux professeurs d'exception, en lettres d'abord, Martín Domínguez Berrueta, et en droit ensuite, la haute figure de Fernando de los Ríos. Ces deux maîtres vont infléchir sa vie et lui donner une impulsion définitive. Fernando de los Ríos, Andalou de Ronda (haut lieu de la tauromachie), avait obtenu une chaire de droit à Grenade en 1911. Petit-neveu de Francisco Giner de los Ríos, fondateur de l'Institution libre d'enseignement, il se considérait l'héritier de cet esprit libéral qui révolutionna la pédagogie en Espagne, c'est pourquoi il n'eut de cesse de transmettre à ses élèves, notamment à Federico, un idéal social avancé et progressiste, une vision de la société espagnole fondée sur l'éducation et le progrès. Fernando de los Ríos avait connu Lorca l'année précédente au Centre artistique de Grenade, dont il était président. Le jeune Federico s'était inscrit dans cet espace majeur de la vie culturelle de la ville pour parfaire sa formation musicale et sa sensibilité artistique ; il y donnait des concerts informels et aussi se produisait dans la salle de dessin où de jeunes artistes travaillaient devant des modèles vivants, et là il les encourageait au piano, la musique beethovénienne servant de fond sonore. C'est dans ce Centre artistique qu'un beau jour le directeur, depuis son bureau du premier étage, entendit jouer du piano et, reconnaissant une sonate de Beethoven, descendit voir qui la jouait si bien. Nul doute, le musicien et l'artiste en herbe allaient l'impressionner bien plus que le piètre juriste qu'il ne fut jamais. Ce fut aussi le début d'une grande amitié.

L'autre professeur, Martín Domínguez Berrueta, était également un professeur de choc, profondément influencé, lui aussi, par l'Institution libre d'enseignement, adepte, de ce fait, du contact entre professeur et élèves, sans réelle barrière hiérarchique et avec pour souci ce fameux tutorat sans lequel il n'est plus aujourd'hui d'enseignement universitaire. Tout l'art, dans cette optique d'échange, pour celui qui se considérait comme père et compagnon, consistait alors à emmener ses étudiants en excursion à la découverte de l'Espagne, de ses villes et ses trésors, de ses grands hommes aussi. Il allait avoir une influence déterminante sur le jeune Federico puisque c'est grâce à lui et à ces voyages qu'il allait publier son premier ouvrage.

En 1916 et 1917, il part avec un petit groupe d'amis, accompagnés de leur professeur, reconnaître le pays. Ce sont quatre voyages universitaires et excursions profitables, d'où Federico ramènera de nombreuses notes, s'essayant à l'écriture pour la première fois avec une certaine ambition, ce qui l'incitera à publier à compte d'auteur, c'est-à-dire grâce à l'argent paternel qui subventionne d'ailleurs ses coûteuses escapades, son premier livre : *Impressions et paysages*. Ces excursions avec Berrueta, deux fois par an, durant lesquelles le jeune homme pénètre dans l'Espagne profonde dont il ignore tout, représentent aussi ses premiers pas dans l'écriture. Il est alors fortement encouragé par son professeur, qui lui demande de prendre des notes au nom du groupe, lui montre comment faire et corrige, probablement, sa prose — d'où son amertume quand il verra que Lorca dédie son ouvrage, véritable carnet de route, non à lui qui a tant fait pour le prosateur, mais au vieux maître de musique du poète. La dédicace de *Impressions et paysages* s'adresse « À la mémoire vénérée de mon vieux maître de musique » — qu'il ne nomme pas —, alors que son maître d'université n'a droit, *in fine*, qu'à un « Envoi » groupé, où néanmoins son nom apparaît, mais associé, et sur un même plan, à ses cinq compagnons de route : « À mon cher maître D. Martín D. Berrueta et à mes chers camarades... qui m'accompagnèrent dans mes voyages. » Celui qui avait tant fait pour que Federico écrive ce livre avait de quoi être vexé, surtout en lisant la dédicace du livre, si pleine de tendresse et de piété pour l'autre, qui n'était en rien partie prenante dans ces voyages, mais qui, visiblement, occupait tout le cœur débordant d'affection de Federico, comme le montre cette longue et touchante dédicace :

À la mémoire vénérée de mon vieux maître de musique qui, avec un air de chevalier errant, passait sur ses cheveux d'argent crépusculaire ses mains noueuses qui avaient tant joué de piano et écrit de rythmes sur le vent, et auquel le sortilège d'une sonate de Beethoven faisait supporter ses vieilles passions.

C'était un saint !

Avec toute ma piété et ma dévotion.

L'AUTEUR[2]

Maigre consolation pour Berrueta, le maître n'est pas nommé, non plus que l'auteur, comme si cette dédicace se faisait dans la confidence et la complicité entre deux hommes qui avaient tant d'affection l'un pour l'autre. Mais comment Berrueta aurait-il pu comprendre que Federico était avant tout un garçon de sensibilité et de tendresse, peu averti des usages du monde ou des convenances ? Son premier amour, avons-nous dit, fut pour la musique et le piano. Publiant son premier livre, un journal de voyage en prose, Federico sent bien qu'il faut en racheter les platitudes et les paroles convenues, peut-être dictées par son maître d'excursion et ses compagnons. Aussi, d'entrée de jeu, il laisse parler son cœur et dit les choses pour lui-même, sans nul besoin de proclamer publiquement qui était ce maître de musique « vénéré ».

Mais revenons aux voyages à travers l'Espagne. Le guide et ses six étudiants vont ainsi parcourir une grande partie de l'Espagne : l'Andalousie, la Castille et la Galice. Parfois, à l'étape, Federico joue du piano pour tous ses amis et son professeur. Moment de grâce qu'il ne consigne pas dans ses pages mais que l'on peut déduire de la dédicace du livre. C'est lors de ces randonnées qu'il fait deux rencontres capitales : en 1916, à Baeza, celle d'Antonio Machado, le poète aîné, qui leur lit ses poèmes et dont Federico parle avec enthousiasme à ses parents, à son retour, en imitant les gestes et les manières bohèmes du grand poète du moment. Plus tard, fier de l'avoir connu et de l'avoir imité, il fera du vaste poème épique de Machado, *La Terre d'Alvargonzález*, un des succès de sa compagnie La Barraca, en étant lui-même le récitant. Lors du second voyage de 1916, il rencontrera le recteur de Salamanque, l'illustre philosophe et penseur Miguel de Unamuno, dont il retiendra au moins un des enseignements : exprimer ses incertitudes et résoudre ses doutes par l'écriture.

Pendant ce temps-là et cette adolescence prolongée, probablement insouciante et peu avertie des choses de ce monde, au-delà des Pyrénées l'Europe se divise et s'ensanglante. La Première Guerre mondiale, qui va semer la désolation en France et en Allemagne, épargne totalement l'Espagne. La seule victime espagnole de ce conflit est le musicien Enrique Granados qui, de retour d'une tournée américaine, périt dans le naufrage de son bateau, torpillé par un sous-marin allemand dans les eaux de la Manche. L'Espagne, alors, se partageait entre *germanófilos* et *aliadófilos*, ceux qui prenaient le parti des Allemands et ceux qui se plaçaient, comme Lorca et toute la famille libérale, du côté des Alliés. Cette guerre devait, cependant, profiter à l'économie espagnole, grande pourvoyeuse de cuir et de chaussures pour les millions de soldats appelés au front. On ne trouvera aucune trace du conflit dans les écrits d'un poète qui a alors entre seize et vingt ans, et ne lit pas nécessairement la presse. Une mince exception : dans la lettre à Adriano del Valle du 4 juin 1918, cinq mois avant la fin de la guerre, Federico écrit : « Bien entendu, je suis un grand admirateur de la France et je hais de toute mon âme le militarisme[3]. » On peut déjà sentir qu'il n'est guère intéressé par la politique et s'en tient, en la matière, à quelques généralités.

L'armistice de la Première Guerre mondiale donne pourtant lieu, à Grenade, à un défilé joyeux, et toute l'Espagne se réjouit de la fin de la conflagration européenne. Sauf qu'aux millions de morts de cette guerre s'ajoutent les victimes d'une terrible épidémie de grippe, qui va frapper toute l'Europe, l'effrayante « grippe espagnole », laquelle, en cet automne 1918, fera cent cinquante mille victimes en Espagne, quatre cent mille en France et quarante millions dans le reste de la planète. Federico est épouvanté par ce monde où la guerre le dispute à la maladie pour faire de la vie sur terre un cauchemar.

L'Espagne, qui n'a pas pris part au conflit européen, connaît et entretient sa propre guerre au Maroc. Les tribus marocaines attaquent le territoire placé en 1912 sous protectorat à la fois espagnol et français par le traité de Fès. Peu après, les nationalistes marocains déclencheront la guerre du Rif, qui durera de 1919 à 1926. Des milliers de jeunes Espagnols sont alors envoyés au combat, l'Espagne ayant probablement à cœur de prendre sa revanche après la perte de ses colonies d'outre-mer en 1898. Federico va-t-il être l'un de ces jeunes bidasses et risquer sa vie sur l'Atlas chérifien ? Son père, par bonheur, a des relations : un ami, médecin à Grenade, délivre le certificat d'exemption salvateur : le conscrit matricule 63, en la personne de Federico García Lorca, est donc déclaré « totalement inapte » au service militaire en raison d'une claudication provoquée par une jambe plus courte que l'autre, à quoi s'ajoutent, selon ce médecin complaisant, des problèmes pulmonaires et aussi, écrit-il, de « légers symptômes de sclérose médullaire »...

Federico échappera donc au service militaire, aux périls de la guerre chérifienne et, sans doute aussi, aux risques d'une promiscuité masculine. Le voilà soulagé, et aussi renforcé dans ce qu'il faut bien appeler une couardise naturelle. Lorsque des troubles sociaux se produisent, opposant étudiants et travailleurs aux forces de l'ordre, Federico adopte un profil bas, notamment lors de la fusillade qui éclate à Grenade, à deux pas de chez lui, le 2 février 1919. La loi martiale est proclamée, les commerces baissent leur rideau de fer, et la garde civile est en alerte maximale. Que fait alors Federico ? Il s'enferme chez lui, il se terre deux semaines durant, laissant le soin à un ami de traverser la rue et de venir clamer sous sa fenêtre les dernières nouvelles du front. Il restera toute sa vie, peu ou prou, à l'écart de la vie politique et des conflits qui jalonnent pourtant, si nombreux et si dramatiques, cette première moitié du XXe siècle. Car si une pensée le taraude alors, c'est bien d'entreprendre, à défaut d'un avenir musical, une carrière d'écrivain, et donc de publier son premier livre.

*Impressions et paysages* paraît en 1918 à Grenade. Lorca a juste vingt ans et un talent en gestation. C'est un livre de circonstance, de devoir, presque, car il a beaucoup aimé la Castille, allant jusqu'à séjourner plus d'un mois à Burgos. Il y a rencontré quelques gloires littéraires, certes ; et il veut exprimer quelque chose, sans trop savoir comment dire ; alors il imite les pires poncifs en s'inspirant vaguement des derniers romantiques, ou en singeant le style de Juan Ramón Jiménez et de Rubén Darío — qu'il admirait profondément. Cela donne des tableaux assez plats, avec une adjectivation convenue : les murailles sont énormes, les ciels gris et lumineux, les églises imposantes, etc. L'ouvrage est d'ailleurs à peine remarqué et tombe vite dans l'oubli. Mieux, Federico, quelques années plus tard, monta au grenier de la maison grenadine, saisit tous les exemplaires de ce livre vainement entassés et alla les brûler dans la cour en un joyeux et salutaire autodafé. Du même coup, se libérant d'un passé littéraire gênant et contraignant, il eut désormais les mains libres pour écrire tout autre chose, tout autrement.

Dans le même temps qu'il rédige laborieusement ce carnet de voyages dont il désavouera si éloquemment la publication, Federico couche par écrit de tout autres impressions, dans une langue encore nouvelle pour lui, et qui, à l'opposé des proliférations prosaïques auxquelles il croyait confier son talent et d'une luxuriance artificielle de style imbibé de post-romantisme mal digéré, choisit délibérément le raccourci, la litote, l'économie de moyens. Il retrouve périodiquement son village de Fuente Vaqueros, qui est le lieu matriciel de son chant, et là, promeneur oisif parcourant la vallée, il guette et capture les vents :

| | |
|---|---|
| Vent du Sud, | *Viento del Sur,* |
| brun, ardent, | *moreno, ardiente,* |
| ton souffle sur ma chair | *llegas sobre mi carne,* |
| apporte un semis | *trayéndome semilla* |
| de brillants | *de brillantes* |
| regards et le parfum | *miradas, empapadas* |
| des orangers. | *de azahares*[4]. |

Nous voyons bien de quels oripeaux Lorca se débarrasse lorsqu'il écrit ce poème qu'il date de 1920. Il impose une présence brute, brutale, impérieuse : le vent, qui sera toujours dans son œuvre un personnage violent et érotique, car bientôt il soulèvera les jupes de la jeune Preciosa — « Précieuse et le vent » — qui regagne en courant sa maison, poursuivie par le « mâle vent » — *el viento hombrón* — et son épée de feu. Pour l'heure, il le voit ardent, il le sent brun et séduisant avec ces parfums de fleurs d'oranger qu'il prononce dans sa forme la plus orientale (ce que ne rend pas la traduction française) : *azahar*, un mot venu de l'arabe *al-azhar*, désignant les fleurs blanches, et par synecdoque celles de l'oranger. Sa sensualité à fleur de peau lui fait ressentir la caresse du vent, qui dépose ces parfums, certes, mais aussi, et fort curieusement, des regards brillants, allumés, et donc passionnés. Oui, le poète trace ses premiers vers et déjà se soumet à l'élémentaire Création, se laissant traverser par les effluves et les frôlements d'une nature qui le trouble et dont il tâche de rendre le sortilège.

Mais la poésie ne sera pas pour lui simple jeu d'images, même s'il saura en faire une essence expressive, héritée de l'âge baroque, celui d'un Góngora, poète du XVIIe siècle, dont il fera bientôt, mieux qu'aucun autre, l'exégèse. La poésie, dans le sillage, peut-être, verlainien, est aussi musique, et n'oublions pas que la vocation première de Federico est la pratique musicale, le piano, le chant, la guitare. Alors, d'entrée de jeu, il introduit ce qui sera chez lui une obsession poétique : le refrain et le son, la répétition de quelques mots rythmés au détour de chaque strophe. Et là, dans ce poème venteux, que nous dit-il ? Que nous livre-t-il ? Une énigme :

| | |
|---|---|
| Sans nulle haleine, | *Sin ningún viento,* |
| tu peux m'en croire ! | *¡ hazme caso !* |
| tourne, mon cœur, | *gira, corazón ;* |
| tourne, mon cœur ! | *¡gira, corazón*[5] *!* |

Heureusement l'énigme est éclairée par le titre qu'il va ajouter à ce poème de 1920 : « *Veleta* », « Girouette ». Eh bien, nul besoin de vent pour faire tourner — chavirer — le cœur du poète, et avec quel entrain il s'adonne au vertige. Le vertige des mots, de la musique, du rythme, des images. Le mouvement est en lui, et il est créateur. Et donc, bien loin du besogneux alignement de phrases toutes faites et de poncifs par lesquels il prétendait emprisonner ses « impressions et paysages », Federico sent bien qu'il lui faut désormais, si l'on nous permet ce mot à la mode, « se lâcher ». La poésie, pour lui, sera balbutiement et griserie, dans l'euphorie créatrice de celui qui sait désormais quelle est sa voie. Sa voix.

## Portrait en pied

*Mais toi... tu as des grains de beauté*
*comme des petites lunes de mousse tendre.*

FEDERICO GARCÍA LORCA[1]

Comment était-il Federico, physiquement, et que savons-nous de lui ?

Les photos nous montrent un homme trapu, de taille moyenne mais se tenant toujours très droit, carré, la poitrine en avant. Comme Salvador Dalí, il mesurait à peu près un mètre soixante-dix. Les joues couvertes de grains de beauté — dont l'un sur la lèvre —, si nombreux également sur tout le corps que, lors de son séjour à La Havane, par crainte du cancer, il s'en fera extirper quelques-uns. Brun de peau, les sourcils fournis, les cheveux noirs, d'un noir de jais, on pouvait le prendre pour un Gitan, et c'est ce qu'on fit, abusivement, après la publication de son *Romancero gitan*. Les traits quelque peu appuyés, bien que ressemblant à sa mère, la fine doña Vicenta, qui était minuscule et si frêle que son grand garçon n'aimait rien tant que la prendre dans ses bras et la bercer comme une enfant. Elle fut, au demeurant, la seule femme de sa vie et, ainsi qu'il le confessa, l'être qu'il aima le plus. Mais de plus en plus le physique paysan, qui lui vient de son père, va s'accentuer.

Quant à sa voix, elle était plutôt grave, ainsi que l'atteste le témoignage de son ami, le diplomate chilien Carlos Morla Lynch : « Il parle. Sa voix est basse, rauque, mais elle n'évoque pas des cavernes ; plutôt des grottes au bord de la mer[2]. »

Un physique épais et une démarche gauche. Le poète a souvent souligné sa difficulté à marcher, à courir, son incapacité sportive. Voyant les admirables géants du football américain lors de son séjour à New York, il écrira à ses parents : non, ce n'est pas pour moi, le sport est très loin de mes possibilités. Lorca avait les pieds plats et, on l'a vu, souffrait d'une légère claudication, que certains ont mise en doute — excepté, comme nous l'avons indiqué précédemment, le médecin complaisant qui le fit exempter de service militaire : il semblerait qu'il ait eu une jambe légèrement plus courte que l'autre, suite à une maladie infantile. Son frère Francisco le nie, mais beaucoup de témoins ont signalé ce défaut. Comment s'étonner que la famille ait récusé cette petite infirmité ? Un boiteux dans la famille, ah, ça non ! Ils l'admiraient et l'aimaient tous trop pour souligner chez lui le moindre défaut. De même, certains ont prétendu qu'il avait parlé tardivement, mais pour la famille, il fut très tôt une pie jacassière.

Aucune activité sportive ne l'attirait. Un jour son père, en Andalou fortuné et grand amateur de courses de taureaux et de cavalcades, le jucha sur un cheval : Federico resta sur la selle, immobile, figé, incapable du moindre geste, pas même celui de tenir la bride, et dut affronter les moqueries de ses frère et sœurs. Et pourtant, en compensation, que de beaux cavaliers dans sa poésie ou dans son théâtre !

Ceux qui l'ont connu soulignent sa difficulté à marcher. Ainsi Carlos Morla Lynch, qui note : « Nous avançons toujours. Federico traîne péniblement cette jambe désobéissante qui, dirait-on, refuse de le suivre. Il se fatigue vite, Federico[3]. » Pour notre part, nous tenons de la bouche de la tante et marraine de notre épouse, María Tubau, actrice espagnole résidant à Cuba, qui illustra, par son chant, la conférence sur les berceuses enfantines que le poète donna à La Havane, ce commentaire : « Nous l'appelions, entre nous, *el Cojito* » (le petit boiteux). Mais qui a parlé de son *andar torpe*, de son allure maladroite, sinon le poète lui-même ? Qui a signalé sa crainte panique des voitures dans les rues de New York, alors qu'il était incapable de courir en traversant ? Qui regardait émerveillé les enfants jouer et courir en tous sens, les toreros esquiver la mort, les baigneurs défier les vagues ? Lorca était à l'ancre, homme de cabinet, de silence et d'immobilité. Ce dont il se libérait par son verbe frénétique et l'incroyable envolée de sa poésie.

Il n'était pas forcément élégant non plus, allant souvent en tenue débraillée, avec des chaussures éculées — « ma petite maman, écrivait-il, envoie-moi cent pesetas pour que j'achète une nouvelle paire… » —, boudant cravate et nœud papillon, malgré les photos prises lors de fêtes ou de cérémonies et où il joue, exceptionnellement, les élégances. Tout bonnement parce qu'il adorait se déguiser, acteur dans l'âme, joueur et mystificateur, comme il se doit. Et avec des goûts bohèmes. Alors il pouvait aussi bien se faire beau, se mettre sur son trente et un et parader, que feindre les sans-le-sou, voire les va-nu-pieds. On le décrit souvent comme négligé d'allure et non conformiste. À son retour de Cuba, il a arboré pourtant, dans les rues de Grenade, des chemises de couleur totalement insolites dans le paysage urbain et la bienséance guindée des habitants : sans doute aimait-il aussi provoquer un peu, surtout après que le succès l'eut confirmé comme poète, dramaturge et génie, car cet homme aura sa rue à Grenade et à Fuente Vaqueros dès l'entrée de l'Espagne en république. Alors, s'il voyait son nom imprimé sur l'affiche d'un théâtre, il prenait l'air gêné, faussement modeste, mais admettait volontiers qu'il fallait en passer par là, par cette gloire des rues, pour percer dans son métier. Et son regard brillait... Luis Buñuel nous en a laissé un portrait saisissant :

> Très brillant, charmeur, avec une volonté visible d'élégance, la cravate impeccable, l'œil sombre et brillant, Federico exerçait une attirance, un magnétisme auquel personne ne résistait... Federico n'avait rien d'efféminé dans son comportement, aucune affectation. D'ailleurs il n'aimait pas les parodies et les plaisanteries faites à ce sujet[4]...

C'est finalement ce que ses contemporains et amis ont retenu de lui : un regard charbonneux et deux yeux de braise. Un charmeur-né, un homme, malgré tout, élégant et viril, qui n'affichait pas son homosexualité, bien au contraire détestant toute forme d'exhibitionnisme.

## La rose et le réséda

*JÉSUS : À mesure que je me fais homme, je sens que mon cœur se défait en tumultueuses flambées tandis que mon corps se change en neige...*

FEDERICO GARCÍA LORCA[1]

L'inquiétude religieuse de Federico remonte à sa prime adolescence quand, tout pénétré encore des prières chrétiennes que doña Vicenta, sa mère, lui fait réciter matin et soir, des messes dominicales, des fêtes religieuses et des processions, de cette chape pesant sur ce milieu qui, tout en étant singulièrement libéral et ouvert au progrès, demeure malgré tout prisonnier des schémas traditionnels de la religion, il voit se développer et grandir en lui les impératifs sexuels et en mesure l'incongruité au regard des exigences morales et religieuses. Le débat contradictoire se traduit dans sa production poétique qui, de dix-huit à vingt ans, l'amène à griffonner fiévreusement ses premiers textes. Il fait le partage entre la figure douloureuse et aimante de Jésus, et ce Dieu chrétien qui tonne et stigmatise l'âme innocente du haut des chaires de l'Église. Ce Dieu de justice, ce Tout-Puissant inflexible, écrit-il, tient ses créatures enfermées dans une cage. Dompteur et contempteur des hommes, il s'en amuse et se joue d'eux. Federico a, sans doute, lu et médité les pièces religieuses d'un Calderón qui, dans le sillage de la pensée stoïcienne — celle du *Manuel* d'Épictète, ou des *Pensées* de Marc Aurèle —, présente la Création comme un « grand théâtre du monde » et Dieu comme directeur de troupe et montreur de marionnettes. Et qu'en est-il alors de la liberté de l'être humain — vaste débat sur le libre arbitre —, et qu'en est-il aussi, pense Federico au comble du tourment moral, des élans de son sexe, frappé d'anathème ? « Le Dieu d'amour n'existe pas », se lamente-t-il et il barbouille nerveusement sa page « mystique » :

Nous sommes toujours sous le poids de la terrible menace. La main de Dieu ! La main de Dieu !... Et nous tremblons sans jamais l'aimer... l'aimant par la peur, l'implorant par la peur des châtiments auxquels certaines petites gens croient. Et quand nous sommes joyeux et nous souvenons de Lui nous tremblons aussi, parce que ce bonheur il le détruira à tout moment[2].

Et il écrit alors cette phrase terrible : « L'Amour a été emprisonné par Dieu[3] », qu'il explicite ensuite dans ce court poème :

Mon cœur est mauvais, mon Dieu ! Je sens dans ma chair
La braise implacable
Du péché. Mes mers intérieures
Demeurent sans plages.
Ton phare s'éteint. Et c'est mon cœur
Qui les éclaire de ses flammes[4] !

Le sexe est bien là au centre de ses interrogations et de sa révolte. Alors la foi païenne vient relayer l'exigence chrétienne. Car enfin, pourquoi créer le sexe si c'est pour le condamner ? Mais ce n'est pas Jésus, tout amour, qu'il accuse, ce sont ceux qui croient le servir, le clergé coupable à ses yeux de ce « monde imbécile auquel ils ont coupé les ailes ». Dès ses premiers écrits, Federico chante le sexe orphelin et l'impossible étanchement de sa soif d'amour et de jouissance. Ce lys difficile à arroser, comme on l'a vu plus haut.

Le 6 mai 1920, Federico écrit une petite pièce drolatique, sur l'auguste figure de Dieu le père. Il ne lui donne pas de titre, mais un critique ultérieur a cru bon de l'appeler *Jéhovah*. Pourquoi pas ? Les critiques, on le sait, ont parfois tendance à se substituer à leur objet et auteur, voire à agir en leur lieu et place. Passons, car nul n'est à l'abri de cette appropriation, au demeurant suscitée par l'immense sympathie que l'on a toujours à mettre ses pas dans ceux de cet homme d'exception. Le fait est que le personnage central de cette pièce brève, redécouverte en 1996 et publiée par les soins de Laura García Lorca de los Ríos, la nièce du poète, est Dieu en sa splendeur fanée, un vieil homme las et sans appétit, dont Federico nous livre, en quelques traits rapides, le ridicule ennui. On connaît la fameuse réflexion de Paul Valéry : Dieu, fatigué de sa Création, se retourne sur sa couche en bâillant et dit : « J'ai rêvé ! » Comment s'étonner que Lorca ait suivi le même cheminement ? Au demeurant, à Madrid où il se trouve alors qu'il rédige, peut-être, ces pages dramatiques, il n'aura pas manqué d'assister à la conférence de l'illustre poète de Sète à la Résidence des étudiants. En fait, il s'agit pour ce grand adolescent de traverser cette phase cruciale qu'a su déterminer Freud : tuer le père. Notre dramaturge en herbe n'hésite donc pas à régler ses comptes avec le religieux — son Surmoi — et ses croyances enfantines.

Bien sûr, il fut éduqué dans la religion et ne manqua jamais dans son enfance et son adolescence de réciter, en les lisant sur les lèvres de sa mère, la pieuse prière du matin si belle à répéter, si rassurante : « Ange gardien, douce compagnie, ne m'abandonne de jour ni de nuit. » Mais le moment est venu, semble-t-il, de secouer tout cela. Dans la tradition du théâtre de marionnettes dont il est friand depuis l'enfance, Federico nous campe un véritable guignol n'obéissant qu'à une règle : le jeu de massacre. Dieu est un vieillard acariâtre (qui a dit que Dieu est amour ?) et la pièce n'est qu'un dialogue avec un vieil ange au visage décomposé et aux ailes collées à la sécotine, dans un décor de carton-pâte et de fruits en fer-blanc. Dieu est enrhumé et éternue, car il a pris froid sous la douche, qui était glacée. Alors à son âge, n'est-ce pas ? cela peut être dangereux. Sans compter qu'il déprime, tant il s'ennuie. L'expression espagnole est des plus savoureuses : je m'ennuie « plus qu'un saint », déclare Jéhovah, là où nous dirions en français « comme un rat mort ». Car voilà, la sainteté est synonyme d'ennui pour Lorca, et le paradis, tel qu'il le voit, cette demeure de Dieu, est cafardeuse à en mourir. Le vieil ange cherche à le distraire et lui propose trois jeunes angelotes qui viennent d'arriver — on le voit, il n'y a pas qu'en enfer qu'on se divertit en toute luxure —, mais non, Dieu n'est pas disposé à la gaudriole, et puis ces jeunes filles-là auront sans doute « les lèvres fardées », signe selon lui de dégénérescence. Federico, qui a été élevé à la campagne, revendique ici la nature et les choses naturelles. Peut-être aussi, sous sa plume, ces lèvres féminines enduites de « peinture » lui font-elles horreur. Qui peut nous assurer qu'il a déjà pressé sous ses lèvres celles d'une femme ?

Tout laisse à penser qu'il n'en a rien fait. À moins que cette María Luisa, ou l'autre, de son adolescence..., ces amours perdues...

Dieu se désole de sa création, car l'homme est trop intelligent et le court-circuite. Ah ! dit-il, qu'il était beau le temps du feu sur le Sinaï, des Hébreux prosternés de terreur, des éclairs et de la foudre, et du buisson ardent, mais les hommes ont inventé les allumettes (*las cerillas*) et rien n'est plus pareil. Et puis il y a cette télégraphie sans fil qui meuble l'espace d'ondes importunes qui lui chauffent les oreilles. Et justement, alors que Dieu, en vieillard gourmand, se régale de meringue, une onde vient qui lui flanque tout le plateau sur le visage et le voilà tout entarté — comme dans les films de Mack Sennett et de Charlot que Federico commence à voir et à aimer au cinématographe, à Madrid. On est bien là au guignol, ou dans le *slapstick* hollywoodien, et Dieu est d'un ridicule achevé. D'autant qu'il se lamente de son impuissance. Il est fatigué, et faire, faire encore et toujours lui donne maintenant d'affreuses migraines. Reste une solution : la destruction de toute l'humanité. Une solution drastique. Les hommes ne croient plus en lui, bah ! lui dit l'ange, qu'est-ce que ça peut faire. Il n'est rien qu'un cachet d'aspirine ne puisse réparer. Et puis, dit l'ange à Dieu, ce benêt, il faut réfléchir un peu avant d'agir, non ? Pourquoi ne pas consulter quelqu'un qui a l'expérience du mal et est toujours de bon conseil : Satan ? Alors, en attendant sa venue, Dieu veut distraire son ennui en lisant un peu, et voilà qu'on lui donne à lire Kant. Patatras ! Dieu ne comprend pas l'allemand, et puis Kant, n'est-ce pas, même

Dieu ne le comprendrait pas ! On voit par là que le médiocre élève en philosophie que fut Federico, et l'auditeur, sans doute, des leçons philosophiques d'Ortega *und* Gasset, comme on appelait pour rire le grand philosophe espagnol qui avait suivi à Berlin les leçons de Hermann Cohen, d'où il tira son idée majeure de « la révolte des masses », eh bien, tout cela avait prodigieusement barbé notre poète. Bon, alors foin de la philosophie, mais quid de la mystique espagnole ? L'ange lui tend un ouvrage de la plus illustre des Espagnoles : sainte Thérèse d'Ávila. Ah, Dieu la connaît bien celle-là, cette femme scandaleuse et démente, alors il s'enquiert et la définit d'un trait : « N'est-ce pas cette folle qui a débarqué ici tout échevelée en cherchant à savoir où était passé le Christ ? » Le verdict divin tombe : sainte Thérèse aura droit à des douches froides. Quant au Christ, évoqué par les lèvres de la sainte, il est bien au Ciel, mais chargé de chaînes et donc fou à lier. Jéhovah recommande à son ange : « Fais bien attention à lui : un fou comme lui peut nous faire des histoires quand on s'y attend le moins… » Oui, Federico se déchaîne en toute licence et joue du sacrilège avec bonheur. Encore heureux que sa pièce n'ait pas été connue de son vivant !

Que conclure ? Federico a vingt-deux ans, il a quitté Grenade pour Madrid, et troqué son petit coin du café Alameda pour les brasseries de Madrid où souffle l'esprit fort. Il semble affranchi de la religion. Son ami Luis Buñuel, qui fut, comme il l'a dit savoureusement, « athée grâce à Dieu », et qui était un des amis les plus proches de Lorca, définira parfaitement la position de ce dernier vis-à-vis du catholicisme : « Federico ne croyait pas en Dieu mais conservait et cultivait un grand sentiment artistique de la religion[5]. » Et c'est vrai qu'il y reviendra un peu, lors de ses séjours à Grenade. Il ira même jusqu'à « processionner », mais ce sera encore sous le masque du théâtre et de la frime, donc plus par jeu que par conviction. Non, Lorca ne croyait pas en Dieu, ou disons qu'il avait pris ses distances avec le divin. Tout en étant infiniment sensible au charme du rituel et à la théâtralité de la religion, surtout dans son Andalousie natale où la Semaine sainte, par exemple, est un spectacle complexe et haut en couleur, fascinant et prenant… au même titre, à ses yeux, que la corrida.

Cependant, à l'heure de sa mort, Federico cherchera désespérément à se souvenir de ses prières chrétiennes…

## À nous deux, Madrid !

*Au-dessus de Paris*
*la lune est violette.*
*Elle devient jaune*
*dans les villes mortes.*

FEDERICO GARCÍA LORCA[1]

Bien sûr, Grenade était une ville de province étouffante, qui n'avait rien à voir avec la capitale qu'elle fut au temps de Boabdil, le dernier roi maure d'Andalousie qu'on appelait le « petit roi » (*rey chico*) et qui, sur les hauteurs dominant Grenade perdue, pleura comme une femme ce qu'il n'avait su protéger comme un homme, à ce que rapporte une légende que Federico devait bien connaître à travers ces *Contes de l'Alhambra*, de Washington Irving, que tout Grenadin avait lus. Et lui aussi s'est retourné en partant, en pleurant sur l'ancienne capitale de l'Andalousie et s'est écrié, comme il l'a consigné dans une interview en 1936, peu avant de disparaître :

> Ce fut un événement désastreux, même si l'on dit le contraire dans les écoles. On a perdu une civilisation admirable, une poésie, une astronomie, une architecture et une délicatesse uniques au monde, pour laisser place à une ville pauvre et rétrécie[2].

Madrid exerçait logiquement une très forte attraction sur les jeunes intellectuels qui, comme Federico, nourrissaient une ambition louable. Ses amis du *Rinconcillo*, et tout particulièrement José Mora Guarnido, l'encouragent fortement à gagner la capitale pour y briller et s'y réaliser. Ambition partagée par le cadet des García Lorca, Francisco, qui allait y faire de brillantes études de droit et, occasionnellement, donner un petit coup de main à son aîné si peu assidu et si peu intéressé par la carrière juridique. Notons quand même que Federico obtiendra son diplôme de licence en droit et d'avocat. Maître García Lorca ? Certes, il aurait pu l'être, mais quel dommage pour la poésie et le théâtre, et quelle catastrophe c'eût été pour les Lettres espagnoles !

La famille García Lorca penchait politiquement vers le centre-droit libéral et modéré, fort éloigné de l'esprit rigoureux de l'Église espagnole, en dépit des prénoms éloquents choisis pour ses enfants. Un homme marqua Federico à Grenade et l'entraîna à le suivre et à se réaliser dans la pensée libre ou libérale : Fernando de los Ríos, dont nous avons parlé plus haut. C'est lui qui le fera venir à Madrid et favorisera ses entreprises poétiques ou théâtrales. Disciple de son grand-oncle, un autre illustre Andalou, Francisco Giner de los Ríos, fondateur en 1876 de l'Institution libre d'enseignement, et « petit-fils spirituel » de ce dernier, Fernando sera marqué par l'esprit de pédagogie libre et laïque de cette école, qui avait créé dans les années 1880 des « missions ambulantes » dont le réel propos était de faire pièce à l'influence de l'Église dans les campagnes. L'Institution libre d'enseignement avait, en effet, été fondée en réponse à l'expulsion des universitaires madrilènes qui refusaient de se soumettre aux directives conservatrices d'un gouvernement qui leur demandait d'œuvrer dans leur enseignement à la gloire de l'Église catholique et du roi Alphonse XII. Nous avons donc là un courant de pensée fondé sur la liberté de conscience, la liberté d'esprit et la discussion, la primauté du savoir, et le goût de l'utopie, dans le sillage pédagogique d'un Jean-Jacques Rousseau. Plus tard Lorca saura se souvenir de ces « missions pédagogiques » et créera, avec l'appui de Francisco de los Ríos, une forme de théâtre ambulant, « La Barraca », sur lequel nous reviendrons longuement.

Dans l'esprit même de l'Institution libre d'enseignement est créée à Madrid, à la rentrée universitaire de 1910, une Résidence universitaire, organisée comme un substitut aux habituelles pensions de famille qui accueillaient alors les étudiants. Elle prend vite l'allure d'un refuge éclairé, une sorte de phalanstère ou d'abbaye de Thélème, attirant les étudiants et les intellectuels espagnols acquis à la culture européenne. Fernando de los Ríos y fait admettre Lorca en 1919. Il y restera de nombreuses années, non dans l'oisiveté d'un jeune intellectuel et artiste fortuné, courant les théâtres et les expositions et jouissant de la séduisante vie nocturne de la capitale — ce qu'il fit, certes, comme il se doit —, mais avant tout avec une volonté de se réaliser qui se manifestera dès le départ, et d'abord par les récitals de piano qu'il donne et multiplie. Mais qu'était ce lieu qu'on appelait pompeusement « Résidence » ? Rien à voir avec une cité universitaire, certes ; il n'y avait, au départ, que quinze chambres. Située en bout de ville, calle Fortuny, à l'extrémité nord du Paseo de la Castellana, et donc non loin de la Bibliothèque nationale, elle était un édifice modeste, à l'image du projet, mais qui avait valeur de symbole, et ne tarderait d'ailleurs pas à s'élargir et à porter ses fruits, durant les vingt-sept années qui nous séparent de la guerre civile, et de sa fermeture définitive.

Cette Résidence fut dont déplacée rapidement vers un édifice neuf, spécialement construit à cet effet, aux confins de cette même avenue, très précisément place San Juan de la Cruz, et sous les auspices d'un des plus grands poètes de l'Espagne classique : Jean de la Croix. C'est là que va germer l'avant-garde des arts et des lettres de l'Espagne dont les figures emblématiques seront, entre autres, Federico García Lorca, Luis Buñuel et Salvador Dalí. Un brelan d'as.

La nouvelle résidence, inaugurée en 1915, était bâtie au milieu des taillis de la Meseta, ce haut plateau de Castille à plus de sept cents mètres d'altitude, avec une vue imprenable sur la sierra de Guadarrama. Elle comportait, dans un premier temps, trois pavillons édifiés par l'architecte Antonio Flórez, élève précisément de l'Institution libre d'enseignement, qui avait adopté un style néo-mudéjar, donc d'inspiration orientale, ce qui ne pouvait déplaire au grenadin Federico qui avait grandi aux pieds de l'Alhambra. Cet ensemble comprenait deux édifices élancés avec des petites tours séparées par des auvents de bois, comportant chacun vingt-quatre chambres, et le troisième, en contrebas, proposant pas moins de cinquante chambres, et abritant, outre les locaux administratifs et le réfectoire, une vaste salle de conférences qui accueillerait toutes sortes de gens illustres, d'Ortega y Gasset à Mauriac, et d'Unamuno à Einstein, en passant par Le Corbusier, Aragon, Claudel, Bergson, Valéry, Wells, Chesterton, Blaise Cendrars ou Marie Curie. Quant aux concerts, où s'illustrerait en tout premier lieu ce jeune et talentueux pianiste qu'était notre Federico*, jouant sur un piano à queue Pleyel, ils permirent de faire entendre là, tout d'abord le maître et l'ami, Manuel de Falla, mais aussi des gloires telles que Darius Milhaud, Maurice Ravel (ce musicien « si grand technicien et si étrange qu'il fait résonner des instruments qui n'existent pas »,

* On peut encore entendre quelques-uns de ses enregistrements : Walter Starkie, *Espagne.– Voyage musical dans le temps et l'espace*, 2 volumes + coffret « Illustrations sonores », Edisli, Genève, 1958. Lorca accompagne au piano La Argentinita dans trois airs : « El café de Chinitas », « Los cuatro muleros » et « Las morillas de Jaén ».

écrit, fasciné, le jeune Lorca dans ses premiers brouillons), Stravinsky, Francis Poulenc, et des interprètes tels que le plus célèbre pianiste espagnol du moment, Ricardo Viñes, la claveciniste Wanda Landowska ou le guitariste Andrés Segovia — qui, comme on l'a vu, avait fréquenté épisodiquement le *Rinconcillo* de Grenade —, et bien d'autres virtuoses. Dans un deuxième temps la Résidence s'enrichit de deux pavillons supplémentaires, de même style, mais œuvre d'un nouvel architecte, Francisco Luque, avec notamment l'installation de laboratoires scientifiques.

L'homme qui présida aux destinées de cette Résidence s'appelait Alberto Jiménez Fraud, un Malaguène de quinze ans plus âgé que Federico, et qui était un disciple de Francisco Giner de los Ríos, pur produit, donc, de l'Institution libre d'enseignement. Ses nombreux séjours en Angleterre, où il fut marqué par l'exemplarité et l'élégance des *colleges* britanniques, l'amenèrent à concevoir, puis à réaliser, et enfin à diriger ce qui allait être l'œuvre de sa vie : un *college* à l'espagnole. Ce fut cette *Residencia de estudiantes*, inaugurée en 1915 et baptisée — en raison des nombreux arbres plantés alentour — « La Colline aux peupliers » par Juan Ramón Jiménez, un poète qui allait marquer toute cette jeune génération, de Lorca à Alberti. Juan Ramón Jiménez fut aussi à l'origine du patio des lauriers-roses, qu'on peut encore voir aujourd'hui, dans la Résidence rénovée. La grande idée de Jiménez Fraud était que la spécialisation des études ne pouvait se faire qu'au détriment de la culture générale — intuition d'une rare lucidité si on se transporte à nos XXe et XXIe siècles gagnés par la technicité et la spécialisation qui n'admettent que le savoir étroit de l'utilité et du pragmatisme. Il s'agissait donc de mettre des étudiants de toute origine et de toute spécialité en contact les uns avec les autres, de favoriser des échanges, de créer des passerelles culturelles, d'œuvrer, somme toute, à un humanisme contrebalançant l'effet de la « massification » théorisée par le philosophe José Ortega y Gasset, qui avait lui-même suivi les cours éclairants du néo-kantien Hermann Cohen, à Marburg, et en avait retiré l'idée que le XXe siècle verrait l'avènement des masses et, pis encore, l'équation *Masse et Puissance* (*Masse und Macht*), ainsi qu'elle apparaît dans l'essai majeur d'Elias Canetti, formé à la même école. Ortega y Gasset a publié en 1917, sous forme de livraisons périodiques dans la presse, deux essais capitaux pour la prise de conscience politique de l'Espagne, *L'Espagne invertébrée* et *La Révolte des masses*, que le jeune Federico n'a pas manqué de lire. José Ortega y Gasset faisait partie du directoire de la Résidence des étudiants, fréquentée régulièrement aussi par l'autre illustre tête pensante de l'Espagne libérale, Miguel de Unamuno. À preuve aussi les volumes publiés par les éditions de cette Résidence, parmi lesquels les *Méditations sur Don Quichotte*, d'Ortega y Gasset, et les *Essais* d'Unamuno. Nous sommes là au cœur de la pensée nouvelle, novatrice et européenne.

Notons aussi un dernier point : cette Résidence d'étudiants n'avait pas de chapelle. Ce qui était alors tout à fait exceptionnel et ne manqua pas d'attirer les foudres de l'Église sur ce lieu et sur son directeur. Le triomphe du franquisme, bien entendu, sonna le glas de cette belle expérience.

La vie quotidienne dans ces pavillons était toute d'étude, de discipline et d'austérité. Le directeur imposait une propreté absolue des lieux et notre Federico se garda bien, en cet endroit d'étude, de jeter son mégot de cigarette par terre, excepté une fois pour sa plus grande honte, sous le regard réprobateur de Jiménez Fraud qui, sans la moindre remarque, ramassa le mégot pour le déposer dans un cendrier. L'alcool était interdit et le vin ne figurait pas sur les tables du réfectoire. En revanche le thé (anglais) coulait à flots. Cet humaniste ne punissait pas, mais faisait comprendre ce qui est juste et droit, et convenu. Et dans un cadre harmonieux, dont l'emblème était une sculpture du Vᵉ siècle représentant la tête de profil d'un « Athlète blond », qui allait symboliser ensuite, sous forme de timbre, l'esprit de la Résidence. Le directeur, toujours influencé par le modèle britannique, encourageait d'ailleurs les sports : football, tennis, hockey, course à pied…

C'est dans ce cadre idyllique, austère et studieux, que Lorca débarque à Madrid au printemps 1919 — il a tout juste vingt et un ans. Faute de place disponible à la Résidence, il loge dans une pension de famille au cœur de la vieille ville, avant d'avoir sa chambre d'étudiant, et par faveur spéciale, à la rentrée d'octobre. C'est là que, d'emblée, il donna un récital sur le piano à queue Pleyel dans l'auditorium tout neuf. Mais il avait apporté avec lui, aussi, outre ses premiers poèmes, des exemplaires de son premier ouvrage, *Impressions et paysages*, véritable carte de visite qui l'imposa très vite comme poète et artiste de forte personnalité, tout en ne lui assurant qu'un succès d'estime. On imagine assez bien le jeune Federico, un peu lourdaud sur ses pattes maladroites, le poitrail puissant et de larges épaules soutenant une tête vigoureuse, charnue et sanguine ; il se dirige vers ses petits camarades, avide de communiquer et de se lier, cherchant toujours à convaincre et à séduire. C'est un garçon solitaire, dont le seul ami véritable jusqu'alors fut son jeune frère Francisco, qui nous en a brossé un portrait émouvant, avec son âme romantique et ses yeux tristes :

> Je me souviens [...] des yeux de mon frère, du premier duvet sur son visage brun, de ses noirs grains de beauté estompés par le sourire si blanc de ses dures dents déjà d'homme[3].

Alors il avance vers ces jeunes qui se réunissent périodiquement au café Gijón, à deux pas du parc du Retiro, qui n'est pas très loin non plus de la Résidence des étudiants. Inutile de les citer tous, eux qui ne nous disent plus grand-chose, à l'inverse des nouvelles amitiés qui vont jalonner le parcours du poète et influer notablement sur le cours de sa vie : Luis Buñuel d'abord, puis Salvador Dalí. Ils formeront bientôt un trio d'amis inséparables, vivant ensemble, partageant tout et, surtout, créant des œuvres que chacun des deux autres pourrait éclairer. Et puis il y aura à Madrid la révélation du théâtre, un penchant qui remonte à sa plus tendre enfance et qui va enfin connaître là son épanouissement.

C'est en hommage au dramaturge que la capitale érigera, bien des années plus tard, une statue de Lorca sur la place Santa Ana, juste en face du Teatro Español.

## Le pied posé sur les planches vacillantes

*J'attraperai pour ton amusement*
*une jolie cigale*
*qui bercera ton rêve au long des nuits...*

FEDERICO GARCÍA LORCA[1]

Dans son jeune temps, Federico se croit musicien et promis à une brillante carrière de pianiste virtuose et de compositeur — ce qu'il sera toujours, à l'occasion. Et puis il se veut prosateur. Et puis il se sent poète et noircit page après page. Et voilà qu'après toute une enfance et une jeunesse où il a joué au guignol et au mime, il va accéder à la scène et devenir, après bien des vicissitudes, l'un des dramaturges majeurs du XXe siècle.

Il en va des destins comme de la statue aux pieds d'argile : un grain de sable la renverse. Eh bien, ce lutin qui jouait à mimer la messe pour son petit frère et la domesticité, qui jouait avec des poupées de carton et animait des marionnettes qu'il dessinait lui-même, qui racontait des histoires pour le seul plaisir de rêver, voilà qu'un beau jour et de la façon la plus fortuite il s'engage dans l'écriture théâtrale la plus sérieuse, qui aboutira à sa première représentation au théâtre en 1920. Avec de sérieux avatars et une fortune mitigée.

Bien entendu ce grain de sable n'est pas à chercher sur quelque plage andalouse, mais il est bien cette *Arena del sur caliente / que pide camelias blancas*, ce « Sable du Sud brûlant / qui appelle des camélias blancs[2] », autrement dit des fleurs apaisantes, pures et belles… Mais il lui faut monter à Madrid, à la capitale, pour espérer glaner les fleurs de la gloire et ses lauriers. Federico, débarqué tout frais émoulu sur l'asphalte madrilène qui lui semble déjà si familier et auquel il sera toujours très attaché, a le cœur plein de promesses, et en poche quelques adresses utiles. Il va ainsi rencontrer le dramaturge Eduardo Marquina, qui se propose de le faire inviter à l'Ateneo, haut lieu d'échange culturel, pour y réciter ses poèmes. En attendant il l'emmène applaudir la dernière pièce de Jacinto Benavente au théâtre Lara, *L'Honneur des hommes* — tout un programme pour un jeune Espagnol ambitieux. Au demeurant, l'ambition est encore du côté du plus grand dramaturge espagnol du moment, qui se verra couronné trois ans plus tard, en 1922, du prix Nobel de littérature. Les rencontres s'enchaînent et voilà notre Rastignac andalou rendant visite, aussi, au plus grand des poètes du moment, Juan Ramón Jiménez qui, lui, ne recevra le prix Nobel de littérature qu'en 1956. Federico lui montre la lettre de recommandation de Fernando de los Ríos, et se risque à lire quelques-uns de ses poèmes au Maître de Moguer, l'auteur de l'ineffable *Platero et moi*, ce dialogue avec un âne qui devait provoquer plus tard les moqueries et les sarcasmes du duo Dalí-Buñuel, qui, comme on le verra, chargeront leur premier film, *Un chien andalou*, de carcasses d'ânes pourries — en « hommage » au poète-ânier ! Voilà donc notre Federico lisant ses poèmes au grand Juan Ramón, alors âgé de trente-huit ans, et de dix-sept ans son aîné. Le Poète en majuscule vient d'épouser celle qui sera la compagne de sa vie, Zenobia Camprubí, et c'est devant le couple, amoureux et ravi d'entendre les jolis poèmes d'amour de l'Andalou, que Lorca fait son « exhibition ». Peu après, en témoignage de l'impression qu'il a laissée à ses hôtes, Fernando de los Ríos recevra une lettre élogieuse pour son protégé où l'on peut lire :

> « Votre » poète est venu et m'a fait une très excellente impression. Il a, me semble-t-il, un grand tempérament, avec la vertu essentielle, à mon sens : l'enthousiasme. Il m'a lu plusieurs compositions fort belles, un peu longues, peut-être, mais la concision viendra toute seule. Je serais très heureux de ne pas le perdre de vue[3].

Un tel hommage, si clairvoyant, méritait bien d'être cité. D'autant que Juan Ramón Jiménez sera ce grain de sable qui bouleversera la vie de Federico, non pas en détruisant, comme dans le mythe, le colosse aux pieds d'argile, mais en contribuant à l'édification de cette statue future, celle-là même qui aujourd'hui trône à Madrid place de Santa Ana.

Conquis par ce jeune homme talentueux, le poète l'invite à une représentation au théâtre Eslava, le plus fameux de Madrid aux yeux de l'intelligentsia, parce que d'avant-garde, et il le présente à son directeur, Gregorio Martínez Sierra, et à sa première actrice, Catalina Bárcena… qui ne sait pas encore qu'elle jouera l'année suivante un rôle de « cafardette », dans une pièce écrite par lui.

Oui, il faudrait un peu et même beaucoup de patience pour parvenir à cette pièce primordiale, première représentation de Federico, qui troquera alors son luth constellé pour la baguette magique du dramaturge. Mais ce Gregorio n'en manquait pas, ou plutôt il avait la patience que donne le feu sacré des planches. Homme de lettres prolixe, directeur de revues, éditeur, auteur dramatique, directeur de théâtre, etc., il était surtout friand de nouveauté. Ayant acquis ce théâtre Eslava, au cœur du vieux Madrid en 1916, il avait eu l'audace de monter rien de moins qu'Ibsen (*Maison de poupée)*, Dumas fils (*La Dame aux camélias*) et *Le Tricorne*, de Manuel de Falla, entre autres spectacles qui privilégiaient la pantomime, la farce, la danse et la musique. Sa bête noire était le réalisme du théâtre bourgeois, bourré d'artifices et de fausseté, et le jeu de ces acteurs qui, au mépris de la vérité de leurs personnages, aboyaient sur le devant de la scène en parfaits cabots. Tout cela prépare la rencontre décisive, celle de Grenade, peu après cette entrevue madrilène : Gregorio Martínez Sierra et sa compagnie sont conviés au théâtre Isabel la Católica pour les fêtes de l'Assomption le 15 août 1919, et au cours de ces mêmes festivités Federico García Lorca est invité à lui réciter des poèmes, comme il l'avait déjà fait quelquefois. Il n'avait pas seulement un talent de poète, il avait aussi le génie de la scène, et récitait ses textes en authentique acteur. Ce qu'il fit ce soir-là, avec tant de feu poétique que

Gregorio l'invita à une séance privée. Federico conduisit ce dernier et sa première actrice sur les hauteurs de Grenade, et là, sur une terrasse dominant la ville, mirador tourné vers l'Orient et la belle pierre rouge de l'Alhambra, il déclama ses vers. L'un d'entre eux, dont nous n'avons plus la trace aujourd'hui, rapportait sous une forme poétique une belle histoire d'amour animalière : un papillon blessé chute dans un pré où il est secouru par des cafards, dont l'un tombe amoureux de la belle créature ailée — en espagnol, *Mariposa* est du féminin —, amour impossible entre la laideur et la beauté... Si bien que lorsque le papillon retrouve l'usage de ses ailes, il s'envole et abandonne le pauvre cafardet. Lorca avait-il mis tant de flamme et de conviction dans son récit ? Toujours est-il que Gregorio, conquis et au comble de l'émotion — pour sa part, Catalina Bárcena, âme sensible et actrice d'exception, était en larmes —, commanda sur-le-champ au poète la mise en œuvre d'une pièce de théâtre où l'on trouverait toutes ces bestioles autour de cette trame amoureuse, et s'engagea à la créer très vite au théâtre Eslava de Madrid. On imagine dans quel état se trouvait alors Federico : il était aux anges. Il était ce papillon retrouvant ses ailes et préparant son essor, mais cigale plus que fourmi, sans se mettre assidûment au travail.

Gregorio, qui attendait la pièce pour l'automne, lanterna une année entière. En fait, cet automne 1919, Lorca travaillait avec de Falla sur d'autres projets. C'était là, déjà, un défaut de Federico — s'il faut lui en trouver un — : sa boulimie créatrice l'a poussé toute sa vie à multiplier les projets et à n'en réaliser qu'un petit nombre, toujours dans l'urgence et la fièvre. Il n'a jamais été un écrivain appliqué et méthodique, il écrivait n'importe où, par bribes, égarant ses bouts de papier ici ou là. Mais nous parlerons de cette collaboration entre le poète et le musicien au chapitre suivant. Pour l'heure Gregorio s'impatiente, comme il le laisse entendre dans une première lettre :

J'ai décidé de créer très prochainement la délicieuse comédie des cafardettes. Je vous le dis pour que vous vous mettiez vite au travail et avec grand enthousiasme. Ne laissez pas de me l'apporter achevée à votre retour à Madrid[4].

Par la suite, il le talonne et presse son entourage pour convaincre Lorca d'aller plus vite. En vain. La pièce ne pourra être donnée que le 22 mars 1920, avec un titre qui n'est même pas de Federico, visiblement dépassé par ce projet, qui laisse à Gregorio le soin d'en trouver un meilleur. Ce sera *El Maleficio de la mariposa*, traduit en français, dans le souci de nommer le personnage du papillon au féminin, *Le Maléfice de la phalène*. La pièce est un échec et copieusement huée. Il est vrai que ce défilé d'insectes pouvait étonner, et les répliques prêter aisément à rire. Ainsi l'entrée sur scène de Tranche-Osier, le scorpion, qui déclare tout de go, et en vers : « Je viens de dévorer un de ces vers de terre ! / Tendre, doux, un délice, enfin une merveille ! » Il y avait là de quoi surprendre le public madrilène, même friand d'avant-garde, et provoquer les ricanements de l'arrière-salle où quelqu'un lança à l'adresse de l'acteur : « Qu'on l'asperge d'insecticide ! » Federico avait eu l'heur de déplaire et de faire rire à ses dépens. Parce qu'il introduisait de nobles sentiments dans le milieu le plus terre à terre qui soit ; ainsi le scorpion vorace proclame que, s'il a mangé ce ver, il a épargné le vermisseau qui l'accompagnait, avec cette réplique, pareillement désopilante sans le vouloir : « Je n'ai pas mangé le bébé, parce qu'il était au sein », et Cafardet de lui répondre… en enfonçant le clou : « Ne sais-tu pas, infâme, que tu as détruit / un foyer par ta gloutonnerie ? » ; et le jeu se poursuit encore avec la réplique de Tranche-Osier : « Si tu veux je pourrai me frapper la poitrine / et votre sainte Blatte [*San Cucaracho*] me pardonnera. » Arrive Sylvie la Cafardette qui ajoute son grain de sel en se lamentant : « Le pauvre vermisseau sans mère ! » Un peu plus loin le scorpion introduit une réplique à son banquet si peu ragoûtant : « Elle avait une patte cassée / et pourtant je l'ai mangée. / C'était une belle araignée. » Ce scorpion est directement issu du personnage du *gracioso*, bouffon ou valet de comédie, qui est l'indispensable élément de distribution de la *comedia* classique, celle de Lope et de Calderón que Lorca admirait tellement. Le dramaturge développe donc une belle histoire d'amour impossible exprimée dans cette réplique quelque peu ronflante que n'aurait pas reniée Victor Hugo : « Verra-t-on la boue noire s'unir avec la neige ? », c'est-à-dire, dans la logique de la pièce, un petit cafard tout noir épouser la blanche phalène si joliment définie par la formule : « c'est une fleur qui vole[5] ». Federico pensait-il à sa propre laideur, lui qui se voyait tel au miroir, et revivait-il là les premières rebuffades essuyées dans son adolescence grenadine ? Projetait-il, sur ce registre grotesque, le refus des femmes ? Probablement, mais au-delà, bien sûr, il veut enraciner cette première pièce dans une tradition de théâtre classique puisant tout à la fois au répertoire espagnol et aussi à Shakespeare, qui le marquera toujours. On songe à Shylock et à sa fameuse tirade où il réclame, face au rejet général, le droit d'être considéré comme un être humain, comme tout le monde (« *Si vous nous piquez, ne saignons-nous pas ? Si vous nous chatouillez, ne rions-nous pas ? Si vous nous empoisonnez, ne mourrons-nous pas ?* »). Comment ne pas penser, également, à cette rencontre involontaire avec Kafka qui, quelques années plus tôt, en 1912, avait écrit aussi l'histoire d'un insecte, hanneton ou blatte, une vermine pour tout dire, mais plus humaine que tout autre être ? Et l'on peut estimer que Lorca nous sert à son tour, sans avoir jamais connu l'œuvre du Tchèque, sa *Métamorphose*.

La pièce était franchement loupée, ou témoignait plutôt d'un talent qui n'avait pas encore mûri, d'un esprit encore trop attaché à l'enfance et aux jeux de guignol. La représentation, malgré les intermèdes de danse qui voyaient se produire cette belle artiste qu'était la Argentinita, avec qui Lorca allait entretenir une solide amitié, ainsi qu'avec son amant, le torero-poète Ignacio Sánchez Mejías, fut une catastrophe. La pièce tint néanmoins l'affiche — malgré le chahut et les risées — quatre soirs de suite, du 22 au 25 mars 1920. Et le père de Federico, bailleur de fonds, en fut fort marri.

## D'un pas plus ferme sur les planches

*Le fil rouge entre ses doigts*
*semblait déchirer l'air d'une blessure.*

FEDERICO GARCÍA LORCA[1]

Federico n'était pas homme à se décourager après cet échec, qu'il savait bien inévitable, au fond de lui : n'était-il pas allé à reculons vers l'écriture d'une pièce que la rencontre avec don Gregorio avait quelque peu forcée ? N'était-ce pas une idée un peu folle que cette fantaisie animalière, issue de son imagination d'enfant qui aimait tant jouer dans la nature et observer le petit monde grouillant de la terre ? Tous ces cafards, quelle erreur ! Il lui fallait se reprendre et sa tête, par bonheur, fourmillait — qu'on nous passe l'image — d'idées. La première lui venant de sa propre expérience, déjà ancienne et assurée, du théâtre de marionnettes. Du temps où il avait acquis son premier guignol et convoquait toute la maisonnée à ces spectacles qu'il inventait, jouait, mimait et chantait. Son jeune frère Francisco assure que Federico avait payé de ses deniers ce premier théâtre miniature en brisant sa tirelire. Qui peut douter qu'il s'agissait là d'un investissement profitable ?

Aussi ne sera-t-on pas surpris de le voir composer une deuxième pièce qu'il intitule « Le guignol au gourdin » — *Los Títeres de cachiporra* — dans le sillage de Guignol, le nôtre, le Lyonnais, créé un siècle plus tôt ; mais aussi dans une tradition plus ancienne de marionnettes italiennes, voire du théâtre d'ombres de Karagheuz — pantin turc qui a profondément influencé les arts du spectacle dans toute la Méditerranée. Comme de coutume, Federico passe ses vacances d'été auprès des siens, à Asquerosa. En cet été 1921, il est obsédé par l'idée de composer une pièce qui se tienne un peu mieux que la précédente et lave l'affront de l'année précédente. Le 2 août, il écrit à son ami Adolfo Salazar, resté à la Résidence des étudiants, à Madrid, et évoque son été studieux :

Pour le Guignol, je l'étudie à fond. J'interroge tout le monde et l'on me donne une série de détails charmants. Tout ça a disparu de ces villages, mais les choses que se rappellent les vieux sont drôles au possible, à tomber de rire. Imagine que dans une des scènes un cordonnier qui s'appelle Paquito de la Marine veut prendre sur doña Rosita les mesures de ses bottines, et celle-ci ne veut pas, de peur de Cristobal, mais Paquito est très malin et il lui chante à l'oreille : « Rosita, pour voir / le bout de ton pied, / si je te prenais, / qu'est-ce qu'on verrait ! »... mais voilà Cristobal qui rentre et l'assomme de deux coups de gourdin. Chaque fois que cet hercule jaloux achève ses victimes, il dit : « Une, deux et trois, au ravin te voilà ! » et l'on entend un formidable coup de tambour dans l'abîme du petit théâtre[2].

La surprise c'est la pièce qu'il écrit alors, *Tragicomédie de don Cristobal et de Rosita*, conçue pour le théâtre de marionnettes, avec des intermèdes musicaux comme il y en avait déjà dans la première pièce, ce pourquoi il sollicite précisément son ami Adolfo Salazar, qui est musicien et musicologue*,

* Son ouvrage sur la musique espagnole, *Música y músicos de hoy*, en 1928, fera autorité.

ainsi que Manuel de Falla — avec qui, finalement, il n'aboutira à rien, musicalement parlant*. S'inspirant de la tradition populaire, Federico vise en fait à créer un théâtre total. Mais tout cela lui pose bien des problèmes, et la pièce, achevée un an plus tard et présentée début 1924 à Gregorio Martínez Sierra, ne convainc pas ce dernier, sans doute échaudé par l'échec de leur collaboration précédente. Elle ne sera jamais représentée du vivant de l'auteur.

Qu'en est-il au juste de cette « tragi-comédie » pour théâtre de marionnettes, et qu'en pouvons-nous retenir aujourd'hui qui éclaire le théâtre et la personnalité de Lorca ? Nous retrouvons là la femme énergique qui affirme sa volonté. De même que la phalène déclare sitôt sa voix recouvrée : « Je veux voler », et que la Savetière prodigieuse interrompt le discours initial du poète présentant son œuvre en criant et en insistant : « Je veux entrer ! », la petite Rosita de *Lola la comédienne* déclare rondement qu'elle veut se marier, et qu'elle a décidément choisi « l'amour ». Femmes décidées, femmes de tête, Federico de la première à la dernière pièce nous donnera cette image volontaire et forte de la femme.

La trame de cette fable pour guignol est simple : l'amour est sinon impossible, du moins problématique. Rosita aime Cocoliche, un jeune homme pauvre. Or son père lui choisit pour mari don Cristobal, homme grossier mais fortuné, qui peut tous les sauver de la ruine. C'est un personnage

* Il en sera d'ailleurs de même avec *Lola la comédienne*, opéra de Lorca pour lequel Manuel de Falla se sentira peu inspiré, dont il ne reste aujourd'hui que le mince livret.

grotesque, bossu par-derrière et par-devant comme Polichinelle, cruel, autoritaire et stupide. Cocoliche aussi est inspiré par le théâtre grotesque ou guignolesque, le mot *cocoliche* désignant le sabir des immigrants italiens d'Argentine, et stigmatise par le rire l'accent italien qu'on prête généralement aux clowns. Rosita, donc, devra se soumettre à la volonté de son père, qui n'hésite pas à vendre sa fille au magnat ventru. Paraît alors un jeune homme, amoureux de Rosita, absent depuis cinq ans parce qu'il avait voulu voir le monde avant de s'engager (un peu comme le Marius de Marcel Pagnol). Il s'arrangera pour poignarder Cristobal qui, en mourant, révélera sa vraie nature de pantin, tête en bois et ventre de bourre : « Dis donc, s'écrie Cocoliche en s'approchant du corps étendu à terre, il n'a pas de sang[3] ! » Quant à Rosita, elle vivra enfin son amour avec Cocoliche, et pour cette fois les choses se termineront bien.

Plus tard, il en ira tout autrement de *Doña Rosita la vieille fille* : son amoureux, parti voir le monde aux Amériques, ne reviendra jamais, la laissant seule jusqu'au seuil de sa vieillesse, le cœur en bandoulière, avec son vieil amour flétri et ses frustrations. Mais Federico est ainsi fait qu'il porte tout son monde en lui et qu'on le voit pointer en microcosme dans le moindre bout de plume. Ainsi, Rosita s'écrie-t-elle devant Cocoliche qui sera bientôt tout à elle : « J'ai l'impression d'être une fleur qui s'effeuille, entre tes mains », phrase qui annonce visiblement la fin de Doña Rosita l'esseulée, l'effeuillée, pleurant sur sa fleur fanée et l'ultime réplique de la vieille fille tandis que tombe le rideau : « Puis à l'heure où descend la nuit, / elle s'effeuille et meurt sans bruit[4]... »

Cette pièce qui puise au théâtre de guignol ses ressorts et ses personnages est, en fait, une comédie grotesque. Neuf ans plus tard, Federico la récrira en version abrégée, pour théâtre de marionnettes, et donnera à Buenos Aires, en 1934, ce qu'il nommera *Le Jeu de don Cristobal*. C'est lui-même qui manipulera les poupées. On voit bien que cette passion primordiale du jeune Federico durera toute sa vie, même si, en fait, le grand théâtre lorquien saura s'en échapper, s'émanciper des pantins et de la farce, pour donner sur les planches une représentation dramatique de la vie de tous les jours, avec des personnes de chair ardente, criant et hurlant de vérité.

En attendant, et pour se racheter de ses déboires sur scène, Federico a une idée géniale, celle d'écrire une pièce patriotique. Le titre lui vient de sa propre pièce, la *Tragi-comédie de don Cristobal*, où l'on entend Rosita s'écrier : « Tout est perdu ! Je vais au supplice comme Mariana Pineda, la martyre de la liberté. Dans ses noces avec la mort, elle avait au cou une chaîne de fer[5]... » La *Tragi-comédie de don Cristobal* date de 1922 ; or quelques mois plus tard, en juin 1923, Lorca écrit à son ami Gallego Burín : « J'ai le projet de faire une grande ballade théâtrale sur Mariana Pineda... Mon idée est de mettre en scène les derniers jours de l'héroïne de Grenade[6]. » Il faudra attendre quatre ans pour que Federico arrive à la représenter et à se gagner enfin une juste gloire. Faisant avec *Mariana Pineda* une entrée triomphale dans le monde du théâtre.

Que s'est-il passé qui ait tant retardé la chose ? Tout bonnement le coup d'État du général Primo de Rivera, lequel, profitant de la faiblesse de la monarchie, secouée par le « désastre d'Anoual », au Maroc, face à la rébellion d'Abd el-Krim, s'empare du pouvoir avec l'assentiment du pusillanime Alphonse XIII. S'inspirant du fascisme italien de Mussolini, Primo de Rivera régnera sept années durant — de 1923 à 1930 — et imposera un régime de censure sévère qui, précisément, portera préjudice au talent naissant de Lorca. Sitôt écrite, sa pièce se heurte aux craintes de Gregorio Martínez Sierra et c'est ainsi que, malgré son enthousiasme devant la nouvelle orientation du théâtre lorquien, il cale et se récuse. En effet, comment exalter la grande figure de la résistance andalouse en plein régime du général, au demeurant andalou lui aussi ? La « martyre de la liberté », comme la nomme Federico, ne pouvait clamer sa foi et sa révolte sur les planches sans hérisser les susceptibilités fascistes d'un régime aux prétentions sociales et aux rigueurs autoritaires. Federico va écrire plusieurs fois sa pièce, la défaire et la refaire jusqu'à aboutir à une version acceptable par celle qui va devenir sa plus grande actrice et amie, la Catalane Margarita Xirgu.

L'appui des Catalans sera décisif dans cette affaire. C'est chez les Dalí que Lorca lira sa troisième version de la pièce en avril 1925. Puis il la lira également à Figueras devant un public nombreux, et la presse locale en parlera avec enthousiasme. Enfin, il la donnera, ce même mois d'avril, en lecture publique à l'Ateneo de Barcelone, devant un groupe d'amis, dont Salvador Dalí. C'est donc tout naturellement que Margarita Xirgu — après des mois de valse-hésitation et d'attente qui usent les nerfs de Lorca — va relayer la ferveur de la Catalogne artistique autour du jeune talent de Federico. Les répétitions sont lancées le 13 février de l'année suivante. Pendant ce temps Salvador Dalí multiplie les esquisses et les cartons, car c'est lui qui sera l'auteur des décors de la première grande pièce de son ami Federico. Le 24 juin 1927, la première des quatre représentations barcelonaises est donnée au théâtre Goya. Puis, couronnant le triomphe du jeune dramaturge, c'est au tour du théâtre Fontalba de Madrid de mettre à l'affiche *Mariana Pineda*, le 12 octobre 1927 et pour dix représentations. Cette fois, oui, Federico García Lorca est devenu un dramaturge espagnol.

On ne peut imaginer œuvre plus différente des farces et pièces de guignol précédentes. Nous sommes là sur un plan apologétique, et il s'agit pour Lorca d'exalter la grande figure de Mariana Pineda, héroïque et résistante, la seule femme de Grenade à mourir sous le garrot pour raison politique. Sauf que… sauf que… Federico va lui donner une autre tournure : elle mourra non pas au combat et par conviction politique, mais par amour, elle qui n'aura connu que frustration et dépit. Nous aurons là alors la première de ces femmes tragiques du théâtre lorquien. La pièce, qualifiée de « Ballade populaire en trois estampes », puise au plus profond de la mémoire grenadine : Federico se souvient du quatrain qui courait dans les rues de la ville et qu'il avait dû chanter avec ses petits camarades. Il le reprend en ouverture, et en fin de drame :

Oh ! Quel triste jour à Grenade,
triste à faire pleurer les pierres,
car Marianita va mourir
sur l'échafaud pour ne pas trahir[7].

Nous sommes là dans le domaine de la légende et de la poésie, et non du drame historique de la véritable Mariana, veuve d'un héros libéral et résistante contre l'absolutisme de Ferdinand VII (qui régna en tyran après 1814), et faisant la jonction avec les leaders libéraux emprisonnés ou pourchassés. Le combat consiste alors à lutter pour le rétablissement de la Constitution, celle qui avait été promulguée à Cadix en 1812 et qui prévoyait une monarchie constitutionnelle et libérale. Lorsque son cousin Sotomayor est condamné à mort pour avoir conspiré contre le roi, Mariana l'aide à s'évader de sa prison de Grenade en lui faisant parvenir une robe de capucin. Pis, elle fait broder un drapeau avec la devise : « Droit, Liberté, Égalité ». Elle est arrêtée, emprisonnée, le chef de la police essaie de lui extorquer le nom de ses complices, en vain, elle gardera le silence et mourra sur l'échafaud. Aussitôt après sa mort, sa figure sera exaltée comme « martyre de la liberté ». Lorca reprendra cette image, mais fabriquera, sur une trame qui prend toutes les libertés avec la vérité historique, une belle histoire d'amour : jusqu'au bout, Mariana voudra croire que son amant qu'elle a aidé à s'évader viendra la libérer ; en vain, il a bien d'autres préoccupations, à commencer par celle de sa survie, aussi mourra-t-elle de désespoir d'amour. Selon le schéma traditionnel du récit pastoral qui veut que A aime B qui aime C, autrement dit chacun aime un(e) autre qui en aime un(e) autre, Mariana est amoureuse de Pedro, et en est malheureuse, mais est aimée de Fernando qui l'a assistée dans sa conspiration, si ce n'est qu'elle ne l'aime pas, lui, puisqu'elle aime l'autre ! Si Pedro est sauvé grâce à Mariana et va rejoindre la conspiration en Angleterre, Mariana, elle, mourra de ne vouloir rien révéler de celle-ci au nom de l'honneur qu'elle doit à son nom et à ses enfants. Quant à Fernando, il aura beau insister pour la ramener à la raison, les cœurs resteront brisés, et elle scandera à deux reprises ce refrain :

> Amour, amour, amour, solitude éternelle[8] !

Federico utilise un drame historique pour parler déjà — et toujours — de lui, de sa propre impossibilité d'aimer et de sa solitude affective. Alors qu'on aurait pu attendre une pièce politique, et c'est d'ailleurs ce que tout le monde redoutait en ces années de dictature militaire, nous avons bien, à l'arrivée, une tragédie amoureuse ou un drame passionnel, inspiré, notamment dans la scène où le chef de la police tente d'extorquer des aveux de Mariana en mettant dans la balance l'amour — disons plutôt le désir — qu'il lui porte. Cette scène de chantage n'est pas sans rappeler le célèbre tête-à-tête entre Scarpia et Floria dans le drame de Scribe, *La Tosca*, devenu opéra de Puccini. Est-ce une faiblesse ? Mais pourquoi Lorca écrirait-il une pièce héroïque et engagée, lui qui a si peu la fibre politique ? Il faut en prendre acte, et ramener cette œuvre, comme toutes celles qui vont suivre, à cette galerie de portraits de grandes femmes amoureuses, frustrées et malheureuses : la Savetière, la fiancée de *Noces de sang,* Yerma, Rosita, les filles de Bernarda Alba…

## L'amour sorcier

*Ce soupir de Boabdil*
*dilué en musique qu'est Falla...*

LETTRE DE FEDERICO GARCÍA LORCA
À MANUEL DE FALLA[1]

Si la ville de Grenade est investie par la bourgeoisie la plus traditionnelle et bien-pensante d'Espagne, celle que Lorca considérait, ainsi qu'il le déclara, comme « la pire bourgeoisie d'Espagne », le monde gitan, massé dans le haut quartier de l'Albaicín et le dédale montueux du Sacromonte, exerce chez certains artistes grenadins une irrésistible fascination. Federico est de ceux-là, et avec lui son aîné et ami Manuel de Falla, dont la gloire internationale reposera bientôt sur cette partition qui fit le tour de la terre et continue de nous tourner la tête : *L'Amour sorcier…*

En fils choyé de l'élite agricole de la Vega, Federico n'a pas manqué de se chercher des marges où déployer ses ailes d'oiseau rebelle : alors il va chercher du côté des origines juives — ou supposées telles — de sa mère doña Vicenta ; et plus encore du côté de la veine gitane qu'il n'hésite pas à croire partie prenante de son sang andalou. Mais il s'agit, bien entendu, d'une posture intellectuelle et artistique, avec laquelle il ne tardera pas à alimenter son œuvre poétique, et dont les deux piliers seront alors le *Poème du Cante Jondo*, en 1923, et le *Romancero gitan*, en 1928. Après quoi, lassé d'être réduit à cette seule dimension gitane, au demeurant identité usurpée, et d'être enfermé dans cet « andalousisme » qui, à la longue, l'excédera, il tournera la page.

Mais pour le moment, en pleine fièvre juvénile, aux côtés de ses amis du *Rinconcillo*, il se laisse bercer par les guitares et les chants de l'univers flamenco, par ce folklore andalou qu'avec ses amis il entend exalter, et qu'avec la complicité de Manuel de Falla il s'applique à réinventer. En effet, s'il en consigne scrupuleusement dans un petit carnet les paroles et les notes, c'est bien à lui que l'on doit les harmonisations des chansons qu'il recueillait de la tradition orale. Dès lors, on comprend aisément que l'écrivain espagnol Ramón J. Sender ait pu taxer de « folklorquisme » le fruit de ce patient travail, dont on peut apprécier la qualité dans le seul disque que nous a légué Federico où il accompagne au piano la voix de la Argentinita.

Cet art populaire et ces chansons andalouses, Federico les avait apprises des lèvres de son père et de sa tante Isabel, qui savaient si bien les fredonner en s'accompagnant savamment à la guitare. Mais retournons en arrière, justement, dans une petite taverne sous les murs de l'Alhambra :

on y retrouve ces jeunes exaltés qui se laissent bercer par le Cante Jondo de Polinario, propriétaire du local, et de son fils, guitariste flamenco. Dans le public réduit qui se rassemble là chaque soir en 1921 se trouve Manuel de Falla. Lorca, toujours attentif aux chansons populaires et à ce folklore dont la fin du XIXe siècle a fait un impératif culturel — qu'on songe aux frères Grimm —, est à l'affût de la moindre *copla* et du moindre accord de guitare capable de briser le canon de la musique occidentale. Il sait qu'il tient là un patrimoine original qu'il se doit d'exploiter et de diffuser. Il s'attellera à cette double tâche, soucieux d'abord de faire connaître les trésors de la culture andalouse à l'Espagne et, par-delà, au monde entier, et ensuite d'y puiser une inspiration qui lui permettra d'écrire ses poèmes les plus célèbres, voire les plus beaux.

C'est au cours de ces soirées musicales que naît le grand projet d'organiser un « Concours du *Cante Jondo* », qui aura lieu les 13 et 14 juin 1922 à Grenade, dans le cadre des solennités habituelles de la Fête-Dieu. Et dans le décor grandiose de l'Alhambra, sur la place des Aljibes (Citernes), entre la forteresse arabe de l'Alcazaba et le palais de Charles-Quint. L'initiative semble en revenir conjointement à Lorca et à Manuel de Falla. Ce dernier était depuis fort longtemps fasciné par la culture et la musique gitanes. Dès 1905, il avait situé à Grenade son opéra, *La Vie brève*, et en 1915, avant même de connaître la ville, dans les jardins du Generalife, la première de ses *Nuits dans un jardin d'Espagne*. De Falla avait été, comme Lorca, bercé dans son enfance par les chants andalous des domestiques.

Manuel de Falla avait déjà rencontré Lorca en 1919, lors d'une de ses visites périodiques à Grenade, avant qu'il ne s'y installe définitivement, ainsi qu'à Madrid qui fut toujours le lieu des rencontres décisives du poète. Le musicien avait vingt-deux ans de plus que Federico, mais cela n'empêcha en rien qu'une amitié profonde et une complicité musicale et artistique s'établît entre eux. Don Manuel traitait Federico de « cher fils » et Federico avait pour son aîné une tendresse sans doute filiale. Il avait su conquérir l'âme du grand musicien lors d'une de ses premières visites à son *carmen* en interprétant au piano un prélude de Debussy, un musicien que de Falla connaissait bien pour l'avoir fréquenté et admiré pendant les sept années qu'il avait passées à Paris.

Manuel de Falla avait fait publier une brochure d'information sur le *Cante Jondo* en prélude à la fête, et Lorca, pour sa part, donnera au Centre artistique de Grenade, le 19 février 1922, une substantielle conférence intitulée : « Importance historique et artistique du chant primitif andalou appelé *Cante Jondo.* » Il est à noter que dans cette conférence il reprend très souvent les propres notes fournies par de Falla pour l'édition de sa brochure.

Qu'est-ce donc que le *Cante Jondo* ? On a beaucoup écrit et glosé sur cette forme musicale quintessenciée de l'Andalousie. Sur le mot lui-même, certains y ont vu une façon gitane de prononcer *canto hondo*, autrement dit « chant profond » ; c'est une hypothèse défendable, mais peut-être pas tout à fait juste. D'autres ont vu dans *Cante Jondo* une origine hébraïque, « jondo » pouvant être la graphie dégradée de l'hébreu « *yom tov* », signifiant jour de fête, et donc le *Cante Jondo* serait une musique de type liturgique pour solennités religieuses, ce qu'à bien des égards elle est et reste, notamment avec ce qu'on appelle la *saeta*, incantation typique des processions de la Semaine sainte, et qui n'est pas sans avoir les intonations des chants de synagogue dans le Maghreb ancien. C'est ce qu'ont pu remarquer, en parcourant le vaste territoire de Séfarad — notamment la Turquie et la Grèce où tant de Juifs espagnols avaient trouvé refuge à la suite de l'expulsion de 1492 —, certains contemporains de Lorca, comme Guillermo Díaz-Plaja, qui avance cette hypothèse de l'origine hébraïque du *Cante Jondo*.

Federico distingue entre *Cante Jondo* et flamenco, ce dernier étant l'appellation d'un genre musical moderne et, à ses yeux, dégradé, alors que le *Cante Jondo* serait plus ancien, une forme plus épurée de ce chant primitif qui puise, selon notre poète, à plusieurs sources : le chant byzantin introduit par l'Église espagnole aux temps wisigothiques, la musique hindoue rapportée par les Gitans qui ont fui l'Inde et l'envahisseur Tamerlan en 1400, la musique arabe qui a accompagné les diverses incursions sarrasines en Espagne. Bref, l'Andalousie a été le creuset de ces rencontres qui ont abouti à une forme musicale inédite et originale qui allait tant éblouir le XXe siècle en ses débuts.

Lorca, qui a, comme l'on sait, une profonde connaissance de la musique, évoque alors ce que le Russe Glinka et le Français Debussy doivent à leur découverte du folklore andalou. Que seraient des partitions telles que la *Shéhérazade* de Rimski-Korsakov et l'*Ibéria*, de Debussy, sans leur connaissance du *Cante Jondo* ? L'Europe musicale du XX<sup>e</sup> siècle s'était mise très tôt au goût espagnol. Non seulement à travers l'opéra le plus célèbre au monde, *Carmen*, mais aussi et surtout à travers les grandes œuvres pour orchestre ou pour solistes comme en composent alors Édouard Lalo (*Symphonie espagnole*), Ravel (*Tzigane*) ou Sibelius (*Concerto pour violon*).

Revenons à Lorca. Dans la fièvre de ces préparatifs de fête, en quinze jours, Lorca écrit l'un de ses textes les plus fulgurants, un recueil de poèmes relativement bref, fondé sur des textes courts et inspirés, qu'il rassemble sous le titre de *Poème du Cante Jondo*, publié beaucoup plus tard, en 1931, mais rédigé là, à Grenade, dans la hâte et l'urgence, et que nous devons analyser quelque peu.

Comme nous le notions précédemment, le passage de la prose à la poésie a représenté chez Federico un dépouillement de tous les oripeaux qui encombraient l'écriture espagnole de rhétorique, nécessairement creuse, et de redondance. Foin de phrases et de ronds de jambe, la poésie est cri et jaillissement. Oui, ce qu'a retenu d'emblée Federico de ce *Cante Jondo* qui le fascine tant, c'est le dépouillement verbal et l'urgence du cri. Pas de chant flamenco qui ne débute par un *Ay* prolongé, modulé, orné de fioritures et qui est moins une plainte, comme on a eu tendance à le croire du fait de cette prononciation « aïe », qu'une façon de poser, de lancer la voix et l'invocation. Avant le dire est le cri, toujours aigu, haut perché, qui rassemble l'auditoire autour du chanteur, et le saisit, le subjugue, le paralyse pour mieux entendre ensuite le message délivré. Comment s'étonner alors que le premier texte qui ouvre le *Poème du Cante Jondo* répète en alternance le refrain suivant :

Ah, l'amour
Qui s'en fut sans retour !

Ah, l'amour
qui s'en fut dans les airs[2] !

Mais l'on doit entendre non pas « Ah » mais « *Ay* » à l'espagnole. Et nous avons bien là une plainte, car le poète dans sa conférence a avoué appartenir à « un peuple triste, un peuple extatique ». Ce premier texte, intitulé « Petite ballade des trois rivières », oppose la majesté du Guadalquivir aux deux cours d'eau issus de Grenade, le Genil et le Dauro, charriant « l'une du sang, l'autre des larmes ». Expression pour le moins étrange et visionnaire chez un poète qui, quinze ans plus tard, serait « saigné », ne l'oublions pas, au pied de la « fontaine des larmes »...

Cette poésie qui cherche à exprimer l'essence de l'âme andalouse campe d'abord un paysage : orangers et oliviers, lauriers-roses ou cyprès, et voilà pour la profusion ; « sable du Sud brûlant » assoiffé de camélias blancs, « horizon sans lumière » et voiles noirs, et voilà pour l'aridité. Mais c'est, en fait, l'âme du poète qui se projette : Federico est tout à la fois cet homme exubérant, riche de dons, prolixe et communicatif, débordant de vie, de chaleur et d'enthousiasme, qui séduit tout son entourage. Mais aussi cet adolescent tourmenté, fasciné par sa propre impuissance à entrer dans le monde de la création charnelle et qui va exalter, jusqu'à l'ivresse, son propre dénuement, l'aridité de son corps sous le portrait de tant de femmes condamnées à la stérilité ou au cloître, dont il peuplera son théâtre.

Ce *Cante Jondo* qu'il recueille là et exalte traduit d'abord ce qu'il appelle « l'Andalousie de la plainte », exprimée dans ce « silence ondulé » qui court dans les vallées ou dans ce sanglot de la guitare : *Empieza el llanto de la guitarra* — « Commence le sanglot de la guitare ». Aragon, fasciné lui aussi par l'Espagne, et tout particulièrement la morisque et l'andalouse, traduira, à la façon d'un génial truchement, l'âme même de la poésie lorquienne lorsqu'il énoncera « ce qu'il faut de sanglots pour un air de guitare » dans son poème le plus célèbre : *Il n'y a pas d'amour heureux*. En cette année 1921 où il cherche à rassembler toutes les essences de l'âme andalouse, Federico prend des cours de guitare. Il sait qu'il porte les gènes de ses prédécesseurs qui chantèrent et jouèrent de cet instrument, dont l'oncle Baldomero, si présent à sa mémoire. Lui, dont les jambes sont si gourdes et la démarche maladroite, a une agilité étonnante dans les mains, et ses doigts courent aussi vite sur le clavier du piano que sur le manche d'une guitare. Serré entre ses cuisses, l'instrument qu'il caresse et séduit est cette femme gitane inaccessible qui lance son cri de flèche, cette *saeta* au passage du Christ des Souffrances. Alors, tout comme l'Église espagnole exhibe la Vierge des Douleurs, le cœur percé de sept glaives, il voit et tient ce « cœur blessé par cinq épées », ces cinq doigts brutaux qui arrachent tant de cris, de plaintes et de larmes à l'instrument emblématique du flamenco.

Le Gitan est perçu comme cet homme venu d'un pays lointain, l'Inde, certes, qu'il aurait traversée poursuivi par l'implacable sabot des coursiers de Timur Lang, et l'Égypte qui lui donna son nom : Gitano vient, sans doute, d'Egiptano, l'Égyptien, de cette Égypte qui a aussi affublé la Gitane du nom de « Gypsy ». Et Lorca se plaira à voir dans le génial interprète du *Cante Jondo* de son temps ce Manuel Torres à qui il dédie ses « Vignettes flamencas », et qu'il admire tant, un artiste « de la souche des Pharaons ». Que de mystères dans ce nom de Gitan, que de destins et de drames ! Alors oui, la guitare « pleure pour des choses lointaines » et « Le Gitan évoque / des pays lointains », car ces « sombres archers » qui marchent sur Séville lors des processions de Semaine sainte « viennent des lointains / pays de la peine[3] ».

Mais ces lointains pays de la peine sont bel et bien l'univers intérieur du poète, tel qu'il s'exprime ici en quatre temps, incarnés par les quatre formes majeures du *Cante Jondo*. La *siguiriya* d'abord, cette Gitane qu'on appellera peut-être la Faraona, qui s'avance, aveugle et somnambule, sur « ce rythme sans tête », vers le désert de sa voix cassée, vers le silence, « parmi des papillons noirs », qui sont ces musiciens interprétant en grand deuil les tourments de « la vie brève », comme s'en souviendra Manuel de Falla. Rappelons que *La Vie brève,* la première des grandes partitions de Manuel de Falla, fut composée à Grenade bien avant ce concours de *Cante Jondo* de juin 1922. Puis vient la *solea*, qui est solitude « dans l'Andalousie de la plainte », et qui, « poignard, / comme un rai de soleil / incendie les terribles / ravins » : « *No, no me lo claves, no*[4] », hurle le chant de douleur, clame le poète poursuivi par l'arme assassine — qui finira par l'atteindre trois lustres plus tard —, ou par larme orpheline, tandis qu'explosent, en fin de nuit et de cauchemar, les « cloches du point du jour / à Grenade », avec ce même assourdissant carillon que Manuel de Falla fait sonner aux derniers accords de sa partition de *L'Amour sorcier*. La troisième figure du *Cante Jondo* est cette *saeta*, cette « flèche » du chant qui surgit, suraigu, cri perforant, au passage de la Vierge orpheline de son Fils — « Christ brun / passé / du lys de Judée / à l'œillet d'Espagne[5] » — lors de la Semaine sainte. Vient enfin la *petenera*, qui est la femme andalouse par excellence, qui est gitane, morisque et juive : « Où vas-tu, belle Juive ? », chante la copla populaire. « Je vais à la recherche d'un Rebecco / qui se trouve à la synagogue... » Nul doute que ce passé lointain, révolu, nostalgique fascinait l'âme de l'enfant de la Vega. Alors, dans ce rythme malaguène surgi des cordes de la guitare, « le sanglot des âmes / perdues / s'échappe de sa bouche / ronde[6] ». Et puis la Petenera, archétype de la Gitane, se meurt... Pas une fête gitane qui n'évoque l'enterrement de la Petenera : « Dans les tours / jaunes / tinte le glas... / ... Le vent dans la poussière / forme des proues d'argent[7] ». Mais quelle caravelle ?

Tel est ce navire de l'exil dont l'étrave arrache aux cordes de la « citerne noire » les plaintes et les larmes. Federico, à l'égal de son ami et maître Manuel de Falla, nous livre ici, dans ces pages brèves, intenses, brûlantes, toute une Andalousie exemplaire et mythique, dont il nourrira bientôt sa poésie la plus accomplie, la plus justement célèbre : le *Romancero gitan.*

## Le poème de l'Andalousie

*Et sur le sol de la copla,*
*il y a des enclumes noires qui attendent*
*de porter au rouge la lune.*

FEDERICO GARCÍA LORCA[1]

1928 est une date majeure dans la vie de Federico. Il publie cet été-là le *Romancero gitan*, son livre le plus abouti, celui qu'il préférait et qui lui assura tout aussitôt, et pour longtemps, une gloire retentissante. Ce recueil de poésie s'appelle d'abord *Primer romancero gitano*, et est publié aux Éditions de la *Revista de Occidente*, que dirige le philosophe José Ortega y Gasset. C'est un magnifique tremplin et une carte de visite pour les milieux les plus intellectuels d'Espagne. Le livre sera formidablement bien accueilli par eux, et par tous. La première édition, de trois mille cinq cents exemplaires, est épuisée en quelques jours. Enfin la gloire !

Pourquoi ce titre ? Le *romance* espagnol est un mot à ne pas confondre avec « la romance » française, qui est une chanson, une mélodie au thème amoureux. Le *romance* (toujours au masculin) en Espagne désigne d'abord un poème écrit en roman, c'est-à-dire en langue romane, tout comme le mot « roman » français désigna d'abord les grands poèmes de Chrétien de Troyes écrits en langue romane, avant de désigner la fiction en prose que nous connaissons sous ce nom. L'espagnol, comme le français à la même époque, se séparait définitivement du latin, dit latin vulgaire, pour bâtir sa propre langue, et il le fit d'abord par la composition versifiée. En fait, la véritable séparation littéraire intervient avec les *cantares de gesta*, exact équivalent des chansons de geste françaises, et dont l'œuvre fondamentale en Espagne est le poème du Cid — *Poema de Mio Cid*. Les grands *romances* espagnols, qui remontent au XVe siècle, exaltent l'épopée de l'Espagne et de la Reconquista (« la Reconquête »), à travers les figures du Cid, de Bernardo del Carpio, des Infants de Lara, et des grands personnages maures (*Abenamar, Abenamar / moro de la morería*, scande un des plus célèbres *romances*[2]). Thèmes épiques et amours contrariées (comme il se doit) se partagent l'inspiration de ces textes, toujours écrits en vers octosyllabiques avec assonance tous les deux vers. Ces poèmes étaient chantés, à l'origine. La forme du *romance* a persisté dans toute la production poétique espagnole jusqu'à nos jours, illustrée au XXe siècle par deux des plus grands poètes de leur temps, Antonio Machado et Lorca. Ce dernier récitera sur les tréteaux de sa Barraca le chef-d'œuvre du premier, *La Tierra de Alvargonzález* et se laissera aller, pour peu qu'on l'en prie, à réciter au fil des ans un de ces *romances* gitans tant prisés.

Federico, dans son souci de se rattacher à la tradition espagnole et au grand art qu'il admire tant, compose donc une épopée andalouse, alliant le narratif et le lyrique, qu'il va appeler *Romancero gitano*, et qui comprend dix-huit poèmes totalisant un peu plus de mille vers. Il compose lui-même la couverture : il trace à l'encre de Chine le titre en dessinant avec application les lettres rouges de *Romancero gitano*, au-dessous desquelles il dessine un pot en terre — le fameux *búcaro* andalou — d'où sortent trois tiges minces couronnées par trois fleurs de tournesol mais en forme de soleil noir, dégageant une impression de dépouillement ou d'aridité ; en surimpression de la poterie s'inscrit une carte de l'Espagne piquetée de petits points rouges, comme de sang. L'impression dégagée est celle d'une Andalousie desséchée et d'une Espagne douloureuse, à cent lieues de l'imagerie joyeuse de la *fiesta gitana* et de ce qu'on a appelé l'Espagne *de pandereta* (« tambourin »), folklorique et superficielle. Le ton se veut grave : le lecteur doit savoir qu'il entre dans l'univers sérieux et historique de la geste andalouse. Et pourtant ce dessin à la plume en noir et sang a quelque chose de naïf, ou disons d'enfantin. À l'image d'un poète qui n'a pas trente ans et garde encore, au fond de lui, les images et fantaisies d'une adolescence tourmentée.

Cette œuvre, il la porte en lui depuis cinq ans, puisqu'il évoque ce projet dans une lettre adressée de Grenade au printemps 1923 à son ami et mentor Melchor Fernández Almagro :

> Je voudrais faire une œuvre sereine et calme ; je compte construire plusieurs « romances » avec étangs, romances avec montagnes, romances avec étoiles ; une œuvre mystérieuse et claire, qui serait comme une fleur : tout en parfum. Je voudrais tirer de l'ombre des fillettes arabes qui jouèrent dans ces villages et perdre dans mes bosquets lyriques les figures idéales des vieilles chansons populaires anonymes... Je ferai une œuvre populaire et tout à fait andalouse[3].

Lorca dit bien andalouse et non pas gitane. D'où vient qu'il ait alors choisi ce titre qui va lui coller à la peau, au point que d'aucuns, à l'étranger, le prendront pour un véritable Gitan, pour un thuriféraire de sa race ? D'autant que, si nous examinons ces poèmes, nous voyons bien qu'il n'y a pas que des Gitans, loin s'en faut, à peupler ses rimes. Eh bien, le poète cherchait un titre accrocheur, et qui rachetât l'injustice faite, à ses yeux, au peuple bohème qui le fascinait dans cette Grenade bourgeoise et douillette où, de l'autre côté de la rivière, se pressait dans les grottes du Sacromonte toute une humanité venue de terres lointaines, avec sa musique, ses chansons, ses coutumes et ses fards. Et les Gitans apparaissent dans ces poèmes comme décor inévitable, et aussi comme protagonistes, victimes pitoyables ou héros glorifiés.

Federico s'identifiait à ce monde-là. Il croyait compter, comme on le sait, quelque branche

« égyptienne » dans son arbre généalogique, mais aussi aimait se perdre parmi eux, sur la colline opposée de Grenade, celle qui semblait narguer le haut du pavé bourgeois, et où tant de jeunes gens au teint bistre, cette peau olivâtre qu'il va bientôt exalter, séduisent son regard. Alors, c'est dit, il composera pour eux un chapelet d'amour, un long poème épique et lyrique exaltant leur beauté, célébrant leur grandeur et leur misère et, surtout, chantant leur sensualité, leur corps embrasé.

Si nous entrons dans ce beau livre, cet ouvrage majeur qui a fasciné le siècle et n'en finit pas de nous retenir, que trouvons-nous ? Côté femme, une petite Gitane qui a peur du vent qui est un méchant, un vilain satyre qui lui soulève la jupe et la poursuit « avec une épée brûlante » ; une sainte nonne gitane recluse et résignée et dont la beauté s'exalte comme sur une image pieuse serrée dans un missel ; un jeune Gitan beau comme un dieu, qui sera arrêté, puis qui mourra dans une rixe ; et par-dessus tout un corps de feu, qui est celui d'une femme possédée par un Gitan, comme un instrument de musique dont lui seul saura jouer.

Arrêtons-nous à ce poème-là, le plus célèbre, sans doute, « La Casada infiel », celui qui fut tant rabâché du vivant du poète qu'il en était excédé : partout où il passait, en effet, on lui demandait de le réciter ; et tout bon hispanisant, en France, se devait de l'apprendre par cœur. Pourquoi cette fascination ? Poème narratif, « La Femme infidèle », comme on l'a appelé en français (dans la Pléiade), avec un titre qui oblitère la qualité première qui est d'être mariée et d'être adultère, mais peu importe, ce poème, donc, rapporte la rencontre d'une jeune femme que le Gitan croit sans mari et qu'il emmène à la rivière pour lui faire l'amour ; après une folle nuit d'étreintes où les deux corps se sont épuisés en brûlant d'une ardeur inouïe, le Gitan lui fait cadeau d'une jolie boîte à couture, mais la femme lui avoue alors qu'elle est mariée, si bien que l'amant — qui n'attendait sans doute que cela — reprend sa liberté. Oui, le Gitan est et reste libre comme le vent, feu follet et grisant qui vient, passe, aime comme l'Ange ardent du film *Théorème* de Pasolini, puis disparaît.

Mais ce poème est avant tout lyrique, et d'un lyrisme fou, échevelé, renversant. Il y a d'abord une nuit propice d'été, le poème se situant au soir de la Saint-Jacques, patron de l'Espagne, celui au nom duquel se fit la Reconquête qui aboutit justement à la prise de Grenade en 1492, patron guerrier, dont la fête tombe au plus chaud de l'été, le 25 juillet. Une musique propice à l'amour peuple la nuit : c'est le chant des grillons. Dans la précipitation, l'amant touche les « seins endormis » de la femme, qui tout aussitôt s'offrent et s'épanouissent comme « des bouquets de jacinthe ». Arrêtons-nous à cette fleur. Lorca était un homme de grande culture, et qui connaissait sûrement la mythologie grecque. Or Hyakinthos, qui a donné Jacinto en espagnol, était un beau jeune homme de Sparte dont s'éprit Apollon. Leurs amours furent, semble-t-il, les premières amours homosexuelles de la mythologie. Mais elles furent malheureuses, car Zéphyr, s'étant épris aussi de Jacinthe, fit en sorte qu'un jour où Apollon et son bel éphèbe jouaient au palet, la pierre fût déviée dans sa course et frappât au front le jeune homme qui mourut. Apollon, désespéré, lui assura l'éternité sous forme de fleur qui fleurit chaque année en mai, et Jacinthe, comme Adonis et Narcisse, représente un de ces garçons de la mythologie dont la séduction atteignit assurément le poète. En fait, cet amour du Gitan et de la « mariée » va ressembler, dans la nuit, à une célébration charnelle homosexuelle.

Jouons les pédants jusqu'au bout : les vers qui suivent disent : « l'amidon de son jupon / crissait à mes oreilles / comme une pièce de soie griffée / par dix couteaux[4]. » Or il se trouve que la jacinthe est aussi une plante médicinale dont le bulbe produit un suc qui fut longtemps utilisé pour empeser les vêtements : c'était l'amidon avant l'invention de l'amidon extrait des céréales (blé ou riz). Les Espagnols, tout particulièrement, en usèrent pour empeser fraises et collerettes à l'époque où ces pièces de vêtement peuplaient les tableaux du Greco et de Velázquez. Comment Lorca l'aurait-il ignoré ? La poésie est toujours une alchimie qui sollicite souvenirs, savoir et aussi pulsion et imaginaire, tout est là, en si peu de mots. Mais la poésie est avant tout métaphore, c'est même sa définition, et Lorca le montre bien dans sa célèbre conférence du 13 février 1926 à l'Ateneo de Grenade, sur « L'image poétique chez don Luis de Góngora » : « Le langage est fondé sur l'image[5]. » Et c'est en pensant, sans doute, à son propre style, qu'il cite la célèbre phrase de Marcel Proust : « La métaphore seule peut donner une sorte d'éternité au style[6]. » Alors, au-delà du clin d'œil qui unit la fleur à ce produit prosaïque qu'est l'amidon, dans le bruit et la fièvre du déshabillage amoureux, voilà que surgit cette magnifique image des dix doigts nerveux de l'homme, agressifs et violents, qui déchirent de leurs ongles le jupon de la femme. L'expression française ne saurait rendre toute la richesse musicale de l'image où les sifflantes multiplient leur sonorité : *pieza de seda rasgada por diez cuchillos*[7], là nous n'avons pas moins de cinq sifflantes, dont deux interdentales, sans parler du chuintement du *ch* et de la liquide *ll* ; tout cela évoque le bruit des ongles sur le tissu, et aussi le chuchotis des lèvres amoureuses, ou encore cette salive en bouche qui affleure avec le désir. Et tandis qu'il la déshabille avec une douce violence, au loin, des chiens, faisant chorus au désordre amoureux, aboient dans la nuit. La nuit qui appartient dès lors à la fête bestiale des corps.

Les voilà nus derrière les ronces, les joncs et les épines — *las zarzamoras, los juncos y los espinos* —, allusifs de cette agressivité, de cette violence, de ce piquant de la nuit d'amour. Le seul mot *juncos*, avec le raclement initial de la jota espagnole et le heurt du son *k* évoque lumineusement le rut amoureux, la prise de la femelle. Et voilà ses cuisses sous l'assaut, ses cuisses qui veulent et ne veulent pas, qui sont pour moitié feu (*lumbre*) et pour moitié froid (*frío*), et tentent d'échapper à la prise comme des poissons surpris (*peces sorprendidos*), mais citons la belle strophe traduite par André Belamich :

Ses cuisses glissaient sous moi
comme des poissons surpris,

à demi pleines de feu,
à demi pleines de froid[8].

Et surtout la strophe suivante, qui traduit l'apogée ou l'acmé de cette nuit d'amour :

| | |
|---|---|
| Cette nuit-là je courus | *Aquella noche corrí* |
| ma chevauchée la plus belle | *el mejor de los caminos,* |
| sur une jument de nacre | *montado en potra de nácar* |
| sans bride et sans étriers[9]. | *sin bridas y sin estribos*[10]. |

Nul doute que c'est à ce moment du récit lyrique que le poète jette toute sa flamme, toute sa vision de l'accouplement selon ses vœux. Mais seule la langue espagnole peut rendre compte de l'intention profonde, celle qui se dissimule dans les mots, les sons et les rythmes.

« Chevauchée » n'est pas une mauvaise traduction de *camino*, d'autant que le traducteur perd dans sa version le verbe *montar*, si évocateur et si provocant. Le mot *camino* en espagnol signifie le chemin, certes, mais aussi la voie, l'issue — et dans ce cas l'entrée. *Camino de perfección*, tel est le titre de l'essai de la plus grande mystique d'Espagne, sainte Thérèse d'Ávila, qui se penche là sur l'essence de la « jouissance » et de l'« extase », avec cette ambivalence de vocabulaire qu'on retrouve, à son apogée, dans la poésie amoureuse — c'est-à-dire mystique — d'un saint Jean de la Croix, tout délicatement caressé, tout pénétré de la lance de Dieu. Il s'agit bien pour Lorca moins de l'exercice physique d'une chevauchée amoureuse, que de trouver le chemin de son extase et de sa jouissance. L'amant est donc, non pas couché sur la femme, mais juché, et plus encore

« monté » sur elle, sur cette *potra*, pouliche, et donc accolé à sa croupe. On ne peut ici gommer l'image de cet accouplement par l'arrière. De surcroît, le poète ne dit pas *yegua*, qui signifie « jument », mais a recours au suggestif *potra*, « pouliche », certes évocateur de jeunesse et de force, mais aussi, par la physionomie même du mot, suggérant, peut-être, la croupe (en espagnol *grupa*). Mais qui peut dire à quoi Federico pense quand il évoque et vit ce coït dans la nuit de ses fantasmes ? Il faut lire tout le vers : *montado en potra de nácar*. Qui n'est surpris par cette irruption de la nacre, et qu'est-ce que cela a à voir avec le corps de l'amante ? On ne peut, certes, se laisser griser d'étymologie, et renvoyer à l'origine arabe du mot « nacre » qui est *nakkara*, et qui représente ce tambour oriental partagé en deux hémisphères qu'on joue avec deux baguettes, l'une appelée mâle et l'autre femelle, non, pas vraiment, on suppose qu'ici Federico pourrait éclater de rire. De ce rire éclatant et bruyant qui le caractérisait, lui qui allait tant railler la pédanterie universitaire dans sa comédie *Doña Rosita*. Laissons-nous seulement guider par la sonorité sans jamais oublier qu'il était musicien, que c'était sa vocation première, et jamais délaissée. L'exégèse seulement musicale du vers fait apparaître comme une résistance à l'épanouissement des *a* qui sont ici au nombre de quatre ; on sait que la voyelle *a*, dans le triangle vocalique, est celle de l'ouverture la plus large, elle traduit l'épanouissement, l'élargissement — quand le *i* traduit l'étrécissement ; on pourrait sentir dans *potra* comme l'effort de la pénétration, une certaine résistance, aboutissant tout aussitôt à l'acceptation apaisée des trois *a* qui suivent, avec cet accent fortement marqué sur le premier *a* de *nácar*. Les deux *r* de *potra* et de *nácar*, consonne liquide, assurent quelque fluidité. Et donc cette nacre n'aurait rien à voir avec la couleur laiteuse de la nacre, ni ses reflets irisés, puisque nous sommes là en pleine nuit, mais ne serait retenue que comme un joli mot, ou disons une perle, justement de nacre. Le vers qui suit est celui de la consommation de l'extase, et il est tout en *i* : *sin bridas y sin estribos*, pas moins de cinq *i*, voyelle du cri, de l'aigu, de l'étroit, et aussi de la plainte, dont saura se souvenir le poète dans sa lamentation à la mort du Gitan Antoñito el Camborio : *Voces de muerte sonaron cerca del Guadalquivir*, où le nom du fleuve n'est qu'une longue plainte aux deux *i* prolongés. Ici le vers ultime contient, certes, la plainte ou le cri de plaisir, mais aussi l'effort ou le frottement qui fait naître ce plaisir : *bridas-estribos* ; on peut sentir dans cette alliance sonore *brid-strib* tout ce qu'on voudra comprendre ou admettre du plaisir coïtal. N'en disons pas plus : ah ! Federico, où qu'il se trouve, sourit, oui, il sourit sûrement et rit peut-être, de cette naïve et touchante explication d'un simple acte amoureux. Mais le poète est riche d'images et de sons, et c'est honorer son talent — son génie — que de disséquer de la sorte toute cette encre jaillie de ses plumes. Et d'applaudir à ses trouvailles extatiques.

Salvador Dalí fut le pourfendeur le plus décisif du *Romancero gitan*. Peut-on penser un instant qu'il n'y vit qu'une imagerie gitane de pacotille ? Est-il vraisemblable qu'il n'ait pas vu tant de flèches qu'ils avaient en commun dirigées sur le corps séduisant de saint Sébastien, patron de Cadaqués et icône de l'imagerie homosexuelle, de Lorca à Mishima Yukio ? Ce qui est sûr, c'est que Dalí était jaloux du succès de Lorca et probablement, aussi, d'un nouveau venu dans sa vie sentimentale, Emilio Aladrén — dont il avait pourtant à son insu favorisé la relation en fuyant Madrid et Lorca —, qui avait si vite supplanté dans son cœur la place princière qu'il occupait jusque-là ; et il fera tout pour détacher Federico d'Emilio, qu'il juge futile et inconstant (Aladrén se séparera d'ailleurs bientôt du poète pour convoler en justes noces). Dalí envoie à Federico, en septembre 1928, une longue lettre de sept pages où il sanctionne son goût immodéré pour l'image poétique, et la cloue au pilori de son esthétique par ces mots de condamnation :

> Tu penses, peut-être, que certaines images sont captivantes ou que tu trouves une dose accrue d'irrationnel dans ta matière, mais je peux te dire que ta poésie ne fait qu'illustrer les clichés les plus stéréotypés et conformistes[11].

On ne saurait être plus clair ni, malheureusement, plus injuste. Il l'encourage à tordre le cou à la rime, qu'il estime relevant du passé, et Lorca saura bien l'écouter dès qu'il composera, hallucinant et halluciné, son *Poète à New York*.

Pourtant, dans cette même lettre, que de tendresse et d'amour pour son ami, son amant !

> Federiquito... je t'ai vu comme la grosse bébête [*bestezuela*] que tu es, une bébête érotique avec ton sexe et tes petits yeux de ton corps, et tes poils et ta peur de la mort et l'envie que tu

as, si tu meurs, de le faire savoir aux patrons [faisant ici allusion au distique du poème « Mort d'amour » : « Mère, lorsque je mourrai, / fais-le savoir aux patrons »]..., et ton gros doigt en étroite correspondance avec ta pine [*polla*] et avec les humidités des lacs de bave de certaines espèces de planètes poilues. — Je t'aime pour ce que ton livre révèle de toi, et qui est tout le contraire de la réalité que les putréfiés [Dalí désigne ainsi les bourgeois et les gens conventionnels] ont forgée de toi, un Gitan brun, le cheveu noir, le cœur enfantin, etc. etc., tout ce Lorca... décoratif anti-réel, inexistant[12].

Par parenthèse, qui le premier inventa cet adjectif « putréfié » qui fit florès dans le petit cercle des amis du poète ? Salvador Dalí, qui en usa et abusa, s'en attribue généreusement la paternité. Mais c'est au café de la Alameda de Grenade, dans ce *Rinconcillo* où se réunissaient chaque soir ses amis aux ambitions de plume ou de pinceau, que Lorca inventa ce mot de *putrefacto*. Jorge Guillén fut là pour noter cette apparition dans le vocabulaire « branché » de cette jeunesse artistique. Les *putrefactos* désignent pour Lorca les dessins aux figures grotesques. Et de là, tout ce qui lui apparaît démodé et rance, « bourgeois » et détestable, maniéré et inauthentique. Mais c'est l'ami de cœur, Salvador, bien sûr, qui en fera la bannière de son art et l'étendard de son génie morbide.

Concluons sur cette lettre de Salvador. Lorca n'en fut pas blessé, bien au contraire. Il était, au fond, d'accord avec Dalí pour estimer que cette œuvre était déjà dépassée à ses yeux, et que d'autres horizons poétiques le réclamaient, avec une forme plus décidément engagée dans la modernité. Mais pour nous, qui lisons son œuvre sans souci de prouesse ou de gloire, et encore moins de chronologie, ce *Romancero gitan* reste une œuvre majeure, qui a fait le tour de la terre avec ses vers que tant de générations scandent et répètent, avec admiration, avec amour. Bien sûr, certains trouveront cela un peu rabâché et s'en irriteront, tout comme Federico s'irritait qu'on lui réclame toujours le poème du Gitan qui emmène à la rivière cette nymphomane mariée et infidèle… Rien ne pourra ternir notre plaisir, ni les reproches de Salvador, ni les aveux convenus de Federico.

Un an avant sa disparition, Lorca, au sommet de sa gloire, revient encore à son *Romancero gitan* qui, décidément, lui colle trop aux basques au détriment de cet art dramatique et poétique qui vise à l'universel et échappe au terreau local, étroitement andalou. Alors le 9 octobre 1935, dans une conférence donnée à la Résidence des étudiants de Barcelone, sur son œuvre poétique la plus célèbre, exposant et lisant ses poèmes, il ramène ce livre majeur à sa circonstance initiale, pour en faire, essentiellement, un hommage à l'Andalousie :

> Le livre dans l'ensemble, bien qu'il s'appelle gitan, est le poème de l'Andalousie, et je l'appelle gitan parce que le Gitan est ce qu'il y a de plus élevé, de plus profond, de plus aristocratique dans mon pays, de plus représentatif de sa manière et ce qui conserve la braise, le sang et l'alphabet de la vérité andalouse et universelle[13].

Cet aveu est touchant, vers la fin de sa vie, mais en 1931, Federico déclarait néanmoins, en exprimant sa lassitude à voir son œuvre ramenée pour l'essentiel à la « gitanerie » :

Le *Romancero gitan* n'est gitan que dans quelque passage au début. Dans son essence c'est un retable andalou, de tout l'andalousisme. Du moins, tel que je le vois. C'est un chant andalou où les Gitans servent de refrain. Je réunis tous les éléments poétiques locaux et je leur mets l'étiquette la plus facilement visible. Romances à plusieurs personnages apparents, qui ont un seul personnage essentiel : Grenade[14].

Double hommage, donc, à l'Andalousie et à Grenade. On voit bien ce que Lorca a retenu des critiques qu'on lui a adressées et aussi l'image qu'il veut, *in fine*, laisser de lui et de cette grande œuvre poétique. Tout en célébrant le Gitan comme motif majeur de son œuvre, ou « refrain » de sa poésie, il n'entend pas se laisser emprisonner par ce sujet et devenir, par là même, un mythe vivant. Il confiera à son ami Jorge Guillén, dans une lettre de 1927 : « J'en ai un peu marre de mon mythe de gitanerie. On confond ma vie et mon caractère. Je ne le veux absolument pas. Les Gitans sont pour moi un thème et rien de plus[15]. » Même si, en définitive, nous l'aimons tant, et excessivement, sous son masque gitan.

## Mon amour, ma sœur...

*Et je perdis l'anneau de mon bonheur*
*Dans l'eau d'un fleuve imaginaire.*

FEDERICO GARCÍA LORCA[1]

Federico était sensible au thème de l'inceste pour toutes sortes de raisons. La première étant qu'il avait fait de la femme, et de son approche sexuelle, un interdit. Il adorait ses petites sœurs, certes, mais jamais la pensée ne l'aurait effleuré de la moindre attirance érotique. En revanche, lors de son séjour à Cadaqués, Federico ne fut pas sans remarquer le comportement ambigu de Salvador envers sa jeune sœur Ana María. On n'a pas manqué, dans l'entourage de Dalí, de souligner ce zeste d'inceste qui marquait leur tendresse fraternelle. Un dialogue nous en est resté. Comme Federico un jour s'extasiait devant les beaux seins fermes d'Ana María, que les nombreux tableaux de Salvador représentent potelée et pulpeuse — sans qu'on puisse, d'ailleurs, voir sa poitrine, car il ne la peignait que de dos —, Salvador dit à son ami : « *Tócalos* », touche-les, et il saisit les mains de Federico et les porta à la gorge de sa sœur, joignant ainsi le geste à la parole, et nul doute que la petite Ana María en fut émue. Entre Federico et elle, ce n'était que marivaudage et jeu amoureux — et innocent.

Qui peut dire ce que Federico avait dans la tête quand il composa l'ultime *romance* du *Romancero gitan*, « Thamar et Amnon » ? Ce qui est sûr, c'est qu'en connaisseur avisé du théâtre classique espagnol, il ne pouvait ignorer la tragédie de Tirso de Molina, *La Vengeance de Thamar*. D'un côté, il se rappelait les stances magnifiques de ce maître de la *comedia*, auxquelles se mêlait sans doute le souvenir de l'Histoire sainte que tout petit Espagnol avait apprise à l'école, et d'autre part son cœur était soulevé par cette sensualité trouble, qui mêlait l'odeur féminine de ses sœurs et l'attirance sexuelle de la sœur de Salvador, à quoi s'ajoutait cette attraction / répulsion qu'il devait sentir pour le sexe féminin. Le résultat est ce très beau poème qui fait partie des « Trois romances historiques » clôturant le recueil du *Romancero gitan*, et qui n'ont évidemment rien de gitan, du moins en apparence car plus tard Lorca le qualifiera, précisément, de poème « judéo-gitan ». Il s'agit d'une pièce rapportée, d'un ajout, et cela permet de mieux souligner que ce *Romancero gitan* renferme, certes, majoritairement des thèmes gitans, mais va bien au-delà d'une simple imagerie folklorique, comme on a trop souvent voulu le croire. Federico était, d'ailleurs, excédé par cette étiquette qui voulait l'enfermer dans un univers qui n'avait été pour lui qu'un prétexte, une réserve de marginalité et de poésie qu'il avait exploitée avant tout pour exprimer son propre univers intérieur.

Et comme dans les précédents poèmes de ce recueil, c'est l'érotisme qui prime, cette sensualité torride que Federico savait exprimer comme nul autre dans ses vers.

Au début est le désir inassouvi. Comme toujours chez le poète, la terre a soif, elle est « *sin agua* » et demande à être arrosée. Le désir est un fauve impérieux, un tigre écumant de feu. Tel est Amnon possédé par le désir de sa sœur, qui lui apparaît sur la terrasse, nue, chantant et désirable. Cette apparition de Thamar nous rappelle l'épisode amoureux et fatal en amont : la convoitise pour Bethsabée de David qui, après avoir consommé l'adultère, enverra le mari à la mort pour mieux jouir de l'épouse de ce dernier, ce pourquoi Dieu le punira en faisant mourir ses trois fils : Amnon, Absalon et Adoniyah, ainsi que l'enfant né de l'adultère, mais, après contrition, jeûne et cendre sur la tête du roi d'Israël, l'Éternel accordera son pardon et attribuera le trône au second fils de Bethsabée, Salomon, lequel, son père en étant empêché par son crime, construira le Temple de Jérusalem. Cette histoire s'inscrit en filigrane dans ce poème biblique de Lorca. Mais c'est Thamar et non Bethsabée qui apparaît nue sur la terrasse aux convoitises, sous l'œil de son demi-frère Amnon.

Federico traduit son désir sexuel de la façon la plus crue et la plus poétique qui soit, Amnon a « l'aine remplie d'écume[2] » — *llenas las ingles de espuma* —, où le sexe de l'homme littéralement bouillonne de sève et de sperme. La convoitise le tenaille, il s'étend, mais son sexe se dresse, exhalant « entre ses dents / le son d'un dard qui se plante » — *flecha recién clavada*[3] —, c'est-à-dire qu'il se transporte par l'esprit jusqu'à la consommation de la chair. Un mot comme *flecha* et un verbe tel que *clavar* (clouer) sont particulièrement récurrents dans la poésie érotique de Lorca. Cet amour contre nature est inscrit dans le cercle maléfique de la Lune, cette fameuse Lune femelle qui inaugure le cycle du *Romancero gitan*, dans une strophe qui donne la clé de ce poème biblique :

La Lune vint à la forge
avec ses volants de nards...
Dans la brise qui s'émeut
la Lune bouge les bras,
dévoilant, lascive et pure,
ses seins blancs de dur métal[4].

Or dans « Thamar et Amnon », le poème s'ouvre pareillement sur l'invocation à la Lune :

La Lune qui tourne au ciel
luit sur les terres de soif[5]...

La Lune — qui est toujours Séléné, la femme mythologique et séductrice — qui envahit la vision d'Amnon foudroyé de désir :

Et comme Amnon regardait
le rond de la Lune basse,
dans la Lune il vit les seins
fermes de sa sœur Thamar[6].

Pour Lorca la féminité tient en cet attribut intrinsèquement féminin, les seins, dont il a tant parlé, des seins toujours fermes, comme l'étaient sûrement ceux d'Ana María Dalí, la référence de prédilection, et qui représentent pour lui, certes, la femme et sa séduction, mais aussi la mère, celle qui allaite, qui donne son lait, ces seins qui représentent pour Federico la quintessence de la féminité et du désir de féminité, comme on peut le voir dans ce beau texte écrit dans sa prime jeunesse, en plein éveil des sens, et après avoir fantasmé sur la gorge de María Luisa — l'une ou l'autre —, son premier amour :

Qui ne chanterait les seins d'une femme ? C'est là qu'est caché le mystère ancestral de l'infini et ces pommes sont les pierres dérobées au péché. Ève eut sur sa poitrine les lèvres d'Adam. Juliette y apprécia les frissons des mains de Roméo. Léda eut là le bec du Cygne Jupiter... Cléopâtre frémit sous la caresse visqueuse de la vipère... Et Marguerite [Gautier] mourut de spasmes provoqués sur eux par des bouches phtisiques.

En eux se cache une part de l'âme féminine. Ils sont le lait blanc et chaud qui coule dans la gorge des anges. Dans leurs arcanes de sillons bleus et de taches de constellation se trouvent notre sang et notre pensée. Ils sont des instruments de plaisir et de douleur... Je ne sais si mon âme résisterait à la jouissance suprême d'incliner ma tête sur les seins de l'amour caché[7]...

Cette profusion féminine, telle qu'elle apparaît dans cette prose splendide, fait à l'évidence fantasmer le poète qui abrite, au fond de son cœur meurtri, le désir secret d'être femme et la douleur de sa stérilité. « Malheur à celle qui a des seins de sable ! », entend-on dans *Yerma*, la tragédie de la femme « bréhaigne », celle qui n'allaitera pas.

Mais pour l'heure, les seins de Thamar sont pleins de vie et Amnon d'un désir qui adopte la symbolique marine :

Thamar, il y a dans tes seins
deux poissons qui m'ensorcellent[8].

Le poisson, ne l'oublions pas, comme dans le *romance* de « La Femme infidèle », est un symbole sexuel. Oui, le désir est trop fort, et la consommation se fait avec une rapidité étonnante :

Il la prend par les cheveux,
lui déchire la chemise
De tièdes coraux dessinent
les ruisseaux d'un blond pays[9].

Violence de l'acte en deux temps, viol de la vierge et ce sang mythologique qui coule de son sexe éperonné aux dimensions d'une carte, d'un territoire conquis. Nous sommes bien là dans l'épopée habituelle au Romancero, où les choses s'élèvent vers le ciel des mythes et s'inscrivent sur l'immuable planète. Et comme il faut bien que cet ultime chant prolonge, malgré son origine biblique, la geste gitane, voilà qu'elles surgissent, nos Gitanes, comme de prévenantes matrones penchées sur le sexe déchiré de Thamar :

En cercle autour de Thamar
crient des vierges bohémiennes
D'autres recueillent les gouttes
de sa fleur martyrisée.
Dans les alcôves fermées
s'empourprent des linges blancs
Des rumeurs de tiède aurore
changent pampres et poissons[10].

Ainsi Federico voit-il l'accouplement incestueux, et la consommation de la chair. Dans la violence, dans les cris et le sang, dans la sollicitation d'une faune et d'une flore telluriques. Le reste appartient à la fuite, et nous retrouvons là la Bible, au livre des Rois, la honte définitive de Thamar, déshonorée, la fuite éperdue d'Amnon assouvi, qui n'échappera pas aux flèches d'Absalon, le frère de sang de la vierge violée. Et David, le poète à la harpe, le chantre des psaumes ? L'inceste et le crime le laissent sans voix. Federico clôt son poème, et le *Romancero gitan*, par ce distique allégorique à la beauté si abrupte :

David armé d'un ciseau
trancha les cordes de sa harpe[11].

Voilà. Lorca a revissé le bouchon de son encrier. Plus jamais il n'abordera le thème gitan, la mythologie du peuple du Sacromonte, la Lune maléfique, les poissons du désir, les cuisses enflammées, la fuite éperdue des filles et la fleur sanglante des vierges. Il quitte ainsi les rives du *romance* et se tourne résolument vers les berges de l'Hudson : sa prochaine lyre sera surréaliste et américaine. Le poète dressera son tréteau neuf à New York. Mais tout de même, au sortir de ce *Romancero gitan*, nous voyons bien l'image que voulait donner de lui le poète : sûr de son chant, fier de sa musique, royal dans ses strophes, oui, il est bien David, le plus haut roi d'Israël, l'adolescent à la fronde, le prince du désir assouvi, et, par-dessus tout, le Poète à la Harpe.

## Frente al toro

*L'œil du cyclope*
*tisse dans l'ombre*
*une toile de regards.*

FEDERICO GARCÍA LORCA[1]

Enfant de l'Andalousie, terre d'élevage des taureaux de combat, haut lieu de la corrida, s'enorgueillissant de posséder les plus anciennes et les plus belles arènes d'Espagne, à Ronda, ville de naissance de Fernando de los Ríos son maître, comment Federico n'allait-il pas être fasciné par la course de taureaux, ce combat terrifiant et spectaculaire, cette fascination pour la mort collectivement vécue comme un cérémonial ? Non seulement Lorca sera par toutes ses fibres solidaire de la corrida, mais il saura lui consacrer les plus beaux vers qui aient jamais été, à travers son *Chant funèbre pour Ignacio Sánchez Mejías*, un des sommets de son art et de la poésie espagnole contemporaine.

La corrida est d'abord, pour Federico, une affaire de famille. Son père, dont on a souligné la réussite financière, et qui est devenu, au fil des ans et grâce à de multiples rachats de lopins, un riche propriétaire terrien à la tête d'une industrie sucrière, est aussi le principal actionnaire des arènes de Grenade. Amateur de taureaux, il n'est pas rare que le père s'absente pour une fin de semaine afin d'assister à la corrida dans différentes villes d'Andalousie, riches de bien d'autres attraits, ainsi que l'évoque doña Vicenta dans sa correspondance à son fils : ton père, écrit-elle avec cette indulgence des femmes andalouses à l'égard de leur homme accompli de mari, est parti à Málaga voir les taureaux et aussi, écrit-elle, « *echar una cana al aire* » — expression qu'on traduit généralement par « courir le guilledou » —, mais peut-être voulait-elle dire seulement qu'il aimait bien, après la course, s'encanailler dans quelque cabaret ou café avec ses amis, boire et manger, et écouter de la musique flamenca. La *fiesta* en somme. Passons.

Adolescent, tout pénétré de cette ivresse taurine, Federico, à l'occasion du carnaval qui, en Espagne, est fêté collectivement et sur tout le territoire par le masque et la dérision — au Moyen Âge, on allait jusqu'à célébrer une *missa asinum*, une « messe des ânes », au cours de laquelle les fidèles devaient braire au lieu de dire amen —, se déguisa en torero. Comment n'aurait-il pas été séduit par l'habit de lumière ? Il faut voir ce costume d'apparat et de parade : cette soie de couleurs vives étincelant de toutes ses paillettes, le petit gilet cintré, la culotte serrée aux fesses et les mettant particulièrement en valeur, surtout dans la cambrure des passes tauromachiques, la vaste ceinture de soie rouge, la chemise à jabot avec sa cravate rouge et les inévitables bas roses, qui parfois prêteront à rire, avec pour finir la toque d'astrakan posée sur les cheveux tirés en arrière — ainsi que Federico s'est toujours peigné — et s'achevant sur un petit chignon postiche. Quel jeune Andalou n'a rêvé d'être torero ? Ou plutôt d'en revêtir l'uniforme éclatant — malgré le poids de ses dix kilos ? Dans le bain culturel auquel le mêlait son géniteur, un *aficionado* de première, Federico, donc, un mardi de carnaval, endossa cet habit, probablement prêté par son père si bien introduit auprès des *cuadrillas* (ou équipes regroupant autour du torero ses *peones*, *banderilleros, picador* et *chulos de corrida*), et, après avoir défilé triomphalement en cortège de masques, badigeonna ses jambes et ses bas roses de sang fictif et se laissa porter sur les épaules de ses amis comme s'il avait reçu un vilain coup de corne et s'en allait vers la mort en perdant tout son sang. Jeu cruel... ou prémonitoire. À double titre, d'abord parce qu'à force de mimer sa propre mort, Federico allait quitter ce monde prématurément à l'âge de trente-huit ans, et ensuite parce que, sans le savoir encore, un de ses meilleurs amis allait quitter l'arène, où il avait tant de fois triomphé, en se vidant de son sang, ce qui donnerait motif à l'un des plus beaux chants du poète.

Federico, bien des fois, a dû accompagner son père aux arènes. Il en gardera un goût pour ce spectacle coloré, une incroyable fantasmagorie de sang et de lumière, de cris et de joie, et aussi de mort — l'obsession de toute sa vie —, car la corrida s'achève inéluctablement par la mort du taureau, souvent par les blessures de la *cuadrilla* : cheval du picador que le taureau cherche opiniâtrement à éventrer de ses cornes et qui parfois succombe, *peones* blessés, *banderilleros* cueillis au vol au moment de planter leurs banderilles, et enfin, mort accidentelle du torero. Dont le plus illustre au temps de Federico, son ami Ignacio Sánchez Mejías.

Ce torero était des plus atypiques. Il n'était pas issu des milieux pauvres de Triana, à Séville, des Percheles de Málaga ou de l'Albaicín à Grenade, où se recrutaient généralement ces jeunes fous prêts à affronter le fauve pour se faire un nom et accéder à la gloire et la richesse. C'était un homme cultivé, ami des lettres et des arts, un humaniste à épée comme en produisit l'Espagne classique, dont le meilleur représentant fut le poète et soldat Garcilaso de la Vega, *tomando ora la espada, ora la pluma* — « prenant tantôt l'épée, tantôt la plume » —, partagé donc entre l'écriture et l'armée (et qui mourra au combat en France, près de Fréjus). Ignacio, grand amateur de musique, notamment de *Cante Jondo* et de flamenco, écrivait aussi, féru de poésie et de théâtre : une pièce de lui allait même être donnée à Madrid en

1928. Mais c'est en 1927 à Séville que se situent la rencontre et l'amitié des deux hommes.

Notons, au demeurant, que les deux poètes préférés d'Ignacio furent ces deux jeunes gens de son entourage littéraire, Federico García Lorca et Rafael Alberti. L'un et l'autre célébreront la mort du torero, le premier avec son *Chant funèbre pour Ignacio Sánchez Mejías*, et le second avec son élégie *Te voir et ne pas te voir*.

Mais c'est par la musique que se noua leur amitié. Federico était toujours en quête de chansons populaires à récupérer, codifier et populariser, et son choix pour les interpréter se porta sur la jeune Encarnación López Júlvez, surnommée La Argentinita, avec qui Federico allait enregistrer plusieurs chansons, et nous possédons d'ailleurs un disque — un seul, hélas ! — de leur fructueuse collaboration. Or Encarnación était la maîtresse d'Ignacio Sánchez Mejías, et voilà donc comment leurs chemins se croisèrent. En 1927, Ignacio, qui venait de se retirer (temporairement) de l'arène, invita chez lui, à Séville, tout ce que l'Espagne comptait de poètes et d'intellectuels de valeur pour célébrer le tricentenaire de la mort de Góngora. Federico brilla là plus que tous les autres en prononçant sa conférence sur « l'image poétique », parce qu'il savait s'inscrire dans la filiation classique du gongorisme qui lui permit d'écrire ses meilleurs vers avant le grand saut en Amérique.

Ignacio Sánchez Mejías était un des meilleurs toreros de son temps, aux côtés de l'illustre Joselito. Marcelle Auclair, qui fréquenta ce cercle d'amis, nous a brossé avec un rare talent l'inoubliable portrait d'une corrida d'Ignacio, terminant par ces mots :

> Troisième acte : la mise à mort. L'épée basse, Ignacio provoque à genoux le taureau et détourne son attaque avec l'adresse réfléchie, faite de courage, qui caractérise son art. Puis, debout, il régale les aficionados de toutes les passes de muleta possibles, sans jamais forcer, le bras allongé, jouant imperceptiblement du poignet, dominant le fauve avec une élégance et une aisance qui, ce jour-là, tiennent du prodige... Ignacio a la puissance, la sûreté qui soumettent le taureau à l'audace de l'homme et font de la bête noble et de l'homme vaillant un tout prodigieux. Il fixe au sol le mufle du Coquilla sur l'appât de la muleta, et d'une estocade haute enfonce soudain l'épée. Le taureau tombe, foudroyé[2].

Federico, lui, chantera la dernière de ces corridas, celle qui coûta la vie au plus grand *matador* du moment. Parce que cet homme, qui s'était retiré de l'arène, y revint sept ans plus tard, en mai 1934, mais sa troisième corrida, à Manzanares, lui fut fatale. Était-ce prémonition, et cette crainte permanente de la mort qui l'habitait ? Toujours est-il que Federico, apprenant le retour d'Ignacio à la plaza de Toros pour une tournée d'adieu, se serait écrié, à l'adresse de ses amis venus fêter son retour d'Argentine : « Ignacio vient de m'annoncer sa propre mort : il recommence à toréer[3]... » Et le 11 mai 1934, il téléphone à l'un de ses amis, le poète Jorge Guillén, pour lui annoncer qu'Ignacio vient d'être encorné par son taureau dans les arènes de Manzanares. Blessé, le torero perd son sang, mais il demande à être transporté et soigné à Madrid, à près de deux cents kilomètres de là, ce qui causera sa perte. En effet, après deux jours d'agonie, le grand Sánchez

Mejías meurt au matin — et non pas à cinq heures de l'après-midi comme le chantera Federico dans son *Llanto por Ignacio Sánchez Mejías*, terrible et splendide poème de deux cent vingt vers qu'il composera trois mois plus tard, en le rédigeant en partie dans l'appartement de son ami le poète chilien Pablo Neruda.

En apprenant la mort du torero alors qu'il était parmi ses amis, dont Marcelle Auclair, Lorca avait confié à cette dernière : « La mort d'Ignacio est comme ma mort, l'apprentissage de ma propre mort[4]. » Mais, deux ans avant sa propre disparition tragique, alors qu'il avait jusqu'ici fait de sa mort un jeu et une mise en scène dramatique, il accueille celle de son ami avec sérénité, et se promet de traduire dans un long poème dédié à sa veuve Encarnación, la Argentinita, tout ce qu'il a retenu du stoïcisme et de l'ascétisme du grand torero. Dans sa vision, l'art tauromachique apparaît comme un rituel silencieux, de reître épuré, de torero comme figé en son éternité :

Comme un fleuve de lions
sa force était merveilleuse,
et comme un torse de marbre
sa prudence dessinée.
Un air de Rome andalouse
lui nimbait la tête d'or[5].

Mais Federico, qui déclare, répète et martèle dans ses vers : « Je ne veux pas le voir ! » (et en effet il n'ira pas le voir sur son lit d'hôpital) nous livre une vision quasi entomologiste de la blessure et de la progression de la gangrène dans la plaie de l'homme qui va mourir. Et se libère en incantations qui sont comme le chant des pleureuses autour du corps exposé.

Ce requiem est extrêmement théâtral. On pense, évidemment, au théâtre grec, d'Eschyle ou de Sophocle, avec son chœur et ses pleureuses. Un théâtre musical, de surcroît, qui tenta avec bonheur un compositeur français, Maurice Ohana, qui le mit en musique, avec orchestre, récitant et chœur. Nous croyons fermement que Lorca aurait aimé entendre cette partition.

Au début est la lamentation, intitulée « La blessure et la mort », faite d'une répétition entêtante : « *À cinq heures du soir* », vers alterné avec la vision de la tragédie : le drap blanc, le couffin de chaux, les cotons, la cuisse ouverte, le taureau victorieux portant haut ses cornes et son cœur, et le cheminement inéluctable de la mort, exprimé par cette métaphore admirable : « La mort pondit ses œufs dans la blessure » — une mort féconde, une mort promise et salutaire. Au deuxième temps, le poète, qui n'a pas assisté à la corrida de son ami, rejette la vision trop douloureuse, et répète, comme une conjuration incantatoire, devant « le sang répandu » — titre du second tableau — : « Je ne veux pas le voir ! », préférant substituer à « la flaque d'agonie » la vision du torero triomphant, « éblouissant dans les fêtes ». Et pourtant, au troisième tableau, il faut bien s'incliner devant ce « corps présent » (c'est son titre), couché sur la pierre, et bientôt dessous. De façon significative, le dernier tableau, qui lui succède, s'intitule « âme absente », comme si Federico désespérait, là, d'une vie dans l'au-delà. Tout dans ce poème est physique, rien n'y est métaphysique. Pas plus d'âme que de Dieu miséricordieux accueillant son enfant, ce qui confirme la mise à l'écart du religieux dans la pensée lorquienne, comme nous l'écrivions plus haut. Et Federico s'écrie au comble d'un désespoir lucide : « Tout meurt, même la mort ! » Et il ne restera d'Ignacio descendu dans la terre qu'« une brise triste parmi les oliviers[6] ».

Federico vit là ce que serait sa propre mort, comme il l'a dit, comme il le sent, et il sait qu'elle représentera la fin de ce corps qu'il a tant aimé, en lui et en l'Autre, Narcisse succombant dans l'eau glacée et ne léguant à la postérité qu'une fleur. Ainsi Lorca qui, dès son adolescence, pressent que le corps en terre n'a d'autre avenir que la végétation qui pousse dessus, comme on l'a vu dans l'une de ses premières proses, se projette dans la mort. Il écrit et publie en 1930 à La Havane un sonnet rédigé alors même qu'il nage, à ce qu'il dit, dans le bonheur, et qui s'achève sur ces deux bouleversants tercets :

Et quand j'aurai non plus ce goût de braise
sur une langue de ramiers transis
mais la saveur déserte du genêt,

signe libre des normes asservies,
je serai dans le corps de la branche figée
et dans l'essaim des dahlias meurtris[7].

Lui qui a tant évoqué la stérilité et la solitude désertique, voilà qu'il voit la nature après sa mort non plus riante et roucoulante — sous « la langue des ramiers » —, mais jaune, stérile, immobile et douloureuse. Là, plus qu'ailleurs, sans doute, on peut dire que Lorca est un visionnaire, un voleur de feu, un voyant comme avait pu l'être ce jeune poète qu'il admirait, et qui mourut comme lui prématurément à l'âge de trente-sept ans, ce « dormeur du val » qu'il avait chanté, Arthur Rimbaud. « Nature, berce-le chaudement : il a froid »...

Federico, lui, mourra non pas à cinq heures de l'après-midi, comme il l'a tant répété du torero promis à la mort, mais à cinq heures du matin, et il sera traîné devant le peloton en compagnie d'un maître d'école et de deux banderilleros qui n'avaient que le tort d'être militants anarchistes. Pathétique *cuadrilla* ! Et il reposera au fond du val, « les pieds dans les glaïeuls », dans ce « lit vert où la lumière pleut », avec « deux trous rouges au côté droit[8] ».

## L'amant de cœur : Salvador Dalí

*Mais la rose, la rose au jardin où tu vis.*

FEDERICO GARCÍA LORCA[1]

Au début ils sont trois. Trois amis longtemps inséparables et que l'intense vie culturelle de Madrid réunit dans les années vingt. Luis Buñuel, l'aîné, Salvador Dalí, le cadet, et Federico. Le jeu amical entre ces trois hommes ressemble à une partie de billard, car ce sont trois couples qui se côtoient ou s'affrontent : Federico-Salvador, Salvador-Luis, Federico-Luis. Buñuel est la boule rouge, celle qui cogne et bouscule les deux autres ;

il est celui qui inquiète, qui perturbe, qui censure, qui sanctionne. En revanche, l'amitié entre Federico et Salvador, qui sera intense dès le départ, deviendra, profondément, l'amour de deux hommes. Cette relation connaîtra des hauts et des bas, sans jamais disparaître, en restant toujours soutenue, malgré les parenthèses, les règlements de compte, les absences. Au point qu'il est difficile de partager Lorca de Dalí lorsqu'on aborde les œuvres de l'un et de l'autre. Buñuel, lui, amoureux de son corps, sportif à tous crins et boxeur, dont l'homophobie était évidente et militante, n'aura pas de mots assez durs contre Federico en apprenant sa déviance sexuelle ; il s'alliera à Salvador Dalí pour produire un film-pamphlet, *Un chien andalou*, où tout dit que la cible visée était Federico, des travers duquel ils semblent avoir fait des gorges chaudes. Pourtant Buñuel s'est toujours défendu d'avoir visé son si cher ami, qu'il mettait, en fait, au pinacle. Dans ses Mémoires, le cinéaste revient sur ce malentendu :

Peu de temps avant *Un chien andalou*, une brouille superficielle nous sépara pendant quelque temps. Ensuite, Andalou susceptible, il crut, ou affecta de croire, que le film était contre lui. Il disait :

— Buñuel a fait un petit film comme ça (geste des doigts), ça s'appelle *Un chien andalou* et le chien, c'est moi.

En 1934 nous étions totalement réconciliés[2].

Federico, susceptible donc, voudra y répondre avec les mêmes armes, lucidement et efficacement, en produisant à son tour, à New York, un scénario de film lui aussi surréaliste : *Viaje a la Luna* (Voyage vers la lune)*.

Mais revenons à la rencontre initiale. Elle eut lieu à la Résidence des étudiants. On sait que Federico y arriva en 1919 et se lia aussitôt d'amitié avec Luis Buñuel et José « Pepín » Bello, deux Aragonais, le premier étudiant en sciences naturelles (il en gardera ce goût pour les insectes dont il peuple ses films), féru de cinéma et d'esthétique surréaliste, le second simple étudiant en médecine, sympathique et bambochard, et doté d'une grande sensibilité artistique. Federico va y rester huit années au cours desquelles il cultivera et consolidera ces amitiés. Salvador, son cadet de six ans, n'y débarquera qu'en septembre 1922, nanti de son baccalauréat et inscrit à l'Académie des beaux-arts de San Fernando, à Madrid. C'est un beau jeune homme brun, souple, athlétique et longiligne — d'environ un mètre soixante-dix, donc relativement grand —, le teint d'une pâleur olivâtre, les yeux gris clair et les oreilles décollées, habillé — déjà — de façon extravagante, avec, sur une longue chevelure d'artiste, un chapeau à large bord à la Bruant, et drapé dans une cape, accoutrement bohème qui en réalité cache une très grande timidité. Il l'avouera plus tard en rédigeant sa *Vie secrète* : « Je suis d'une timidité extrême. Un rien me fait rougir jusqu'aux oreilles. Je suis un solitaire qui passe son temps à se cacher[3]. » Oui, Dalí était un grand timide, et comme tel, suivant un cas de figure connu, il passera plus tard à

* Ce scénario a été réutilisé par le cinéaste catalan Frederic Amat qui a tourné un *Viaje a la Luna*, en 1998.

l'exhibitionnisme et à la provocation la plus affichée. Et puis il a dix-huit ans. Alors il s'enferme dans sa chambre et travaille comme un forcené du matin au soir, sans sortir, si ce n'est pour aller admirer Velazquez et Jérôme Bosch au Prado, sans voir personne pendant des mois. Il nous donne son emploi du temps dans sa *Vie secrète* :

Loin de fréquenter mes camarades, je rentrais dans ma chambre pour continuer mon travail en solitaire. Le dimanche matin, j'allais au Prado et prenais des schémas analytiques de la composition des tableaux de toutes les écoles. De la Résidence à l'Académie[4]... »

Son génie est en gestation.

Lorca, qui se trouve encore à Grenade où il passe, en janvier 1923, ses derniers examens de droit, revient à Madrid en mars de cette même année, et c'est alors qu'il fait la connaissance de celui qu'on appelle bizarrement, du fait de son accoutrement et du mystère qui entoure sa personne, « le Polonais ». Et qui porte ce nom si particulier, quasiment unique. Car qui, en Espagne, s'appelle Dalí, où l'on entend « Ali », un prénom arabe ? Salvador était persuadé d'avoir un ancêtre arabe, et lorsqu'il le dit à Federico, ce dernier vit tout de suite au fond de ses yeux le fantôme resurgi de Boabdil, le dernier roi maure de Grenade, et toute cette mythologie de la ville où Lorca unissait étroitement le monde gitan et le passé mauresque. Et tout cela, il le lisait dans le regard gris pâle de ce grand garçon au teint olivâtre, mince et cambré comme un torero. Ce sera le coup de foudre et il sera réciproque.

Ils deviendront inséparables. Si proches par bien des aspects, et aussi tellement complémentaires. Dalí va avoir une influence déterminante sur la maturation du génie du poète, et sans doute ce dernier sut-il éblouir son ami par son flux d'images dont le peintre, plus tard, ferait ses orges, dans sa peinture et aussi dans les films dont il écrivit le scénario : *Un chien andalou* et *L'Âge d'or*. Salvador, ce grand garçon timide, est et se sent féminin, dans son jeune temps. Il l'avoue dans plusieurs pages de sa *Vie secrète*. S'il adore se déguiser, et en cela il est très proche de Federico — et aussi de Buñuel qui n'apprécie rien tant que de se travestir en curé —, il aime aussi se contempler dans la glace, Narcisse-né (comme on peut s'en persuader en contemplant sa magnifique *Métamorphose de Narcisse* de la Tate Gallery, toile de 1937), et s'admirer :

> Le soir, je me regardais dans le miroir... complètement nu. Je cachais mon sexe en le maintenant serré entre mes cuisses afin de ressembler le plus possible à une fille[5].

En vérité, quand Dalí se peindra plus tard, face à Gala, son épouse, il effacera son sexe et se représentera, en fait, avec ce faux sexe de femme.

De même, à la Résidence, il met un point d'honneur à garder ses cheveux très longs, ajoutant dans sa confession « comme ceux d'une fille[6] ». Et de même, bien des années plus tard, en 1950, composera-t-il ce tableau fort éloquent : *Moi-même à l'âge de six ans, quand je croyais être petite fille,* où il se représente tout nu au bord de l'eau, et avec un sexe féminin bien fendu. Plus tard, à Paris, il s'inventera un personnage de dandy tout en notant la part féminine de lui qu'il privilégie :

Le soir, je mettais des chemises de soie dessinées par moi-même, avec un col très bas et des manches bouffantes qui me donnaient absolument l'air d'une femme[7].

Et c'est de cette fille ou de cette femme qui est si beau garçon que Federico va s'éprendre. Et lui, avec une sorte d'exclusivité, va tout autant toucher Salvador, qui consigne :

Seul García Lorca m'impressionnait. Il personnifiait à lui seul le phénomène poétique dans sa totalité, en chair et en os, confus, sanguinolent, visqueux et sublime, frémissant de mille feux obscurs et souterrains, comme toute matière prête à trouver sa propre forme originale[8].

Le jeu amoureux entre eux n'est pas seulement artistique, esthétique, intellectuel et poétique, il est aussi dans la mise en scène de rapports de couple. Ces deux-là s'inventent un langage à eux, avec des petits cris, des onomatopées, des paroles enfantines, et puis des gestes et des rites qui, certes, ressortissent à l'enfance, sauf qu'ils sont adultes et qu'ils jouent au jeu de la vie et de la passion, dans lequel la chair est partie prenante. Jusqu'à un âge avancé, Salvador évoquera les approches sensuelles et sexuelles de Federico, avec toute sa peur, qu'il ne maîtrisait pas bien, de succomber à l'homosexualité. Y succomba-t-il pourtant ? Tout le laisse deviner, malgré ses dénégations. Salvador campera un homme impuissant, porté à l'extrême à la masturbation, qu'il évoque lors de son premier séjour à Paris où, après une tournée des bordels où il ne consomma aucune des filles, il se hâta de regagner sa chambre. Il nous a laissé cet aveu dans sa *Vie secrète* :

Toutes ces femmes inaccessibles que je brûlais des yeux occupaient mon imagination. Devant l'armoire à glace, j'accomplissais le sacrifice solitaire que j'essayais de prolonger le plus longtemps possible... Au bout d'un long quart d'heure épuisant et mortel, j'arrachais enfin de toute la force animale de ma main crispée l'ultime plaisir mêlé de larmes brûlantes et aigres[9].

Le tableau emblématique qu'il peint en 1929 et qui résume sa tumultueuse sexualité s'intitule *Le Grand Masturbateur*. Même après sa rencontre avec Gala, l'amour de sa vie, la femme qui sut le stabiliser affectivement et psychologiquement et, par son savoir-faire, transforma ce ludion, cette luciole géniale, en peintre de salon et ce que l'espagnol qualifie de *taquillero* — disons « faisant recette », ce qu'André Breton traduisit par la cuisante anagramme : *Avida Dollars* —, il restera longtemps sans la toucher, n'ayant avant elle, dira-t-il, jamais fait l'amour, et au comble du désir pour elle, il préférera se livrer à l'onanisme avec cette même sauvagerie. Salvador insistera toujours sur son inappétence des femmes, son dégoût du sexe féminin dont il ne privilégia que l'arrière, les fesses, dont témoignent ses tableaux, notamment ceux de sa sœur qu'il n'a jamais peinte que de dos. De même se plaît-il à décrire le charme particulier qu'exerce sur lui la seule femme de sa vie, Gala :

Je venais de la reconnaître à son dos nu. Son corps avait une complexion enfantine, ses omoplates et ses muscles lombaires cette tension athlétique un peu brusque des adolescents. En revanche le creux du dos était extrêmement féminin et liait avec grâce le torse énergique et fier aux fesses très fines que la taille de guêpe rendait encore plus désirables[10].

Plus tard, Dalí avouera préférer les hommes aux femmes, mais les hommes féminins, certes. Federico et Salvador étaient bien accordés sur ce point, sauf que Lorca peu à peu s'affirma dans son homosexualité, même s'il sut la garder secrète, pour préserver sa famille et ne pas choquer sa mère, alors que Salvador Dalí, si provocateur, mit un point d'honneur à gommer la part homosexuelle chez lui — tout en la revendiquant, paradoxalement —, du moins à affirmer haut et clair, en maintes confidences, qu'il était « intact » sur ses arrières.

Ana María Dalí était amoureuse de Federico, et Federico n'était pas insensible à son charme. Il savait la séduire par ses vers qu'il récitait en famille ou pour elle seule. Lors de ses vacances à Cadaqués en 1924, il déclama devant toute la famille Dalí, et un petit groupe d'amis, sa tragédie *Mariana Pineda*, qui assit définitivement sa gloire et son génie aux yeux du père, et sans doute aussi de la fille. La sœur de Salvador, qui pleura en l'écoutant, était une petite demoiselle brune et robuste, telle que la représenta avec un sens aigu de sa réelle beauté le peintre, dont on sait qu'il n'eut que deux véritables modèles féminins : Ana María, sa sœur, puis Gala, sa femme. Le très célèbre tableau *Jeune Fille à la fenêtre* nous la montre de dos, le regard sans doute perdu dans la baie magnifique de Port Lligat ; nous avons là le type même de la femme amphore, propre à la Méditerranée : épaules étroites et larges hanches, mollets forcis, chevilles épaisses qu'enserrent des espadrilles ; ce qui frappe le plus, c'est évidemment la croupe généreuse de la fille, que Salvador a représentée bien serrée dans sa jupe, en laissant ressortir une rondeur callipyge, et l'on peut même deviner l'ample culotte, par transparence. Sa sensualité ne fait aucun doute, pas plus que l'érotisme subtil de la toile.

Mais c'est du frère que Federico était amoureux, ne nourrissant pour la sœur qu'un sentiment de tendre amitié, dont il joua cependant aux yeux de la galerie, et surtout de sa famille, laissant croire aux siens qu'il pourrait un jour, qui sait ? épouser cette belle jeune fille catalane et fonder un foyer. C'était le plus cher désir de son père, qui souffrait de la vocation bohème de son fils, et celui, surtout, de sa mère, qui était une femme aux idées simples et confite en dévotion. Federico usa de cet argument amoureux pour convaincre son père de le laisser prolonger son séjour en Catalogne. Car il savait dissimuler, et mystifier. Et par-dessus tout il était joueur.

## Federico casse le cinéma

*Amargo est dans la lune.*

FEDERICO GARCÍA LORCA[1]

Tandis que Salvador, l'été 1925, s'en retourne à Cadaqués, d'où il confiera à son ami, dans une lettre de la mi-juillet, qu'il « travaille beaucoup » dans ce qu'il nomme « un retour à la nature », Federico, lui, comme à l'accoutumée, s'en retourne à Asquerosa. Il a besoin de source et sa terre grenadine n'est que fontaines jaillissantes et régénératrices. C'est là qu'il écrit le mieux — encore qu'il puisse écrire n'importe où et sur n'importe quel petit bout de papier. Il se doit, chaque année, à de rares exceptions près, d'être présent parmi les siens pour le 18 juillet, jour de la San Federico, la Saint-Frédéric, en Espagne comme en France. De juin à juillet, il barbouille cette année-là d'étonnants « dialogues » de théâtre — ou de cinéma — qui resteront à l'état d'ébauches, très brefs, mais éclairants quant à la personnalité du dramaturge.

Au début, encore tout pénétré des poèmes qui composent le *Cante Jondo* et le *Romancero gitan*, il se laisse aller à la même veine, et il compose la *Scène du lieutenant-colonel de la garde civile*. Ce sont à peine trois pages de texte, mais elles opposent le haut représentant policier et un personnage de Gitan. Bien entendu l'Autorité est représentée pleine de suffisance et de rigidité, déclamant d'entrée de jeu avec une grande fatuité : « Je suis le lieutenant-colonel de la Garde civile », et répétant plusieurs fois cette qualité, comme pour s'en gargariser. À l'inverse du Gitan, sa victime désignée, et qui finit rossé dans la cour de la caserne, mais qui s'attire la sympathie du poète et de tous les rêveurs par sa réplique : « J'ai inventé des ailes pour voler, et je vole[2]. » Le Gitan, papillon ou phalène, reste à tout jamais, aux yeux de Federico, le symbole de la liberté.

Quant au second texte bref, écrit dans ce même esprit, *Dialogue d'Amargo*, il exalte cette fierté andalouse qui pousse les jeunes mâles à s'entretuer au couteau. Ici Amargo refuse la lame que lui tend le cavalier, ce couteau d'or qui va droit au cœur, ou ce poignard d'argent qui tranche net la gorge ; cependant il finira par suivre le cavalier de la mort et la narration laisse la place au lyrisme de la mère du jeune homme qui pleure son enfant poignardé. Nous sommes encore dans l'imagerie et la mythologie des poèmes andalous que Federico vient de publier, tel ce ravin du *Romancero gitan*, où « luisent comme des poissons / les navajas d'Albacete[3] ».

Mais il est temps de tourner la page, se dit Lorca, et voilà qu'il sort de son Andalousie pour se projeter sur l'écran de Hollywood, et là, revoyant ces images du cinéma muet qui le fascinaient tant au ciné-club de la Résidence d'étudiants animé par Luis Buñuel, lequel projetait les Chaplin, les Harry Langdon, les Harold Lloyd, les grandes figures du burlesque de Mack Sennett, il privilégie entre toutes la figure de Buster Keaton, le comique au visage impassible. Mais si Buñuel apprend à ses petits camarades ce qu'est le cinéma, lui qui, bientôt, deviendra à Paris l'assistant d'Epstein avant de produire ses deux chefs-d'œuvre que sont *Un chien andalou* et *L'Âge d'or* — deux films sur l'impossibilité d'aimer, ou, surtout pour le premier, l'impuissance à aimer —, Lorca, quant à lui, sera, pour une part, l'inspirateur de Buñuel, soit qu'il lui ait offert quelques images chocs que l'Aragonais utilisera à l'écran, soit même qu'il lui ait fourni le thème d'un de ses films, et ce sera l'étonnant *Simon du désert*, que Buñuel tournera au Mexique en 1965, et en précisant bien au générique « d'après un thème de Federico García Lorca ». En fait, c'est Federico qui, à la Résidence des étudiants où ils étaient tant amis, confidents et compagnons de beuverie, fournira à Luis l'idée de ce film bâti autour de la figure de Siméon Stylite, étonnant ascète qui aurait passé les quarante dernières années de sa vie juché sur une colonne. Mais laissons parler Buñuel :

> Lorca me fit découvrir la poésie, surtout la poésie espagnole, qu'il connaissait admirablement, et aussi d'autres livres. Il me fit lire par exemple la Légende dorée, où pour la première fois je trouvai quelques lignes sur la vie de saint Siméon Stylite, qui devait plus tard devenir *Simon du désert*. Federico ne croyait pas en Dieu mais conservait et cultivait un grand sentiment artistique de la religion[4].

Revenons à la révélation du personnage de Buster Keaton. Lorca s'attache à ce qu'il nomme, dans un nouveau dialogue, *La Promenade de Buster Keaton*, et il invente d'un coup, en 1925, l'écriture surréaliste. À vrai dire, il n'y a pas lieu d'être surpris. Le surréalisme est jeu d'images, kaléidoscope où des bouts de papier mêlés se télescopent et composent un paysage ou une scène. Le cinéma n'est qu'une succession d'images que la vitesse de projection seule anime en créant non pas une réalité mais une surréalité. Ce que nous voyons à l'écran n'existe pas, c'est pure illusion, fruit de la fantaisie, et la caméra permet, par la nécessité des césures, que nous appelons séquences, de sauter du coq à l'âne et d'exalter la discontinuité. Le regard seul est capable, ensuite, d'inventer une cohérence. C'est assurément ce que pensait Federico qui, dans ce court échange, bien avant les dialogues de Dalí et Buñuel dans *Un chien andalou,* étale sur la table tout un jeu d'images et de cartes. Buster Keaton entre en scène avec ses quatre enfants, puis tire un poignard et les tue en comptant bien les corps à terre ; aussitôt après il saisit une bicyclette et pédale, imperturbable. Federico s'attarde à son regard, comme s'il se contemplait lui-même au miroir : « Ses yeux, infinis et tristes comme ceux d'une bête qui vient de naître, rêvent de lys, d'anges, de ceintures de soie[5]. » Autrement dit, si l'on interprète ces métaphores à la lumière lorquienne, lys égale sexe, mais angélique, et ceinture de soie renvoie au mystère au-dessous de la taille. Et puis les yeux du poète s'approchent de plus près — c'est bien ce qu'on nomme un gros plan au cinéma, et notons que le cinéma muet, plus que le parlant, sans doute, a usé du portrait en gros plan envahissant l'écran (qu'on songe à l'utilisation du visage inexpressif du grand acteur russe du muet Ivan Mosjoukine par le cinéaste Koulechov : celui-ci avait emprunté à un vieux film quelques séquences avec un gros plan de Mosjoukine qui s'y montrait impassible, et avait monté ce plan successivement après une image d'une table bien garnie, puis après celle d'un cadavre, puis après celle d'un enfant, et chaque fois le public crut que l'acteur avait un jeu différent, exprimant tour à tour son appétit, sa peur ou sa faiblesse). Eh bien, nous avons là des yeux de poète, des yeux que saura retrouver plus tard Jean Cocteau dans son *Orphée* : « Ses yeux qui sont en cul de verre. Ses yeux d'enfant sot. Qui sont très laids. Qui sont très beaux. Ses yeux d'autruche. Ses yeux humains dans l'équilibre sûr de la mélancolie[6]. » En fait, Keaton c'est Lorca et son désir impossible : « Je voudrais être cygne[7] », s'écrie-t-il en soupirant. Et dans sa maladresse il fait tomber de sa bicyclette une belle jeune fille qui croise sa route — et nous savons que le film de Dalí-Buñuel utilisera avec tout autant de fantaisie le thème de la bicyclette (mais qui a copié l'autre ?) —, le dialogue se terminant, comme il se doit, sur un baiser de cinéma… sauf que la fille est morte ! Nous sommes bien là en plein débridement imaginatif, et ces brèves séquences dramatiques qui se succèdent sans lien logique sont la marque première d'un poète en mutation qui, quelques années plus tard, avec le *Poète à New York*, donnera à l'Espagne son plus grand poème surréaliste. De façon significative et surprenante, la promenade de Buster Keaton se déroule à Philadelphie. Pour Lorca, le cinéma semble n'avoir existé qu'en Amérique, et c'est ce même flot d'images désordonnées et séduisantes qu'il rapportera, quelques années plus tard, de son premier voyage outre-Atlantique.

À l'autre bout de l'Espagne, Dalí a bien reçu le dialogue en question, puisqu'il évoque cette figure du cinéma, qui a marqué pareillement les deux inséparables, dans sa lettre datée de fin août : « Il paraît que Buster Kiton [ainsi l'écrit-il] a fait un film au fond de la mer avec son petit chapeau de paille sur son scaphandre de plongeur[8]. » L'image sera assez forte pour que, par la suite, Salvador, en parfait provocateur, se produise publiquement en scaphandrier tout en manquant de s'asphyxier. Mais l'on voit aussi que, alors que le peintre est sensible seulement à ce contraste surréaliste du chapeau de paille posé sur un scaphandre, et à l'incongruité d'une situation non conforme, le poète, lui, retiendra du grand comique du muet la tristesse et la mélancolie, signe de l'être marginal, sans succès auprès des femmes et rejeté de tous, bien que rebondissant toujours. Le propre du surréalisme n'est-il pas de s'adresser avant tout à la subjectivité et de permettre à chacun de suivre son rêve et son désir ?

Mais en cet été 1925, les deux amis qui s'aiment tant et s'admirent mutuellement ne cesseront de correspondre, avec, à un certain moment, une fréquence d'une lettre tous les deux jours. Federico écrira aussi une *Ode à Salvador Dalí*, tandis que ce dernier se répand en louanges excessives : « À mon avis, lui écrit-il en novembre de cette même année, tu es le seul génie actuel — tu le sais bien. Bien que je sois un âne en littérature, le peu que je saisis de toi me laisse bouche bééée[9] ! » Et le peintre, averti de l'éloge poétique que lui prépare son ami, lui lance dans une lettre datée de l'été 1925 : « Quand pourrai-je connaître ton ode en entier[10] » — ce qui laisse entendre que Federico lui en a recopié quelques vers prometteurs —, tout en restant encore dans cet univers surréaliste que Federico a ébauché pour tous les deux autour de la figure de Buster Keaton. Salvador ira jusqu'à lui envoyer une lettre picturale où il a collé une photo de son idole et de son épouse, et qu'il intitule « Le mariage de Buster Keaton » en ajoutant au-dessous : « Écris longuement à ton Dalí

Salvador... le temps passe », ainsi que, non sans malice : « Sainte Vierge Marie, Reine du Ciel, priez pour nous[11] ! »

Le peintre est coutumier de ces envois de lettres avec dessins. Fin novembre 1925, il rend compte à son ami de la première exposition qu'il a faite de ses œuvres à Barcelone aux galeries Dalmau (où Lorca, à son tour, présentera ses dessins en 1927), et, au bas du croquis représentant un picador, il souligne encore le poids de leur intime amitié : « Écris-moi, toi, le seul homme intéressant que j'ai connu », et il signe « avec toute la tendresse de son bébé [*hijito*] Dalí[12] ». Toute la correspondance entre les deux hommes s'inscrit dans le cercle amoureux, Dalí appelant Lorca « mon chéri », l'assurant « je t'aime beaucoup », se plaignant de l'absence comme tout amant (e) : « Je t'attends *chaque jour* [c'est lui qui souligne]. Nous devons ne pas tant parler tous les deux[13]. » Ce *tenemos que no hablar tanto juntos*, à la formulation plus précise en espagnol, semble bien vouloir dire que lorsqu'ils seront ensemble, ils ne feront pas que parler. L'amour, n'est-ce pas ?, se nourrit aussi de silence et la passion est un feu sans étincelles ni crépitement. Un peu plus loin dans le temps, dans une lettre de décembre 1927, cette intimité se révélera plus précise et un rien coquine — mais ne peut-on comprendre deux êtres qui s'aiment et qui, comme cela apparaît aussi dans les nombreuses onomatopées de cette correspondance, s'inventent un langage que d'aucuns jugeront infantile et d'autres tout bonnement amoureux ?

*Ouiiiiiiii... Ha ha ha ha ha ha hahahaha... Yiyiyanyes ! Nanes ! Ha ha ha... Na... Criiccrri, rac rac rac*[14]*...*

Bref, Salvador conclut sa lettre par ce clin d'œil : « Au revoir, monsieur, je t'embrasse sur ton palmier[15]. » Il ne faut pas avoir une grande science des métaphores pour deviner ce que Salvador appelle palmier — en espagnol *la palmera* — dans l'anatomie de Federico. Et il signe « *tu burro podrido* ». Cet âne pourri, on le retrouvera dans *Un chien andalou*, ce film si plein d'ambiguïté qui ressemble à un jeu de massacre, et qui pourrait bien apparaître, malgré tout, dans cette vitrine cassée du cinéma et par l'œil sabré du voyeur, comme une autre histoire d'amour.

## À la conquête de la Catalogne

*J'intitulerais ces dessins... dessins très humains. Parce que presque tous décochent leur petite flèche droit au cœur.*

FEDERICO GARCÍA LORCA[1]

Federico a toujours aimé dessiner, dès son plus jeune âge, emportant toujours avec lui des crayons de couleur, de l'encre de Chine, des fusains. Dessins à la plume ou au crayon, rehaussés de couleurs, parsèment son parcours poétique. Et surtout dramaturgique : c'est lui qui, dès son premier spectacle de marionnettes en 1923, ce *Guignol au gourdin*, qui deviendra la *Tragi-comédie de don Cristobal et de Rosita*, imagine les décors et les vêtements, à l'instar d'un Eisenstein dessinant les différents plans de ses films ; Lorca le fait avec un certain talent, mais il laissera à Dalí les décors de *Mariana Pineda,* son premier succès au théâtre.

Le lendemain de la première de *Mariana Pineda*, le 25 juin 1927 à Barcelone, était inaugurée, à l'initiative de Salvador Dalí, aux « Galeries Dalmau » et jusqu'au 2 juillet 1927, l'exposition des dessins de Lorca. L'artisan — pour ne pas dire le commissaire — de cette exposition fut un critique d'art catalan, Sebastià Gasch qui, après avoir rencontré Lorca à Barcelone le mois précédent, dans la brasserie au nom wagnérien *El Oro del Rhin* [« L'or du Rhin »], fut, comme il le dit, « victime du coup de foudre », et entiché du poète dont il dévora aussitôt les poèmes des *Chansons*, tout frais sortis des presses, en mai 1927. Ce recueil de poèmes, qui rassemble un choix de textes établi par Lorca avec l'aide éclairée de son frère Francisco, et qui a coûté beaucoup de sueur et de patience à Federico, est publié à Málaga aux presses de *Litoral*, sous la direction d'Emilio Prados, un poète ami avec qui Federico se brouillera, suite à plusieurs difficultés, l'une d'entre elles étant la présence d'erreurs typographiques dans l'édition de ces poèmes, « chair de sa chair ». Cet Andalou natif de Málaga va diriger trois années durant la revue *Litoral* (1926-1929) qui jouira d'un grand prestige, notamment par la présence au catalogue de poètes tels que Lorca — qui est la vedette du 1er numéro en novembre 1926, avec trois romances « gitans » — et ceux qui composent la génération dite de 1927 : Alberti, Aleixandre, Guillén, Cernuda... Peu avant, il s'était rendu à Grenade et avait passé quelques jours avec Federico justement pour préparer cette édition de poèmes, et aussi pour assister, le 17 octobre 1926, à l'ouverture de la saison culturelle de l'Ateneo de Grenade, au cours de laquelle Lorca prononça la conférence inaugurale, consacrée à une grande figure poétique, Pedro Soto de Rojas, poète grenadin du XVIIe siècle. On ajoutera pour la petite histoire que cet Emilio Prados, qui se savait homosexuel, s'en était ouvert auprès de Federico, mais celui-ci ne répondit pas à ses avances. Dans une de ses lettres au poète, Emilio écrit notamment au printemps 1922 : « Viens, mon frère, je t'arroserai de mon vin rouge et de mon vin de miel. Mais que tes nouvelles fleurs s'ouvrent à nouveau dans mes mains[2]. » Lettre ambiguë, au style ampoulé, certes, car on peut penser, et avec raison, que ces fleurs-là représentent les poèmes de Lorca, mais quelle façon de le dire, et ce vin et ce miel répandus sur le corps du poète trahissent bien une relation tout autre qu'une affaire de publication, qui, au demeurant, n'interviendra que plusieurs années après.

Ces *Chansons*, republiées en 1929 à Madrid, cette fois, rassemblent des poèmes d'un nouveau style, plus épuré, parfois proche du haïku, et que le poète appelle des *Suites*, longue tresse poétique (de quelque deux cent quarante poèmes) qui l'occupera sa vie durant, et dès 1920, et qui ne paraîtra que bien après sa mort, grâce à la quête patiente et efficace d'André Belamich[3]. On sent bien là l'influence, non pas vraiment du poète Soto de Rojas, mais de l'interprétation que vient d'en donner Lorca. Le goût pour la minutie, qu'il rattache à l'idiosyncrasie grenadine — « Grenade aime le minuscule... C'est pourquoi l'esthétique purement grenadine est l'esthétique du diminutif, l'esthétique du miniaturiste[4] ». Comment douter que Lorca ait dans la tête les poèmes qu'il compose alors, dans un style minimaliste, telles une épure et une arabesque qui, nées de l'Alhambra, tiennent « dans un espace restreint[5] » ?

Sebastià Gasch, donc, subjugué par le talent multiforme de Federico, programma avec quelques autres cette exposition, qui présentait pour la première fois en Espagne des tableaux de Federico. Au nombre de vingt-quatre, parmi lesquels *Portrait du peintre Salvador Dalí*, *Baiser au miroir*, *Rêve du marin*, *Dame au balcon*, pour ne citer que quelques titres. Une des grandes joies du poète fut alors d'être traité comme un véritable artiste peintre. Il vendit quatre œuvres et distribua les autres entre ses amis catalans. Pourtant la critique locale ne fit pas grand cas de cette exposition, à l'exception de Sebastià Gasch qui écrit dans la revue *L'Amic de les Arts* :

> Les dessins de Lorca s'adressent exclusivement aux purs, aux simples, à ceux qui sont capables de sentir sans comprendre. Aux ineffables dégustateurs de l'infinie poésie des objets puérils... Produits de l'intuition pure, avec l'inspiration qui guide sa main. Une main qui se livre. Une main qui laisse faire, qui n'oppose pas de résistance, qui ne sait ni ne veut savoir où on la conduit. Poésie, beaucoup de poésie[6]...

La boucle est bouclée, c'est finalement le poète qui est admiré à travers ces dessins qui sont le plus souvent des métaphores plastiques.

Lorca est fêté par les rédacteurs de la revue *L'Amic de les Arts*, de Sitges, qui, sous l'impulsion du peintre et écrivain Santiago Rusiñol, un amoureux de cette ville de Grenade qu'il aimait peindre, s'est illustrée par la célébration de *Fêtes modernistes*, qui marquèrent la découverte en Espagne, bien avant Madrid, de Maeterlinck et César Franck, de Goethe et Wagner, d'Ibsen, Mirbeau et Hauptmann, entre autres grands noms artistiques de l'Europe à laquelle s'ouvrait alors Barcelone, géographiquement plus proche que Madrid. Une revue qui était l'étendard de ce mouvement de renouveau esthétique qu'on a appelé le « Modernisme », et qui ne manqua pas d'influencer Lorca à travers sa fréquentation de Dalí et ses amis, lors de son séjour à Cadaqués, à Figueras et à Barcelone. Et il y eut, comme de juste, un banquet en son honneur après la clôture de l'exposition le 2 juillet 1927. Et là, c'est à nouveau le poète qui triompha en lisant des poèmes de son *Romancero gitan*, et tout particulièrement le poème senti comme le plus provocant pour la société espagnole, le « Romance de la garde civile ». Imaginons Federico entamant de sa voix rauque et basse l'inquiétant début :

Ils montent de noirs chevaux
dont les ferrures sont noires.
Des taches d'encre et de cire
luisent le long de leurs capes.
S'ils ne pleurent pas, c'est qu'ils ont
du plomb au lieu de cervelle.
Avec leur âme en cuir verni
par la chaussée ils s'en viennent.
Nocturnes et contrefaits[7]...

Et comme les Catalans, depuis Philippe V et l'avènement des Bourbons qui mirent un terme à leurs *Usatges*, leur droit coutumier, en fait leur existence autonome, haïssent Madrid et cela d'autant plus après la victoire franquiste, et après que le général Queipo de Llano se fut vanté de faire bientôt pousser des patates sur la place de Catalogne, Federico touchait la cible avec ce portrait en eau-forte des représentants de l'ordre, instruments de la répression. Notons d'ailleurs que, bien avant de se rendre en Catalogne, Lorca avait pris fait et cause pour les Catalans en signant, en mars 1924, une protestation des écrivains madrilènes contre les mesures de restriction de l'usage de la langue catalane adoptées par le gouvernement dictatorial de Primo de Rivera. Apolitique, Federico savait et saura s'engager, de plus en plus, auprès des humiliés et offensés.

Mais revenons au « Romance de la garde civile ». Ce poème du *Romancero gitan* devait, d'ailleurs, valoir à Federico une citation en justice le 3 juillet 1936, quelques jours, donc, avant le coup d'État du général Franco. Le journaliste Antonio Otero Seco, qui a rapporté la scène dans *Mundo gráfico*, de Madrid, le 27 février 1937, dit avoir accompagné le poète jusqu'au tribunal où un commandant à la retraite, après avoir lu ce *romance*, et dix ans après sa publication dans le *Romancero gitan*, s'est senti offensé dans son orgueil de gendarme et a déposé plainte contre Lorca. Mais devant le juge, Lorca a trouvé les arguments poétiques suffisants pour en être quitte. « Le juge était fort intelligent et, comme c'est naturel, il se déclara satisfait [sous-entendu : de mes déclarations][8]. » Le charme naturel et la gentillesse de Federico avaient désarmé le représentant de l'Autorité. Il n'empêche, ce poème restera le plaidoyer le plus violent du poète contre les forces policières d'Espagne, et il traînera, sans doute, cette étiquette de pourfendeur de la garde civile. Qui lui sera finalement fatale si l'on songe — et nous le verrons en son temps — que l'homme qui envoya Lorca à la mort était précisément un officier supérieur de la garde civile en charge du siège du gouvernement civil à Grenade.

## Le baiser qui tue

*Tes lèvres cruelles et froides*
*saignent à mon flanc.*

FEDERICO GARCÍA LORCA[1]

S'il fallait trouver une image emblématique de l'amitié entre Federico et Salvador, celle du baiser s'imposerait aisément. Tant ce thème est récurrent dans les dessins et peintures des deux artistes, et toujours associé à la vision de la mort.

Salvador Dalí, ivre de surréalisme et alimenté par les images foudroyantes jaillies du cerveau de Federico, n'a cessé, même après la mort de son ami, de le représenter, visage insolite, pétrifié, souvent dissimulé sous l'artifice d'ornements picturaux, visage mort sur la plage, s'incrustant dans les éléments, omniprésent dans toutes les toiles de l'époque de Cadaqués, et tout un vestiaire ou un bestiaire érotique, scatologique, provocant qu'il faut savoir retrouver ou deviner, tant il est clair que Dalí, avec tout le langage codé et les rites cryptiques qui présidaient à leur amitié, a voulu tout à la fois montrer et cacher l'intense sensualité amoureuse qu'il y avait entre eux deux. On pourrait même parler ici de fusion affective.

À cet égard, le tableau de Lorca intitulé *El Beso* (le baiser), et qui montre les visages confondus de Federico et Salvador, est emblématique de toute une iconographie qui va de pair avec la production poétique de l'un — et de l'autre. Car il faut signaler que si Federico, en son talent multiforme, était aussi dessinateur et peintre, Salvador écrivait également de la poésie et de la prose, avec une plume rien de moins que prolixe. *El Beso* fut dessiné par Lorca en 1927, année qui vit l'apogée de leur amitié. Et qui traduit cette confusion amoureuse : l'un est l'autre et vice versa. Étant de même sexe, ils sont interchangeables et identiques, ils sont non pas l'un et l'autre, en fait, mais l'un et l'un. Comme l'écrira plus tard Federico dans sa pièce injouable *Le Public*, dans le dialogue de l'Empereur et du personnage aux pampres, le premier déclarant en l'étreignant : « Un est un », et l'autre lui répondant : « Et toujours un. Si tu m'embrasses, j'ouvrirai la bouche pour m'enfoncer ton épée dans le cou[2]. » C'est cette unicité de deux êtres qui se ressemblent tout en se complétant que Lorca traduit dans son dessin où les deux visages se confondent et leurs lèvres se joignent à la façon d'ailes de papillon.

Dans les entretiens qu'il accorda à Alain Bosquet, et qui furent publiés en 1960, Salvador Dalí confie, non sans complaisance, les tentatives de possession amoureuse de la part de son ami Federico. Il a voulu à deux reprises me « sodomiser », dit-il, et l'on sent bien là que celui qui apparaît alors comme un histrion et un poseur met quelque contentement à évoquer cet épisode. Ce qui est plus intéressant, c'est ce qu'il nous révèle de l'approche de la femme chez Lorca. Comme Salvador ne voulait pas franchir le pas et devenir « vraiment » homosexuel — et Gala, assurément, le sauva ( ?) sans doute de cette tentation —, il présenta à Federico une camarade de cours. L'Académie des beaux-arts de San Fernando, à Madrid, abritait garçons et filles destinés à devenir peintres et sculpteurs, parmi lesquels deux personnes qui vont toucher de près — à proprement parler — le poète : Margarita Manso et Emilio Aladrén. La toute jeune artiste peintre Margarita Manso séduisait fort ses condisciples, qui admiraient son corps volontiers androgyne, son élégance provocante — elle avait mis à la mode l'abandon du chapeau et de toute coiffure, allant ainsi « en cheveux », ce qui à Madrid était proprement scandaleux —, son sourire engageant, ses airs peu farouches de fille affranchie. Rien d'étonnant alors à ce que Salvador lui ait proposé une rencontre avec Lorca. Elle n'était pas sans avoir déjà subi le charme et la séduction du poète. Et un beau soir, Salvador, Federico et Margarita se retrouvent dans la même chambre pour l'accomplissement sexuel tant désiré par Federico. Salvador Dalí nous en a laissé le témoignage dans ce même ouvrage d'*Entretiens* avec Alain Bosquet, un livre cancanier et racoleur, souvent odieux, sauf à penser que Dalí, ainsi qu'il le proclamait, était fou ou, comme l'en accusait la presse, « un spectacle » à lui tout seul, lui qui jusqu'au bout aura joué un rôle de pitre et de bouffon — au détriment d'une œuvre picturale qui nous apparaît éminemment novatrice et bien souvent admirable :

Il [Federico] était pédéraste, comme on sait, et follement amoureux de moi. Il a essayé par deux fois de m'... [lire « m'enculer » ; les points de suspension sont le fait de l'éditeur]. Cela me gênait beaucoup, car moi, je n'étais pas pédéraste, et je ne tenais pas à céder. De plus, cela me faisait mal. Ainsi, la chose n'a pas eu lieu. Mais je me sentais fort flatté du point de vue prestige. C'est que, au fond de moi-même, je me disais qu'il était un très grand poète, et que je lui devais un petit peu du trou de c... [cul] du Divin Dalí ! Il a fini par s'emparer d'une jeune fille, et c'est elle qui m'a remplacé dans le sacrifice. N'ayant pas obtenu que je mette mon c... [cul] à sa disposition, il m'a juré que le sacrifice obtenu de la jeune fille se trouvait compensé par son sacrifice à lui : c'était la première fois qu'il couchait avec une femme[3].

Pour la première et dernière fois de sa vie, Federico va coucher avec une femme. Auparavant, il est vrai, il avait tenté de vainement « posséder » son ami — à en croire ce dernier —, et une lettre de Federico à Salvador semble y faire allusion ; au retour de son séjour à Cadaqués l'été 1927, s'arrêtant dans un café barcelonais sur les Ramblas, il prend la plume et demande pardon à Dalí pour son comportement brutal, maladroit, incongru :

Je sais maintenant ce que je perds en m'éloignant de toi. [...] Je voudrais pleurer. [...] Je me suis comporté comme un âne indécent avec toi qui es ce qu'il y a de meilleur pour moi. Au fur et à mesure que passent les minutes je vois tout clairement et j'éprouve un véritable regret. Mais cela ne fait qu'accroître ma tendresse pour toi[4]...

Ce soir de leurs retrouvailles à Madrid, Federico caressait-il Salvador — les caresses entre les deux hommes étaient aussi fréquentes qu'innocentes, à leurs yeux — tandis que Margarita se déshabillait ? Lorca fut-il séduit par ce joli corps presque de garçon, ses petits seins minuscules qui semblaient inexistants, ses hanches étroites, son âme d'éphèbe ? En fait, c'était encore une enfant, ou disons une adolescente, car elle n'avait que dix-sept ans.

Le transfert fut-il ainsi opéré : Salvador, prêt au sacrifice mais s'y refusant *in fine*, plaçant alors Margarita sous les reins de Federico et celui-ci la possédant ? Pénétrant cette « jument de nacre » de son *Romancero* ? Peu importe ; il ne sied pas ici de jouer les voyeurs. Ce qui est bien plus révélateur de la personnalité de Federico, c'est, au grand étonnement de Salvador qui rapporte la scène, l'extrême tendresse de son ami sodomite : après l'acte, Federico prend Margarita dans ses bras, la berce ou la console, et la dorlote en lui murmurant à l'oreille les vers de son *romance Thamar et Amnon* :

Amnon, vigoureux et mince,
depuis la tour la regarde,
l'aine remplie d'écume
et d'oscillations la barbe.
Nu sous la blanche clarté,
il s'étend sur la terrasse,
exhalant entre ses dents
le son d'un dard qui se plante[5].

Ce poème admirable constitue probablement la plus suggestive des sollicitations sexuelles du poète, et dit sans détour ce qu'est le désir, ce qu'est la possession. Mais surtout il dit l'inceste entre frère et sœur et, si notre perplexité demeure quant aux motivations de Lorca l'écrivant, on peut se demander si, là, Federico n'avait pas l'impression d'avoir commis une manière d'inceste. Couchant, en quelque sorte, avec la petite « sœur » de son « frérot » ? Qui peut le dire ? En revanche, Salvador, qui aimait tant sa sœur Ana María, d'un amour fraternel qui était à la limite de la transgression, et s'attarda longuement à peindre ses formes désirables, comme nous l'avons vu, d'un trait expressif, ne manqua pas de faire le rapprochement. Par la suite Federico et Margarita furent un temps inséparables et promenèrent leur couple dans les couloirs et les jardins de la Résidence des étudiants. Fait notable, Margarita était la condisciple et l'amie — l'amante ? — d'Emilio Aladrén, élève sculpteur, et c'est elle qui présenta à Federico ce beau jeune homme qui allait devenir, après l'échec sentimental des amours daliniennes, son prochain amant. Pour nous, lecteurs de Lorca, nous voyons bien avec quelle tendre intention le poète a réuni ces deux êtres, qui lui sont chers à des degrés divers, en leur dédiant deux poèmes de son *Romancero gitan* : « Mort d'amour. — *À Margarita Manso* » et « Romance de l'assigné. — *Pour Emilio Aladrén.* » Et ces deux poèmes se suivent. Comme si le poète était passé, par voie de succession ou d'héritage, de Margarita à Emilio. Et il en fut ainsi.

# « Ô Salvador Dalí à la voix olivâtre ! »

*Je dois penser que tu es très laid*
*pour t'aimer davantage.*

FEDERICO GARCÍA LORCA[1]

Le plus beau cadeau que pouvait faire Federico à son ami Salvador — qui, plus qu'ami, fut l'homme de sa vie — c'est l'*Ode à Salvador Dalí*, un long poème spécialement écrit pour lui et dédié à leur amitié. Il commence à rédiger cette ode, très logiquement, pendant son séjour à Cadaqués dans la famille Dalí, au printemps 1925, et il l'achève l'année suivante pour la publier dans le numéro d'avril 1926 de la prestigieuse *Revista de Occidente*, dirigée par le philosophe José Ortega y Gasset. Cette ode comprend cent treize vers, et constitue non seulement un hommage à Salvador et à son art — on pourrait aussi estimer, sans excès, que cette ode est le plus beau poème qu'on ait écrit sur l'amitié —, mais aussi un manifeste esthétique, ainsi qu'un virage dans l'art poétique de Lorca qui tourne déjà la page du *Romancero gitan*.

Apparemment, les critiques de Dalí à l'encontre de l'anecdotique, du folklorique et d'une certaine poésie convenue, à ses yeux, dans cette œuvre phare de son ami, ont produit leur effet. Salvador, par son génie, et aussi la force du lien qui lie les deux hommes, va amener Lorca à évoluer, à briser les formes métriques traditionnelles et libérer son inspiration — notamment de l'andalousisme et de la gitanerie — pour composer alors la poésie la plus avancée et la plus moderne de l'Espagne.

Arrêtons-nous un instant sur la tendresse qui apparaît dans ce vers répété deux fois, comme un refrain caressant : *¡Oh Salvador Dalí de voz aceitunada*[2] *!* émis sans virgule ni pause, comme un élan affectueux. Cette « voix olivâtre » est bien, par sa forme audacieuse, dans l'air du temps qui se prépare, celui où Paul Eluard dira que la terre est « bleue comme une orange », et qui, héritier, certes, de Baudelaire et de sa vision des « correspondances », fait se répondre « les parfums, les couleurs et les sons ». Que dire de plus ? Lorca transpose le teint mat et olivâtre de Dalí — qui, comme l'on sait, se croyait arabe venu d'Afrique — à sa voix, que nous avons encore en mémoire, rocailleuse et grave, et sans doute plus musicale quand il avait vingt ans, une voix séductrice, une voix jaune et verte, une voix de sortilège : ah, quel bel hommage rend ici un poète musicien à un artiste plasticien !

Si nous entrons dans ce poème, initialement intitulé « Ode didactique », avec une claire volonté explicative du talent novateur de Dalí — ce pourquoi il pouvait être fier, et il le fut —, nous pouvons y distinguer trois pôles : d'abord le matériau brut qui sera la matière à la disposition du peintre, puis son paysage familier, humanisant une plage de désolation, Cadaqués ; Salvador, enfin, tel que l'éternité le changera, avec une intuition aiguë de ce qui fera l'originalité propre à ce génie de la Catalogne.

L'ode, en ses prémices, entasse les images négatives, ces *putrefactas* dont se gargarisait le peintre : une rose inaccessible, une roue d'acier, une montagne nue, du gris de bas en haut, une fleur coupée et aseptique, la Seine charriant un iceberg de marbre, lierre fané, vitres des maisons sans reflets, boutiques de parfum fermées, machine à écrire figée en son mouvement binaire, et rien à l'horizon qu'un grand aqueduc, une mer de plomb, une nuit en statue noire, et l'homme qui mesure tout avec un mètre jaune, et les chasseurs de papillons qui ont plié bagage. Voilà la vision primordiale qu'en six strophes et vingt-quatre vers Federico donne en pâture à Salvador — lequel, on le sait depuis, en fera bon usage.

Une rose dans le haut jardin que tu désires.
Une roue dans la pure syntaxe de l'acier.
Balayés, les sommets de brume impressionniste.
Les gris contemplent leurs dernières balustrades.

Les peintres d'aujourd'hui dans leurs ateliers blancs
coupent la fleur aseptique des racines carrées.
Dans les eaux de la Seine un iceberg de marbre
refroidit les fenêtres et dissipe les lierres[3].

En contrepoint, et en trois strophes, mais autre pâture, voici Cadaqués qui surgit comme un mirage, port posé sur la paume d'une main entre la mer et la colline, peuplé d'escaliers et de colimaçons à l'assaut d'un ciel pur, sans « cotons » ni souillure. La rose est la boussole des pêcheurs endormis, le poisson et la lune célèbrent leurs noces, et la plage peignée de cheveux de sable ou de sel compose « une couronne de blanches goélettes » :

*Cadaqués* au fléau de l'onde et du coteau
élève ses gradins et cache ses coquilles.
[...]
L'horizon vierge de mouchoirs blessés unit
le cristal du poisson à celui de la lune[4].

Puis vient le peintre et son génie, cette « soif d'éternité » qui fascine tant le poète en sa jumelle aspiration. Six strophes et quarante vers, pas moins, pour dire l'admiration de l'aîné qui s'exprime dans ce vers, répété : « Ô Salvador Dalí à la voix olivâtre[5] », où la nomination complète de l'artiste veut être ici une forme de mythification, plus que d'incantation. Lorca veut qu'on se souvienne de lui comme d'un être remarquable et il lui dédie, en somme, ce qui pourrait ressembler à une épitaphe, une phrase gravée dans le marbre, immortalisant le monument. Il sait que son « pinceau adolescent » veut emprisonner l'éternel, et que face au désordre génésiaque, devant ce matériau informe et disparate, l'artiste introduit la ligne droite et affirme « son effort vertical ». Tout s'ordonne et s'apaise, comme une meute de fauves au fouet du dompteur. Et voilà qu'il soumet la Mort à l'étroit rond et au temps éphémère d'une pincée de lumière :

La Mort vaincue vient en tremblant se réfugier
dans le cercle étroit de la minute présente[6].

Car Dalí aime « la matière exacte et définie ». Il reproduit le geste du Créateur et son œuvre n'est rien d'autre que la copie du songe d'un dieu. Et le miracle se prolonge dans les deux strophes — et neuf vers — additionnelles, par l'image de cette « Rose de l'équilibre sans douleurs recherchées[7] ». Bien sûr, quelle facilité chez Salvador, quelle aisance à peindre et à faire surgir du néant toute cette beauté d'un monde en équilibre, inaugurant ainsi ces « formes numériques » qui, au même moment, fascineront aussi l'autre génie de la peinture espagnole, Picasso*, dont on connaît l'obsession des chiffres.

Salvador Dalí, dans la vision lorquienne si pleine de vérité prémonitoire, limite l'espace et se joue du temps :

Peintre, tu ne veux point qu'amollisse les formes
le coton capricieux d'un nuage imprévu[8].

Lorca déjà prévoyait-il les fameuses « Montres molles » qui feraient bientôt la gloire du peintre ? Cette figuration qui appartient à la toile *Persistance de la mémoire,* peinte en 1931, résulte des leçons d'Einstein sur la relativité de la matière données, précisément, à la Résidence des étudiants au temps de Lorca-Dalí-Buñuel, trois artistes qui, peu ou prou, sauront en tirer parti.

Nous n'en sommes pas encore là, cependant, mais au temps de cette rose que Lorca définit comme l'étoile polaire commune aux deux artistes, *Norte y Sur de nosotros* :

* Voir à ce sujet *Les Cahiers de Boisgeloup* de Pablo Picasso, in *Écrits*, traduction d'Albert Bensoussan, Gallimard, Réunion des musées nationaux, 1989.

Mais la rose, la rose au jardin où tu vis,
elle encore et toujours, nord et sud de nos âmes !
[...]
Rose pure effaçant croquis et artifices
pour nous ouvrir les ailes frêles de son sourire[9].

Comment ne pas songer aussi à la célèbre épitaphe sur la tombe de Rainer Maria Rilke : « Rose, ô pure contradiction, volupté de n'être le sommeil de personne sous tant de paupières » ? L'un et l'autre auraient pu partager ces pétales... Bien vivants tous deux, dans le souvenir de la plage de Cadaqués où les deux hommes se sont dit, sans doute, leur amour, voilà Lorca revisitant le mythe de saint Sébastien en admirant le torse brun de Salvador : « Je loue la direction si ferme de tes flèches[10]. »

Dans une longue lettre de l'été 1927, Federico écrit à Salvador en précisant ce qu'il voit et sent, lui, chez le saint martyrisé par Dioclétien, patron de Cadaqués et protecteur officieux des homosexuels, et le dit en ramenant à lui et à sa propre sexualité la souffrance et le martyre de ce beau jeune homme :

Les flèches de saint Sébastien sont en acier, mais je me différencie de toi en ceci que tu les vois, toi, clouées, fixes et robustes, des flèches courtes qui ne se déferaient pas, alors que moi je les vois longues... au moment de la blessure. Ton saint Sébastien de marbre s'oppose au mien qui est en chair et meurt à tout moment, et c'est ainsi qu'il doit être. Si mon saint Sébastien avait été trop plastique je n'aurais pas été un poète lyrique, mais un sculpteur (pas un peintre). Je crois que je n'ai pas besoin de t'expliquer pourquoi je n'aurais pas été peintre. La distinction est subtile. Mais ce qui m'émeut, moi, chez saint

Sébastien c'est sa sérénité au milieu de son malheur, et il faut bien voir que le malheur est toujours baroque[11].

Son talent fait mouche... Mais qui est le ligoté à l'arbre et qui est l'archer ? Qu'importe, dit le poète :

[...] avant tout je chante une pensée commune
qui nous unit aux heures obscures et dorées.
Ce n'est pas l'Art, la lumière, qui aveugle nos yeux.
C'est d'abord l'amour, l'amitié ou l'escrime[12].

Ainsi huit vers avant la fin il se livre à l'aveu nécessaire, à la raison d'être de ce poème en hommage au grand peintre admiré, bien qu'encore en herbe. Il l'aime, bien sûr, et d'amour, le mot est dit, aveuglant de clarté ; mais il convient de le nuancer, ou de l'habiller à la manière grecque par le concept d'amitié, et l'on songe, pourquoi pas ? au *De amicitia* de Cicéron ou, plus précisément, au texte fondateur de l'*Éthique à Nicomaque* où Aristote proclame d'emblée que « deux hommes qui marchent ensemble n'en sont que plus capables ». Mais peut-être avait-il aussi à l'esprit l'opuscule du marquis de Caracciolo, *Caractères ou traits de l'amitié* — qu'on trouvait alors dans quelques bibliothèques andalouses — et avait-il lu cette phrase lapidaire : « L'amitié finit où commence l'amour. » Cela ne renforce que mieux, n'est-ce pas ? la confusion des sentiments qui marqua les débuts de la rencontre de Federico et de Salvador à la Résidence des étudiants.

Ainsi Lorca voyait-il leur entreprise amicale, ou amoureuse : l'un aidant l'autre, et chacun aimant l'autre et le même, selon l'équivalence mathématique que le dramaturge développera ensuite dans *Le Public.* Avec entre les deux une saine rivalité, qu'il nomme ici « escrime », et que l'on peut concevoir aussi bien comme le duel artistique, l'échange esthétique, le défi que chacun, par la plume ou le pinceau, lance à l'autre, que comme un duel physique, un corps-à-corps, une étreinte virile. Ainsi l'avait peinte en 1855-1861 Delacroix, au mur de l'église Saint-Sulpice de Paris, dans son *Combat de Jacob avec l'Ange.*

Et le poète, qui a six ans de plus que Dalí, ose lui lancer ce conseil esthétique, véritable propos artistique qui résume bien ce que Salvador jette ou va jeter alors sur la toile en contemplant Cadaqués et le drapeau aux quatre barres sang et or de la Catalogne, strophe que nous citons dans la superbe traduction d'André Belamich :

Dédaigne la clepsydre aux ailes membraneuses
et la faux inflexible des allégories.
Habille et déshabille au grand air ton pinceau
face à la mer peuplée de marins et de barques[13].

Qui douterait que Salvador pressa contre son cœur ce si bel éloge de son art et de sa personne ? Et qu'il le garda précieusement parmi ses papiers — il était assez homme d'ordre pour tout conserver dans l'empire qu'il se construisait à Figueras, son propre musée. Néanmoins l'amour de Federico pour Salvador ne fut pas totalement payé de retour, car il ne connut pas la plénitude d'une union des chairs, comme le souhaitait Lorca. Dalí définira plus tard leur relation, dans le regret et l'aveu de quelqu'un qui va bientôt mourir, comme

« un amour érotique et tragique, par le fait de n'avoir pu le partager[14] ». Ne persisteront que leur très forte communauté de pensée, leur accord esthétique, et, probablement, une immense tendresse.

## Ce chien d'Andalou

*Le poignard,*
*comme un rai de soleil*
*incendie les terribles*
*ravins.*

FEDERICO GARCÍA LORCA[1]

À la Résidence des étudiants de Madrid, comme partout en milieu universitaire et en cercle fermé, il est d'usage de mettre l'autre en boîte, de railler telle origine, de chercher des poux sur la tonsure de celui qui n'est pas né sur place, l'étranger en quelque sorte. La langue espagnole a deux mots pour dire étranger : *extranjero*, qui est proprement l'étranger, celui qui est d'un autre pays et d'une autre nationalité ; et *forastero* qui désigne celui qui n'est pas du cru, de la ville, de la province, du village. Lorca à Madrid était donc un *forastero*, et de surcroît un Andalou. Or qu'est-ce qu'un Andalou pour un Castillan ? On devrait d'ailleurs dire, pour mieux situer l'époque : qu'était-ce au temps de Lorca qu'un Andalou ?

Le 6 juin 1929, Buñuel et Dalí font représenter à Paris, dans la salle du studio des Ursulines, pour une soirée privée à laquelle sont conviées quelques grandes figures artistiques — Picasso, Cocteau, Georges Auric, Le Corbusier, André Breton et ses acolytes — leur film surréaliste intitulé *Un chien andalou*, un titre qui en a intrigué plus d'un et qu'on a vite rangé au rayon des extravagances daliniennes et du non-sens surréaliste. Bien sûr, quand on regarde le film, on a l'impression de séquences oniriques et décousues, et l'on se dit que c'est une réserve d'images, et rien que cela ; un exercice de style propre à « épater le bourgeois », comme l'on disait alors. Mais Lorca, lui, ne s'y est pas trompé (s'il ne put voir le film à sa sortie à Paris, il en lut sûrement le scénario et le visionna probablement à New York, l'année suivante) : il sentait que l'allusion était directement dirigée contre lui, et qu'il était bien, aux yeux de ses anciens compagnons de Madrid, un « chien andalou ». Federico en a été blessé parce qu'il savait tout ce que recelait cette expression-là. Il faut, pour en mesurer la portée, creuser dans l'inconscient collectif de l'Espagne et en appeler à ce qui a fondé la nation espagnole : la *Reconquista*, cette « Reconquête » de l'Espagne chrétienne contre l'autre Espagne, la musulmane, qui a existé sept siècles durant, de 711 à 1492 — date de la chute de Grenade et de la fin du royaume maure de Boabdil. Cette Reconquête, qui a débuté dès l'invasion du VIII^e^ siècle par la résistance espagnole dans les montagnes asturiennes, a été longue et laborieuse, une guerre souvent larvée en alternance avec de longues périodes de paix et de coexistence. Une date clé dans cette reprise de terrain a été la bataille de Las Navas de Tolosa en

1212, qui voit l'Islam et les troupes almohades refluer définitivement de Castille pour n'occuper qu'un Sud réduit à la seule Andalousie. L'endroit de la montagne où l'on bouta hors de Castille l'envahisseur — une gorge impraticable et symbolique qui verrait aussi, au temps de Joseph Bonaparte, les troupes napoléoniennes en grave difficulté — fut appelé *Despeñaperros*, autrement dit : « Précipice des chiens », car c'est du haut de ce défilé de la sierra Morena que l'on a précipité vers le bas, refoulé vers le sud, l'Infidèle, ce « chien ». Ce sera le royaume de Grenade, qui deviendra le camp retranché des Arabes.

On peut penser que pour les Madrilènes qui se gaussaient des Andalous montés en capitale pour leurs études en les traitant de « chiens andalous », l'Andalousie était restée l'*Al-Andalus* arabe, et ses habitants ceux que les Castillans taxaient de « chiens », de *perros,* quelques siècles plus tôt. En somme, dire à Lorca *Chien andalou*, c'est tout bonnement le traiter — usons ici d'un mot fort et parlant — de *bougnoul*. Oui, c'était du racisme pur, à l'insu, peut-être, des insulteurs. Pour Buñuel l'Aragonais et pour Dalí le Catalan, même si c'était pour rire, le poète andalou n'était qu'un « chien », un « métèque », un « étranger » qu'ils montraient du doigt. Et c'est bien vrai que Federico s'est alors senti rejeté et trahi, comme l'atteste sa correspondance d'alors, quand les échos du film projeté à Paris lui parvenaient. Mais ce qui est d'autant plus choquant de la part de Salvador, c'est que le peintre de Cadaqués prétendait descendre de Maures et croyait que son patronyme, comme on l'a vu, devait s'entendre « de Alí », avec un Ali forcément arabe dans son arbre généalogique. Mais l'insulte à l'encontre de Lorca devait plus probablement venir de Buñuel, que l'homosexualité de Federico horrifiait, et qui fit tout pour séparer le « couple », en incitant Dalí à le suivre à Paris. Et si l'on en doute, il suffit de relever, dans la lettre que Buñuel envoie à Dalí le 24 juin, le passage évoquant le voyage de Lorca vers les Amériques : « Federico, ce fils de pute, n'est pas passé par ici, mais j'ai eu de ses pédérastiques nouvelles... » *Hijo de puta, Perro andaluz*, on est bien dans le registre dépréciatif. Buñuel fait tout pour démolir Lorca aux yeux de Dalí.

Que l'on jette un coup d'œil sur la photo de plage (Cadaqués) représentant Salvador et Luis, et l'on ne peut manquer d'être frappé par l'impression qu'ils forment un couple : Buñuel assis derrière, gonflant ses muscles, l'air avantageux (qu'il a toujours eu dans sa jeunesse) et conquérant, enlaçant les bras nus du frêle Salvador, assis devant lui, corps un peu plié et regard perdu au loin. Avec l'air de dire : « Il est à moi ! »

Il ne reste plus maintenant qu'à considérer quelque peu ce film au succès retentissant et au scandale persistant : *Un chien andalou*. Lorsqu'on se rend aujourd'hui au musée Reina Sofía, à Madrid, où une salle « Buñuel » a été aménagée, dans laquelle sont projetés en permanence *Un chien andalou* et *L'Âge d'or* — les deux films nés de la féconde et éphémère collaboration entre Luis et Salvador —, on ne peut manquer d'être frappé par l'absence de public. On peut y rester deux heures, assis sur une des banquettes, les yeux rivés sur l'écran, et se rendre compte que d'aucuns, parmi les visiteurs du musée, soulèvent le rideau, regardent quelques images défiler, puis s'en retournent poursuivre leur visite. Nul ne s'arrête, plus personne n'est fasciné par ce film culte qui, en dix-sept minutes, a pourtant fait voler en éclats toute une esthétique.

La première image est emblématique : le metteur en scène se filme lui-même, à son balcon, aiguisant son rasoir, se taillant les ongles, puis, lorsqu'il lève les yeux au ciel, apercevant la lune en son plein et un nuage horizontal et effilé s'avançant vers elle ; soudain surgit un visage de jeune fille, et les doigts de Luis lui écarquillent un œil, il avance son rasoir, le nuage traverse la lune, le rasoir déchire l'œil dont le liquide vitreux se répand. La critique cinématographique a vu là la première image « gore » du cinéma. Et non la dernière, car le film regorge d'humeurs (sang et pourriture). Ce qui est intéressant, c'est que c'est Buñuel lui-même qu'on voit, haute stature robuste de vingt-huit ans, regard enveloppé des fumerolles d'une cigarette qui pend à ses lèvres. Le cinéaste nous dit qu'il est ici le poète, celui qui fait l'image, celui qui impulse une nouvelle esthétique fondée sur l'énucléation, autrement dit celui qui donne à voir différemment et modifie toute vision de l'œil. L'année précédente, Georges Bataille, dans *Histoire de l'œil*, a montré un personnage d'adolescente perverse arrachant un œil à un curé sacrifié pour le glisser au fond de son sexe, d'où il contemple alors le narrateur/auteur. Une esthétique nouvelle est en marche. Son nom : surréalisme. Mais c'est Buñuel et non Breton qui en est l'artisan primordial. Parce que, ici, Buñuel sabre littéralement la vieille esthétique et les idées reçues, tout ce qu'en leur langage le trio Lorca-Buñuel-Dalí appelait la *putréfaction.*

Le film déroule alors une double incohérence : des cartons indiquent le temps du récit : « Huit ans après », « Seize ans avant », « Vers trois heures du matin », « Au printemps[2] ». Mais cela n'a aucune incidence sur les personnages, aucun rapport avec le décor : ce sont des cartons gratuitement glissés entre les séquences. Les auteurs indiquent par là qu'ils se moquent bien du temps parce que c'est une catégorie qui n'existe pas. Lorca s'en souviendra-t-il ou rejoindra-t-il cette esthétique quand il écrira sa grande pièce sur le temps qui passe en restant immobile : *Lorsque cinq ans seront passés* ? Oui, sans doute, mais tout différemment. Quant à l'espace, il reste discontinu : on ouvre la porte d'un appartement parisien, et l'on se retrouve les pieds dans l'eau au bord d'une plage normande. Buñuel et Dalí rejoignent là le dadaïsme de Magritte, qu'ils connaissaient et admiraient. Magritte passera, d'ailleurs, un bout de l'été 1929 à Cadaqués chez Dalí, en compagnie d'Eluard et de Gala — qui va le quitter pour son beau jeune homme catalan.

On a énormément glosé sur le symbolisme des images daliniennes du film. Et certes à l'excès, car Buñuel se tordait de rire en lisant certaines analyses de son film, notamment psychanalytiques. À vouloir tout expliquer et tout comprendre, on passe à côté du film qui n'a d'autre but que de créer, par l'image, des ondes de choc dans l'esprit du spectateur, dont les fantasmes doivent, par ce spectacle, affleurer à la conscience et permettre, dans la plus ancienne tradition aristotélicienne, la *catharsis*, l'éveil des démons assoupis et la purgation des passions. Que n'a-t-on interprété la cravate à rayures que le mort a laissée dans sa boîte pleine de surprises ? En fait, on sait que la femme de Buñuel était allée acheter cette cravate juste avant le tournage, et parce que son mari en voulait une, qu'elle a choisie d'elle-même et sans que son dessin ait la moindre signification. Plus signifiante sans doute est l'image de l'homme désirant accéder à la femme, qu'il caresse, avec une grande expression de luxure, sur les seins et les fesses — parler de tripotage serait plus juste que de caresse — : il se retrouve attelé à deux cordes traînant deux séminaristes à soutane et barrette (le propre Dalí joue ici le mariste de droite), eux-mêmes attachés par terre à deux pianos à queue sur lesquels reposent deux carcasses d'âne dégoulinantes de pourriture. Suivre son désir, c'est se heurter à d'impossibles obstacles et c'est aussi traîner derrière soi — comme on parle de casseroles — de vilaines pensées putrides. Une autre image du désir est cette main grouillante de fourmis que l'homme exhibe devant la femme dont le regard s'allume. En contrepoint, les poils axillaires, qu'ils soient présents sous le bras de la femme à la plage, ou absents et transportés sur la bouche, qu'ils cachent, de l'amant. L'érotisme est omniprésent, mais sous forme de fantasme, puisque les mains tripoteuses de seins et de fesses se plaquent d'abord sur la robe de la femme, qui, par un effet de caméra, s'estompe en laissant voir la chair nue, fugitivement. Enfin, il y a l'image de l'androgyne en plein milieu du film : en arrêt devant une main tranchée et saignante posée sur l'asphalte, il ou elle essaie avec un bâton de la toucher, jusqu'à ce qu'un policier la saisisse et la mette dans cette petite boîte qui, du début à la fin, est présente dans le film, d'abord portée par l'homme à la bicyclette qui pédale et est vêtu de volants qui lui donnent, de dos, un air de bonne sœur à cornette, puis à la maison où la femme en tire la cravate à rayures. Véritable boîte de Pandore, renfermant les désirs et les fantasmes, et c'est la même boîte qu'on retrouvera, bien des années après, dans *Belle de jour*, où le Japonais se rend dans la maison de rendez-vous et ouvre devant Catherine Deneuve, qui est la seule à la voir et à s'en extasier, la boîte magique. Que contient-elle qui allume le regard de la femme ? Nul ne le sait, et c'est tout l'art de Buñuel de titiller notre curiosité pour finalement nous laisser sur notre faim. Le même rôle, sans nul doute, sera joué, dans *Cet obscur objet du désir*, par le gros sac de jute que l'élégant Fernando Rey porte toujours à l'épaule, transportant avec lui sa réserve de fantasmes, sa charge de démons. On peut dire qu'*Un chien andalou* inaugure et fonde le cinéma de Buñuel avec ces inquiétantes et mystérieuses images à valeur symbolique. Oui, quel dommage que Lorca n'ait pu voir ce film à sa sortie ! Il y aurait vu la mise sur pellicule de bien des obsessions et des images qu'il confiait à ses deux amis les nuits de pleine lune.

Toujours est-il que lorsqu'il est à New York, il entre en contact avec un cinéaste mexicain en herbe, Emilio Amero, avec qui il a l'idée de faire à son tour un film et le voilà écrivant un scénario dont le titre fait évidemment penser au célèbre film de Méliès : *Voyage dans la Lune*. La Lune, image récurrente de toute la poésie lorquienne, mais aussi au centre de la première séquence du *Chien andalou*. Dans les accessoires du scénario lorquien nous trouvons un lit blanc, une main invisible, une tête en fil de fer, un sexe de femme, un baiser sensuel, un œil en surimpression, une grande tête de mort, et aussi « la Lune qui se fend[3] », et puis, pour l'anecdote, un garçon et une fille qui en viennent aux mains. Il la mord et essaie d'enfoncer ses pouces dans ses yeux, elle se défend et se refuse. Un nom s'inscrit sur l'écran et se répète : « *Elena elena elena elena*[4]. » Faut-il y voir une allusion ? Elena est le vrai prénom de Gala, celle qui a ravi Dalí, et la femme qu'Emilio Aladrén épouse maintenant s'appelle Eleanor... On retrouve cette Elena dans la pièce inédite que Federico va composer à La Havane, *Le Public*. Tout ici est obsessions, flot d'images et difficile rencontre entre l'homme et la femme. Buñuel disait, pour se défendre d'avoir voulu dire quelque chose dans *Un chien andalou* : « Je suis un homme d'instincts, pas d'idées[5]. » Mais Lorca, comme d'ailleurs Dalí, est un homme d'instincts et d'idées, la différence est là. Ce voyage dans la Lune est une plongée vers les pulsions secrètes, les démons intérieurs : immense sensualité et impossible issue, tout Lorca est là, le même que dans ses poèmes de l'amour refusé, de son théâtre de la passion stérile et de l'être mutilé, avec cette image récurrente de la mort qui, si elle s'inscrit chez Buñuel-Dalí en dessin de tête de mort sur le dos d'un papillon, est ici bien présente avec l'image de la veillée funèbre : « Chambre. Deux femmes vêtues de noir pleurent assises, la tête appuyée à une table où il y a une lampe. Elles tendent les mains au ciel[6]. » Et quelques séquences plus loin : « Un lit. Des mains recouvrant un mort[7]. » Ce qui semble n'avoir été qu'un jeu surréaliste dans *Un chien andalou* apparaît dans ce *Voyage dans la Lune* comme une plongée vers le sexe refusé et l'obsession de la mort. Nous sommes bien alors dans Lorca, tel qu'en lui-même enfin l'éternité le change…

## La quête éperdue de l'Autre

*Tu te souviendras que tu es l'inventeur de choses merveilleuses.*

SALVADOR DALÍ[1]

Federico ne peut vivre sans amitié. Son plus grand ennemi est la solitude, qui le pousse à la dépression et qui, tout en favorisant chez lui la veine créatrice, la sape dans le même temps par son improductive stérilité. Si la vie provinciale et étriquée de Grenade était propice aux rencontres décisives, Madrid, en revanche, par son immensité, par son effervescence artistique, et le bain culturel de la Résidence des étudiants favorisèrent les élans amoureux de Lorca. Il y eut Salvador, certes, l'homme et l'artiste qui a le plus compté dans l'existence de notre poète. Mais Salvador a fui Madrid… ou peut-être l'amitié trop envahissante et risquée de Federico. A-t-il finalement choisi un prétexte pour s'éloigner du poète et de son corps exigeant ? Le 14 avril 1926, Dalí, qui doit présenter ses examens à l'École des beaux-arts, fait un véritable scandale, de ceux qu'il multipliera par la suite dans sa vie parisienne : il déclare incompétent le jury chargé d'examiner ses œuvres et de le noter, et part en claquant la porte. En fait il est expulsé — ou peut-être se fait-il expulser — de l'école. Toujours est-il qu'il déclara par la suite en avoir assez des orgies madrilènes et il se retira tout aussitôt à Figueras où l'attendait son œuvre, dont il avait une très haute idée. Peut-être sentait-il aussi que Lorca lui avait déjà tout apporté, et qu'il lui appartenait maintenant de s'enfermer dans une solitude féconde, loin du bruit et de la rumeur, loin aussi, sans doute, des bras trop caressants de Federico. Argument d'autant plus solide que sitôt rendu en Catalogne il va tomber amoureux de Helena Dmitrievna Delouvina Diakonova, dite Gala, de dix ans son aînée, et, probablement, se sauver de l'homosexualité par elle.

Voilà maintenant Salvador à Paris, tout affairé à sa carrière et entamant bientôt sa vie de couple avec Gala, celle qui supplante définitivement Federico dans le cœur du peintre. Federico en sera ulcéré, on l'imagine bien. Il se consolera en essayant d'achever son *Romancero gitan*. Pour le reste, par bonheur, il est d'autres rencontres essentielles, et c'est l'avènement dans le cœur de Federico d'un jeune sculpteur, beau comme un dieu, élève comme Dalí, depuis cette même année 1922, de l'Académie des beaux-arts de Madrid : Emilio Aladrén.

Il est jeune, de huit ans le cadet de Federico, il

est grand et beau, avec ses yeux immenses et fendus, son teint clair, ses cheveux noirs et ses pommettes saillantes qui lui viennent de sa mère, fille d'une Russe native de Saint-Pétersbourg. Exotique et attirant, il croise en 1925 la route de Federico, qui voit aussitôt en lui, et en sa beauté voluptueuse, un autre Salvador, et en tombe amoureux. Sauf que ce jeune homme, après avoir fréquenté Margarita Manso, la seule femme qu'ait « connue » Lorca, était alors le fiancé ou l'amant d'une jeune artiste peintre, Maruja Mallo, autre élève de l'Académie San Fernando. Celle-ci, qui aimait tant celui qu'elle qualifiait d'« éphèbe grec », dira plus tard que Lorca lui avait volé son amour.

Emilio fut, deux ans plus tard, le grand amour de Federico. Son esprit rebelle, impulsif, indiscipliné, fantasque subjugua Federico. Ce jeune sculpteur fit même une tête en plâtre du poète, aujourd'hui disparue, et Lorca en fut fort flatté. Il poussait le « petit » dans le cercle restreint des artistes madrilènes, mais sans grand succès, car Emilio était versatile. Et d'ailleurs, il n'allait pas tarder à s'éprendre d'une autre femme — cette Eleanor Dove — qu'il allait épouser, au grand dam de Lorca. Ce sont ces amours tumultueuses qui poussèrent le poète vers la dépression, laquelle amena ses parents et amis à l'encourager au voyage aux Amériques. Car il lui fallait absolument changer d'air.

Mais qui croyait-il avoir trouvé en Emilio ? Cet Autre qu'il recherchait si ardemment ? Federico était, on le sait, tourmenté depuis son adolescence par l'objet même de son attirance amoureuse. Pas celle de la femme, non, qu'il admirait toujours tel un être inaccessible et beau, mais aussi comme quelqu'un d'intouchable. La femme pour Lorca devait à jamais rester sur son piédestal de déesse pure, de Vierge immaculée, de mère compatissante. Federico n'avait d'attirance que pour le corps et la beauté de l'homme. Cet homme d'étude avait lu et médité le *Banquet* de Platon, qui fut toujours une sorte de Bible pour homosexuels. Lorca en possédait une édition de 1923 (*El Banquete o Del amor*) et nul doute qu'il en fut influencé. Le lien établi là par Socrate entre l'amour du beau et l'amour du bien ne pouvait que satisfaire l'âme tourmentée et l'esprit coupable de celui qui ne se sentait pas comme les autres garçons de son âge, et qui avait besoin de se rassurer par l'éthique… et l'esthétique. Que lui apprend la lecture du *Banquet* ? L'homme des origines fut divisé en deux parties et, depuis, chacun « cherche toujours sa moitié ». Une moitié d'homme recherche sa moitié de femme ou une moitié d'homme, et de même une moitié de femme va rechercher sa moitié d'homme ou, comme Tórtola Valencia, l'artiste de music-hall dont nous reparlerons, sa moitié de femme. Federico se sent ici justifié dans sa quête. D'autant plus qu'une profonde éthique imprègne le discours socratique. Alcibiade aura beau tendre tous les pièges de sa jeune séduction, tout faire pour amener Socrate à l'aimer charnellement, en se frottant à lui, en l'enlaçant, en se glissant sous lui, le vieux philosophe le laissera, à l'issue d'une nuit mémorable, totalement intact et impollué. Car Socrate développe un discours moral : on ne recherche pas la beauté du corps en soi, mais, à travers le corps, on recherche la beauté de l'âme. Autrement dit, aimer c'est s'élever dans l'échelle morale, c'est accéder au bien. Lorca a à l'esprit cette phrase de Platon : « Il faut fuir l'Amoureux vulgaire, vicieux, aimant plus le corps que l'esprit et qui est inconstant. » C'est pourquoi il apprécie Aladrén et croit en son talent, comme il a aimé Salvador Dalí dont le génie précoce l'a ébloui.

Pourtant, dans ses tourments adolescents, Federico a traduit dans ses premiers textes, tels que son frère Francisco les reproduit, entre autres fantasmes celui de la possession virile. Qui apparaît dans un texte en prose intitulé *Poemas heroicos*[2]. Ce fantasme s'inscrit dans la description langoureuse ou baudelairienne d'un corps de femme, celui de la déesse Psyché, celle dont l'extrême beauté faisait fuir les hommes. Première vision de femme et première description de l'esseulée. Mais le mythe de Psyché que Federico est allé lire chez Apulée, dans ses *Métamorphoses*, un ouvrage de sa bibliothèque, lui permet de faire aller sa fantaisie au rythme d'images inconscientes et déjà surréelles, qui ont toujours caractérisé le mode de création du poète. Federico ne se refuse rien : nous voyons la jeune déesse se baigner, « innocente et nue… dans la pupille tremblante d'un bosquet[3] » ; au milieu des ondes lacustres, cette jeune fille en fleur devient « le rose pistil de la fleur immense de la source[4] » — le pistil étant, comme l'on sait, l'organe femelle de la fleur —, et puis, depuis ce poste central d'observation, la déesse observe la nature, et là que voit-elle ? certes, des images bucoliques comme en décrit Virgile, un petit cabri tétant l'énorme mamelle de sa mère, ou alors la sonnaille pastorale qui « pose dans le silence sa lente constellation de sons[5] », mais elle voit, surtout, dans une vision totalement étrange ou incongrue, « comment la corne torse de la Licorne [mais ce mot est masculin, en espagnol, *el Unicornio*] pénètre dans le ventre dur du Bouc[6] ». Image de possession par un mâle du mâle le plus archétypique, totalement insolite dans l'imaginaire d'une pure adolescente, celle qui, plus tard, dormira dans les bras d'Éros et lui donnera une fille appelée « Volupté ». Laissons Federico rêver et se bercer d'images folles. Psyché, qui représente en grec l'âme ou l'esprit, est une déesse sexuelle et sensuelle, ainsi que l'a représentée le sculpteur Canova dans son célèbre marbre : *Psyché ranimée par le baiser de l'Amour*, et surtout elle sollicite terriblement l'imaginaire et les fantasmes : de la poitrine de la Psyché lorquienne jaillira un papillon dont les ailes sont « deux seins irisés », et nous savons par Apulée que, devenue déesse par la grâce d'Aphrodite, Psyché voit deux ailes de papillon lui pousser. Ce papillon-là, Federico saura le faire revivre dans sa toute première comédie *Le Maléfice de la phalène — mariposa* en espagnol. Mais le corps de Psyché, dans la nuit du désir, est devenu « blanc et froid comme un nard[7] » (ce *nardo* dont raffole le poète et que l'on a parfois traduit dans un français peu heureux par « tubéreuse »). Dans le même temps qu'il rédige ce texte, Federico compose un sonnet qu'il intitule « Sonnet sensuel », pour tout aussitôt lui ajouter, sur son manuscrit, le titre de « La femme lointaine », où il se représente comme « une amphore pleine de nuit obscure[8] ». Tout comme il évoquera dans sa toute dernière œuvre de poète cet « amour obscur » qui est ou fut, selon son camarade Vicente Aleixandre, l'amour des hommes. Le parcours poétique est d'une parfaite cohérence.

Mais revenons à Platon, à son *Banquet* et à cette vision de l'Éros socratique. Dans ses textes de jeunesse, Lorca compose un dialogue directement inspiré par ce texte et il donne la parole à Platon :

PLATON : Je suis le sage qui a appris ce que le grand Socrate proclamait. Je suis celui qui adore et aime les éphèbes... Leur poitrine sera plate, mais dégage une odeur géniale... Leurs cheveux seront courts mais ils ont dans leur bouche l'éclat et le parfum des oranges[9]...

Ces idées, cette position esthétique et éthique face à l'amour du corps de l'homme, nous les retrouvons dans deux autres textes majeurs de la production lorquienne, conçus conjointement pendant son séjour à New York, qui marqua un tournant décisif et une étape libératrice dans la prise de conscience de soi et de sa différence : *Ode à Walt Whitman*, où Lorca rejoint le poète américain dans l'amour digne et vertueux des hommes en stigmatisant avec une rare violence ces « tricheurs » de l'amour grec que sont les folles, les *mariquitas*, les hommes qui singent la femme et minaudent lamentablement. Lorca n'a rien de la grande folle — encore qu'il puisse lui arriver de jouer les Drag Queens, pour s'amuser et rire, comme on le verra — et il méprise cette féminisation de l'homme qui aime l'homme. Viril, il n'a d'amour que pour le viril. Il ne conçoit l'union avec un homme que comme une étreinte partagée, sans dominateur ni dominé, sans qu'on puisse parler de rôle passif et de rôle actif, car tous deux sont agissants et partagent, à égalité et en harmonie, leur amour.

Et, deuxième grand texte homosexuel, sa pièce *Le Public*, dont nous n'avons reçu, malheureusement, qu'une version incomplète, inachevée, inaboutie, et qui est tout entière fondée sur la recherche de l'Un qui est l'Autre, quête de cette unité essentielle à jamais perdue et à jamais recherchée. Nous y reviendrons.

Pour l'heure, Federico est seul à croire au génie artistique d'Aladrén. Tout nous montre en son jeune protégé un esprit velléitaire et inconstant. Avec, par-dessus le marché, une réputation de coureur de jupons. Federico va en souffrir car il est lucide et sait bien voir que cette relation est diamétralement opposée à celle qu'il a eue avec Salvador et qui a produit tant de fruits réciproques, chez l'un et chez l'autre ; Salvador déverrouillant les mécanismes mentaux de Lorca et ce dernier alimentant d'images sublimes la peinture ou l'imaginaire du peintre. On sait, finalement, que la fameuse première séquence du *Chien andalou* provient d'une image suggérée à Dalí par Lorca. Salvador emplira ses premières toiles d'une imagerie lorquienne, et même de nombreuses représentations physiques du poète qui a su dire, dans sa fameuse *Ode à Salvador Dalí* — une œuvre maîtresse, assurément —, tout ce que le jeune peintre a pu lui apporter, et en tout premier lieu un bagage et une liberté surréaliste auxquels sa naissance provinciale et andalouse ne le prédestinait guère. Il faut comprendre aussi que l'union de Federico et Salvador puisse apparaître comme l'osmose de deux cultures, l'andalouse, avec son feu sorcier et sa pensée magique, et la catalane, avec sa matérialité moderniste et ses postures ironiques.

Or rien de cela ne se produira avec Emilio Aladrén, âme médiocre et peu enrichissante, hormis l'admiration béate que le jeune sculpteur porte au poète, comme le montre la seule photo du couple dont nous disposons. Admiration, au demeurant, intéressée, car Emilio était prêt à tout pour accéder à la gloire, et il voyait bien que Federico était capable de l'aider. Même à aimer charnellement le poète. Il est clair, en tout cas, que ce dernier était amoureux fou du corps exotique d'Emilio. Lui qui lisait Platon dans cette édition du *Banquet* en espagnol et adjoignait ensuite le *Discours sur les passions de l'amour*, de Pascal, savait bien aussi que « le cœur a ses raisons que la raison ne connaît point ». Il était conscient de ses contradictions, mais faible aussi comme le sont toujours les amoureux transis. Malgré les mises en garde de ses amis, il persista à croire au talent du sculpteur et fit des pieds et des mains pour que son buste sculpté par Aladrén paraisse dans la presse — certes pas la grande presse. On trouve dans le *Defensor de Granada* une reproduction de cette sculpture avec cette légende : « Emilio Aladrén, un des hommes les plus brillants et les plus prometteurs de la nouvelle génération d'artistes[10]. » Il ne fait aucun doute que le commentaire sous la photo a été rédigé de la main de Federico.

Salvador Dalí, au courant de ces frasques, demande au poète génial qu'il admire tant, et admirera toute sa vie, de se ressaisir : Souviens-toi, lui écrit-il, que « tu es une bourrasque chrétienne » et que « tu as besoin de mon paganisme », et il ajoute en faisant allusion à cette relation contre nature — selon son concept — : « Lors de ton dernier séjour à Madrid [nous sommes à l'été de 1928] tu t'es livré à ce dont tu aurais toujours dû te garder. J'irai te chercher pour te faire prendre une cure de mer... Tu te souviendras que tu es l'inventeur de choses merveilleuses[11]... » Quel bel hommage, en définitive, et quelle fidélité à leur magnifique et magique amitié ! D'ailleurs, Lorca commente ainsi cette lettre de Salvador : « Voilà comme il est, mon merveilleux ami[12]. »

En attendant, le poète poursuit son chemin de vers, son calvaire, et sa poésie, en marge du *Romancero gitan* qu'il publie en plein milieu de cette ombrageuse amitié avec Aladrén, va témoigner de cette évolution. Le voilà aux prises avec l'amour grec et deux textes majeurs, autant que fragmentaires, vont en témoigner : ce sera *Normes*, publié en 1928, et l'*Ode à Sésostris*, qui nous est parvenue sous forme de brouillon avec quelques lacunes et dont la rédaction est d'août 1928. *Normes,* qui comprend deux dizains, le premier sous l'invocation de la « lune haute[13] », évoque à mots couverts l'amour qui ne dit pas son nom car, exprime-t-il, « mon amour cherche le jardin / où ne meurt pas ton style[14] » ; et le second, placé sous le signe du soleil, évoque la femme en « oDalísque » [*sic*], « sous le feuillage étendu » et l'impossibilité pour le poète d'être « dahlia de ton destin,

/ abeille, rumeur ou vin / de ton chiffre ou ta folie[15] ». Ces deux pôles sont l'axe de toute l'œuvre lorquienne : quête de l'amour grec et stérile attitude face à la féminité. Quant à l'*Ode à Sésostris*, d'autant plus mystérieuse que l'œuvre n'est connue qu'à l'état d'ébauche, Lorca traite du personnage de Sardanapale, fameux tyran assyrien dont Delacroix a peint le suicide sur son lit de débauche, au milieu de ses favorites et de ses esclaves. Il est pour lui ce « grand androgyne[16] » qui lui répugne — et d'ailleurs, dans son manuscrit, Lorca l'avait d'abord qualifié de *gran mariquita*[17] — « grand homosexuel » ! Poème de la démesure, assez proche de ce qui séduisit les romantiques français, de Delacroix à Victor Hugo, avec ce papillon japonais qu'il abreuve « du sang sur le cou / d'un million trois mille une jeunes filles égorgées[18] ». Cette ode oppose au grand débauché, lubrique et efféminé qu'est Sardanapale, le héros grec Sésostris, qui fut, semble-t-il, Ramsès II, en qui il voit, à l'opposé, la quintessence de la virilité conquérante : « Il était le vent chaud, crête pure / de montagnes battues par la lumière[19]. » Mais ce qui est clair, après tout, c'est la difficulté de Lorca à dire en poésie cet amour dont il tait le nom, alors qu'à l'inverse, au théâtre, qui est lieu de plus grande liberté sous le masque, mimant la vie et le langage de tout un chacun, et tout particulièrement dans *Le Public,* Lorca saura dire, sans fards ni travestissements, son homosexualité.

Mais s'il veut dédier un poème à Emilio Aldrén, en 1928, c'est le *Romance de l'assigné* qu'il écrit et inclut à son *Romancero gitan*. Curieuse poésie qui traite de l'homme que le destin condamne. Une voix lui dit que dans deux mois il sera mort. Les cartes ont parlé, treize barques profilent sa mort, la chaux vive est prête pour l'ensevelissement, et au mitan du délai l'apôtre saint Jacques brandit son épée qui tranchera le fil de sa vie. Cet homme mourra, en effet, à la date établie par le sort, sans nulle intervention humaine. Comme une malédiction. Il restera sous son linceul, à l'instar de ces statues de gisants conservés à l'Escurial, « sculpté d'un ciseau romain[20] ». C'est la seule allusion véritable à Aladrén, sculpteur apprécié par Federico, et seulement par lui.

Mais Emilio ne mourra pas, c'est le poète qui, en fait, est ici l'assigné, et mourra huit ans plus tard d'une mort aussi absurde, comme inscrite dans les astres. Son jeune ami, lui, ira convoler en justes noces et oubliera cette jeunesse turbulente et folle.

## L'amitié des Morla Lynch

> *J'ai faim de mon pays et de ton salon de tous les jours. Nostalgie de bavarder avec vous et de vous chanter de vieilles chansons d'Espagne.*
>
> FEDERICO GARCÍA LORCA[1]

En février 1929 un diplomate chilien est nommé à Madrid comme attaché d'ambassade. Il s'appelle Carlos Morla Lynch et a tout du dandy. Élégant, raffiné, voire précieux dans ses manières, il est marié à une femme ravissante, Isabel María Vicuña,

1

2

1 Federico jeune homme.

2 Federico à l'âge de trois ans
(avec le grand chapeau blanc au premier rang).

3

3 Sur le chemin de la gloire, 1930.

4 Avec Salvador Dalí à Cadaqués en avril 1925.

5 García Lorca et E. E. Cummings dans le Vermont, fin 1929.

6 Avec le sculpteur Emilio Aladrén.

7 García Lorca, Rafael Aguado, Antonio Luna, José Segura et Manuel de Falla, 1931.

4

*« L'Andalousie est incroyable. Orient sans venin. Occident sans action. »*

5

6

7

8 Salvador Dalí, *Jeune fille à la fenêtre* (Ana María Dalí), 1925. Madrid, musée Reina Sofía.

9 Salvador Dalí, *Ma femme nue regardant son propre corps*, 1945. Coll. part.

10 García Lorca, Lola Membrives et Eduardo Marquina.

11 Carmen Tórtola Valencia au début du XXe siècle.

12 L'emblème de La Barraca dessiné par Benjamin Palencia.

8

*« On revient de l'inspiration comme on revient d'un pays étranger. Le poème est la relation du voyage. »*

9

10

11

12

13 Margarita Xirgu.

14 Affiche de la pièce *Yerma* au Teatro Odeón de Buenos Aires, octobre 1937.

15 *Bodas de sangre* (*Noces de sang*), film réalisé par Carlos Saura, 1981.

13

14

*« L'Espagne est le seul pays au monde où la mort soit un spectacle national. »*

*« Je chante l'Espagne et je la sens jusque dans la moelle, mais je suis d'abord citoyen du monde et frère de tous. »*

LORCA • GADES • SAURA
en
DAS DE SANGRE
DE FEDERICO GARCIA LORCA
ANTONIO GADES • CRISTINA HOYOS • JUAN ANTONIO JIMENEZ
MEN VILLENA • PILAR CARDENAS • EL GÜITO • LARIO DIAZ
STEVE • ELVIRA ANDRES • AZUCENA FLORES • CRISTINA GOMBAU
NEILA • ANTONIO QUINTANA • QUICO FRANCO • CANDY ROMAN
Cantaores: JOSE MERCE y GOMEZ DE JEREZ
Guitarristas: EMILIO DE DIEGO y ANTONIO SOLERA
on especial: MARISOL y PEPE BLANCO • Adaptación: ALFREDO MAÑAS
Música: EMILIO DE DIEGO • Fotografía: TEO ESCAMILLA
ANTONIO GADES • Director: CARLOS SAURA
Una producción de EMILIANO PIEDRA
EASTMANCOLOR

16

17

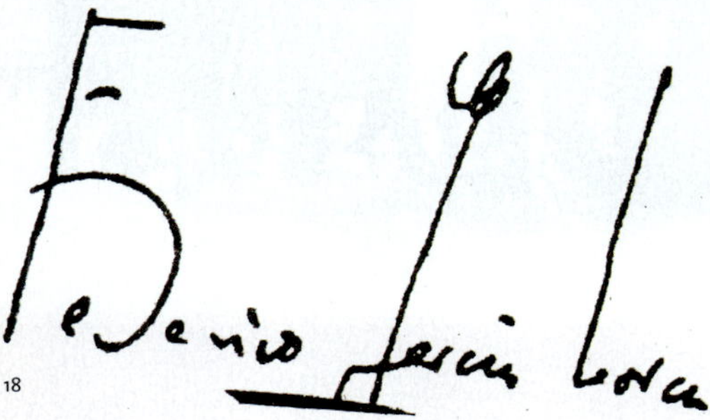

18

16 *Madrid à Federico García Lorca*.
Sculpture de J. López Hernández place Santa Ana à Madrid.

17 Les dernières années.

18 Signature de Federico García Lorca.

dite « Bebé », qui va se faire remarquer par le Tout-Madrid en raison de ses robes et parures du dernier chic. Ils ont aussi un enfant, Carlitos. Ils tiennent salon et attirent à eux tout ce que la capitale compte d'intellectuels et d'artistes, parmi lesquels, au premier chef, Federico, qui va très vite devenir la coqueluche du couple. Jusqu'à la mort du poète en 1936, cette idylle amicale de sept ans sera marquée par une extraordinaire confiance et une très grande complicité. De surcroît, le Chilien, qui tient un journal, va noter les grandes lignes de cette amitié — tout en ayant soin de gommer, en bon diplomate, ce qui pourrait gêner ou indisposer, notamment à l'époque franquiste qui, d'ailleurs, verra sa destitution au profit d'un diplomate plus acquis à la nouvelle idéologie.

Federico fait de la demeure des Morla sa « résidence secondaire ». Il s'y rend « presque tous les jours », note le diplomate, il surgit à tout moment du jour ou de la nuit, y prend ses repas, « fait une sieste, s'assoit au piano, l'ouvre, chante, le referme... », et son ami d'ajouter : « Le charme dont irradie Federico quand il s'assoit au piano est inconcevable[2]. » Il leur fait la lecture — ses poèmes et pièces de théâtre — et brille de tous ses feux. Il est platoniquement amoureux de Bebé, au point d'avoir sur sa table de travail madrilène le portrait de cette femme splendide dont Marcelle Auclair, qui fréquenta également leur salon à Madrid où elle fit, d'ailleurs, la connaissance de Lorca, nous a laissé cet éloquent portrait :

Elle était très belle avec des yeux profondément enchâssés qui scintillaient lorsqu'elle riait, et un grand nez. Femmeécharpe style Van Dongen, peau de magnolia, cheveux noirs, lisses, noués sur la nuque, et cette élégance, noir et perles, des Sud-Américaines de grande classe. Seule touche de couleur : le rouge de ses lèvres peintes[3].

On conçoit que Federico ait été sensible au charme d'une femme aussi peu érotisée, figée dans sa beauté comme une peinture en pied. Elle était pour lui l'image de la femme idéale : belle et inaccessible. Au point d'écrire au mari, son ami Carlos, en 1931 :

Bebé, je l'adore. Je l'adore tellement qu'elle ne saura jamais les milliers de photos de ses faits et gestes et de ses divines attitudes que je conserve dans mon imagination. Ses toilettes, ses expressions, ses paroles, jusqu'aux mailles de ses bas lorsqu'elle les perd, je les garde avec tendresse[4].

Oui, il l'aime, comme un bel objet, et il l'admire, comme modèle éblouissant de féminité. Et Carlos Morla savait tout de Lorca et de ses penchants homosexuels, en tout cas assez pour ne pas s'offusquer de pareille déclaration d'amour.

Dans ce salon des Morla, où Federico joue souvent les vedettes et se met en scène, il faut rappeler, entre autres frasques amusantes, certaine soirée où il a joué les travestis. C'est Carlos qui rapporte la scène dans son journal : « Federico… va nous offrir une soirée théâtrale. Nous prenons place au fond du salon. Federico annonce : “Pour commencer, une danse de Tórtola Valencia[5].” » Qui est cette « tourterelle » ? Une Sévillane de père catalan et de mère andalouse qui s'appelait réellement Carmen Tórtola Valencia. Une danseuse aguichante, dansant à moitié nue, qui fit les beaux jours des théâtres populaires de l'avenue du Paralelo, à Barcelone où l'on se souvient encore d'elle (chez les très vieilles personnes : elle mourut en 1955), et des scènes à la mode de Madrid. Elle incarnait alors la Belle Époque pour les Espagnols. Elle se produisait seule sur scène, selon un mode alors en vogue, comme la Loïe Fuller, évoluant dans ses voiles vaporeux, et retenant la leçon d'Isadora Duncan qui inventa ce genre de danse d'émotion par le mouvement, seule sur scène et pieds nus, valsant et se contorsionnant dans des tulles amples et flous qui laissaient voir, ici et là, quelques livres de sa chair abondante et appétissante. Elle s'inspirait des danses hindoues et son grand numéro consistait à mimer la danse des sept voiles de Salomé. Son spectacle était une sorte de strip-tease, et nul doute que Federico, qui l'avait vue danser, n'ait été chatouillé par tant de dons féminins et une telle sollicitation érotique. Cette très belle femme, brune aux yeux verts, fut considérée en son temps comme la belle d'entre les belles et on lui prêta des liaisons avec les plus grands. Carlos Morla nous décrit ainsi la métamorphose de Federico en « danseuse nue » : « Il disparaît. On entend un chant vaguement hindou tandis que s'insinue par la porte entrouverte une main qui ondule avec une souplesse serpentine et fait tinter des bracelets qui sont des anneaux de rideaux. Tórtola Valencia surgit, enveloppée d'un drap qui doit être le drap de mon lit. Elle chante, danse, se déhanche à la manière orientale, va, vient, tournoie, roule des yeux noirs et blancs. Soudain, elle laisse tomber ses voiles, Federico apparaît en complet veston, le derrière orné d'un pouf de tulles multicolores, style bayadère. Il disparaît dans les “coulisses” en dansant[6]. » Et voilà pour la belle strip-teaseuse d’antan.

À un autre moment, Federico mimera Mata Hari, et Carlos Morla note encore son jeu de scène : « Deux tasses renversées figurent la poitrine de la femme fatale[7]. » Ces postiches de la féminité absente disent bien, d’une certaine manière, la frustration qu’il pouvait ressentir, lui qui, tant de fois, a chanté et chantera le corps mutilé de la femme, que ce soit celui de Yerma la stérile, ou de sainte Eulalie, la martyre aux seins coupés. Ce sont là jeux mondains, certes, mais qui nous montrent à quel point Federico était homme de théâtre, et aussi combien il aimait se travestir — comme il le faisait tant de fois aussi à Cadaqués chez les Dalí. Et se travestir en diva. Notons, enfin, que cette Tórtola Valencia, femme libre et rebelle à la façon d’une Colette s’exhibant nue sur une scène de music-hall, fut, malgré la façade de tant d’amants illustres, une lesbienne reconnue, sinon avouée, qui vécut toute sa vie avec celle qui fut sa « fille adoptive » et qui était, de fait, sa compagne. Et cela aussi devait exciter l’imagination tumultueuse de Federico.

Il flottait donc, dans les salons du diplomate chilien, un air quelque peu sulfureux, un air de liberté et de révolte contre les mœurs corsetées de l’époque. Malgré le sacrifice aux mondanités, faisant qu’on rencontrait aussi, dans le salon des Morla Lynch, un certain Arthur Rubinstein, autre coqueluche madrilène des années trente. Et l’on ne s’étonnera pas que Federico ait donné la primeur de son théâtre « impossible » à Carlos et Bebé, qui adorera la pièce où Lorca se met à nu : *Lorsque cinq ans seront passés*. En revanche, *Le Public* les choquera et Federico tiendra compte de leurs réactions en modifiant ce texte dramatique que sa mort empêcha à tout jamais d'achever.

Il donne toujours à ses amis en première lecture les poèmes du *Poète à New York*, qu'il dédiera « À Bebé et Carlos Morla », ainsi que toutes les pièces de théâtre qu'il écrit entre 1929 et 1936, c'est-à-dire la quasi-totalité de sa production. Le salon des Morla était, en quelque sorte, ce qu'était le « gueuloir » de Flaubert : le lieu où Federico essayait sa voix et mettait son texte en bouche. Carlos Morla nous en laisse le portrait d'un poète possédé par son écriture, halluciné dans son interprétation :

> Il a lu à un rythme soutenu, avec une ardeur et une impétuosité renversantes. Des flammes lui jaillissaient des yeux, de la bouche, du nez, et des étincelles tourbillonnaient sur ses cheveux, ses oreilles et tous les pores de sa peau. Un feu d'artifice[8]...

Ses hôtes l'écoutaient, faisaient quelques remarques, et le poète savait les entendre et en tenir compte, parce qu'il disposait là, malgré le haut rang de Carlos Morla Lynch, d'un public commun, de gens habitués au théâtre de boulevard, des spectateurs qu'il fallait donc surprendre sans les effrayer, et c'est à cette école et à cette fréquentation de la maison des Morla que Federico a dû, probablement, d'être devenu le dramaturge le plus parfait, le plus percutant, le plus efficace et applaudi de son temps.

Pour le reste, il adorait venir chez ses amis, prendre un bain dans leur baignoire de luxe ; ce qui montre à quel degré d'intimité était parvenue leur amitié :

J'ai aussi une grande sympathie pour ta salle de bains, écrit-il à Carlos Morla Lynch, parce que personne n'en a dans ce genre d'appartement... Moi, où je me suis senti pleinement chez moi, c'est allongé dans la baignoire, tandis que tu te peignais[9]...

Et s'il aimait se pavaner en pyjama dans leur appartement, dîner chez eux, veiller tard en buvant et fumant, il nourrissait une affection particulière pour le Pleyel des Morla, et ne manquait jamais, pour peu qu'il y eût un public, de se mettre au piano, de jouer quelques pièces et chanter ces airs folkloriques andalous qu'il avait contribué à sauver de l'oubli : *Las Morillas de Jaén, El Café de Chinitas, La Nana de Sevilla*... Ou alors il déclamait quelques coplas andalouses, de celles qui inspirent son théâtre, comme celle-ci, si terriblement « machiste » :

| | |
|---|---|
| *La maté porque era mía* | Je l'ai tuée parce qu'elle était mienne |
| *la mujer que más quería* | la femme que j'ai le plus aimée |
| *y si de nuevo vivía* | et si elle vivait à nouveau |
| *de nuevo la mataría.* | à nouveau je la tuerais. |

Lorca adorait s'encanailler, littérairement parlant, et sa poésie abonde en violences gitanes ou andalouses, femme objet, femme soumise, virilité du mâle dominateur, poignard en main, mépris dans l'œil. Ou alors il récitait cette si belle copla de l'impossible quête et la nécessaire espérance, sur un registre plus grave, également récurrent dans son œuvre :

| | |
|---|---|
| *¡A la mar fui por naranjas* | À la mer j'ai cherché des oranges |
| *cosa que la mar no tiene* | ce que la mer n'a pas |
| *metí mano en el agua* | j'ai mis ma main dans l'eau |
| *la esperanza me mantiene !* | l'espoir me soutient ! |

« Couplet » si connu et reconnu, dans tout le monde hispanique, qu'on a pu l'entendre sur les lèvres d'Albert Cohen, l'auteur de *Belle du Seigneur* (lors d'une lointaine *Radioscopie* de Jacques Chancel), qui avait conservé dans sa mémoire séfarade cette quintessence de la poésie traditionnelle de l'Espagne…

En définitive, si la fréquentation des Morla Lynch et de leur salon a beaucoup servi à Federico pour s'exprimer, pour tester ses textes, depuis le *Chant funèbre pour Sánchez Mejías* jusqu'à l'impossible, l'injouable théâtre, en passant par quantité de poèmes qu'il aimait lire à ses amis, pour apprendre d'eux et pas seulement pour briller et se faire valoir — que ne lui a-t-on reproché sa vanité, alors que son attitude traduisait, en fait, sa propre inquiétude, son incertitude sur son talent, et, de fait, malgré toute sa morgue ou sa prétendue suffisance, son peu d'assurance qui lui venait d'une très grande et constante timidité ? Les sept dernières années de l'existence du poète dramaturge l'auront vu ainsi passer au crible de l'exigeante amitié de Carlos et Bebé Morla Lynch la quasi-totalité de ses écrits.

Non pas que Carlos Morla ait été incapable de comprendre la profondeur des productions lorquiennes, mais son journal est souvent décevant par la complaisance à l'anecdote, aux potins, aux mondanités, et laisse apparaître un esprit parfois superficiel, caractéristique, sans doute, de la langue de bois ou de la retenue des diplomates. Cet aristocrate de carrière s'y connaissait en ronds de jambe et en salamalecs, mais c'est peut-être justement cela qui retenait l'attention de Federico qui, pour réservé, timide et en retrait du monde qu'il fût, pouvait bien, dans cette intimité quasi quotidienne avec les « Grands » de ce monde, se prêter à ce qu'il considérait sûrement comme un jeu. Le jeu de la vie mondaine. Le jeu des paillettes et des accolades de pure forme. D'une certaine façon, le jeu de l'innocence. Oui, il y avait quelque chose d'enfantin dans cette amitié, et son hôte lui-même ne manque pas de souligner, voire de surligner, les enfantillages de son jeune ami Federico.

## La découverte de l'Amérique

*L'aurore de New York*
*a quatre colonnes de fange*
*et un ouragan de noires colombes*
*qui barbotent dans les eaux pourries.*

FEDERICO GARCÍA LORCA[1]

Chez ce villageois andalou, provincial et casanier, Espagnol enclos en d'étroites frontières, le voyage en Amérique allait représenter un bouleversement profond de tout son être. Pour la première fois de sa vie, Federico allait voyager, prendre le bateau, voir le monde...

À vrai dire, la dépendance envers son père, son bailleur de fonds, et la relative infantilisation qu'elle représentait — par exemple, il devait demander la permission à son père dès qu'il prenait le train —, en ce début de l'année 1927, commençait à peser à ce jeune homme de vingt-neuf ans. N'était-il pas temps de mûrir, de voler de ses propres ailes, de faire autre chose que d'écrire des vers ou de publier ses proses ? Lorca aimait faire des lectures publiques, que ce soit à Grenade, au *Rinconcillo* du café Alameda, dans le cercle de ses amis, ou devant l'auditoire plus large de l'Ateneo de Grenade, que ce soit surtout à Madrid, à la Résidence des étudiants, et de là vers d'autres horizons, comme cette tournée de lectures qui le mena au printemps à Madrid, puis à Bilbao. Et voilà qu'au début de 1929, il apprend qu'il pourrait faire ces mêmes lectures en Amérique, aux États-Unis et à Cuba, et qu'il pourrait même en tirer quelque argent. Il en parle à son père, qui prend conseil auprès de Rafael Martínez Nadal — il fait partie du petit cercle d'amis de Federico, par ailleurs fidèle du salon des Morla —, lequel estime que, vu l'état psychologique perturbé de Federico, ce voyage lui ferait le plus grand bien. Sans doute don Federico n'était pas fâché d'éloigner son fils d'Emilio Aladrén, avec qui le poète vivait des instants de passion tourmentée et douloureuse. Et Federico avait fait valoir aux yeux de son père qu'il était temps de secouer son joug financier et qu'il pourrait, par ses lectures, subvenir enfin à ses besoins. L'argument était justement celui qui pouvait faire mouche dans l'esprit « affairiste » de don Federico. Si bien que ce long séjour aux Amériques serait pain bénit pour tous deux, le père et le fils.

Puisque tout le monde était d'accord et désirait ce voyage, en avril 1929, Federico en arrangea les derniers détails. Pour comble de sécurité, il voyagerait avec son mentor et ami Fernando de los Ríos*, universitaire et homme politique de renom, qui venait justement de rendre son portefeuille et était invité à donner des cours, comme *Visiting Professor,* à l'université de Columbia à New York. Mais ce dernier n'entendait pas seulement offrir une villégiature à son jeune ami, de dix-huit ans son cadet. Comme il n'en était pas à son premier poste de professeur invité aux États-Unis, il lui proposa de l'inscrire à l'université de Columbia, afin de suivre les cours de langue anglaise pour étrangers, et lui promit aussi de le présenter à de nombreux amis qu'il avait là-bas. Rien ne pouvait mieux séduire le poète.

Et le dramaturge, ne l'oublions pas. Justement, alors qu'il rentrait à Grenade pour faire ses bagages, Margarita Xirgu y débarqua le 29 avril, avec toute sa troupe et le spectacle qu'elle avait donné à Madrid : la *Mariana Pineda* de Lorca, dont le nom commençait à résonner, grâce à elle, dans la capitale. Le nom de Federico García Lorca, pour la première fois, s'étala sur les affiches du spectacle dans les rues de Grenade. Federico en fut-il flatté ? C'était mal le connaître, car introverti,

* Après la victoire franquiste, celui-ci s'exilera d'ailleurs à New York, où il finira ses jours, en 1949.

timide et peu sûr de lui, tout en étant assuré au fond de lui-même de son talent, il fut choqué par cette gloire publique. Ce qui le gênait surtout, c'est qu'elle fût grenadine : il avait tant à dire et à avouer à travers ses personnages qu'il ne tenait assurément pas à ce que les siens, et peut-être surtout sa mère, qui était une femme lettrée, puissent entrevoir son drame intime et sa psychologie tourmentée dans le grand étalement d'une pièce de théâtre. Lorca fut donc sommé d'apparaître sur scène et de saluer le public. La pièce fut donnée deux soirs de suite à Grenade, au théâtre Cervantes, et la presse locale salua la naissance d'un génie. Le 5 mai la ville offrit un banquet au dramaturge et à sa première actrice. Federico dut porter un costume sombre et arbora le nœud papillon qu'il mettait pour les grandes occasions. Ce qui tranchait notablement avec l'allure bohème qu'il aimait tant se donner, peut-être sous l'influence de Dalí. Dans l'assistance qui se pressa, à cette occasion, à l'hôtel Alhambra Palace de Grenade, autour de Federico et de sa famille au grand complet, il y avait, certes, Fernando de los Ríos, mais aussi Manuel de Falla, ainsi que les copains du *Rinconcillo*. Dalí — qui ne mettra jamais les pieds dans la ville de son ami — s'excusa de ne pouvoir être là, mais envoya une lettre de félicitations.

Alors Federico dut prendre la parole, et de façon curieuse — ou significative —, au lieu de se contenter de remercier ou de savourer sa gloire et les applaudissements de toute une ville, fière de ce fils qui avait su s'imposer à Madrid et irait bientôt à la conquête du monde, voire du Nouveau

Monde, il se lança — ou se perdit — dans des considérations plus psychologiques qu'esthétiques :

> Plus que jamais je réclame maintenant le silence et la densité spirituelle de l'air grenadin pour affronter le duel à mort que je livre avec mon cœur et avec la poésie.
>
> Avec mon cœur, pour le libérer de l'impossible passion qui détruit et de l'ombre fallacieuse du monde qui la sème sur un sol stérile ; avec la poésie, pour construire, malgré elle qui se défend comme une vierge, le poème éveillé et véritable où la beauté et l'horreur, l'ineffable et le répugnant vivent et s'entrechoquent au milieu de la plus chaude allégresse[2].

Le voyage aux Amériques va lui permettre de libérer son cœur et d'exprimer justement ces contradictions baudelairiennes. Le passeport lui parvient de Madrid le jour même de ses trente et un ans, le 5 juin 1929. Il est heureux, tout en étant persuadé qu'il va trouver en New York une ville horrible. Du moins, c'est ce qu'il aura retenu de quelques lectures préalables. Par exemple, celle du roman emblématique de John Dos Passos, *Manhattan Transfer*, qui sortit en 1925 et fut publié en traduction espagnole précisément en 1929, lecture que lui recommanda, peut-être, son ami Adolfo Salazar, qui en publia un compte rendu dans le quotidien madrilène *El Sol.* Lorca aurait donc tout su de la mégapole aux rues enchevêtrées dont on ne cherche, finalement, qu'à fuir. Mais surtout, il avait sûrement vu, projeté à Madrid en janvier 1928 et fortement conseillé par son ami Luis Buñuel, le film de Fritz Lang, *Metropolis* (1927), vision apocalyptique d'une ville de gratte-ciel, New York, symbole de la modernité, mais aussi cité totalement mécanisée, contrôlée par des robots et des hommes machines. Il ne pouvait qu'être impressionné par cette machine à forme humaine, l'Androïde, assise sur son trône et entourée d'une aura mystérieuse. New York lui apparaît donc comme une projection effrayante de la vie moderne et industrielle, entraînant l'aliénation de l'homme et, au pire, sa mise en esclavage, telle que la projettera quelques années plus tard Charles Chaplin dans *Les Temps modernes*, que Lorca put voir en 1936.

C'est d'ailleurs pourquoi il ne pense pas rester en Amérique plus de quelques mois — son voyage durera, en fait, une année —, bien plus excité à l'idée de demeurer un certain temps à Paris à son retour, car c'est la Ville Lumière qui polarise alors les aspirations et les désirs des artistes espagnols : Picasso, Buñuel, Dalí, Juan Gris, tant d'autres... Le 8 juin, Federico prend le train qui l'emmène de Grenade à Madrid et, le 13 de ce mois, il rejoint Fernando de los Ríos à la gare du Nord (*Estación del Norte*), afin de gagner Paris, et de là l'Angleterre où ils s'embarqueront, via Southampton, pour New York.

De Paris, il retiendra sa visite au Louvre, et de Londres, après sa visite au British Museum, le chatoiement lumineux de Piccadilly Circus. Après une rapide traversée d'Oxford, où Fernando de los Ríos devait rencontrer Salvador de Madariaga, ils arrivent le 19 juin 1929 au port de Southampton, où ils embarquent à bord du *S.S. Olympic*, qui mettra six jours pour les mener jusqu'à Manhattan. Le 26 juin, dans la lente traversée du port de New York jusqu'au quai de mouillage, Federico reçoit en pleine face le choc inouï de cette masse bétonnée d'immenses gratte-ciel. Il aura alors cette réflexion : Grenade tient tout entière dans trois de ces édifices. C'est, en effet, le gigantisme de la mégapole qui l'impressionne. Une fois à terre, il est abasourdi par le rythme de vie, la hâte des New-Yorkais, leur frénésie à vivre : on imagine bien ce que pouvait ressentir là ce provincial empoté qui, à Madrid, où circulaient encore dans les années vingt des attelages de chevaux, avait peur de traverser la rue. Et il s'accroche au bras de Fernando de los Ríos comme un naufragé en pleine mer.

Ce dernier fait en sorte que son protégé soit bien inscrit comme étudiant à l'université de Columbia, où Federico occupe une chambre au neuvième étage du Furnald Hall, avec une large vue sur le campus. En fait, il doit d'avoir obtenu son inscription et sa chambre d'étudiant à l'aimable entremise d'un homme qu'il a connu, quelques années auparavant, comme distingué philologue, à la Résidence des étudiants : Federico de Onís, présentement titulaire de la chaire d'espagnol à la Columbia University in the City of New York. C'est d'ailleurs Onís qui insiste pour le faire admettre à Furnald Hall plutôt qu'à la célèbre International House de Riverside Drive, où logeaient généralement les Sud-Américains : il tient à ce que le Grenadin soit en immersion totale.

De sa fenêtre, Lorca pouvait voir le boulevard de Broadway à deux pas et entendre battre le cœur de l'immense métropole. Il était donc là pour apprendre l'anglais, ce qu'il ne réussit jamais, au grand désespoir de ses mentors. Car il avait retrouvé suffisamment d'Espagnols pour se passer de la langue barbare ! Comme tant d'écrivains qui font de leur langue-mère la chair de leur chair, Lorca était allergique à tout autre parler que le castillan, même s'il fut capable de bafouiller quelques mots de catalan pour plaire à Dalí ou d'écrire six sonnets en galicien. Comme incursion linguistique, reconnaissons que c'est plutôt maigre. Et donc à New York il pouvait aussi bien, s'il était seul, suspendre à son cou un écriteau avec l'adresse où il se rendait, en interrogeant par gestes les passants qui voulaient bien s'arrêter devant cet hurluberlu.

Du haut de sa chambre — spartiate, précise-t-il aux siens — où il contemple la ville, non pas à ses pieds, mais devant lui, de bas en haut et très haut dans le ciel, il écrit enfin à ses parents, toujours soucieux de son bien-être :

> Ma chambre se trouve au neuvième étage et donne sur un grand terrain de sport, au gazon vert avec des statues.
>
> Sur le côté et par les fenêtres des chambres d'en face, c'est l'immense Broadway, le boulevard qui traverse tout New York.
>
> Il serait sot pour moi d'exprimer l'immensité des gratte-ciel et la circulation. Ce serait toujours peu. Dans trois de ces édifices Grenade tiendrait tout entière. Ce sont des casiers où tiennent 30 000 personnes[3].

Il est évidemment ébloui par les enseignes lumineuses de Times Square et les paillettes de Broadway. Et voit de ses propres yeux, avec émerveillement, l'univers des machines et la splendeur technologique qui nourrissaient les tableaux de son cher Salvador, et qu'il avait évoqués, à l'aveuglette, dans son *Ode à Salvador Dalí*, quatre ans plus tôt. Peut-être se répétait-il, en contemplant la haute ligne des gratte-ciel et les multiples reflets des millions de vitres, ses propres vers :

La ligne droite affirme son effort vertical.
Le savant cristal chante ses géométries[4].

Alors oui, il peut écrire que New York est « la ville la plus moderne du monde ».

L'esprit curieux de Federico l'amène forcément à fréquenter les lieux de culte de la ville. Il assiste à des services religieux du culte évangélique et du culte israélite. Il trouve le culte protestant dépourvu de beauté. Il est vrai que le dépouillement des églises new-yorkaises contraste avec la pompe et les ors des cathédrales andalouses. Quel temple, au monde, peut en effet rivaliser de parure, de dorure et de chamarrure avec la cathédrale de Séville ou la Vierge de la Macarena, objet de l'adoration collective des Sévillans ? Lorca, qui n'a pas l'âme si catholique ni si fervente, exception faite de la seule procession religieuse à laquelle il ait participé à Grenade, est, en revanche, éminemment sensible au faste théâtral de l'église espagnole. Quant au judaïsme, la synagogue le laisse perplexe : eh quoi ! aucune présence du Christ ? Ah, oui, les chants sont « adorables », mais le rite demeure, à ses yeux, « insignifiant ». Car Federico est d'une grande naïveté et manifeste là un esprit singulièrement provincial. Comment prier sans avoir sous les yeux l'image de Jésus crucifié et souffrant ? se demande-t-il. Il suffit de lire l'*Ode au Très Saint Sacrement*, avec la présence de l'Enfant-Dieu et du Christ dolent, pour comprendre tout ce qui le sépare de ces cultes où le Sauveur est totalement absent, et ses statues exilées.

En revanche, il éprouve à Harlem et dans sa découverte du jazz un choc quasi mystique. Il se met très vite à fréquenter les clubs de jazz, tels que le *Small's Paradise*, ainsi que le plus célèbre entre tous, le *Cotton Club*, dont la vedette depuis deux ans est Duke Ellington. Jamais jusqu'à présent il n'a perçu les gémissements d'une clarinette, les décrescendos hallucinés d'un saxo, le glissando du trombone à coulisse, et le battement entêtant d'une caisse claire. Et la trompette de jazz, pas encore celle de Louis Armstrong qui débutera au *Cotton Club* après le retour en Espagne de Lorca, lui perce délicieusement le tympan, comme si le noir taureau de l'arène venait le chatouiller de sa corne — ou la licorne de son adolescence percer sa poitrine. Quant au clavier du piano sur lequel volent et virevoltent ces doigts noirs, le pianiste grenadin, attaché hier encore aux *Arabesques* de Debussy, n'en revient pas : « Quel rythme ! Quel rythme ! » s'émerveille-t-il, en songeant à la musique flamenca et andalouse où tout est affaire de tempo, que chacun doit marquer en claquant des doigts ou en tapant des paumes — le fameux *palmoteo* —, et voilà notre Lorca apprenant ces mélodies de jazz et de negro spirituals, qu'il est capable ensuite de recréer au piano devant ses amis admiratifs. Pour lui, sans réelle surprise, le jazz est cousin germain du *Cante Jondo*, qu'il s'est tant appliqué à recueillir en compagnie de Manuel de Falla. On peut penser, légitimement, que son goût pour le folklore, son expérience dans la quête de l'authentique source musicale de l'Andalousie, le prédispose à mieux entendre cette musique « nègre ». D'ailleurs, pense-t-il, les Gitans comme les Noirs ont des racines africaines, ceci expliquant cela. Mais, au-delà de la musique, Federico sent bien aussi ce qui unit les deux univers : un inframonde, une même servitude, la persécution des sociétés policées, la ségrégation raciale — car il voit bien que ces cabarets en vogue de Harlem sont réservés aux Blancs qui viennent là s'encanailler de musique « nègre » — et enfin, ce primitivisme sensuel, charnel, électrisant, qui contraste tellement avec l'univers mécanique et automatisé des États-Unis qu'il perçoit si bien dans cette ville de New York. Oui, là est la vraie vie. Ou du moins pourrait-elle l'être, car Lorca voit cet univers nocturne, ce « paradis des Noirs » comme un ciel bleu, aussi maléfique que la lune verte des Gitans :

C'est sur le bleu sans histoire,
bleu d'une nuit sans crainte du jour,
bleu où le nu du vent va brisant
les chameaux somnambules des nuages vides.

C'est là que rêvent les torses sous l'avidité de l'herbe
[...]
Et le creux de la danse demeure sur les dernières cendres[5].

Ce dernier vers n'est-il pas comme un écho de la danse du feu de *L'Amour sorcier* ?

Dans sa chambre, la nuit, ou au petit matin, à son retour de folles soirées, Federico griffonne, la tête encore pleine des percussions de la *Negro*

*Music* — ainsi que l'appelait Duke Ellington —, des vers qui répètent inlassablement les mêmes mots :

*¡Ay, Harlem ! ¡Ay, Harlem ! ¡Ay, Harlem !*
[...]
*Negros, Negros, Negros, Negros.*
[...]
*Negros, Negros, Negros, Negros.*
[...]
*¡Ay, Harlem... !*
*¡Ay, Harlem...*[6] *!*

À partir de cette expérience musicale toute neuve à ses oreilles, la poésie de Lorca se modifie, brise le moule des vers et des rythmes scandés du *Romancero gitan*, et explore les infinies possibilités d'un chant libéré. De 1929 à 1930, au terme de neuf mois passés aux États-Unis et trois mois à Cuba, Federico compose dans une fièvre créatrice et un échauffement inouï de son imaginaire les poèmes qu'il intitulera ensuite *Poète à New York*. Et composera aussi ses deux pièces les plus audacieuses, voire injouables — ce « théâtre impossible », ainsi qu'il l'appelait — : *Le Public* et *Lorsque cinq ans seront passés*. Tout en achevant, dans un registre plus accordé à sa production antérieure : *La Savetière prodigieuse*. Il s'agit là, assurément, de l'année la plus féconde de sa carrière de poète et de dramaturge.

# L'Amérique profonde et le bilan d'une aventure

*Un fleuve qui vient en chantant*
*à travers les chambres à coucher des faubourgs,*
*et qui devient argent, ciment ou brise*
*dans l'aube mensongère de New York.*

FEDERICO GARCÍA LORCA[1]

Federico, comme prévu, va mûrir au contact de la frénétique et amicale Amérique. Il ne sera plus jamais le même à son retour, un an après. Avant tout, il doit se prendre en charge financièrement. Son père, en paysan avisé, et donc regardant à la dépense, ne lui alloue que cent dollars mensuels, ce qui est jugé notoirement insuffisant par l'entourage de Lorca et par le poète lui-même qui doit faire face à des dépenses supérieures, s'il veut vivre et profiter de son séjour. C'est pourquoi il envisage de donner des conférences et des lectures publiques en exigeant un cachet, et il y parviendra, à New York, et ensuite à La Havane.

Quelques semaines après son débarquement à la Grosse Pomme, il confie au poème son désarroi… et aussi ses aspirations. Le premier texte du *Poète à New York*, qu'il écrit de « Retour de promenade », nous le montre « assassiné par le ciel », pris en tenaille « entre les formes qui vont vers le serpent / et les formes qui cherchent le cristal », avec cette impression d'être coincé entre terre et ciel au milieu des immenses édifices aux vitres aveuglantes. Et chaque jour amène pour lui sa surprise, sa défaite, son errance ébaubie :

Me heurtant à mon visage différent de chaque jour.
Assassiné par le ciel[2] !

Alors il veut fuir, fuir comme dans *Manhattan Transfer,* même s'il ne se suicide pas à l'instar d'un des protagonistes majeurs du roman de Dos Passos, mais il veut fuir le plus loin possible. Il se rappelle son ami américain, le jeune Philip Cummings, de onze ans son cadet, qu'il a connu à Madrid l'année précédente ; c'était un poète de dix-neuf ans qui, ébloui par une prestation de Federico à la Résidence des étudiants, l'avait abordé et lui avait même offert un poème en hommage. Federico l'avait fait venir chez lui, à Grenade, et lui avait fait visiter sa ville ; et puis, lors de son passage à Paris, avant de gagner l'Angleterre, il avait retrouvé cet ami qui l'avait invité, avec insistance, à venir lui rendre visite en Nouvelle-Angleterre, en proposant même de lui offrir son billet de train. Ainsi, en ce moment où New York lui pèse et l'accable, il se tourne tout naturellement vers Philip et lui écrit en lui demandant de ne pas oublier « ce poète du Sud, perdu pour le moment dans cette ville babylonienne, cruelle et violente, mais pleine d'une grande beauté moderne[3] ». Il attend, néanmoins, la fin de ses cours d'anglais à l'université, le 16 août 1929, mais sans se présenter à l'examen, car il sait bien qu'il lui sera impossible d'aligner trois mots. Les Cummings habitent dans le Vermont, si bien que Federico devra prendre le train ; par bonheur ses amis l'accompagnent à Grand Central Station tout en admirant le courage de cet homme qui, sans parler leur langue, se lance dans pareille aventure. Néanmoins Federico arrive sans encombre à Montpelier Junction où l'attendent Philip et son père avec leur voiture. Au sortir du bruit et de la fureur de New York, et de tout ce béton citadin à l'assaut du ciel, Federico découvre enfin le magnifique paysage verdoyant où il vient d'atterrir et comprend, avec émerveillement, que Vermont ne signifie rien d'autre que « montagne verte ». Ils arrivent, par de tortueux sentiers, jusqu'à la résidence de ses amis, Eden Mills. Dans ce paysage reposant et tranquille, Philip a loué pour le mois d'août une cabane montagnarde sur les bords du lac Eden, dans un silence total, à peine interrompu par les picotements saccadés des *woodpeckers* — les piverts. Après la chaleur étouffante de New York, Federico découvre la fraîcheur et même, déjà, à l'approche de l'automne, la gelée matinale. Le paysage prend parfois des allures fantomatiques : la brume sur le lac, la bruine, le froid et le long cri plaintif et hululant du plongeon huard. Federico trouve là de quoi alimenter sa tristesse et nourrir sa nostalgie.

Il va y passer dix jours en compagnie de son jeune ami Philip, qui entreprend de traduire en anglais un recueil de *Chansons* de Lorca. Il y parviendra, mais le texte de *Songs* ne sera publié qu'en 1976. Philip Cummings — à ne pas confondre avec le grand poète américain E.E. Cummings — a, par ailleurs, laissé un journal où il évoque le poète grenadin et trois brefs essais. Dans les pages de son journal, il insiste beaucoup sur l'amour de la nature que manifeste Federico, totalement dépaysé dans ces prairies reculées à la frontière du

Canada. Au cours de leurs longues promenades, voit-il au bord du chemin des petits tas de terre poussiéreuse ? « Chacun, s'écrie-t-il, est un petit monde, avec son ombre propre. » On reconnaît bien là l'enfant qui s'émerveillait de la Vega andalouse et consignait cet émerveillement dans *Impressions et paysages*. Et s'il voit ce grand géant blond de Philip tailler des arbres pourris, il l'invective et le traite de cyclope s'attaquant aux faibles et aux marginaux. Là encore, il transporte son univers andalou et ses Gitans opprimés. D'ailleurs, Cummings note que Federico compare systématiquement le lac Eden entouré de collines au paysage grenadin de son enfance ; et c'est, bien entendu, pour estimer bien basses, quoique vertes, les collines du Vermont, face à « l'élégance mystique » des sommets neigeux de la sierra Nevada. Alors Philip le traite de « rêveur », pour conclure : « Il voit un arbuste, un arbre connu, et la nostalgie momentanée que nous éprouvons tous s'empare de lui, et le voilà qui regarde, le regard attristé, plus loin, bien plus loin au-delà du bocage[4]. » Lorca se sera d'ailleurs sûrement confié à ce grand beau blond et lui aura peut-être laissé entrevoir un pan de son âme tourmentée. Il est sûr qu'il lui laissa en partant un petit paquet fermé contenant des papiers privés en lui demandant de le garder en lieu sûr. Bien plus tard, en 1961, soit vingt-cinq ans après la mort du poète, Philip ouvrit enfin ce paquet et y trouva cinquante-trois feuillets manuscrits où il dénonçait la traîtrise de certains de ses amis, parmi lesquels, Cummings l'affirma, se trouvait, bien entendu, Salvador Dalí. Mais le manuscrit s'achevait par une note additionnelle où Federico demandait à Philip, s'il lui arrivait quelque chose dans les dix années qui allaient suivre, de brûler tout cela. Et l'ami américain, après avoir découvert ce texte, le détruisit, fidèle en cela à leur amitié. Et tant pis pour la postérité. Qu'aurait-on appris de plus sur Federico et Salvador ? Leur brouille fut tenace et définitive, et il en resta ici et là de douloureux règlements de compte. À quoi bon vouloir, de surcroît, regarder par le trou de la serrure ? Philip Cummings a été d'une totale loyauté. Dans la seule photo que nous ayons de Federico et Philip, à Eden Mills en août 1929, on voit le grand Philip, qui dépasse d'une tête Federico, entourer son épaule de son bras, dans un geste protecteur, et d'une touchante amitié. Cummings, de surcroît, bien qu'âgé seulement de vingt ans, est un solide gaillard, si bien que Lorca, malgré sa carrure et sa grosse tête, semble tout petit et fragile à ses côtés.

Au terme de son séjour, dans une lettre à son ami Angel del Río qu'il va bientôt rejoindre aux environs de New York, Federico dit tout le bien qu'il pense de cette famille Cummings, si accueillante, « pleine d'un charme très doux », avec, en bémol, la « mélancolie infinie » du Vermont, et même plus : « les forêts et le lac, précise-t-il, me plongent dans un état de désespoir poétique très difficile à soutenir[5] ». Alors, le soir, la nuit, Federico écrit, écrit, et là, nous savons ce qu'il dit et veut laisser entendre, ce sont les deux « Poèmes du lac Eden Mills », qui composeront le quatrième chapitre de son *Poète à New York*. Devant ce paysage a priori si réconfortant, bien qu'un peu triste, surtout pour un homme du Sud, le poète s'épanche avec une infinie mélancolie qui le porte aux larmes :

Je veux pleurer en disant mon nom,
rose, enfant et sapin au bord de ce lac,
pour dire ma vérité d'homme de sang[6].

Mais de quelle vérité — insoutenable — s'agit-il ? Le poète est constamment renvoyé à son enfance, au temps de l'innocence où il célébrait avec la nature ses « noces » — au sens camusien. En foulant ces « fragiles fougères mouillées » il est sollicité par sa « voix antique / ignorant l'épais suc de l'amertume », et se revoit sans doute à l'école, et peut-être victime des lazzis de ses condisciples qui le trouvaient trop délicat, maniéré et efféminé, et l'appelaient « Federica », alors il laisse couler ses larmes :

Je veux pleurer parce que j'en ai envie
comme pleurent les enfants du dernier banc[7].

Exprimant par là sa profonde marginalité, sa séparation d'avec les autres adolescents. Oui, sur cette prairie virginale, aux côtés de ce grand ami protecteur qui lui donne son amitié sans aucune arrière-pensée, il est ému aux larmes et se définit comme « un pouls blessé qui sonde les choses de l'autre côté ». Ah ! toujours chez lui cette recherche de la vérité, ce souci d'aller derrière les choses, de l'autre côté de l'apparence et du mensonge, pour accéder à l'authenticité. C'est bien là ce qui le guide depuis toujours, depuis ses premiers pas dans l'écriture, que ce soit avec *Mariana Pineda* ou dans ses premiers poèmes et ceux du *Cante Jondo*, un souci vital d'être authentique et de dire le « vrai » théâtre de la vie, la chanson véritable de son âme.

## Célébration de Walt Whitman

*Et toi, beau Walt Whitman, dors au bord de l'Hudson,*
*la barbe vers le pôle, avec tes mains ouvertes.*

FEDERICO GARCÍA LORCA[1]

C'est Philip Cummings qui lui fait découvrir Walt Whitman. Federico s'est ouvert au jeune poète américain, lui a confié ses angoisses, ses tourments, sa douleur d'être si différent et d'avoir été si souvent montré du doigt en Espagne. Son dégoût aussi d'avoir dû donner le change, d'avoir fait croire aux siens qu'il brisait quelques cœurs, à Madrid ou à Cadaqués, quand il vantait dans ses lettres à sa mère le charme et la beauté d'Ana María Dalí. À New York même, il abuse de la crédulité de son voisin d'étage, John Crow, au point que ce dernier, publiant un livre sur *Federico García Lorca* en 1945 aux Presses de l'université de Californie (Los Angeles), nous le présente comme un joyeux drille, courant le guilledou et détroussant les filles. Il est vrai que Federico laisse croire à ses admirateurs américains que le célèbre poème « La Femme infidèle », du *Romancero gitan*, rapporte une histoire vraie dont il aurait été le héros, l'actant, l'homme viril pliant la femme — la femelle — à ses désirs, la soumettant à tous ses caprices, et le critique américain de nous peindre un Lorca fort entreprenant en sa ronde de nuit : « il buvait, caressait les filles, s'ébrouait comme n'importe quel jeune mâle animal et donnait l'impression de s'en donner à cœur joie[2] ». On ne saurait être davantage à côté de la réalité. Mais New York, grâce à Cummings et quelques autres amis américains, il la voit bientôt par les yeux de Whitman. Ville industrielle, travail aliénant, ouvriers en sueur, crasseux, bruit et fureur, tout ce que stigmatise Whitman qui prêche un retour à la nature et remet sans cesse sur le métier ses *Feuilles d'herbe* que Lorca lira sûrement sur les lèvres de ses interlocuteurs, lui qui a tant de mal avec la langue anglaise. Aussi ne trouverons-nous pas dans sa poésie un calque de Whitman, mais certains vers de son *Ode à Walt Whitman*, qu'il écrivit sur place, à New York, traduisent son admiration pour le plus grand poète américain du XIX^e siècle. Par exemple, censurant la grande cité laborieuse, il écrit : « Personne ne voulait être un fleuve,/ personne n'aimait les grandes feuilles[3] » ; paraphrase-t-il ainsi l'auteur de *Leaves of Grass*, « qui rêvait d'être un fleuve », ainsi qu'il l'écrit encore, plus loin, dans cette Ode qui est un magnifique plaidoyer *pro domo*, un hymne à l'homosexualité libérée.

On sait que Whitman, en son temps encore plus que Lorca, et dans une Amérique au moins autant puritaine, sinon plus, que l'Espagne, eut du mal à vivre et à dire son homosexualité. Oui, il aimait les jeunes garçons, ouvriers ou cochers (qui deviendront au XX^e siècle ces « camionneurs » si prisés par la suite dans la mythologie homosexuelle). Mais ne pouvant l'avouer, il déguisait sa cible, l'affublait d'une robe, et écrivait « ma bien-aimée » au féminin au lieu de « mon bien-aimé ». Et il s'en prenait vertement aux prostitués hommes, aux « tantes », ce que va reprendre Lorca dans une diatribe polyglotte :

Contre vous toujours, qui donnez aux garçons
des gouttes de mort sale avec l'amer poison.
Contre vous toujours,
*Faeries* d'Amérique,
*Pájaros* de La Havane,
*Jotos* de Mexico,
*Sarasas* de Cadix
*Apios* de Séville,
*Cancos* de Madrid,
*Floras* d'Alicante,
*Adelaidas* du Portugal,
« Tantes » du monde entier, assassins de colombes[4] !

La violence de Lorca est très grande. À la mesure de la réprobation qui s'attachait à ses pas. Lui aussi refuse cette image dégradée de l'amour des hommes. Il se souvient aussi de sa lecture primordiale de Platon et de son *Banquet*. Et il trouve en Walt Whitman le vrai et seul défenseur véritable d'un amour pur entre camarades, un amour fructifère, c'est pourquoi son poème s'achève sur cette belle métaphore : « l'avènement du règne de l'épi[5] ». Federico, qui a bien compris les stances de Walt Whitman, et son inspiration, nous laisse cet hommage émouvant, réminiscence de ce poème de

Whitman que Philip lui avait peut-être récité, *Comme un oiseau puissant sur ses libres ailes :*

Pas un seul instant, vieil et beau Walt Whitman,
je n'ai cessé de voir ta barbe pleine de papillons,
tes épaules de velours élimées par la lune,
tes cuisses d'Apollon virginal,
ni ta voix comme une colonne de cendre ;
vieillard beau comme la brume
qui gémissais pareil à un oiseau[6]...

L'homosexuel, nous apprend ici Lorca, dans le sillage de son illustre aîné américain, aspire à une vie normale, pure, naturelle, loin des clichés infâmes qui, dans l'Espagne de ce temps — en incluant forcément les allusions blessantes du *Chien andalou* —, salissaient à ses yeux les sentiments d'amour noble qu'il avait éprouvés pour Salvador et pour Emilio. Tout le sens de cette *Ode à Walt Whitman* tient dans cette justification, ce plaidoyer pour lui-même, cet hommage qu'il rend à l'humaniste homosexuel, et donc, d'une certaine façon, à lui-même, cherchant dans les mots, les métaphores et les stances en vers libres — qui retiennent la leçon de poésie de Whitman — l'apaisement nécessaire aux tourments qui, dans cet été new-yorkais, taraudent encore son existence, mais qui, peu à peu, et surtout après le voyage à La Havane, vont se dissiper et faire naître à la vie et à la maturité un homme véritablement libre.

# La habanera de Federico

*Ô Cuba !*
*Harpe de troncs vivants. Caïman / Fleur de tabac !*

FEDERICO GARCÍA LORCA[1]

Le 7 mars 1930, Federico débarque à La Havane. Il a été invité à la fin février par l'Institut hispano-cubain de culture à donner plusieurs conférences mais il va, en fait, demeurer plus de trois mois dans l'île, qu'il ne quittera que le 12 juin. Ce séjour fut capital dans la vie de Lorca, dans la constitution de sa personnalité, dans sa réalisation comme homme, accédant, enfin, à une forme de maturité — ou disons d'équilibre. Et capital aussi parce que c'est là que naîtront, outre un magnifique poème de style cubain, « *Son* de Noirs à Cuba », plus de nombreuses ébauches, la fameuse *Ode à Walt Whitman*, qu'il ne publia pas — et ne voulut pas publier — de son vivant, ainsi que cette pièce de théâtre « impossible », selon ses dires : *Le Public*. Deux ou trois œuvres, donc, qui marquent un tournant dans sa production et sa réalisation comme poète et dramaturge.

Cuba s'offre à Federico, avant tout, comme un paysage familier : son père fumait des cigares cubains, et de tout temps il avait vu chez lui ces splendides boîtes qui étaient et sont toujours décorées de lithographies éloquentes, ou peut-être criardes, appelées *cromos*. Le plus célèbre chromo, le plus courant aussi, représentait Roméo et Juliette enlacés, avec pour décor le balcon et l'échelle ; ce qui, sans nul doute, déterminera l'inspiration de

Federico qui rédigera bientôt une pièce reprenant en dégradé ce mythe majeur du théâtre shakespearien. Le chromo est une des deux formes d'art nées à Cuba — l'autre étant la musique afro-cubaine. Lorca eut accès aux deux, car dans sa jeunesse il entendait fréquemment sa tante Isabel, celle qui jouait si bien de la guitare et lui donna le goût de cet instrument, interpréter quelques habaneras. Et le pianiste talentueux qu'il était jouait volontiers ces partitions de Debussy, les espagnoles de préférence (alors même que le compositeur français ne mit jamais les pieds en Espagne..., mais avait bonne oreille pour ces rythmes colorés venus du sud), dont *La Puerta del vino*. Federico martela au piano ces accords syncopés de habanera, et aussi cette pièce des *Estampes* qu'interpréta lors de sa création à Paris, en 1904, le grand pianiste espagnol Ricardo Viñes — ami de Manuel de Falla qui lui dédia ses *Nuits dans un jardin d'Espagne*, et que Lorca avait approché lors d'un de ses récitals à la Résidence des éudiants, à Madrid. N'oublions pas non plus la partition de *La Soirée dans Grenade*, où la pédale sonore martèle éloquemment un rythme de habanera, que Debussy avait très certainement copié de son aîné Maurice Ravel, le premier à avoir donné dans la musique classique ses lettres de noblesse à la *Habanera* — c'est le titre même (*Pièce en forme de habanera*) de ce morceau pour alto et piano qu'il composa en 1895, et qu'admirait tant Manuel de Falla, s'extasiant de la capacité de Ravel à capter et rendre la magie du flamenco le plus authentique. Et plus sûrement encore, et plus près de lui, Federico interpréta au piano la célèbre habanera de son ami Manuel de Falla. Pour couronner le tout, il connaissait comme tout musicien espagnol la plus célèbre des partitions, la habanera très andalouse de la *Carmen* de Bizet. Faut-il ajouter que cette chanson « havanaise » sur un rythme qui deviendra celui du tango connut une vogue foudroyante dans l'immense nostalgie qui s'empara des Espagnols lorsque Cuba, terre de conquête espagnole, fut perdue lors de la désastreuse guerre qui opposa l'Espagne aux États-Unis en 1898, l'année même de la naissance de Federico ? C'est dans le port de Santiago de Cuba que la flotte espagnole fut défaite, et c'est ce Santiago-là qu'il célèbre, également saisi de nostalgie, dans le seul poème qu'il compose à Cuba.

Dès que son bateau entre dans le port de La Havane, Federico est séduit par ce ciel bleu et cette chaleur, qui font un si fort contraste avec la froidure new-yorkaise et les effiloches brumeuses du Vermont ; et puis ces maisonnettes aux murs chaulés, à l'assaut desquels montent ces grappes de fleurs luxuriantes, lui rappellent irrésistiblement les maisons côtières de Málaga, cette ville chère à son cœur puisqu'il y fréquentait le café de Chinitas en s'enivrant de flamenco et de cognac. De même Federico fera-t-il une cure d'alcool de canne à sucre — le célèbre rhum Bacardi — dans les divers cabarets havanais, au point de s'écrier qu'on y mène une « vie couleur de rhum[2] », fumant, buvant et chantant toute la nuit en compagnie d'une véritable cour d'amour, principalement de jeunes poètes et musiciens qu'il sut séduire et subjuguer par son verbe coloré, sa voix rauque, ses yeux noirs et une séduction tout andalouse qui était bien accordée à ce rivage caraïbe. À Cuba, écrit-il à ses parents, je me sens « comme chez moi », ajoutant à l'intention de sa mère, Doña Vicenta, qui a toujours besoin d'être rassurée sur les extravagances de son fils : « La Havane est fondamentalement espagnole », précisant même : « La Havane est… un mélange de Málaga et de Cadix, mais beaucoup plus animée et décontractée par les Tropiques[3]. » Retrouvant, bien sûr, les habaneras de son enfance, il écrit à sa famille :

> Sur ce fond admirable de cannes sauvages, me voici, comme disent les journaux de Cuba, « créolisé »… J'ai été chez le musicien Sánchez de Fuentes, qui est l'auteur de la habanera « Toi » que vous me chantiez quand j'étais petit : « La palme qui dans le bois se berce doucement », et il en a dédié un exemplaire pour maman[4].

Et puis il y a la langue. Enfin sa langue, si chère, la seule qu'il parle. À New York, Federico était tourneboulé, perdu dans les rues, égaré en taxi, ébaubi en train, ne sachant jamais où il était, comment retrouver son chemin, ni à qui parler, parce qu'il n'apprit jamais l'anglais, malgré toute la bonne volonté de ses maîtres et de ses compagnons de l'université de Columbia. Et voilà que sur le bateau à quai, ce 7 mars 1930, il entend la clameur cubaine l'accueillant : « *Oye, chico* » — « Hé, l'ami ! » —, « Écoute, petit », « Oh, mon gars ! », mais non, ces traductions ne pourront jamais rendre le ton et la chaleur de l'accueil que lui réserve la population havanaise.

Il met pied à terre et respire à pleins poumons

l'odeur des magnolias — cette fleur mauve et odorante qui ne peut pousser que dans un climat humide et chaud, justement en Espagne et aux Caraïbes —, une fleur bien présente dans sa poésie qui, nous le savons, est un parterre fleuri. Où pousse aussi la fleur nationale cubaine qui ravissait Lorca par son nom, la *mariposa*, en forme d'ailes de papillon et au parfum puissant et doux. Et, bien sûr, des fleurs exotiques en grand nombre, telles que le bougainvillier, le poinsettia, toutes les orchidées possibles et, aussi, la fleur de l'amour ardent, l'hibiscus. En sa dernière pièce, *Doña Rosita*, dont il gribouillera quelques scènes dans l'île, Lorca s'adonnera au « langage des fleurs » (sous-titre de la pièce) et multipliera justement les noms de fleurs comme autant de douceurs de miel qu'on caresse sous sa langue, chrysanthèmes, roses mousse et roses pompon. Federico s'enivre de tous ces parfums de fleurs et de plantes exaltés par la chaleur humide de La Havane. On le prend par le bras, on l'entraîne, il s'extasie en voyant défiler ces palais percés de persiennes — héritées des moucharabiehs andalous de l'Espagne musulmane — filtrant la lumière, cette architecture baroque multipliant colonnes et chapiteaux, et surtout il se grise de ces musiques dansantes et de toute cette exubérance tropicale ; on lui montre sur telle placette entourée de maisons coloniales aux balcons déglingués l'arbre magique des Cubains, la *ceiba*, et il tente naïvement d'en faire le tour, mais on lui dit que s'il veut faire un vœu, il doit tourner sept fois autour, alors il s'exécute avec cette joie enfantine, ou disons juvénile, qui ne le quitte jamais, surtout quand il se sait entouré d'amis et d'affection. Cuba va transformer la chrysalide en papillon.

Qui sont-ils, ces amis nombreux qui l'accueillent dans l'île et le fêtent ? Il y a là tout d'abord le poète cubain José Chacón y Calvo, qui avait fondé à La Havane la société de folklore cubain et, surtout, nourrissait une grande admiration pour Federico dont il avait lu les poèmes. C'est Chacón qui est à l'origine de l'invitation de Lorca à Cuba. Et Chacón est entouré de ses collègues de l'Institution hispano-cubaine, le jeune écrivain Juan Marinello, et le journaliste Rafael Suárez Solís, thuriféraire du Grenadin dans sa rubrique littéraire du *Diario de la Marina,* qui ne quittera plus d'une semelle Federico pendant son parcours de la ville. Ils sont tous avides de connaître enfin, en chair et en os, le poète tant admiré, et ils ne seront pas déçus tellement la présence de Federico est forte, et renversant son enthousiasme dès lors qu'après les brumes et la fraîcheur bétonnée de New York il découvre le soleil rouge et la mer indigo sur la baie de La Havane. Et puis il y a aussi, pressés au débarcadère, ces amis si riches, les Loynaz — deux frères et deux sœurs — à l'immense fortune, qui accueillent deux mois durant, et presque quotidiennement, Federico dans leur propriété, ou petit palais, aux meubles de style, tableaux de maîtres et porcelaines chinoises ; Lorca en parlera comme d'une « maison enchantée ». On l'emmène se baigner aux plages magnifiques du Varadero, faire des excursions, il va à Guanabacoa, haut lieu de la *santería*, qui est le vaudou cubain, il se promène dans les jardins au milieu des paons blancs et des flamants roses, sans parler de la vie nocturne et des fêtes interminables, qui font que Federico ne regagne le plus souvent qu'à l'aube sa chambre, à l'hôtel La Unión où logeaient tous les invités de l'Institut hispano-cubain.

Dans cette famille d'accueil, Flor Loynaz se singularise en étant végétarienne et, de surcroît, ennemie farouche du dictateur cubain Gerardo Machado. Mais Federico n'en a cure, comme on le sait, la politique est le cadet de ses soucis, et donc il ne verra jamais le poids de la répression et les débordements du régime tyrannique de l'île, qui laissera la place, deux ans plus tard, à cet autre dictateur, Fulgencio Batista, qu'un certain Fidel Castro allait détrôner en 1958. Federico ne s'intéresse, en fait, qu'à lui-même et à ce qu'il doit écrire, et justement c'est dans cette « maison enchantée » qu'il va composer sa pièce *Le Public*, dont il lira à ses hôtes des passages plus ou moins compréhensibles — vu le sujet, ce que nous aborderons plus loin. L'aîné de la famille, Carlos Loynaz, reçoit même des mains de Lorca un manuscrit de la pièce, qui s'est perdu à jamais, car ce Carlos, dans une crise de folie, brûla le précieux document. Il leur lit aussi des fragments de sa *Yerma* — dont il fera parvenir un an plus tard le manuscrit à Flor Loynaz —, encore en gestation, et même des scènes de *Doña Rosita* — autre pièce sur le métier —, dont il interprète les chansons sur le piano du salon.

Federico entre tout aussitôt en contact avec un couple d'intellectuels et musiciens, Antonio Quevedo et María Muñoz qui, en 1928, avaient créé la revue *Musicalia* et organisaient des concerts, dans le cadre de la Société de musique contemporaine. Il se trouve que María, excellente pianiste, avait été à Madrid l'élève de Manuel de Falla. On connaît la grande tendresse de ce dernier pour Federico, dès lors rien d'étonnant à ce qu'il fasse précéder sa visite dans l'île d'une longue lettre de recommandation où il souligne, notamment, que « ce poète et musicien est un de mes meilleurs amis grenadins » en ajoutant que c'est aussi « un de mes disciples que j'estime le plus à tout point de vue ». Il prépare aussi le terrain aux prochaines conférences et prestations musicales de son jeune ami en vantant ses travaux sur la récupération du folklore andalou et flamenco. Et il conclut par cet « aveu de paternité » : « Je voudrais que vous voyiez en Federico quelque chose comme une prolongation de ma personne[5]. » Et c'est ainsi que, sous l'aile protectrice de tels amis, Federico va multiplier à La Havane et à Cuba, d'avril à mai 1930, conférences, causeries et concerts, une vingtaine en tout. Les sujets sont déjà connus puisqu'il ne fait que reprendre ses grandes conférences espagnoles, parlant de la « mécanique de la poésie », de sa théorie du *duende,* de l'image poétique chez Luis de Góngora et du gongorisme, qu'il définit comme « paradis fermé pour beaucoup, jardins ouverts pour peu[6] », sachant combien cette poésie est difficile. Et d'ailleurs, à force de le dire, il va rentrer des Amériques en ayant en poche des poèmes bien plus difficiles et ardus qui seront ceux du *Poète à New York*. Et puis il va évoquer les berceuses espagnoles, en se mettant lui-même au piano et en chantant, ou en les faisant chanter par la grande actrice espagnole du moment, installée à Cuba, María Tubau — héritière de cette María Tubau qui, à la fin du XIXe siècle incarna *La Dame aux camélias* sur toutes les scènes d'Espagne. Et enfin, « l'architecture du *Cante Jondo* », cette conférence qu'il avait mise au point à Grenade, en 1922, en reprenant les notes et les indications de Manuel de Falla.

Immense est le succès remporté par ses prestations, qui tiennent aussi bien à la valeur et au contenu de ces conférences, qu'à l'art théâtral de les dire, de les mimer — et en cela Federico sembla faire ses premières armes d'homme de théâtre, tel qu'il s'épanouira dans la prochaine aventure des tréteaux de La Barraca. En trois mois et d'entrée de jeu, il est devenu la personnalité la plus appréciée de l'île. Il en est si fier qu'il avertit sa famille : voyez, je ne suis pas si inutile, j'ai du succès et des pièces d'argent comme s'il en pleuvait, je suis connu et reconnu, j'ai réussi. C'est la teneur de ses missives d'alors — au demeurant, fort peu nombreuses, au grand dam de doña Vicenta, la mère attentive mais à la tendresse tyrannique.

Le succès le grise et il remplit ses poches de petits bouts de papier où il rapporte ses émerveillements. Ce qui le ravit, assurément, c'est qu'il se sent là plus libre, à tout point de vue, que nulle part ailleurs. Il noircit des pages de ce qui va devenir, selon ses dires, le « théâtre impossible », celui où il entend mettre son âme et son être à nu, et tout révéler de son intimité, de ses fantasmes, de son moi écorché, et, par-dessus tout, de son homosexualité, qu'il ne sait encore comment appeler, se réfugiant, dans l'expression, derrière la haute stature de Walt Whitman, le poète libérateur, l'Adam nouveau qui aime les hommes et vomit sur les « efféminés » et autres « tapettes », ces grotesques imitateurs femelles.

Vient enfin le poème — unique, grandiose, percutant, définitif — que Federico va écrire à Cuba et qui va résumer toute la poésie que lui inspire l'île dans un incroyable télescopage de métaphores : « *Son* de Noirs à Cuba ». Le français rend bien mal le sens espagnol. À commencer par ce rythme typique de Cuba qu'est le « *son* », que nous gardons tel quel, alors que la langue espagnole fait bien la différence entre ce mot et « *sonido* », qui traduit le son (la sonorité). Alors d'où vient ce petit mot qui nous semble si ambigu ? Il est tout bonnement l'altération ou le raccourci du mot *danzón* où la consonne *z* se prononce, dans le parler latino-américain, comme un *s* sifflant ; que *danzón* ayant été entendu comme « dansón », par raccourci il ne lui est finalement resté que le mot *son*. Mais encore, qu'est-ce que le *danzón* ? C'est un augmentatif du mot *danza*, qui désigne tout bonnement l'action de danser, de se trémousser, de gigoter comme on l'a toujours fait sur le rivage caraïbe. Retenons donc que le *son* est avant tout affaire de rythme. C'est pourquoi le poème de Lorca est ici le plus rythmé qui soit, avec ses répétitions entêtantes, si caractéristiques de la musique caraïbe, telle que nous la connaissons aujourd'hui sous l'appellation générale de *salsa*. Autre « sauce » pour un même rythme. Mais le poète tient à introduire aussi des allusions précises à ce genre de musique, c'est pourquoi nous trouvons une évocation de deux instruments à percussion caractéristiques : les *maracas* évoqués dans ce « rythme de graines sèches » (*ritmo de semillas secas*) et ces deux bouts de bois frappés l'un contre l'autre qu'on appelle en cubain des *claves* et qui apparaissent ici sous l'image de « goutte de bois » (*gota de madera*). On notera la faiblesse de la traduction française qui ne peut, en aucun cas, rendre compte de l'intention du poète : évoquer le bruit même de ces percussions : *semillas secas* avec ses quatre sifflantes *s-s/s-s*, à quoi s'ajoutent la mouillure de la consonne *ll* prononcée *j* et ces graines cognant la paroi de la calebasse en un bruit sec, alors oui, on a bien ici le son tout particulier des maracas. Quant aux *claves*, instrument né sur les docks de La Havane avec ces marins charpentiers introduisant dans la coque les chevilles de bois sur lesquelles ils tapaient avec un maillet ou un bâton — à moins que cela ne désigne les cales de bois qui retenaient les rames des galères amenant les esclaves noirs d'Afrique, pour empêcher ces rames de tomber à l'eau, et que ces derniers utilisaient comme instruments de percussion pour accompagner leurs plaintes —, ce sont donc deux bâtonnets de bois tenus en main, dont l'un, appelé « mâle », cogne sur l'autre, appelé « femelle », avec ce bruit sec et sourd que ne restitue pas le « goutte de bois » français mais rend bien le « *gota de madera* » espagnol. Alors, oui, l'essence de cette musique qui, bientôt, va aboutir au mambo et à l'inénarrable orchestre de Pérez Prado, est toute de sensualité et d'érotisme, ce que traduit parfaitement le poète avec une incroyable économie de moyens, quand il évoque la « taille brûlante » — avec là aussi une relative pauvreté de traduction pour cette *cintura caliente* tellement évocatrice de balancement de hanches et de croupe, au rythme des deux *t* répétés, parfaitement harmonisés au choc des graines sèches et des bouts de bois :

*Cuando llegue la luna llena,*
*Iré à Santiago de Cuba,*
*Iré à Santiago*
*En un coche de aguas negras*
*Iré a Santiago.*
*Cuando la palma quiere ser cigüeña,*
*Iré a Santiago,*
*Y cuando quiere ser medusa el plátano*
*Iré a Santiago*
*Con la rubia cabeza de Fonseca*
*Iré a Santiago*
*Y con el rosal de Romeo y Julieta*
*Iré a Santiago*
*¡Oh Cuba! ¡O ritmo de semillas secas !*
*Iré a Santiago*
*¡Oh cintura caliente y gota de madera!*
*Iré a Santiago*
*¡Arpa de troncos vivos, caimán, flor de tabaco!*
*Iré a Santiago*[7].

Quand viendra la pleine lune,
J'irai à Santiago de Cuba,
J'irai à Santiago
Dans un coche d'eau noire
J'irai à Santiago.
Lorsque la palme veut être cigogne,
J'irai à Santiago,
Et lorsque veut être méduse la banane
J'irai à Santiago
Avec la blonde tête de Fonseca
J'irai à Santiago
Et avec la rose de Roméo et Juliette
J'irai à Santiago
Ô Cuba. Ô rythme de graines sèches !
J'irai à Santiago
Ô taille brûlante et goutte de bois !
J'irai à Santiago
Harpe de troncs vivants. Caïman. Fleur de tabac
J'irai à Santiago[8].

Miracle de la poésie, magie du poète ? Oui, certes, et c'est exactement là ce que Lorca entendait par *duende*, un mot qu'on n'a jamais pu vraiment définir. Mais une nouvelle fois ce poème nous renvoie à l'enfance. Celle de Federico qui s'emparait des boîtes de cigares que recevait son père, les ouvrait, humait leur arôme, s'en grisait et, les yeux fixés sur le chromo peint au revers du couvercle, s'extasiait de voir, en médaillon, la tête blonde de ce Fonseca, qui n'est nul autre que le fabricant de cigares, et le portrait de Roméo juché sur l'échelle devant le balcon de Juliette et la tenant embrassée, pour la raison que ces havanes-là avaient pour nom des « Romeo y Julieta », parmi les meilleurs d'entre les bons cigares.

Eh bien, oui, Federico est allé à Santiago, ce lieu mythique de la défaite de la flotte espagnole face aux bâtiments nord-américains, à sept cents kilomètres de La Havane, et il y est allé, bien sûr, en train, ce qu'il nomme dans son poème « coche d'eau noire », métaphore qui fait intervenir la fumée de la locomotive et l'eau de refroidissement que l'on introduit aux gares d'arrêt, ce que confirme aussi la présence des roues, cela semble assez évident. Il devait s'y rendre le 5 avril pour y donner une conférence, mais retardé, il ne la donnera qu'en mai, et partira en catimini, à l'insu des Chacón et des Loynaz, qui en furent marris, parce que la présence de tant d'amis avait fini probablement par lui peser. Sans compter qu'un poète réclame le silence et la solitude s'il veut écrire, traduire ses impressions, apprivoiser sa flamme. Il se produira, donc, à l'école normale d'instituteurs et parlera aux futurs maîtres de la « mécanique de la poésie » — ce qu'il avait déjà fait à La Havane. En bon acteur, Federico n'hésite pas à répéter ici et là des conférences qu'il avait toutes données déjà à Madrid ou Grenade quelques années plus tôt. Et c'est de ce voyage si court et si précipité qu'il tire finalement le seul poème écrit sur et à

Cuba, où nous voyons apparaître un paysage champêtre, les larges feuilles de palmier recouvrant les toits de ces chaumières ou cabanes que l'on appelle à Cuba des *bohíos*. Federico est penché à la fenêtre du train, toujours aussi émerveillé par cette île des Caraïbes, et il voit ces grappes de bananes accrochées aux branches basses comme autant de têtes enchevêtrées de Méduse, la déesse mythologique dont Persée trancha la tête à la chevelure de serpents. Et il voit, certes, les immenses champs de tabac qui font la richesse et la gloire de Cuba, d'où tout est parti, depuis le souvenir d'enfance jusqu'à l'ivresse tabagique de ce poème. Et il voit enfin ces champs de canne à sucre, qui lui rappellent la fortune de son père, construite sur l'exploitation de la betterave sucrière dans la Vega de Grenade, résultat de l'arrêt des importations consécutif à la séparation de Cuba et de l'Espagne, en 1898, l'année même de sa naissance. Fortune qui lui a permis justement de voyager jusque-là. Quel raccourci et quelle richesse vitale renferme ce petit poème !

Enfin, il y a là aussi une innovation poétique, directement issue de la musique cubaine, rythmée dans sa réitération et son ressassement par les maracas aux graines sèches et les *claves* de bois sonore. C'est là que Federico a cette idée de génie, ce refrain martelé sur les roues du train qui l'emporte : « J'irai à Santiago » tout au long du poème et pas moins de quinze fois. L'écrivain cubain Guillermo Cabrera Infante, auteur de *Trois Tristes Tigres*, ce roman qui renferme la totalité — notamment musicale — de La Havane, dit qu'il existait une chanson cubaine dont les paroles, répétées *ad libitum* et *ad libidinum*, tenaient dans ce seul mot de *Blen* scandé par les musiciens pendant toutes les minutes de la partition, ainsi ligne par ligne : *Blen Blen Blen Blen Blen Blen Blen Blen*, etc. Cela, Federico l'a entendu et perçu et il s'en sert ici pour renouveler le mode poétique. Cabrera Infante, qui admirait tant celui qui avait honoré son île de sa visite, dit que Lorca a inventé là la nouvelle poésie cubaine, et que sa cour de poètes admirateurs saura s'en souvenir. Il est vrai que parmi eux se trouve celui qui deviendra bientôt l'un des plus grands écrivains cubains, José Lezama Lima, l'immortel auteur de *Paradiso*. Et parmi eux aussi celle qui deviendra la plus grande anthropologue cubaine, Lydia Cabrera, qu'une grande amitié lie à Federico, au point qu'il lui a dédié le poème le plus emblématique et à l'érotisme « scandaleux » du *Romancero gitan* : « La femme infidèle ». Lydia avait, en effet, rencontré Federico à Madrid, où elle poursuivait ses études, et c'est là-bas, trois ans plus tôt, qu'il lui avait dédié ce poème. À Cuba, elle le verra souvent et n'aura de cesse qu'elle ne lui ait fait partager sa fascination — de savante anthropologue — pour la culture religieuse afro-cubaine. Voilà donc notre Federico au milieu d'une cérémonie *ñáñiga*, avec ses rites secrets et le sorcier bondissant au milieu de fidèles pétrifiés — dont Lorca, mort de trouille face au masque mortuaire du « diable » grimaçant et sautillant. Tout en étant fasciné, encore plus que par les Noirs de Harlem.

De retour de Santiago, Federico avait ramené du sanctuaire de la patronne de Cuba une image pieuse. Il tenait absolument à ce pèlerinage qu'il fit en grand secret, presque honteusement, sans rien dire à personne. Federico, en effet, entretient un rapport particulier avec le religieux. Croit-il ou ne croit-il pas ? Est-il la rose ou le réséda — question posée plus haut ? Eh bien, oui, il a son Jésus à lui et sa Vierge personnelle, mais cela ne regarde personne. Qu'on lise alors sa poésie, et en particulier cette *Ode au Très Saint Sacrement*, qui choqua tant Manuel de Falla, par son audace physiologique, et choque aussi, à Cuba, les spectateurs qui l'écoutent, ébaubis, lors des premières prestations du poète. Car Federico n'a cure de l'orthodoxie catholique : son Jésus porte les mêmes plaies purulentes que le torero Ignacio Sánchez Mejías, réunis par une même Passion, un même Calvaire. Attardons-nous à cette comparaison : son Jésus, dès le départ, est « poursuivi par les sept taurillons capitaux », et le voilà exposé à cette « colonne de nard couvert de neige / sur le monde de roues et de phallus en marche[9] ». De même chez Ignacio « le taureau mugissait sous son front » et « voici qu'au loin arrive la gangrène / trompe d'iris dans l'aine verte[10] ». Le sexe viril est présent, ici vivant, là agonisant. Car le Christ reste une force qui avance, tandis que le torero est « mort à tout jamais[11] ». Mais ce qui avait choqué Manuel de Falla, au-delà de toute cette physiologie morbide, ce sont certaines métaphores perçues comme sacrilèges ; ainsi le Dieu de Lorca apparaît-il dans son ostensoir « lanciné… d'aiguilles de feu /… comme le pauvre cœur de la grenouille / que les médecins mettent dans le bocal de verre[12] ». Était-ce vraiment de mauvais goût ? ou plutôt un de ces éléments kitsch qui, inévitablement, échappaient à un poète initialement formé par ce Juan Ramón Jiménez que Dalí détestait, lui et son âne Platero !

Mais restons encore à Cuba. Federico le pieux va en pèlerinage au sanctuaire de Notre-Dame de la Charité du Cuivre — un nom incroyable : Nuestra Señora de la Caridad del Cobre, qui s'explique par la présence de mine de cuivre à cet endroit — et en ramène cette petite médaille qu'il offre à Flor Loynaz, sans doute pour se faire pardonner d'être parti à Santiago sans rien dire. En poète, il a ce mot galant : « D'une Vierge cubaine à une autre vierge cubaine. » Oh, ce n'est pas vraiment une invite à la galanterie, même si Federico savait parler aux femmes, parce que les femmes ne l'intéressent que comme compagnes attentives et admiratives. C'est à Cuba que Federico va enfin vivre pleinement son homosexualité, avec enthousiasme, insouciance, bonheur et non sans risque, mais qu'importe ! Cuba ne connaît pas les préjugés et les interdits sexuels de l'ex-métropole espagnole. Le sexe respire plus librement. Un soir, avec un jeune ami qui lui sert de cicérone — le poète guatémaltèque Luis Cardoza y Aragón — et lui fait découvrir, notamment, le théâtre Alhambra de La Havane — un nom qui ne pouvait que séduire le poète grenadin — où l'on donnait du théâtre satirique, il fait la tournée des bordels. Qui s'en étonnerait ? Ce jeune homme de vingt-six ans entend montrer à cet Espagnol qui est son aîné de six ans les beautés voluptueuses de l'île la plus sensuelle des Caraïbes (et qui le restera toujours, malgré les avatars et les répressions des divers régimes politiques). Federico pénètre donc dans un de ces antres du sexe, sans avoir à l'oreille la sulfureuse invitation de Pierre-Jean Jouve : « Ose entrer après moi dans ces portes claquantes / où suffit la cheville ardente d'un regard » (*La Putain de Barcelone*). *Niñas al salón*, glapit la sous-maîtresse, et le rideau de macramé qui masque le mur du fond se soulève et libère d'accortes filles aux formes rebondies et à la peau brune — ah ! ce sang noir et africain qui trouble tant Federico, depuis Harlem ! — et à la prunelle racoleuse. Alors, semble dire le jeune Luis, qu'en dis-tu ? Salives-tu déjà ? À quoi Federico répond, devant l'autre éberlué : Mais il n'y a que des filles ici, et pourquoi pas des garçons ? Oui, Federico s'étonne qu'il n'y ait que des bordels de filles, et regrette à haute voix l'absence de prostitution masculine. Le Guatémaltèque, qui a rapporté ensuite sa rencontre avec le poète, nous confie : « Son homosexualité était évidente », tout en convenant que Federico n'était pas vraiment efféminé. Il nous laisse le portrait d'un homme à la « morphologie féminoïde », aux « hanches un peu prononcées » et à la voix « légèrement affectée[13] ». Oui, c'est bien lui, Lorca est homme, sans aucun doute, mais c'est un homme qui n'est sensible, sexuellement, qu'aux hommes. Un peu plus tard, Cardoza ira rendre visite à Federico à la clinique où il a voulu à tout prix, tant était prégnante sa peur du cancer, se faire extirper quelques grains de beauté et verrues qu'il avait au visage et sur le dos ; et voilà qu'il trouve Federico au lit, en joyeuse compagnie, entouré de jeunes Noirs et chantant des *sons* en agitant des maracas. À l'évidence, Federico eut sûrement des aventures homosexuelles, mais nous ne sommes pas derrière la porte à l'épier ; il fut, dit-on, l'amant d'un marin scandinave qui partageait la vie d'un poète local au nom pompeux, Porfirio Barba Jacob (un nom de plume, certes) ; et puis il semble avéré que

Federico passa une nuit au poste de police, après avoir été surpris *in fragranti* dans les bras d'un autre marin. On pense évidemment à Jean Genet et à son *Querelle de Brest*. On cite le nom de quelques amants, heureux florilège de cet homme frustré et qui ne s'était embarqué pour les Amériques, après avoir été « largué » successivement par Dalí et Aladrén, que pour échapper au suicide, et qui trouve là, enfin, à se réaliser dans son affectivité : l'un est un beau mulâtre appelé Lamadrid, qui a vingt ans tout rond ; l'autre, très jeune aussi, s'appelle Juan Ernesto Pérez de la Riva (qui est « de l'autre rive », comme on désigne en Amérique latine les homosexuels) et cette rencontre est si scandaleuse que, pour la première fois dans l'île paradisiaque, Federico est chassé d'une maison bourgeoise. Il évolue dans ce monde et cette ville comme un chien fou.

Puis arrive le temps des adieux. Lorca, venu à La Havane pour quelques jours, y sera resté un peu plus de trois mois. Le temps de se faire de solides amitiés et de laisser, au départ, de profonds regrets. Il y a donc, pour finir, ce banquet d'adieu à l'hôtel Inglaterra de La Havane. Tout ce que la ville contenait d'intellectuels, d'artistes et de poètes était là, rassemblé autour de Federico qui ne s'étonnait plus d'être le centre de toutes les admirations et de toutes les affections. Soudain, voilà qu'il tombe une de ces averses dont les Tropiques ont le secret. Federico, qui garde au fond des yeux la fascination du soleil rouge qui l'avait accueilli dans la baie, n'en revient pas. Mais c'est le déluge, n'est-ce pas ? Oui, le déluge devait ressembler à cela, il s'en émerveille comme un nouveau Noé, se précipite dehors pour apprécier le spectacle, et comme ses amis accourent et continuent leur conversation à haute voix — Lorca dira à ses parents que les Cubains avaient le verbe haut —, alors dans ce charivari des voix qui vient gêner le tohu-bohu génésiaque auquel il assiste, il porte un doigt à ses lèvres et leur demande de faire silence. Qui d'autre que ce grand poète pour clouer le caquet et faire taire l'exubérance cubaine ? Il n'en fallut pas plus pour perpétuer jusqu'à nos jours l'image mythique de Lorca qui, dans la nuit du 11 au 12 juin 1930, tel un magicien, fit pleuvoir sur La Havane.

## Mais qu'est-ce que le *duende* ?

*Les sanglots des âmes perdues*
*s'échappent de sa bouche ronde.*

FEDERICO GARCÍA LORCA[1]

Federico a toujours ce mot à la bouche. Le *duende* par-ci, le *duende* par-là. C'est à La Havane, au cours de cette année aux Amériques, qu'il prononce une fameuse conférence où il va définir ce qu'il entend par là : *Théorie et jeu du « duende »*, tel en est le titre énigmatique. Une conférence qui soulève l'enthousiasme des Cubains au printemps 1931, au point que Federico la reprend deux ans plus tard à Buenos Aires et à Montevideo, lors de sa tournée de 1933.

Certes, le mot existe dans la langue espagnole ; étymologiquement, il n'est que la déformation de *dueño* qui signifie le maître, et concrètement le maître de la maison. Mais si la « folle du logis » est l'image ordinaire par quoi l'on nomme métaphoriquement l'imaginaire et ses fantasmes, le « maître du logis » à quoi renvoie, donc, le mot *duende* désigne, selon une tradition populaire, l'esprit magique, démon ou lutin, qui habite ou hante une maison. *Duende* relève bien de la pensée magique. C'est pourquoi, tout spécialement en Andalousie, et encore plus particulièrement chez Lorca, le *duende* représente cette force mystérieuse qui s'empare de l'individu en certaines circonstances pour le faire sortir de lui-même et l'amener à entrer dans le monde du miracle, de la magie, de la folie. Bref, un mot qui ne peut que séduire l'artiste qu'est Federico, poète qui se veut voyant, se complaît au surnaturel, prophète illuminé et magicien des mots et des images.

Sa théorie part de sa propre expérience, notamment lorsqu'en compagnie de Manuel de Falla il recherchait l'authentique art andalou du *Cante Jondo* et s'extasiait de voir des chanteurs, qui n'entraient guère dans le moule de l'artiste lyrique, accéder en se cassant la voix au transport hystérique — ou mystique — et à la transe poignante, avec un effet fascinant et renversant sur l'auditeur. Lorca adorait la fête gitane où chanteurs et musiciens sont assis en cercle. Voici l'un qui se lève et entre en lévitation, puis l'autre qui glapit d'une voix brisée ou d'une gorge douloureuse en prenant le spectateur aux tripes, puis cette danseuse qui jaillit comme une flamme et tournoie à la façon des derviches. On ne sait ce qui provoque cet élan, on ne l'explique pas, on le subit, il est « obscur et frémissant », c'est un combat « contre un démon[2] ». Cet élan se trouve au fond du corps, dans les veines de l'artiste et, précise Federico, « dans les ultimes demeures du sang[3] ». Par cette expression, déjà, le poète avait défini sa poésie. En fait, tout Lorca s'explique par ce jaillissement mystérieux qu'il se plaît à trouver dans deux formes artistiques, l'art flamenco et la tauromachie. Il en fait la condition même de l'émotion. Sans *duende*, l'émotion est factice, et l'artiste — ou le poète — ne fait que répéter d'anciens modes ou se forcer à la simulation. Avec le *duende* le corps est habité par les dieux — Dionysos ou Méduse — et parcouru de frissons. Le voilà ce « jonc » plié et caressé par la brise, ce *bailaor* bondissant et trépignant qui dans la rupture des guitares se fait flamme et devient torche.

La meilleure illustration du *duende*, Lorca la trouve dans certaines interprétations de la grande artiste de *Cante Jondo*, la Niña de los Peines :

> La Niña de los Peines se leva comme une folle, courbée en deux telle une pleureuse du Moyen Âge, avala d'un trait un grand verre de Cazalla brûlant, et se rassit pour chanter, sans voix, sans souffle, sans nuances, la gorge en feu, mais... avec duende. Elle avait réussi à jeter bas l'échafaudage de la chanson pour livrer passage à un démon furieux et dévorant, frère des vents chargés de sable[4].

Cette attitude, il avait pu la retrouver, assurément, dans cette île de Cuba où, comme l'on sait, il avait assisté aux rites de la *santería* des Afro-Cubains de Guanabacoa, et à l'invocation des dieux protecteurs :

> Que Shango te protège
> et veille sur toi Yemaya !

Et il avait également vu comment les Noirs de Harlem chantaient dans les églises et priaient en entrant, pour certains d'entre eux, en transe. Le *duende* est un mouvement du corps, une possession du démon, c'est pourquoi le poète parle de « corps-à-corps ». Bien entendu, c'est dans la musique, la danse, la « poésie déclamée », dit-il, qu'on trouve le mieux le *duende*, car ce sont des arts qui « réclament un corps vivant[5] ». Mais c'est aussi, et par là même, un art de la mort. Federico tient à souligner, alors, l'essence de l'Espagne et son goût inouï pour la mort, qu'il ressent si fortement en lui, comme un héritage culturel ou ethnique. Il faut le revoir mimant sa propre mort devant Salvador et Ana María Dalí, et cette dernière le photographiant mort… pour de rire. Salvador, dans un entretien publié en 1975, se souviendra du dramatisme stupéfiant de ces mises en scène où Lorca jouait à mourir, telle celle qu'il représenta à ses amis à la Résidence des étudiants :

> Je revois son visage, fatal et terrible, alors qu'étendu sur son lit, il cherchait à créer les étapes de sa décomposition lente. La putréfaction, dans son jeu, durait cinq jours. Puis il décrivait son cercueil, sa mise en bière, la scène complète de la fermeture, et la marche du corbillard à travers les rues cahoteuses de Grenade. Puis, quand il était bien assuré de la tension de notre angoisse, il se dressait soudain, éclatait d'un rire fauve en souriant de toutes ses dents blanches ; puis il nous poussait vers la porte et se recouchait pour dormir tranquille et libéré[6].

Et voilà que Lorca écrit cette phrase : « Un mort en Espagne est plus vivant en tant que mort que nulle part au monde : son profil blesse comme le fil d'un rasoir[7]. » A-t-il à l'esprit, en prononçant ces mots, les vers morbides par lesquels il célébrait la mort au combat d'Ignacio Sánchez Mejías ? Assurément, car pour lui la tauromachie réclame aussi, pour être au sommet de son art, l'esprit du *duende*. Chaque course de taureaux traduit, à ses yeux, « le triomphe populaire de la mort espagnole ». C'est pourquoi la corrida se définit, avant tout, comme un « authentique drame religieux où, de même qu'à la messe, on adore et on immole un dieu ». On imagine ici, aisément, la stupéfaction admirative, l'adoration béate du public cubain, argentin et uruguayen, devant de telles phrases, si finement ciselées, si efficaces dans leur portée. Et il ajoute, pour finir : « L'Espagne est le seul pays au monde où la mort soit un spectacle national[8]. »

Ce *duende* si nécessaire à la création la plus authentique, qu'elle soit dansée, chantée, peinte (Goya est pour lui le peintre le plus possédé par le *duende*) ou déclamée, est aux antipodes de ce qui la définit d'ordinaire : la muse, l'ange… Non, le *duende* n'est pas cette muse qui souffle ses mots au poète, qui les recevrait donc de l'extérieur, d'en haut, comme de la main de l'ange. Le *duende* est à l'intérieur du corps, dans ses fibres les plus secrètes, dans cet entre-deux viscéral que l'espagnol nomme si éloquemment *entresijo*, il jaillit des blessures du poète comme un flot de sang. Alors, laissons-le conclure en son ultime péroraison, magistrale et envoûtante comme il se doit :

Mais le *duende*… Où est le *duende* ? À travers l'arche vide souffle un vent spirituel qui balaie avec insistance les têtes des morts, en quête de nouveaux paysages et d'accents inouïs ; un vent qui fleure la salive d'enfant, l'herbe broyée et le voile de Méduse, et qui annonce le perpétuel baptême des choses fraîchement créées[9]...

À vrai dire, puisque le poète conclut sur le big-bang de la Création, et la nomination primordiale de toute chose, on devine ici que ce voyant lumineux, ou ce prophète qui définit si bien le poète, porte un nom, illustre et provocant, celui du Rebelle absolu : Lucifer.

## Chaussure au pied et poudre de perlimpinpin

*Et je fais maintenant une pièce de théâtre grotesque.*

FEDERICO GARCÍA LORCA[1]

Federico a toujours la tête farcie de projets. Il a à peine vingt-cinq ans que, sur la trame obsessionnelle des amours impossibles, il imagine une histoire de vieil homme marié à une jeune femme. Le thème avait déjà alimenté la *Tragi-comédie de don Cristobal et de Rosita* ; par ailleurs, il était bien connu de Lorca qui avait lu Cervantes et sa nouvelle exemplaire du *Jaloux d'Estrémadure*, sans parler du *Tricorne* de Manuel de Falla, sur une comédie d'Alarcón, qui rapporte les assiduités catastrophiques d'un vieux corregidor pour une belle et jeune meunière. Cette trame est inusable. Lorca va donc puiser dans sa mémoire littéraire et aussi dans le folklore populaire l'argument de ce qui deviendra sa comédie la plus célèbre : *La Savetière prodigieuse.*

Le savetier a cinquante-trois ans, et sa sœur, avec qui il vivait, l'a poussé à rompre son célibat et son confort benoît pour épouser cette belle jeune fille de dix-huit ans, qui devient ainsi une « prodigieuse » savetière. Homme sans femme, ignorant tout de ce que ce sexe recèle de mystère, il nous fait comprendre d'entrée de jeu que le couple est bancal. Un enfant parcourt toute la pièce : il est la voix de la rumeur publique, de l'innocence et de la vérité. C'est lui qui dit à la savetière qu'elle n'aura jamais d'enfant. En fait, le savetier ne pouvait plus mal tomber : s'il est vrai que sa jeune femme est ravissante, excitante et sensuelle à souhait — il y a là un vieil alcade à ses pieds et salivant de désir, qui a déjà « consommé » quatre épouses et renvoie clairement au personnage du corregidor amoureux de la jeune meunière du *Tricorne* —, elle est dotée d'un caractère épouvantable. C'est une de ces femmes espagnoles qui font peur, comme en chantent le folklore et le Romancero, elle est cette *serranilla* farouche et ogresse, une louve qui déchire tous ses amants — au demeurant fantasme masculin bien établi et que Lorca, qui a si peur du sexe de la femme, reprend à son compte. Le personnage guigne aussi du côté de Shakespeare, que Lorca connaissait si bien, et de sa « mégère apprivoisée » ; notons d'ailleurs, dans le titre de la pièce lorquienne, la même structure grammaticale que chez le modèle anglais tant admiré : la qualité suivie de l'adjectif. Au demeurant, Lorca aura pu penser également au célèbre

*Magicien prodigieux* de Calderón, autre admirable classique espagnol.

Si bien que le savetier n'en peut plus de ces cris, de ces éclats, de ce caractère « viril » de l'épouse. L'espagnol a une expression fort imagée pour qualifier ce type de femme forte en gueule, il dit qu'elle a « du poil à la poitrine » — *mujer de pelo en pecho*. L'enfant, à la fin du premier acte, vient annoncer à la savetière, au nom du village timoré qui redoute les colères de celle-ci, que son mari s'en est allé.

Au second acte, la savetière qui est vraiment une forte femme montre comment elle a surmonté l'épreuve : elle a transformé l'échoppe en taverne, où tous les hommes, jeunes et vieux, viennent boire et la contempler. Un jour, un montreur de marionnettes surgit, installe et déploie la toile où sont peintes des scènes de vie coutumière — ces *aleluyas* qui sont à l'Espagne ce que les images sont à Épinal — et, armé d'une badine, raconte une histoire exemplaire appuyée sur chacune de ses illustrations successives : et voilà, la même histoire est contée, cette fois un vieux bourrelier marié à une jeune donzelle, véritable mégère, qui fait la belle auprès de fringants séducteurs, et qui projette de se débarrasser de son mari falot en le faisant assassiner par son amoureux… C'est alors qu'on entend à l'extérieur un bruit de rixe, des hommes se sont battus au couteau pour la savetière, la foule se masse, prête à lyncher la responsable de ce trouble sanglant, mais le troubadour s'interpose, sait la défendre, et finalement jette bas le masque : c'est le savetier revenu, et la savetière tombe dans les bras de son mari retrouvé. Il n'empêche, tout aussitôt après, voici les cris et les éclats de voix qui reprennent. Dispute sans fin d'un couple mal apparié.

Nous avons là véritablement une « farce violente », ainsi que l'a qualifiée son auteur. Une comédie piquante, réjouissante, mais qui n'en révèle pas moins une vision fort noire du couple. Du couple hétérosexuel, s'entend. Dans la pièce suivante, écrite presque en même temps, dans les années de jeunesse, mais achevée bien plus tard, Federico campe en Perlimplin un vieil homme marié sans conviction à la jeune et belle Belise. *Les Amours de don Perlimplin avec Bélise en leur jardin*, qualifiée par l'auteur d'« estampe érotique », est une farce cruelle où dès la nuit de noces la jeune mariée — à vrai dire mal mariée, la « maumariée » ou *malmaridada*, thème fort prisé du folklore espagnol — consomme ses noces avec pas moins de cinq vigoureux amants, ce qui fait pousser au malheureux mari — malheureux parce que impuissant — deux grandes cornes dorées. À vrai dire, Perlimplin est aussi sensible au charme d'un beau jeune homme que Bélise à celui de ses noces turbulentes. Ajoutons que le personnage de Bélise apparaît sur scène à moitié nue, pleine de sensualité et de désirs insatisfaits. Comment ne pas penser à *La Chatte sur un toit brûlant* que Tennessee Williams allait camper quelques années plus tard, avec le mari impuissant et la femme brûlant d'un feu jamais éteint ? La pièce de Lorca vire au drame : le mari se déguise en fringant cavalier, séduit sa propre épouse, puis se poignarde au jardin pour pouvoir dire enfin « Perlimplin m'a tué[2] » : Bélise découvre alors que son mari est mort d'amour. Au milieu de la pièce Perlimplin récite un poème — que Federico avait écrit bien plus tôt, un poème d'amour qui avait tant à voir avec son propre tourment de « mal-aimé » :

Amour, amour,
je suis blessé,
blessé d'amour enfui,
blessé
d'amour à mort[3].

On ne peut lire ces pièces, ou les voir représenter, sans deviner le drame intime qui se jouait dans le cœur du dramaturge. Qui peut nier que le théâtre de Lorca est, avant tout, un miroir reflétant le visage brisé de Federico ?

## Federico casse la baraque

| *Mucho fuego prometéis* | *Tout ce feu que vous promettez* |
| *pegue a Dios que no mintáis.* | *Plaise à Dieu que vous ne mentiez.* |

TIRSO DE MOLINA[1]

Un Espagnol du XX^e^ siècle qui a fait des études classiques à l'université et qui, par ailleurs, voit dans quel état est le théâtre dans son pays, ne peut que revenir à Cervantes et Calderón, à Lope de Vega et Tirso de Molina. Le théâtre espagnol fin de siècle est un théâtre bourgeois qui n'a même pas les séductions du théâtre de boulevard parisien, et qui se fonde sur des conflits sentimentaux plus que sociaux, des problèmes de couple, l'inévitable adultère, des affrontements de familles ou de clans, en visant toujours l'effet à produire, le coup de théâtre, la surprise en fin de drame. Pour la déclamation de cet effet ultime, l'espagnol a inventé un mot, *latiguillo*, littéralement « petit coup de fouet », sans doute parce qu'il s'agissait de fouetter, *in fine*, le probable engourdissement ou assoupissement du spectateur. Oui, il fallait qu'il se réveille, qu'il sursaute, et aussi qu'il se lève et applaudisse. C'était le seul but de ces tirades qui finissaient en coup de théâtre dans une gorge enflée et sur un accent ampoulé. Les noms de ces dramaturges aujourd'hui injouables étaient : Eugenio Sellés, José Tamayo (dont le *Drama Nuevo* est à l'origine du livret de l'opéra de Leoncavallo : *I Pagliacci*), Felliu y Codina, Joaquín Dicenta, Gaspar, Galdós, et surtout José Echegaray, qui eut l'honneur de recevoir en 1905, en même temps que Frédéric Mistral, le prix Nobel de littérature. Au temps de Lorca, le maître du théâtre espagnol est un autre prix Nobel de littérature, Jacinto Benavente, qui écrit de bien jolies comédies et quelques drames peut-être un peu moins artificiels que ses prédécesseurs, mais tout autant promis à l'oubli. La comédie, elle, qui est toujours comédie de mœurs, tire toujours son épingle du jeu, et l'Espagne théâtrale a tout de même inventé un genre mineur, qu'on appelle pour cela *génerο chico*, et qui, mis en musique par d'alertes compositeurs, donne naissance à la *zarzuela*, que l'on joue encore, même à Paris, et avec un succès persistant. Sans atteindre encore au prestige de Barcelone, qui est depuis la dernière décennie du XIX^e siècle la capitale espagnole du théâtre, la scène où se découvrent alors Ibsen et Maeterlinck, Wagner et Verdi, Strindberg et Hauptmann, toutes les gloires européennes du moment, et les tréteaux où se produisent la Duse et Sarah Bernhardt, Novelli et Coquelin, Madrid peut prétendre rivaliser avec la métropole catalane, bien que spécialisée en ce genre mineur des saynètes et zarzuelas. Les grands titres sont *La Verbena de la paloma*, en 1895, chronique madrilène, autour d'un vieux beau et de quelques marivaudages dans l'atmosphère festive d'une *verbena* ou fête de quartier, *La Gran Vía*, célébrant, de façon comique et colorée, l'ouverture de la grande artère centrale de Madrid, mais aussi *Gigantes y Cabezudos*, célébrant le folklore aragonais, ou plus récemment, du maître Torroba, *Luisa Fernanda*, pièce que Federico avait dû voir lors de sa première, en 1932, à Madrid. Cette dernière zarzuela est l'un des fleurons du ténor espagnol Plácido Domingo. Très tôt Lorca aura conscience qu'il existe deux formes de théâtre, celui de l'apparence et de la poudre aux yeux, fait pour plaire au bourgeois, et celui des profondeurs, qu'il va appeler « théâtre sous le sable », et auquel il tentera d'accéder, sans y arriver vraiment, avec son « théâtre de l'impossible ». Sans doute le vrai théâtre est-il un compromis entre les deux, et l'on ne peut que se réjouir de voir que Federico l'a bien compris, lui qui donne au théâtre espagnol — et universel — de son temps ses plus belles pièces.

Alors oui, comment être dramaturge espagnol sans tenter de mettre ses pas dans les pas des plus grands ? Lope de Vega et Calderón de la Barca, ainsi que Cervantes qui, le premier, a théorisé sur l'art du théâtre de la place publique, ou du moins a su dire ce qu'était le théâtre véritable, à partir de cet art des rues qui, à l'instar de la commedia dell'arte italienne, dressait devant le public des tréteaux et, évoquant le maître des *pasos* — intermèdes et saynètes — d'antan, Lope de Rueda, il écrit : « Au temps de ce célèbre Espagnol, tout le matériel d'un directeur de troupe tenait dans un sac, et se composait à peu près de quatre vestes de peau blanches garnies de cuir doré, de quatre barbes, quatre perruques et quatre bâtons de berger. Les pièces étaient des colloques en forme d'églogues… Pour les allonger on y mêlait deux ou trois intermèdes… À cette époque, il n'y avait ni machinerie ni défis entre Maures et chrétiens à pied ou à cheval ; pas de personnage sortant ou paraissant sortir du centre de la terre par la trappe du théâtre. Celui-ci était fait de quatre bancs mis en carré, avec quatre ou six planches posées dessus… Toute la décoration du théâtre consistait en une vieille couverture… derrière laquelle étaient les musiciens, qui chantaient sans guitare quelque *romance* ancien[2]. » Voilà donc l'origine de ces « planches » devenues, depuis, la métaphore du théâtre. Federico connaissait ce texte, et il savait aussi ce que Cervantes se proposait sur pareille armature rudimentaire : « montrer sur le théâtre les imaginations et les secrètes pensées de l'âme, mettant en scène des figures morales[3] ». Federico, depuis l'enfance, a le goût des planches, des marionnettes, d'un théâtre primitif et rudimentaire qui, sans s'encombrer de vestiaire, de décors et de machinerie, va à l'essentiel et dit ce que porte en lui au plus profond l'Auteur, toujours en majesté, celui qu'on nomme, dans le théâtre classique espagnol *el Poeta*, tout à la fois poète, créateur et artisan, puisque tel est le sens étymologique du *poiêtês* grec.

L'avènement de la seconde République espagnole le 14 avril 1931 va permettre à une nouvelle Espagne, démocratique, de naître et d'agir. Pour Lorca, qui a assisté aux derniers soubresauts et a même participé, sans le vouloir, aux émeutes des rues, c'est l'espoir d'un renouveau culturel qu'il appelle de ses vœux. Le nouveau régime se met en place, au milieu d'une crise économique aiguë qui ne lui laissera pas les coudées franches. Les hommes politiques qui accèdent au pouvoir se nomment Manuel Azaña — qui est, notamment, le beau-frère du metteur en scène Cipriano Rivas Cherif, lequel avait monté à Grenade *Mariana Pineda* —, Marcelino Domingo, qui deviendra ministre de l'Instruction publique, Santiago Casares — eh oui, il s'agit bien du père de Maria Casarès, qu'il emmènera en exil à Paris où elle deviendra une des toutes premières actrices françaises —, Alcalá Zamora, Alejandro Lerroux, Fernando de los Ríos, ami de toujours de la famille Lorca, et dont la fille épousera d'ailleurs le frère de Federico, Francisco García Lorca. Le gouvernement constitué se heurte immédiatement à l'hostilité de l'Église, du fait de certaines réformes qui verront le jour, comme la légalisation du divorce, la séparation de l'Église et de l'État — sujet qui préoccupe toujours l'Espagne d'aujourd'hui et n'a jamais été définitivement réglé —, la sécularisation des cimetières et des hôpitaux, la réforme agraire qui porte atteinte aux privilèges féodaux... Déjà, en réaction, quelques couvents partent en fumée, entraînant du même coup une radicalisation des positions et un renforcement de la droite espagnole.

Au milieu de cette effervescence, Federico poursuit ses noces avec la littérature et publie enfin son *Poème du Cante Jondo*, composé dix ans plus tôt. Mais il a d'autres projets en tête. Il réunit à Madrid quelques amis au domicile des Morla Lynch et leur lit *Le Public*, la pièce qu'il a rapportée de son séjour aux Amériques. L'été qui suit, Federico retourne à la Huerta de San Vicente et termine cette autre pièce entreprise outre-mer : *Lorsque cinq ans seront passés*. Il est clair que le théâtre, alors, retient toute son attention et qu'il vit l'effervescence républicaine avant tout — lui qui est si peu homme politique — comme un bouillonnement de la parole poétique, principalement théâtrale. La République, grâce aux efforts de son maître et ami Fernando de los Ríos — cheville de l'appareil républicain, et déjà ministre de la Justice, avant de devenir fin 1931 ministre de l'Instruction publique —, va lui permettre de se réaliser comme homme de théâtre. La gloire est déjà au rendez-vous : à Fuente Vaqueros, son village natal, les édiles républicains ont décidé de donner à l'une des rues, qui s'appelait « calle de la Iglesia », le nom de « Federico García Lorca », privilège rare pour un vivant. Il prononce un discours, lors de l'inauguration, où il exalte la lecture des livres et la culture rédemptrice de la société espagnole en ce qu'elle permet d'effacer la frontière entre les classes sociales. Comment mépriser le paysan s'il s'exprime dans un bel espagnol ?

Comment exploiter l'ouvrier s'il bénéficie des armes du discours et de la parole (syndicale) ? Il y a là, à la tribune, Fernando de los Ríos, qui a été nommé en avril 1931 « fils adoptif de Fuente Vaqueros ». Alors oui, Federico va lui donner la main et s'engager pleinement, à ses côtés et sous sa tutelle, dans la grande entreprise de rénovation culturelle de l'Espagne. Pour lui, elle aura un nom, matérialisant un idéal, une ambition, une promesse de gloire : *La Barraca*.

L'idée de ce théâtre populaire et ambulant, composé exclusivement de bénévoles habités par un même feu sacré, La Barraca — évocateur de la précarité et de la modestie des tréteaux —, et destiné aux campagnes pour l'éducation des masses paysannes, se trouve dans le droit-fil de l'idéal républicain, tel qu'il s'exprime dans le milieu estudiantin. Plus spécialement au sein des Missions pédagogiques créées par la République en mai 1931. Ce projet émane alors d'un groupe d'étudiants de la faculté de philosophie et lettres de Madrid qui prend contact très vite avec Federico à la Résidence des étudiants afin qu'il accepte la direction d'une compagnie théâtrale étudiante. Ce qu'il fait avec un enthousiasme qui le renvoie, une fois de plus, à ses aspirations juvéniles, quand il rêvait, avec Manuel de Falla, de créer un théâtre de guignol et de parcourir l'Andalousie. Les étudiants contactent, pour aider le poète dans sa tâche, les services d'un jeune dramaturge, modeste et discret — aux antipodes de Lorca —, Eduardo Ugarte. Fernando de los Ríos fait allouer la somme rondelette de cent mille pesetas comme subvention de fonctionnement. Lorca et Ugarte vont donc porter le projet sur les fonts baptismaux et le soutenir cinq années durant. Et cela malgré l'opposition farouche de la droite nationaliste, qui voit dans ces déambulations du théâtre populaire un risque de propagation des idées marxistes, et qui traite son promoteur, Fernando de los Ríos, de « juif athée », quand on ne raille pas sa « barbe morisque ». Et cela parce que au Parlement le ministre de la Justice a dénoncé l'Espagne impériale, catholique, sectaire et raciste qui, en 1492, a chassé les Juifs !

Quant à l'uniforme adopté par les membres de La Barraca, il pouvait apparaître provocant et choquant pour les milieux conservateurs pour qui il n'y avait de théâtre que bourgeois et collet monté : Federico et ses garçons arboraient une salopette d'ouvrier, en toile bleue, et les filles une sévère robe bleu et blanc. Les membres de la compagnie, au nombre de trente, ce qui n'est pas rien, portaient, de surcroît, un écusson à la place du cœur représentant un masque de théâtre sur une roue de la Fortune — en fait, roue du chariot des baladins, appelés désormais *barracos* —, le tout symbolisant le théâtre itinérant, qui tourne et donne à voir des figures théâtrales. Mais aussi, assurément, un théâtre populaire et ouvrier, comme l'exprime bien Federico dans cette repartie : « Je suis maintenant un ouvrier de l'illusion. »

Federico trépigne de joie dans son fauteuil de l'auditorium de la Résidence des étudiants où il auditionne ceux qui vont faire partie de la troupe. Il est comme Louis Jouvet, quelques années plus tard, dans le film *Entrée des artistes*. De même catalogue-t-il les prestataires et note-t-il sous le nom de chacun, sur son carnet, selon son profil d'acteur : « Jeune premier... Tendre fiancée... Séducteur... Traître... »

Le programme des deux premières représentations de la compagnie va tout naturellement plonger les spectateurs espagnols, de Madrid d'abord, où La Barraca se produit en avant-première à l'université, puis tout aussitôt en province, dans le théâtre classique espagnol : trois courtes pièces de Cervantes et un « *auto sacramental* » (l'équivalent de notre « Mystère » médiéval) de Calderón, *La vie est un songe*. De façon paradoxale et significative, Lorca privilégie chez ce dernier la version religieuse de la *comedia*, celle où les personnages sont des allégories et Sigismond devient Homme. Autour de lui les Quatre Éléments, Ombre, Lumière, Grâce, Libre Arbitre... Sans doute le poète entendait-il par là dépasser ce clivage artificiel entre le religieux et le laïc et provoquer la classe politique conservatrice en lui offrant un spectacle édifiant tout en étant éminemment théâtral. Mais quel paradoxe d'entendre alors, grâce aux fonds d'une république laïque et anticléricale, la célébration de Dieu tout-puissant et la petitesse de l'Homme cheminant entre Ombre et Lumière, entre Faute et Grâce. Au demeurant, Lorca dramaturge a déjà utilisé ou utilisera dans sa propre écriture des personnages allégoriques, comme on le verra dans les pièces qui suivent. Obéissant en cela aussi bien au symbolisme d'un Maeterlinck (notamment dans *L'Intruse*, où sous ce nom il personnifie la mort) qu'à l'allégorisme caldéronien. Mais quel bonheur pour Federico que de se réserver le rôle de *Sombra*

— l'Ombre, la Mort, n'est-ce pas ? —, lui qui a souvent joué à mettre en scène sa propre mort, comme on l'a déjà vu, en compagnie de Salvador et d'Ana María Dalí. L'acteur qu'il est au plus profond est enveloppé de longs voiles noirs sous lesquels on devine à peine son visage. De surcroît il est coiffé d'une capuche d'où pend un tulle, noir lui aussi. Il s'avance sur le devant de la scène. Luis Sáenz de la Calzada, qui fut l'un des *barracos,* nous confie qu'il avait l'air, sous son tulle de deuil, d'une « veuve inconsolable[4] », et le personnage du Prince des Ténèbres surgit alors et souligne : « L'Ombre traîne sa lugubre cape[5]. » Le rôle plaisait à Federico, il naviguait là au milieu des forces négatives à l'affût de l'Homme naïf et soumis à ses instincts : la Faute, le Prince des Ténèbres. De même que dans la version « comedia » de *La vie est un songe*, le jeune homme, Sigismond, prisonnier de ses mauvais instincts précipite son valet par la fenêtre, ici l'Homme jette à bas l'Entendement et se retrouve aussitôt enchaîné par sa faute. Au dernier acte, il se repentira et la Sagesse — qui personnifie le Christ, dans l'*auto sacramental* — va le libérer de ses chaînes et de sa faute et prendre sa place, au poteau du supplice, alors que l'Ombre et le Prince des Ténèbres s'approchent pour le tuer. C'est extrêmement dramatique et sans nul doute Federico était à son aise dans ce rôle ténébreux. Finalement l'Homme est sauvé et l'on célèbre Dieu dans les hauteurs. Alléluia ! On conviendra qu'il y avait là de quoi surprendre de la part d'un directeur de troupe qu'on regardait comme un dangereux bolchevique !

La pièce fut donnée dans l'amphithéâtre de l'Université centrale de Madrid, où l'on représenta aussi les intermèdes de Cervantes, fin décembre 1932, juste avant les vacances de Noël. Les plus hautes autorités y assistèrent, pas seulement les universitaires, mais aussi les politiques et même le corps diplomatique. Et, bien entendu, tout ce que Madrid comptait d'intellectuels et d'artistes. Soirée mondaine, soirée culturelle, sans scandale ni rejet, en somme une bataille d'Hernani sans personne pour combattre ni dénigrer. Federico gagna là son premier pari. Dès lors, le chariot — en fait un gros camion Chevrolet qui contenait tous les décors, vestiaires et mobiliers de scène, suivi de deux fourgons de police débarrassés de leurs barreaux et transportant toute la troupe — pouvait entreprendre sa route, aussi poudreuse que celle empruntée par Don Quichotte au matin clandestin qui le voit s'engager vers l'aventure de la Manche et autres chemins détournés.

Les voilà donc partis, le 10 juillet 1932 (la troupe estudiantine ne peut jouer que pendant les vacances d'été), ce fou de Federico et ses *barracos*, et ils vont rouler jusqu'à deux cents kilomètres au nord de Madrid, traversant la sierra de Guadarrama ; le premier bourg visité est Burgo de Osma, où ils arrivent à cinq heures de l'après-midi. Bourgade ou gros village dans la province de Soria, d'à peine deux à trois mille habitants, mais avec une belle cathédrale. Tout aussitôt les tréteaux sont dressés sur la grand-place et le spectacle peut commencer le soir, devant le bourg rassemblé. Le spectacle est gratuit et alléchant. On y donne trois intermèdes de Cervantes, nourris de folklore, qui plaisent et séduisent, d'autant que le jeu de scène et les décors ont tout pour charmer ces campagnards qui n'ont jamais vu pareille chose. Le premier *entremés, La Caverne de Salamanque*, nous plonge d'emblée dans les problèmes de mariage mal apparié, chers à Lorca : un étudiant trouble-fête, abusant d'un mari crédule, tire l'épouse adultère du mauvais pas où elle s'est mise. Suit un intermède plein d'esprit, les *Deux Bavards*, même s'il est difficile de saisir toutes les subtilités de cette langue du XVI^e siècle. Et la séance se termine par la représentation du *Gardien vigilant* où une servante accorte est courtisée par un riche sacristain et par un soldat famélique descendu des Flandres (d'où le nom de « Picard » — *Pícaro* — que prendra le gueux dans le roman picaresque inventé par l'Espagne au XVII^e siècle) ; bien sûr, elle va hésiter entre, en quelque sorte, la chair et l'esprit, avec toute cette verve qu'on a qualifiée depuis d'humour cervantin. Il est tout à fait significatif que pour cette folle entreprise qui va jeter, quatre *saisons* successives, tous ces jeunes de dix-huit à vingt ans sur les chemins, sous la houlette d'un poète dramaturge de trente-quatre ans, ce soit Cervantes qui ait été choisi. Comment ne pas penser à ses chimères, à ses rêves utopiques, aux routes de poussière de Don Quichotte, à son idéal généreux ? Lorca, qui entend ainsi rendre ces intermèdes « à la lumière du soleil et à l'air pur des villages[6] », s'exprime en préambule, sur le devant de la scène, selon une habitude qu'il gardera toujours — au point parfois d'irriter son entourage —, pour expliquer à ces paysans éberlués ce qu'est la culture, et quel rôle la République espagnole entend jouer pour leur éducation et leur promotion. Plus que ce fou de Don Quichotte, il fait penser au « sage » Sancho tenant ses discours de « gouverneur » de l'île Barataria — littéralement, celle qui ne vaut pas un clou !

Les jours suivants, on va jouer dans ces coins perdus qu'on appelle en espagnol *de mala muerte* — de male mort — : San Leonardo, Vinuesa, Agreda, et une ville quand même, celle qui fut célébrée par Antonio Machado et que Federico avait visitée avec ses compagnons autour du professeur Berrueta : Soria. Justement à Soria, comme la ville est plus importante, la droite conservatrice organise un comité d'accueil : une bande de forcenés chahuteurs manque de prendre d'assaut la scène et de précipiter Federico, complètement épouvanté et empêtré dans ses voiles funèbres, dans l'Ombre pour de bon ! Par chance, les fauteurs de troubles qui voient sur le devant de la scène cet homme vêtu de noir et coiffé d'une capuche, qui leur crie qu'il y a danger à franchir la ligne séparant la salle de la scène à cause de tous les fils électriques, le prennent pour un homme d'Église et se rangent à la raison. La police intervient alors et raccompagne toute l'équipe à son hôtel. Néanmoins, vaille que vaille, et malgré les inévitables improvisations et les incontournables avatars, la compagnie roulera jusqu'en 1936 et visitera pas moins de soixante villages et villes. Avec en général un excellent accueil de la population. On imagine bien que les paysans ont du mal à comprendre la langue difficile et d'un autre temps du Cervantes des intermèdes, mais lorsqu'on leur sert *Fuenteovejuna*, qui rapporte la coalition silencieuse de tout un village pour faire justice d'un officier du Roi, coupable de viol sur une jeune fille du lieu, et qui, face à la justice, obtient gain de cause, alors là, oui, l'incompréhension initiale fait place à la jubilation. Au demeurant, la *comedia* de Lope de Vega, par son pouvoir mobilisateur, allait devenir peu après, pendant la guerre civile, la pièce la plus jouée du théâtre espagnol. La plus emblématique aussi.

Cependant la cabale contre Lorca va bientôt se déchaîner et s'amplifier. On va lui chercher tous les poux possibles sur la tonsure, et, notamment, monter en épingle « l'accusation » d'homosexualité. Il va devenir sous la plume de certain journaliste fielleux « Federico García *Loca* » — avec ce jeu de mots détestable qui renvoie à « la folle », à l'homo.

Savait-on vraiment que Federico s'était épris de ce jeune homme athlétique, à la moue ironique, qu'il appelait « 3 R » : Rafael Rodríguez Rapún ? Ce dernier, étudiant en mathématiques et se préparant à la carrière d'ingénieur, par ailleurs militant socialiste, était entré en 1933 à La Barraca et était devenu très vite secrétaire comptable de la compagnie, et même secrétaire particulier de Lorca. En fait, ils étaient amants, malgré le physique viril et décidé de Rapún, qui était, par ailleurs, un appréciable footballeur. Rafael, homme à femmes au départ, succombera au charme de Federico et se laissera prendre dans la toile d'araignée de sa séduction. Lorsque Federico monte le Don Juan de Tirso de Molina (*El Burlador de Sevilla*), il confie un petit rôle à Rafael, mais justement celui de Coridón ; Coridón est un pêcheur amoureux de Tisbea, la pêcheuse, femme de feu mais qui se refuse aux hommes, pour ne se donner finalement qu'à Don Juan, ce beau naufragé que son valet ramène, inanimé, sur la plage ; après séduction et consommation amoureuse, Don Juan partira en mettant le feu à la cabane de la pêcheuse qui, désespérée, va se jeter à l'eau, tandis que Coridón, cet amoureux qui n'a pas eu accès à son corps, crie « Arrête, arrête[7] ! » et c'est tout. Ce Corydon-là n'a-t-il donc rien à voir avec le *Corydon* d'André Gide, livre phare de la pédérastie ? Federico, qui lisait tant, connaissait assurément la défense et illustration des « mœurs innommables » à laquelle s'était voué Gide dans les années vingt. Et l'on ne peut manquer de trouver significatif que ce rôle de Coridón, Federico l'ait réservé à son ami/amant. Sans doute faut-il y voir aussi un jeu ironique entre les deux hommes qui, tout en restant discrets sur leur relation, pouvaient l'afficher par la bande.

Dans la seule lettre conservée de Rapún où, le 12 octobre 1933, il répond à une carte postale que Federico lui a adressée de Buenos Aires, Rafael évoque pour ce dernier les essais du *Trompeur de Séville* et le rôle qu'il y joue, et il ajoute ironiquement à l'adresse de son ami qu'il est « un Coridón au bon sens du terme ». Mais c'est une lettre d'amour qu'il lui écrit aussi :

Je me souviens énormément de toi. Cesser de voir une personne avec laquelle on a passé, pendant des mois, toutes les heures du jour est trop fort pour qu'on l'oublie. Surtout si l'on se sent envers cette personne aussi puissamment attiré que je le suis par toi. Mais comme tu dois revenir je me console en pensant que ces heures pourront se répéter[8].

Bien d'autres lettres semblables ont dû être échangées entre les deux hommes, malheureusement elles ont été perdues, tout comme les précieux sonnets amoureux dont il ne reste que les onze *Poèmes de l'amour obscur*, retrouvés et publiés après la mort du poète. L'ensemble du recueil qui devait en comprendre trois fois plus a disparu avec la mort au combat, le 18 août 1937 près de Santander, dans les rangs républicains, de Rafael Rodríguez Rapún. Et quelle étrange coïncidence nous avons là ! Son ami, son amant, se fera tuer à un jour près un an après l'exécution de Federico !

Mais revenons à La Barraca. La compagnie est montrée du doigt et on lui prête des mœurs licencieuses du fait que cinq ou six filles « cohabitent » en tournée avec une vingtaine de garçons ; elles sont rabaissées, pour beaucoup, au rang de « prostituées ». Et puis, que font-ils de tant d'argent, ces galopins ? Ne dilapide-t-on pas là les deniers publics ? D'autres critiques, plus circonspects, se demandent si cette troupe d'acteurs bénévoles ne va pas porter préjudice aux comédiens professionnels et, en quelque sorte, leur « voler » leur travail. Or il n'en est rien, et l'on sait que c'est l'inverse qui se produit alors jusqu'en 1936 et la chape de plomb franquiste : les Espagnols vont prendre goût au théâtre, précisément ceux des bourgs et villes de province, jusque-là délaissés par les compagnies de renom. En allant dresser ses tréteaux dans les coins les plus reculés d'Espagne, Lorca a éveillé l'intérêt pour le spectacle et, dans son sillage, désormais les compagnies madrilènes feront ce détour pour apporter aux paysans, campagnards et provinciaux leur théâtre, quel qu'il fût — les alertes comédies de Carlos Arniches ou des frères Alvarez Quintero n'étaient pas déplaisantes non plus, bien que ces derniers aient été la bête noire de Lorca qui leur reprochait de camper sur scène une Andalousie de pacotille. La Barraca, en réveillant les consciences, aura sur la vie théâtrale espagnole un effet d'électrochoc — d'où peut-être, aujourd'hui, le festival international de théâtre d'Almagro, au cœur de la Castille. Un peu comme le fut à Paris l'avènement, après la Seconde Guerre mondiale, de Jean Vilar et de son Théâtre national populaire. Dans le même esprit que l'inventeur français du « théâtre pour le peuple » et du festival d'Avignon, Lorca peut se targuer d'avoir sauvé de l'oubli les dramaturges classiques, Cervantes, Lope de Vega, Calderón ou Tirso de Molina, en démontrant qu'ils ne sont pas « archéologiques » et peuvent voisiner avec bonheur à côté de quelque grand nom contemporain comme Antonio Machado, dont Lorca va monter le poème dramatique *La Terre d'Alvargonzález*. En vérité, La Barraca, que Lorca voyait comme « la création d'une scène moderne purement populaire[9] », est la grande aventure culturelle de la seconde République. Malheureusement avortée après la victoire franquiste et le repli de l'Espagne dans les interminables « années de paix » de ses « grands cimetières sous la lune ». Nul doute qu'autrement La Barraca aurait été célèbre dans toute l'Europe, comme le laisse entendre l'écrivain Jean Prévost, qui assista à maintes représentations de la troupe, en compagnie de son épouse Marcelle Auclair, et qui lança alors à Lorca : « Jamais je n'ai vu en Europe un meilleur théâtre universitaire ; venez à Paris[10]. » Mais Paris ou l'Europe étaient encore territoire de l'utopie, et le resteraient plusieurs décennies durant.

## La trilogie andalouse : *Noces de sang*

*Il n'y a pas d'amour dont on ne soit meurtri...*
*Il n'y a pas d'amour qui ne vive de larmes...*

LOUIS ARAGON[1]

La ruralité initiale de Lorca conditionne son théâtre à son apogée. Et s'il est vrai qu'il s'est, plus qu'aucun autre, intéressé à la femme, de préférence frustrée — de *La Savetière prodigieuse* à *Doña Rosita la vieille fille* —, il excelle à camper le drame de la femme andalouse, paysanne et soumise aux lois d'une société plus qu'ailleurs verrouillée. Lorca va brosser un tableau exhaustif, définitif, de cette catégorie sociale, qu'il connaissait si bien puisqu'il la puisait à son enfance et son adolescence à Fuente Vaqueros et Asquerosa, et il nous le livre en trois volets, *Noces de sang*, ou la tragédie d'une libération, *Yerma*, ou le drame de la femme qui n'a pas d'enfant, *La Maison de Bernarda Alba*, où toutes les femmes sont recluses sous l'impitoyable férule de la mère.

Nous sommes toujours cet été glorieux de 1932 où Federico a changé le cours de l'histoire du théâtre en Espagne en promenant un mois durant sa Barraca sur les routes espagnoles. Début août, avant de retourner dans ses terres, il donne une ultime représentation de son théâtre à la Résidence des étudiants, avec toujours au programme les intermèdes cervantins et *La vie est un songe*, achevant de convaincre l'intelligentsia espagnole de ce retour bénéfique aux grands classiques. Notons précisément que cette ultime soirée fut honorée de la présence du grand Unamuno, recteur de Salamanque, tout auréolé de la gloire d'avoir été libéré de son exil canarien où l'avait reclus la dictature de Primo de Rivera. Federico est donc à la Huerta de San Vicente, auprès des siens ; c'est là qu'il va mettre une dernière main au drame rural entrepris depuis quelques années, après avoir lu dans la presse un jour de 1928 ce fait-divers qui déclencha chez lui le poème dramatique qu'il déverse maintenant, fiévreusement, sur ses feuillets.

*Bodas de sangre — Noces de sang* — par sa forme lyrique qui tient plus du poème dramatique que du drame rural, a séduit fort justement la postérité : la scène, la danse, le cinéma se sont emparés de cette pièce lorquienne. La critique académique, autrement dit universitaire, a été plus réservée, perturbée par ce mélange des genres, et surtout par ce retour aux *coplas* — ou « couplets » — de la mythologie gitane, et donc un retour à cet « andalousisme » parfois décrié du *Romancero gitan*. N'oublions pas l'anathème de Borges traitant Federico d'« Andalou professionnel » ! N'oublions pas non plus la sanction critique, les haut-le-cœur et la dent dure de Salvador Dalí à l'encontre de ce qu'il rangeait au rang de folklore du Sud et rappelant son ami à l'ordre surréaliste.

Lorca, qui aimait travailler en musique, non pour se distraire, mais au contraire pour y puiser une certaine force, un souffle, une inspiration, a écrit *Noces de Sang* — ou du moins certaines scènes, car la pièce a été en gestation pendant près de trois ans — en écoutant à satiété des disques de flamenco ainsi qu'une cantate de Bach (probablement la BWV 140 : *Wachter auf, ruft uns die Stimme*), ce qui rendait fou tout son entourage. Si l'on se rappelle que ces disques de 78 tours n'avaient sur le phonographe qu'une durée de trois minutes, au bout desquelles Federico, on l'imagine, se levait précipitamment de sa table pour changer la face du disque ou en poser un autre sur la platine, cela pourrait expliquer, peut-être, la brièveté des dialogues ou le rythme syncopé des couplets, quelquefois coupés en deux, ainsi :

| | |
|---|---|
| Deuxième jeune fille : | |
| Tu quittes ta maison | *Ya sales de tu casa* |
| pour l'église ! | *para la iglesia !* |
| La servante : | |
| Des fleurs sème la brise | *¡El aire pone flores* |
| parmi le sable[2] ! | *por las arenas*[3] ! |

comme si Lorca avait juste eu le temps d'inventer une phrase et de composer deux vers, sur un air de *seguiriya*. Et peut-être tambourinait-il des doigts sur sa table, en simulant le raclement de la guitare. Nous avons là une pièce fortement marquée, d'une part, par l'Andalousie et la mythologie gitane, que le poète avait tant exploitées dans ses deux premiers livres de poèmes, et d'autre part une structure dramatique qui, en certaines scènes duelles, fait inévitablement penser à un oratorio : des voix croisées, fuguant et se chevauchant, voilà ce que Lorca a dû retenir de son écoute de Bach.

La pièce fut commencée, comme on vient de le dire, en 1928, après la lecture d'un fait-divers : près de Níjar, dans la province d'Almería, avaient eu lieu des noces andalouses sanglantes au cours desquelles la fiancée, au lieu de se rendre à l'église, s'était enfuie avec son ancien amoureux, qui était aussi son cousin, et avait été retrouvée dans les bois, les vêtements en lambeaux, alors que non loin de là gisait son amant tué par le frère du fiancé. Notons que l'arme du crime, dans la réalité, est un pistolet, tandis que Lorca, pour des raisons qui ne tiennent qu'à lui, va privilégier le couteau — le couteau, poignard ou navaja, omniprésent dans son œuvre. Les circonstances de l'affaire, selon *El Heraldo de Madrid,* demeurent mystérieuses. Lorca, marqué par cette lecture, entreprit d'écrire sa pièce trois ans plus tard et ne l'acheva qu'en 1933. C'est durant cet été 1932, et sur ses terres, qu'il en écrit donc la majeure partie, tout en écoutant de la musique. L'œuvre est créée le 8 mars 1933 au théâtre Beatriz, à Madrid, devant un parterre de personnalités : Unamuno, le prix Nobel Jacinto Benavente, le poète et futur Nobel Vicente Aleixandre, Luis Cernuda, Jorge Guillén... C'est l'actrice Josefina Díaz de Artigas qui, à défaut de Lola Membrives, retenue par d'autres engagements, joue le rôle principal. Mais la grande actrice argentine créera à son tour la pièce à Buenos Aires le 25 octobre 1933. Et enfin, Margarita Xirgu, l'actrice fétiche de Lorca, qui reprendra le rôle de la fiancée à Barcelone le 22 novembre 1935.

Il convient de démonter la trame de cette « Tragédie en trois actes et sept tableaux » qui s'ouvre sur un décor peint en jaune, couleur de lune maléfique. D'emblée surgit le thème du couteau : dès la première scène, à la cinquième réplique, le fils dit à sa mère de lui donner sa navaja — parce qu'il en a besoin pour couper les grappes de ses raisins. Mais la mère bondit à ce seul mot en s'écriant : « Le couteau ! Le couteau ! Maudits soient-ils tous, et le bandit qui les a inventés. » On comprend dès lors le rôle primordial joué par cet accessoire de scène qui commandera toute la pièce, et qu'on retrouvera aussi dans la pièce suivante, *Yerma*. En fait, la mère évoque devant son fils, une fois de plus tant elle l'a ressassée, la mort tragique du père et du frère de son petit dernier. Notons l'absence de nom des personnages : la Mère, le Fiancé, la Fiancée, puis plus tard la Belle-Mère, une Jeune fille, la Servante — procédé qu'on retrouve dans *La Savetière prodigieuse*. Un seul porte un nom, Léonard, le cousin de la Fiancée, celui par qui tout va commencer et tout va finir. L'intrigue est tellement simple qu'elle abonde dans maints drames ou maintes comédies de cinéma : le jour de ses noces, la fiancée disparaît avec son amant. Le fiancé s'élance à leur poursuite. Les deux rivaux s'entr'égorgeront au milieu des bois. Nous avons là un mélodrame qui aurait pu être vériste, comme dans le célèbre *Cavalleria rusticana*, sous-titré « noblesse paysanne », de Giovanni Verga, mis en musique par Mascagni ; mais ici l'intrigue est constamment transcendée et magnifiée par la poésie, les chants et l'atmosphère mythique qui pose d'emblée le maléfice de la Lune (elle — le personnage de la Lune — se lève dans les bois mettant en lumière le duel des deux hommes) et du Fatum s'exprimant d'entrée de jeu par la bouche de la mère, qui invoque sans cesse la vendetta responsable du malheur de son foyer et la malédiction des couteaux. Cette atmosphère mythique imprègne l'ensemble et culmine lorsque à la fin Lorca fait surgir, sous les traits d'une vieille mendiante et dans la clarté de la « Lune au sang de jasmin », la Mort compatissante qui, tendant sa cape sur ceux qui vont mourir, tire ainsi le rideau sur cette tragédie rurale.

Le troisième acte est conçu comme un opéra, plein de passion et de lyrisme. Ou, justement, comme une cantate de Bach, avec des voix alternées, qui se cherchent, se répondent et s'écartent, à la façon d'une fugue. Mais en fait toute la pièce peut apparaître comme un oratorio poétique, avec des dialogues mêlés à des chants et des assauts lyriques, qui vont de la berceuse d'enfant aux couplets populaires et gitans, chers à Federico. Il nous plaît de distinguer, pour finir, quatre registres dans cette œuvre de maturité : l'écriture musicale, l'écriture panthéiste, l'écriture mythique et la sensualité (ou l'érotisme) poétique.

Il est vrai que le rideau se lève sur une scène d'exposition où la Mère clame sa haine et sa peur des couteaux, en évoquant la mort de son mari et de son autre fils, et exprimant son appréhension devant la prochaine union de son garçon avec une fille qui fut non seulement fiancée à un autre, mais aussi et surtout à un fils de la famille responsable du carnage qu'elle pleure toujours. Un premier tableau tout d'exposition et de prose explicative, sans plus. Et comme si cela avait suffi à camper le décor — au fond, comme si le dramaturge nous avait exposé un fait-divers rapporté dans la presse —, le second tableau s'ouvre sur une berceuse enfantine, une de ces *nanas* dont Federico avait sûrement les oreilles pleines. Et qu'il est courant, aujourd'hui, de fredonner — comme on peut l'entendre dans le film que Carlos Saura a tiré, en 1980, de *Bodas de sangre*, avec le chorégraphe Antonio Gades. Mais Lorca a écrit toute la musique de sa pièce — harmonisant des rythmes anciens et des chants folkloriques —, et ces partitions sont reproduites dans les œuvres complètes de l'auteur, notamment dans la première édition espagnole, chez Aguilar, en 1954. Nous sommes, avec *Noces de sang*, entre l'opéra vériste à la Mascagni et la comédie (tragédie ?) musicale telle que la conçut Leonard Bernstein dans *West Side Story*. Lorca avait bien écrit aussi quelque musique pour *Mariana Pineda*, ou pour *La Savetière prodigieuse*, mais c'est pour *Noces de sang* qu'il fait un véritable effort de musicien en proposant de faire chanter tous les morceaux poétiques de la tragédie, d'un bout à l'autre. Sa collaboration initiale — et frustrée — avec Manuel de Falla lui sert là, assurément, d'incitation et d'encouragement. Nul doute que, s'il avait vécu, Federico eût été un dramaturge compositeur et nous eût donné quelques opéras ou *zarzuelas* qui auraient été autant de réussites.

Federico n'oublie jamais qu'il est un homme de la terre. D'ailleurs, sa pièce est nourrie de préoccupations paysannes : si la Fiancée n'a pas épousé son premier amoureux, c'est parce qu'il ne disposait que d'une paire de bœufs, alors que le second est riche de ses vignes et de ses oliviers. Il sait de quoi il parle, ayant entendu son père compter ses biens et leur extension dans la Vega de Grenade, et évoquer les diverses opérations financières qui auront forgé une fortune dont le poète a pu grandement bénéficier. Mais ici, cela apparaît aussi dans l'inspiration florale. Les pièces de Lorca sont pleines de fleurs et de plantes, *Rosita* représente l'exaltation de la rose — la *Rosa mutabile* —, mais aussi de fleurs aussi délectables et savantes que le *Datura stramonium*. *Yerma*, dans l'aridité de son âme, n'exalte que le *jaramago*, le ciste qui pousse entre les pierres, aux fleurs violettes ou blanches qui ne durent qu'un jour, et peuplent la garrigue et la terre desséchée. Mais *Noces de sang* nous entraîne dans un bouquet floral qui va de la fleur d'oranger — *azahar*, ce si beau nom perdu en français, et qui nous charme aussi par sa tournure arabe — propre à la couronne de mariage, au dahlia et son efflorescence luxuriante, de l'œillet — *clavel* —, toujours perçu chez Lorca comme symbole de virilité, au rosier — *rosal* —, si féminin dans toute l'étendue de ses charmes et de son langage amoureux, du jasmin au camélia, toutes fleurs blanches qui rachètent de l'aridité des sables andalous. Ces floralies embaument aussi les plus beaux poèmes andalous de Federico, principalement ceux du *Romancero gitan*.

D'aucuns, parmi la critique, notamment universitaire, ne virent dans *Noces de sang* qu'un mélodrame paysan. À tort, bien sûr, car ils n'entendirent pas la musique qui, systématiquement, brise la chaîne des événements jugés mélodramatiques et hausse le dialogue passionnel à la hauteur d'un mythe. Et justement, la pièce recourt volontairement au mythe. Par le fait, répétons-le, que les personnages n'ont généralement pas de nom. Hormis Leonardo, qui apparaît bien ici sous son nom et qui serait, à nos yeux, l'homme du fait-divers, celui dont les journaux ont parlé, tous les autres ne sont désignés que par leur fonction : la Fiancée, le Fiancé, la Mère, la Belle-Mère, la Femme, le Père, la Voisine, la Jeune Fille, la Petite Fille, le Bûcheron... N'est-ce pas là une influence directe des personnages allégoriques de l'*auto sacramental* caldéronien, dont il a encore plein les oreilles ? Et par-dessus tout, l'auteur fait intervenir deux personnages qui sont des mythes purs, parce qu'ils sont aussi des allégories : la Mendiante, qui personnifie la Mort, et la Lune, avec sa puissance maléfique. Oui, la Famélique et la Maléfique, qui sont, par cette paronomase qui fonctionne aussi bien en espagnol qu'en français, les deux faces d'une même monnaie. Au troisième acte, alors que l'action se précipite et que la tragédie va aboutir au duel sanglant et mortifère, la Mendiante/Mort écarte sa cape noire (comment ne pas penser ici, par une belle coïncidence, au personnage de la Mort dans *Les Trois Lumières*, de Fritz Lang, mais comme en allemand *töd* est du genre masculin, c'est un homme qui ouvre à l'écran sa longue cape) et occupe tout le centre de la scène : elle nous dit que le sort en est jeté et que les deux jeunes hommes rivaux vont s'entre-tuer et disparaître. Et la Lune peut enfin promener sa clarté jaune, celle qui présidait déjà à la première scène, toute pleine de pressentiments. La Mendiante et la Lune sont complices — on songe, bien sûr, au couple Sombra et Culpa, l'Ombre et la Faute, dans *La vida es sueño* —, elles hâtent le destin, elles le déterminent : la Lune s'écrie : « Je vais éclairer les cailloux », et la Mendiante lui dit : « Éclaire le gilet, écarte les boutons, / ensuite les couteaux connaissent le chemin[4]. » C'est la Lune qui, comme elle éclaire toute la scène, avertit la Mendiante/Mort de l'arrivée imminente des rivaux, et celle-ci s'écrie en scellant leur mort :

Vite ! Beaucoup de lumière ! M'entends-tu ?
S'enfuir, ils ne le pourront plus[5] !

Le Fatum est là, le destin impose sa loi, inéluctable. Nous sommes bien dans un théâtre mythique et symbolique, sans doute hérité du théâtre de Maeterlinck dont Lorca se rappelait assurément cette pièce qui fit le tour de l'Espagne, *L'Intruse* — laquelle précisément n'est autre que la Mort.

Reste ce qui ressort de plus fort ici et qui rattache la pièce à ce génie sensuel de Federico, tel qu'il s'exprime dans le *Romancero gitan* et la pièce dramatique qui en est la plus proche. Le sujet véritable de *Noces de sang* est moins la vengeance, le duel à mort de deux rivaux autour de la même femme ; moins celui de l'honneur et de la pureté, revendiquée par la Fiancée au dernier acte, avec plus de raison que Bernarda Alba clamant la virginité de sa fille contre toute vérité ; que le thème profond et véritable de la passion amoureuse, aussi impérieuse que dans la tragédie grecque où elle était commandée par les dieux. Elle participe du même feu qui consume Phèdre. Que peut-on faire quand le désir vous saisit ? Force est de dire, comme le fait Leonardo et comme le répète la Fiancée : ce n'est pas ma faute ! Les personnages sont dominés par leur Éros, ils sont « agis », autant que le sera *L'Étranger* de Camus quelques années plus tard, autant que l'est au même moment Pascual Duarte, autre assassin malgré lui, dans le fameux roman de Camilo José Cela (*La Famille de Pascal Duarte*). Avec ce même feu du Sud et de la Méditerranée, qui est le signe de ces dieux de l'Olympe qui, comme le dit Albert Camus, « parlent dans le soleil ».

Ce feu-là saisit la Fiancée et Leonardo devenus une même torche enflammée. Quand la fiancée s'écrie :

Je te regarde et ta beauté me brûle

son amant lui répond :

Le feu au feu s'embrase.
La même minuscule flamme
tue deux épis d'un seul coup[6].

Le reste, dès lors, appartient aux sens enivrants, à leur domination, à leur empire, ce qu'exprime Lorca par une image forte de cet accouplement fatal, une des plus fortes sans doute qu'il ait tracées :

Des clous de lune ont fondu
ma taille avec tes hanches[7].

Sexe et souffrance. Passion dans tous les sens du terme. Nous retrouvons bien cette même inspiration du *Romancero gitan*, et cette folle chevauchée amoureuse de « La Femme infidèle » :

sur une jument de nacre
sans bride et sans étriers[8].

*Noces de sang* est bien la mise en scène d'une passion dominatrice exprimée avec une sensualité impérieuse. Noce des corps amoureux, elle se prêtait pour cela, plus que toute autre, à la chorégraphie et à la gestuelle dramatique. Elle avait ce génie-là, voulu par Federico, et cinéastes et chorégraphes le lui ont bien rendu.

Mais cette passion dramatique, passée au crible de la lumière jaune de la Lune et d'un destin fatal, ne pourra aboutir. Cet amour impossible est une véritable obsession chez Lorca. C'est même, peut-être, le seul thème authentique de toute son œuvre, sa base, son fondement, ses fondations sur lesquelles s'élèvent poèmes, chansons, comédies et drames. Et dans le tracé allégorique des caractères, on voit bien ici que Leonardo, le seul pourtant à avoir un nom, est un être falot, dominé par sa mère, évidemment castratrice, qui est aux antipodes de l'amant de la Fiancée, qui l'emporte sur son cheval fou, sur ce fier coursier, symbole ici, comme il l'a toujours été dans la poésie, d'un sexe victorieux. Tout oppose ces deux hommes, et la Fiancée, forcément esclave de ses sens, a vite fait son choix, comme elle l'explique à la Mère en cette tirade édifiante — et qui révèle tellement, pour qui sait l'entendre, la propre sexualité de Federico :

J'étais une femme brûlée, pleine de plaies au-dedans comme au-dehors, et votre fils était un peu d'eau dont j'attendais des enfants, une terre, la santé ; mais l'autre était un ruisseau sombre, plein de branches, qui entre ses dents me tentait de son chant et de la rumeur de ses joncs. Et moi je courais avec votre fils qui était comme un petit enfant d'eau, tout froid, et l'autre m'envoyait des centaines d'oiseaux qui m'empêchaient de marcher et déposaient du givre sur mes blessures de pauvre femme fanée, de petite fille caressée par le feu[9].

On est bien là dans l'amour passion qui entraîne tout sur son passage et bouleverse le libre arbitre. La leçon est inscrite dans la vie même du poète : il faut suivre son désir… autrement dit, ses instincts. C'est ce que fait le personnage de la Fiancée. C'est ce que recherchera sa vie durant Federico. Et justement ici, même si ce sont des raisons économiques qui font avorter l'amour, il n'empêche que le mythe de l'impossible amour est bien là, présent, vibrant, renversant. Federico toute sa vie nous aura dit et ressassé, comme le fera plus tard Aragon : « Rien n'est jamais acquis à l'homme… et quand il croit saisir son bonheur il le broie… Il n'y a pas d'amour qui ne soit à douleur, il n'y a pas d'amour dont on ne soit meurtri, il n'y a pas d'amour heureux. » Aragon était très proche de Lorca, comme il le prouvera sur le tard en produisant son très oriental poème « Le Fou d'Elsa », composé en *zadjel*, tout comme Federico, aux dernières pulsations de sa veine poétique, choisira les formes orientales du *diwan* et de la *kassida* pour composer son *Divan du Tamarit*.

# Entracte entre deux succès

*L'Auteur :*
*C'est un soupir de ma voix, c'est un geste de ma main*
*qui fait de toi une masse informe,*
*puis donne forme à sa matière mystérieuse.*

PEDRO CALDERÓN DE LA BARCA[1]

Lorca se prend tout à fait au sérieux dans son nouveau rôle de directeur de troupe. Il se souvient, sans doute, qu'au siècle d'Or, *el Autor* était aussi bien l'auteur que le metteur en scène. Au demeurant, toutes les pièces de Federico données de son vivant le voient jouer un rôle déterminant dans la mise en scène. C'est lui qui donne les indications de diction et qui mime tous les gestes. Pour celui qui a débuté dans la vie dramatique en jouant avec son guignol d'enfant, les acteurs ne sont que des marionnettes dont il tient et tire les fils. D'ailleurs, son petit théâtre de marionnettes, celui qu'il avait payé avec les sous de sa tirelire, jouet favori de son enfance, ne le quitte jamais. Il fait partie des bagages du maître de La Barraca. Il ne sera pas toujours facile pour les acteurs de se laisser manipuler et modeler par « l'Auteur », dans cette Espagne où le vedettariat était assez prononcé pour faire d'un Antonio Calvo, d'un Rafael Calvo et d'une María Tubau des demi-dieux, tout comme en Europe il en allait aussi de ces divas qui s'appelaient Sarah Bernhardt et la

Duse. Mais dans cette troupe de comédiens amateurs, ambulants et bénévoles, au sortir de l'adolescence, l'admiration pour le poète est si grande qu'on peut bien lui passer tous ses caprices.

Le professionnalisme croissant de Lorca va lui valoir une proposition alléchante, dont il parle dans une lettre à un jeune Grenadin qui fut, passagèrement, de ses amis, Eduardo Rodríguez Valdivieso :

> J'ai travaillé beaucoup et je commence maintenant à travailler à nouveau avec une véritable intensité, car on m'offre rien de moins que la direction artistique du Teatro Lírico Nacional, mais je crains de ne pouvoir accepter[2].

Ce Théâtre national avait été créé précisément cette année 1932 par le gouvernement de la République, tout comme il avait mis en place précédemment les Missions pédagogiques, et dans le même esprit de promotion culturelle du pays. On avait donc confié la direction de ce centre culturel au metteur en scène et dramaturge Cipriano Rivas Cherif, qui était, comme on l'a vu, le beau-frère du premier Ministre de la République espagnole, Manuel Azaña, ceci expliquant peut-être cela. Et quand Cipriano démissionne, on sait que Lorca, son ami, est pressenti pour lui succéder. La presse de droite s'en alarme déjà. Bien à tort. On ne sut jamais si ce poste était destiné à Federico et si ce dernier refusa l'offre.

De toute façon, notre poète a déjà bien à faire avec cette Barraca qu'il dirige depuis un an et qui repart en tournée le 21 août de cette année 1932.

Une tournée qui va mener la troupe dans le Nord, en Galice, à La Corogne, Vigo, Pontevedra et Saint-Jacques-de-Compostelle, plus quelques bourgs, et aux Asturies — Oviedo, Canga de Onís... —, avant de redescendre, début octobre, en direction de Grenade pour fêter le quatre centième anniversaire de la fondation de l'université. Lorca et ses compagnons y donnent *La vie est un songe* — qui demeure son cheval de bataille — dans le beau patio du Corral del Carbón du théâtre Isabel la Católica. Un haut lieu dramatique où le petit Federico — il le fait remarquer au public dans une de ses causeries préliminaires qu'il a coutume de faire depuis l'entrée en course de La Barraca — a connu ses premiers émois de théâtre. Le lendemain, il donne son autre tête d'affiche, les intermèdes de Cervantes dans la cour de Santo Domingo — une caserne d'artillerie désaffectée — devant, cette fois, un public plus populaire au premier rang duquel il fait asseoir la vieille domestique de la famille, celle qu'il aime tant et à qui il devra tant de reparties truculentes et savoureuses dans le théâtre qui tourne encore dans sa tête, tout particulièrement *Yerma, Doña Rosita* et *La Maison de Bernarda Alba*. À Madrid de nouveau, il donne le 19 décembre une représentation de *La vie est un songe*, mais cette fois au Teatro Español, dont la scène a déjà et gardera longtemps une vocation classique, un peu comme notre Comédie-Française. Il s'agit alors d'une consécration officielle, car le public comprend les plus hautes autorités : le président de la République, Niceto Alcalá-Zamora, le premier Ministre Manuel Azaña, le président des Cortes (le Parlement) Julián Besteiro, et de nombreux ministres dont, bien sûr, l'ami de toujours et son protecteur, Fernando de los Ríos. Un bel enthousiasme, certes, et une ovation pour l'auteur remarquée par la presse. Enfin, pas toute la presse : celle de droite, du fait même de la présence des plus hautes autorités de l'État et de la caution apportée ainsi à Lorca par les socialistes, y vit la confirmation que tout n'était qu'affaire de « marxistes », de « juifs » et de « communistes », et brandit une fois de plus la menace sur l'Espagne de la révolution et des Rouges. Beau terreau de propagande pour le coup d'État en préparation, et dont les prémices sont marquées à Séville par le soulèvement manqué du général Sanjurjo, compagnon et complice du général Franco qui attend encore dans son coin le moment favorable pour agir.

Federico en est-il fortement concerné ? Pas vraiment ni totalement. Certes, il donne sa signature à divers manifestes et sa caution à quelques groupes antifascistes comme l'Association des amis de l'Union soviétique, mais il n'ira pas jusqu'à payer de sa personne en participant à des meetings et en y prenant la parole, moins encore en adhérant à un parti, comme son collègue Rafael Alberti qui, très tôt, entre au parti communiste. À un journaliste qui l'interroge sur l'engagement politique en évoquant l'adhésion d'Alberti au parti communiste, Lorca répond que l'artiste doit rester en dehors de tout parti, qu'il doit être « anarchiste » — sans se douter que l'anarchisme espagnol allait devenir un parti comme les autres, et se pénétrer d'autant de dogmatisme et de sectarisme — et il définit alors le poète comme celui qui entend des voix. Trois voix seulement : celle de la mort, en premier, celle de l'amour et celle de l'art. Somme toute, une définition de son théâtre. Federico, qui restera donc toujours très loin du débat politique, est exclusivement préoccupé par ses activités dramatiques. Et aussi, bien qu'il soit difficile d'en parler tant il reste secret, par sa vie sentimentale, dont on ne sait pas grand-chose mais sur laquelle chacun a sa petite idée. Ainsi, le jeune poète catalan Josep Vicenç Foix — qui sera bientôt une des grandes voix surréalistes de la poésie catalane, assiste à Barcelone, à l'hôtel Ritz, à une conférence de Federico où celui-ci évoque son séjour new-yorkais et lit quelques pages du *Poète à New York* — apporte son témoignage, mais c'est pour nous dire seulement que Federico s'était présenté en compagnie d'un beau jeune homme efféminé et qui portait des chaussures rouges[3]. Avec de pareils raisonnements, on comprend pourquoi un Arrabal, à Paris, après la guerre, se vengera de la bienséance espagnole en arborant d'extravagants costumes rouges, pourpres et tapageurs.

Federico partage donc son temps, formidablement rempli, entre les tournées de La Barraca, sa propre écriture qui, sous pareil aiguillon, connaît alors une irrésistible ascension, et aussi ses conférences, auxquelles il a pris goût. À vrai dire, c'est presque la même chose : Federico conçoit chaque causerie comme une mise en scène et un jeu d'acteur. De surcroît, il associe musique et texte, et n'hésite pas à se mettre au piano pour illustrer tel passage ou telle « berceuse » dont il étudie le mécanisme. À Pontevedra et à Lugo, Federico prononce une importante conférence sur Marie

Blanchard, une artiste peintre parisienne qui vient de décéder et à qui l'Ateneo de Madrid rend hommage le 1er juin 1932 : là, Lorca va lire quelques feuillets d'hommage, avec un assaut de féminisme appuyé et c'est ce texte qu'il reprend, en l'étoffant, en Galice. Non, s'écrie-t-il, alors les femmes ne sont pas toutes, comme on le croyait à Grenade, « ou impossibles ou idiotes ». Elles peuvent créer aussi bien que les hommes. Le Créateur n'a pas de sexe. À Barcelone, il se campe en « poète à New York », ou bien récite à Valladolid son *Ode à Walt Whitman.* Il aime tant se produire sur scène qu'il n'hésite pas un instant lorsque son collègue andalou Rafael Alberti donne, à son tour, un récital de poésie, le 6 mai 1933, au Teatro Español de Madrid, sur « La poésie populaire dans la lyrique espagnole » — cinquante ans plus tard, il resservira à peu près la même conférence dans sa dernière tournée où l'actrice Núria Espert et lui réciteront avec un brio et un art stupéfiants les plus beaux poèmes de la langue espagnole, tournée qui sortira des frontières de l'Espagne et touchera toute la France, même une petite ville universitaire comme Rennes ! — eh bien, du fait même que le poète de Cadix se fait accompagner de la chanteuse Encarnación López, « la Argentinita », Federico n'hésite pas à l'accompagner au piano. On ne peut qu'être surpris de le voir se produire dans le rôle tout à fait subalterne d'accompagnateur au piano d'un jeune poète et d'une cantatrice, mais ainsi est sa nature, généreuse et finalement grandiose de modestie et de désintéressement. Contrairement à ce qu'on a pu dire, il ne tire pas toujours la couverture à lui et ne monopolise pas sur son seul visage les feux de la rampe.

On peut mettre sur le compte de ce désintéressement amical l'incursion que fait Federico dans la langue et la poésie galiciennes. Il a connu à Madrid en 1931 un jeune intellectuel, Ernesto Guerra de Cal, ardent défenseur de la langue et de la culture galiciennes que l'Espagne impériale a toujours cherché à étouffer, comme elle le fera des autres cultures régionales, surtout la catalane, et cela ne fera qu'empirer avec l'avènement du franquisme et une mise à l'écart du régionalisme — le mot est bien faible s'agissant d'authentiques mouvements de récupération nationale — qui durera jusqu'à la mort du dictateur en 1975. Eh bien, Federico retrouve son Ernesto, qui lui plaît bien, en automne 1932 lors de sa tournée en Galice, et notamment à Saint-Jacques-de-Compostelle, une ville d'art qui soulève son enthousiasme poétique. Il est frappant de remarquer avec quel art et quelle fougue des Andalous contemporains comme Picasso et Lorca ont « parlé » ou « représenté » la Galice. De cette rencontre avec Ernesto Guerra de Cal sortiront, par amitié pure, les *Six Poèmes galiciens* de Lorca, écrits dans la noble langue de Rosalia de Castro, et en hommage à cette grande figure de la poésie galicienne, mais que Federico n'aurait évidemment pu écrire sans la collaboration efficace de son jeune ami. De quoi donner tort et même chiquenaude à cette langue de fiel de Borges (que Federico va bientôt rencontrer). Comme le prouve cette célébration de la pluie galicienne sur Saint-Jacques-de-Compostelle :

| | |
|---|---|
| *Chove en Santiago,* | Il pleut sur Saint-Jacques, |
| *meu doce amor* | mon doux amour. |
| *Camelia branca do ar* | Dans le ciel brille et frissonne |
| *Brila entebrecido o sol*[4]. | le camélia blanc du jour[5]. |

Bien sûr, on retrouve là une réminiscence de sa poésie andalouse, quand par exemple dans le poème « Guitarra », du *Poème du Cante Jondo*, il écrit que la guitare pleure pour « des choses lointaines » comme ce sable du Sud qui réclame des « camélias blancs ». Mais justement, Federico trouve en Galice cette douceur, ce vert de la fécondité et de la profusion, cette terre grasse et généreuse qui font défaut à l'Andalousie. Tout cela est donc parfaitement homogène et accordé à une poésie authentique.

Federico est d'autant plus désintéressé que, pour la première fois de sa vie, il gagne assez d'argent pour subvenir à ses besoins sans recourir aux habituelles largesses de son père. Si La Barraca est une entreprise entièrement bénévole, les conférences que multiplie Federico dans toute l'Espagne avec une sorte de frénésie lui remplissent les poches. C'est, d'ailleurs, la leçon de son séjour aux Amériques quand il avait vu les Cubains, dans leur enthousiasme, le couvrir de pesos ; il avait alors écrit à ses parents qu'enfin ses poches étaient pleines et qu'il ne leur réclamerait plus rien pour son ordinaire. Mais évidemment, plus que ces conférences, c'est enfin le théâtre qui va faire de Lorca un écrivain professionnel et argenté. Et cela pendant les quatre ans, hélas ! qui lui restent à vivre.

Le premier succès d'affiche, en effet, le dramaturge le doit à ces *Noces de sang* dont la première va avoir lieu à Madrid, au théâtre Beatriz, le 8 mars 1932. La pièce sera jouée trente-huit fois, jusqu'au 8 avril 1932, et ne s'arrête alors que parce que la première actrice, Josefina Díaz de Artigas a fini sa saison. Mais la pièce n'en reste pas là, car la grande actrice Lola Membrives l'emmène dans ses bagages en Argentine en s'embarquant le 5 mai de cette même année. La gloire de Lorca franchit les mers.

## L'Argentine, enfin

*Je suis brésilien j'ai de l'or et j'arrive de Rio de Janeiro...*

HENRI MEILHAC ET LUDOVIC HALÉVY[1]

Federico fait ses adieux aux siens, à Grenade, le 22 septembre 1932, avant d'entreprendre le second et dernier grand voyage de son existence, qui va le mener en Argentine et en Uruguay, et aux cimes de la gloire. Le succès est déjà là car Lola Membrives obtient un triomphe sur la scène du théâtre Maipu de Buenos Aires et *Noces de sang* fait salle pleine pendant vingt représentations successives, jusqu'à la fin de la saison dans la capitale le 7 août 1932, avant de se lancer à la conquête de la province. Tout le monde réclame l'auteur à grands cris. Lorca devient riche ; quelqu'un calcule même qu'il vient d'empocher l'équivalent du salaire annuel d'un ouvrier espagnol, et même d'un ouvrier spécialisé. Cependant, sûr de sa gloire et de son importance, il n'entend pas sacrifier l'entreprise à laquelle il se dévoue depuis un an déjà, La Barraca. Ni même déléguer ses pouvoirs. Il part donc tranquillement le 10 août pour une tournée de quatre semaines dans le Nord : la Cantabrie, la Navarre, l'Aragon et la Vieille Castille (Logroño, León et Burgos). Ce n'est qu'après qu'il se met en route, de Grenade à Madrid — où toute la troupe vient lui dire au revoir —, puis à Barcelone le 28 septembre pour embarquer le lendemain sur le *Conte Grande*, un paquebot de luxe qui enchante Federico. À l'escale aux Canaries, le 2 octobre, il écrit à ses parents qu'il a une « cabine avec salle de bains et toute sorte de confort ». Bien entendu, il se déguisera en marin pour passer l'Équateur, lors du baptême habituel des passagers franchissant la ligne équinoxiale. Cette fois il est heureux de débarquer directement « en terre américaine…, dans notre Amérique, l'Amérique espagnole », précise-t-il encore aux siens. À l'escale de Rio de Janeiro, l'ambassadeur du Mexique au Brésil, l'écrivain Alfonso Reyes, que Lorca a connu à Madrid, vient le saluer et lui remettre les exemplaires de l'*Ode à Walt Whitman* qu'il vient de faire paraître au Mexique, un pays alors plus ouvert que l'Espagne aux stances provocantes du poète. Le voyage est interminable ; le paquebot fait escale à Santos, sur la côte brésilienne, puis à Montevideo. La capitale uruguayenne a connu les représentations triomphales de *Noces de sang* avec l'actrice Lola Membrives, et la foule se presse pour l'accueillir, parmi laquelle l'ambassadeur d'Espagne en Uruguay, Enrique Díez Canedo, qui est un vieil ami de Lorca, dont il a parlé avec bonheur et chaleur dans ses travaux de critique littéraire. Il ne reste plus alors qu'à franchir le Río de la Plata pour toucher à Buenos Aires. Ce que font les deux hommes. Federico confie alors au grand critique espagnol que *Noces de sang* est certes un drame rural à succès, mais que ses ambitions vont bien au-delà. Il lui parle avec insistance de son « théâtre de l'impossible » et des deux pièces majeures que sont *Le Public* et *Lorsque cinq ans seront passés*. Voilà, lui dit-il, le théâtre qu'il veut entreprendre. Et d'ailleurs, ce théâtre va se faire ; il évoque alors le projet de son vieil ami Cipriano Rivas Cherif, l'artisan de ses premiers pas de dramaturge : donner la première pièce au Théâtre-école d'art expérimental de Madrid, avec pour sous-titre « Poème tragique pour être sifflé » ! C'est la propre définition qu'en donnera — ou répétera — Lorca dans une prochaine interview à *La Nación de Buenos Aires*, le 14 octobre 1933 : « Un poème pour être sifflé[2]. » Au demeurant la presse espagnole, et concrètement *El Heraldo de Madrid*, s'en fera l'écho le 21 novembre 1933 en annonçant la création de ce lieu madrilène d'art expérimental. Díez-Canedo ne s'était donc pas trompé en prédisant depuis plusieurs années le destin glorieux et universel du dramaturge. À quoi fait écho maintenant la presse portègne — les *Porteños*, n'est-ce pas ? sont les habitants du « Port », c'est-à-dire de Buenos Aires — en présentant Lorca comme le dramaturge et poète de langue espagnole le plus novateur sur les deux rives de l'Atlantique. Pas un journal de la ville, pas un quotidien qui n'annonce l'arrivée de Federico en Argentine. Et dans cette foule populeuse venue l'accueillir, Lorca découvre avec beaucoup d'émotion des gens de Fuente Vaqueros qui ont émigré là quelques années plus tôt, alors il se met à pleurer dans les bras de Matilde de Cobos, Francisco Coca et María Molino.

Federico va loger à l'hôtel Castelar dans ce qu'on appelle l'avenue des Espagnols, en réalité Avenida de Mayo, à forte concentration d'Espagnols venus en masse dans la dernière décennie — quelque trois cent mille immigrants —, des Galiciens pour la plupart dont certains savent que Lorca a composé des poèmes dans leur langue, ce qui décuple leur enthousiasme et la chaleur de l'accueil. La presse galicienne d'Argentine, à travers le *Correo de Galicia*, reproduit en première page un de ces poèmes, « Madrigal a cibdá de Santiago ». L'avantage de cette avenue, c'est qu'on y trouve aussi, à proximité, le théâtre Avenida où le 25 octobre Lola Membrives reprend *Noces de sang*. Lorca ne sait plus comment répondre à pareil accueil, alors une seule comparaison lui vient à l'esprit : on me célèbre, dit-il, comme un torero. Il est vrai que la *faena* — le travail à la cape — de Federico est à la hauteur des plus grands maîtres des arènes. Mais à qui le dit-il ? À son père, grand aficionado, sans doute en pensant que ce père, qui lui reprochait tant d'être incapable de subvenir à ses besoins, à un âge avancé, va avoir enfin pour son fils une réelle considération. Federico prend, en quelque sorte, sa revanche et se lave cette fois de tous ses complexes. En s'adressant plus spécialement à sa mère, si besogneuse et toujours si inquiète des questions économiques, il ajoute dans sa lettre qu'il va gagner « assez d'argent pour disposer à Madrid de tout ce qu'il voudra[3] ». Une des personnalités les plus en vue et prometteuses de l'Amérique hispanique lui est alors présentée, il s'agit du poète chilien Pablo Neruda — qui aura aussi sa rue à Fuente Vaqueros, à côté de celle de Federico. On connaît l'enthousiasme chaleureux et la force tellurique du verbe de Neruda, alors comment s'étonner de son éloge hyperbolique saluant en Lorca « l'apogée le plus grandiose qu'un poète de notre race ait connu[4] » ? Gloire pour gloire, il est présenté aussi à Carlos Gardel, le demi-dieu du tango.

Une gloire bien époustouflante après la représentation théâtrale de *Noces de sang* le 25 octobre. Le théâtre est pris d'assaut, le public se dresse comme un seul homme pour applaudir l'exploit théâtral et son auteur. Federico boit du petit-lait et écrit alors à ses parents : « Je n'ai jamais vu de ma vie pareil enthousiasme[5]. » La *standing ovation* qui salue le poète va durer cinq minutes. Et une émotion d'autant plus grande que, dès la première réplique où la Mère, par la voix brisée de Lola Membrives, évoque ces « deux partis » affrontés en prédisant « l'heure du sang[6] », tout le monde et Federico le premier (qui n'en avait peut-être pas eu claire conscience en écrivant cette entrée en drame) comprit que c'est de l'Espagne la plus actuelle qu'il s'agissait, alors que le parti de la Phalange venait d'être créé et que la droite nationaliste s'apprêtait à prendre le pouvoir.

Il y aura en tout cent représentations de la pièce. Et Lorca, qui perçoit dix pour cent des recettes, empoche plus d'argent qu'il n'en a jamais vu. Chose inouïe, il ouvre même un compte en banque sur place. Sa chambre se remplit des cadeaux qu'il achète pour sa mère. Voilà donc, enfin, une gloire qui le grise, lui qui a toujours eu quelques velléités nombrilistes, mais qu'il sait aussi ramener à l'utile : il s'agit bien à ses yeux de mieux servir son théâtre — surtout celui à venir, si difficile — en engrangeant les suffrages du public.

Venu en Argentine pour quelques semaines, Lorca va y rester près de six mois. Tant pis pour ce Noël de 1933 qu'il ne passera pas en famille ! Mais si l'on a pu dire en France d'un Borges qu'il « valait le voyage », assurément en retour Lorca le valait bien aussi. Et c'est justement Borges qu'il va enfin rencontrer, au sein du cénacle animé par la grande dame des lettres argentines Victoria Ocampo (qui fut la maîtresse de Drieu la Rochelle, à qui la phrase sur Borges est attribuée). Rencontrer est un bien grand mot, parce que ce contemporain (il a un an de moins que Lorca) est encore dans les limbes de la gloire, mais promène déjà une suffisance, ou disons une distance, qui fait qu'il n'est pas possible de trouver chez lui la moindre chaleur, ni même une once d'affection. En effet, les présentations se font dans le salon de Victoria, et Federico, avec son esprit joueur — ou peut-être provocant, car il sait qu'on le regarde et le juge — évoque son séjour aux États-Unis devant Jorge Luis et pose la devinette suivante : « Quel est le personnage le plus représentatif des heurs et malheurs de l'Amérique ? » Et comme l'autre donne sa langue au chat, il sort de sa manche l'illustre souris de Walt Disney : « Mickey Mouse ! » Borges est excédé par cet homme qu'il ne comprend pas, si différent de lui par sa faconde et sa volubilité, sans compter qu'il reste imperméable à son humour. Alors, rentré chez lui, sa mémoire enregistre l'impression qu'il confiera plus tard à ses interlocuteurs : Lorca ? « Il m'est apparu comme un homme qui se donnait en spectacle, n'est-ce pas ? Qui jouait un rôle. Je veux dire par là que c'était un Andalou professionnel[7]. » Et voilà la phrase lâchée. La postérité ne retiendra de cette rencontre entre Lorca et Borges que cette étiquette, et la rangera au chapitre des bons mots du Tirésias portègne.

Mais cela ne va pas entamer l'engouement des Argentins pour Lorca. Lola Membrives, sur la lancée du succès phénoménal de *Noces de sang*, entreprend tout aussitôt de monter *La Savetière prodigieuse*. Le 21 novembre est donnée la centième de *Noces de sang* devant le Tout-Buenos Aires intellectuel, artistique et politique : le chef de l'État est présent dans sa loge présidentielle, et lorsque le rideau tombe sur le dernier acte, Federico est appelé sur scène et déclame quelques poèmes de son *Romancero gitan*, comme pour faire un pied de nez à Borges et à son accusation. Alors il en rajoute une couche en déclamant les très célèbres et forcément typiques *romances* de « Antoñito el Camborio » et de « La Femme infidèle », dont le public raffole.

Pendant ce temps à Madrid, La Barraca souffre de la victoire de la droite aux élections : sa subvention est supprimée et le collaborateur de Federico, Manuel Ugarte, qui dirige tout en son absence, lui demande de regagner au plus vite la capitale espagnole. Mais comment résister au charme argentin et à ce succès inouï qui, véritablement, lui monte à la tête ? Comme il l'avait fait à La Havane, il prolonge son séjour, et le 1er décembre il connaît un nouveau triomphe sur la scène du Teatro Avenida avec la première de *La Savetière prodigieuse*. Le succès est tel que Federico, pourtant si loin des préoccupations financières, s'ouvre auprès de l'ambassadeur d'Espagne de l'impossibilité de sortir tous ces *pesos* d'Argentine, mais les choses s'arrangeront, à l'heure du retour, par la vertu de la valise diplomatique. Le Pierrot lunaire sait, quand il le faut, remettre pied à terre et gérer ses biens, sans doute par amour pour sa mère et aussi pour se revaloriser aux yeux de son père. Lorca pourra rentrer des Amériques en chantant le fameux couplet d'Offenbach : « Je suis brésilien j'ai de l'or et j'arrive de Rio de Janeiro[8]... »

Il y aura aussi, face à son succès grandissant en Argentine, la mise en scène de *Mariana Pineda,* sa première pièce, mais là avec beaucoup moins d'adhésion, car le public sent bien tout ce qui sépare ce drame patriotique d'un débutant des grandes pièces des femmes lorquiennes. La pièce est retirée de l'affiche et Federico, qui prolonge une fois de plus son séjour en Argentine, s'active pour achever d'écrire le troisième acte de *Yerma*, sur les instances de Lola Membrives qui veut damer le pion à la grande Catalane Margarita

Xirgu à qui Lorca a promis cette œuvre. Il part avec Lola, actrice épuisée et qui veut se refaire une santé sur la rive d'en face, à Montevideo où l'attend, là aussi, un public enthousiaste. À défaut d'achever sa pièce, il va donner dans la capitale uruguayenne quelques récitals et conférences. Lors d'un banquet en son honneur un journaliste lui pose cette question dérangeante : pourquoi, lui qui a maintenant trente-six ans, n'est-il pas marié ? La réponse ne prend pas au dépourvu notre poète qui a toujours une repartie toute prête, et cette fois assez piquante : « Mes frères et sœurs, eux, se marient, mais moi j'appartiens à ma mère[9] ! » Chacun appréciera la réponse, mais enfin la littérature est pleine de ces fils qui disent ne pas se marier pour rester fidèles à leur maman. Mais on l'a entendu aussi déclarer que doña Vicenta était la seule femme de sa vie, la seule qu'il ait aimée…

Pourtant Federico est un homme à femmes. Ou disons plutôt un poète qui est aux pieds des femmes, les sert, les entend, perçoit leurs plaintes et leurs récriminations. Un dramaturge qui aura fait parler la femme espagnole comme aucun autre. À défaut de terminer sur place sa *Yerma* — le plus grand drame qu'il aura écrit sur la femme frustrée —, Federico adapte la *comedia* de Lope de Vega, *La Dama boba* (*La Dame niaise*). Que veut–il dire à sa manière ? Federico, qui a acquis une sérieuse expérience du théâtre avec sa Barraca, théâtre de baladins et populaire qui fonctionne avec la complicité du public, adapte donc Lope en supprimant tout ce qui passe mal, élaguant le texte de quelques savantes tirades. Le rythme, voilà le maître mot de son théâtre. Tous le disent, parmi les acteurs, avec Federico cela fonctionne de façon mathématique, le moindre geste, le plus petit pas sur scène est codifié, le tout étant orchestré comme un ballet. Et puis il y a cette dimension des *pasos* antiques qui pousse un Lorca habitué dès son plus jeune âge au théâtre de marionnettes, à jouer Lope comme si l'Auteur avait suspendu des fils sur ses personnages et les manipulait en accentuant leur gestuelle mécanique. Ainsi fait donc Federico sur la scène uruguayenne et sa *Dama boba* revisitée obtient un succès comparable aux deux autres pièces lorquiennes. Succès si grand que, le public en redemandant, Federico reprend sa vieille pièce de guignol érotique, *Retablillo de don Cristóbal — Le Jeu de don Cristobal* —, et la donne à sa Lola Membrives qui en fait un triomphe. Il est vrai que le langage est d'une incroyable verdeur, qu'on y parle tétons et fesses, en évoquant cette *urraquita* (« petite pie ») entre les cuisses qui chante et qui crie… À vrai dire, conclut l'auteur en épilogue de la pièce, tout cela, sur les lèvres d'une marionnette, est d'une grande innocence ! Pièce revisitée aussi, Federico mettant dans la bouche de Perlimplin des quolibets à l'encontre de la presse locale, salués par de grands éclats de rire dans la salle : « Le critique du *Diario* / ronfle extraordinairement », et les gens s'esclaffent, puis « et le critique du *Diario Español* / ronfle pendant toute la représentation », et le public rit de plus belle, et enfin « au milieu de la pièce sa canne tombe à terre et fait pim pam pom[10] », et le théâtre croule sous les rires. Lorca savait bien, à la longue, mettre le public dans sa poche.

Sans compter qu'il empoche aussi des sommes folles qu'il adresse à son père à Grenade par virement postal depuis Montevideo. Voilà bien un homme accompli, un poète fortuné, un citoyen respectable. Paradoxalement la bohème intrinsèque de ce va-nu-pieds d'antan a transformé le poète en « homme d'affaires » — bien qu'avec beaucoup de guillemets ! Après tant d'ajournements et de retards, Lorca se résout enfin à rentrer, le 27 mars 1934, après une soirée fort arrosée où il prend congé de « plusieurs centaines d'amis », emportant dans ses narines cette odeur de *bucaro* andalou du Río de la Plata aux eaux limoneuses. Et le voilà sur le pont du *Biancamano*, qui touche Barcelone le 11 avril au matin ; le soir même il prend le train pour Madrid où, le lendemain, il retrouve les siens. Quelle équipée !

Mais le succès se poursuit sans lui en Argentine, jusqu'au retour de Lola Membrives en Espagne à l'automne, après avoir donné deux cents représentations de *La Dama boba,* cent cinquante de *Noces de sang*, soixante-dix de *La Savetière prodigieuse* et vingt de *Mariana Pineda*. Lorca, en cette année 1934, est devenu l'auteur et scénographe espagnol le plus joué du monde hispanique.

# Le kaléidoscope de Federico

*Créer n'est pas un jeu quelque peu frivole. Le créateur s'est engagé dans une aventure effrayante, qui est d'assumer soi-même, jusqu'au bout, les périls risqués par ses créatures.*

JEAN GENET[1]

Poète ou dramaturge, la question s'est souvent posée de nommer le talent majeur de Federico. En fait, la langue espagnole en son ambiguïté lui va comme un gant : Lorca était *poeta* au sens classique et complet du terme : poète, auteur dramatique et directeur de troupe. Protée de la scène et du verbe, en ses constantes métamorphoses, artiste inspiré, fiévreux, compulsant ce kaléidoscope qui, depuis l'enfance, grossissait entre ses mains, qui surgissait d'entre son corps et qu'il brandit sa courte vie durant en magicien qui fait mouche, qui fait claque, et la colombe lissait ses lèvres. Ce flot d'images, d'une récurrence extrême, qui sabre l'œil du poète — image primordiale d'*Un chien andalou* — et fait couler tant de sanglantes larmes sur le visage de ses figurines, le mage l'organise autour de deux thèmes, dans les deux pièces si chères à son cœur et qu'il estimait injouables : *Lorsque cinq ans seront passés* et *Le Public* — pièce qu'il avait demandé de détruire après sa mort. Car pourquoi conserver une pièce qui n'avait de sens que pour lui, qui n'était catharsis et exorcisme que pour son âme tourmentée ? Et pourquoi risquer l'opprobre public après que tout serait consommé ? Ces deux thèmes pourraient être (avec Lorca le sens commande l'incertitude et l'hypothétique) la passe du temps — *Lorsque cinq ans seront passés* — et la passe des masques — *Le Public. On* parlera de passe comme d'une mise en jeu / au jeu, d'une mise en je / au je, étant entendu que la superposition de masse était un procédé cher au poète et à ses amis surréalistes, Dalí au premier chef (comme ces dessins où se superposaient la face de Federico et le visage de Salvador). Au demeurant la *confusión* gongorine avait été rehaussée au rang d'esthétique par Lorca, chantre de la résurgence des *Solitudes* du grand poète grenadin, son modèle primordial en poésie, opérant une saisissante symbiose entre baroque et surréalisme — lui-même héritier du symbolisme. Sur la table de jeu ou dans le chapeau du prestidigitateur, examinons ici les cartes maîtresses, les tarots du destin, les dés aléatoires...

Les personnages chez Lorca, comme on vient de le voir, se prêtent souvent au symbolisme de leur fonction. Ainsi défilent le Jeune Homme, le Vieillard et le Chat, dans *Lorsque cinq ans seront passés,* ainsi voyons-nous Cheval Noir et Nu Rouge dans *Le Public* ; et même dans les pièces plus classiques où chaque personnage est nommé en son individualité indivisible, par exemple, dans *Doña Rosita la vieille fille,* où l'on trouve, à côté de la Nourrice ou de la Tante, le Professeur d'Économie, ou dans *Yerma* où la protagoniste et Jean côtoient le Mâle, la Femelle ou Premier Homme, et l'on constate d'une façon récurrente la prédilection lorquienne pour les appellations du genre : le Domestique, la Fiancée, le Clown, le Joueur de Rugby, la Femme Masquée, la Savetière, le Maire, etc., qui sont précisément comme autant de masques revêtus par les acteurs. Au demeurant, dans l'héritage du théâtre de Calderón et de *La vie est un songe*, où Lorca interprétait, comme on l'a vu, un personnage allégorique : Sombra (Ombre). Mais nulle part mieux que dans *Le Public* cet anonymat n'est revendiqué. Dans l'héritage, là encore, de Calderón et de son *Grand Théâtre du monde,* puisque le thème ou le prétexte de la pièce est bien la mise en théâtre d'une tranche de vie — et là où l'on trouvait l'Auteur (au sens classique de directeur de compagnie et de metteur en scène), on a ici le personnage de Metteur en Scène. Bien entendu, on ne peut exclure, ici comme dans l'autre pièce « difficile » de Lorca, *Lorsque cinq ans seront passés*, l'influence du théâtre symboliste, et tout particulièrement celle de Maeterlinck pour qui c'est l'idée de l'homme qui compte, et non une individualité agissante et autonome, lui qui, dans *L'Intruse,* nommera ses créatures, avant Lorca, le Père, l'Oncle, la Fille, la Mort, en nous immergeant dans un monde indéfini, évanescent, brumeux, terriblement mystérieux, lourd de symboles, où les contemporains espagnols ne virent que décadence de l'esprit et maladie de l'âme. Ce qu'ils auraient sûrement ressenti si Lorca avait eu l'audace de faire représenter de son vivant ces deux pièces « symbolistes », mais il s'en garda bien, confiant *Le Public* à son ami Rafael Martínez Nadal, sur le quai de la gare alors qu'il quittait précipitamment Madrid le 13 juillet 1936, en le sommant de cacher ce brûlot, et même de le détruire après sa mort.

Qu'on nous permette, donc, de nous attarder sur cette pièce « injouable », au dire même de l'auteur, et dont il griffonna le brouillon sur le papier à en-tête de l'hôtel La Unión de La Havane où il logeait en 1930. Car il pensait, à juste titre, que le public, de même qu'il avait boudé *Le Maléfice de la phalène*, n'était pas prêt à recevoir pareil théâtre. Et il le prouve à la fin du *Public*, aux ultimes répliques, quand dans le théâtre classique espagnol l'auteur se devait de demander pardon pour ses fautes :

DOMESTIQUE, *tombant à genoux* : Le public est là.

METTEUR EN SCÈNE, *s'affaissant sur la table* : Qu'il entre !

*Le Prestidigitateur, assis près de la tête de cheval, sifflote et s'évente très satisfait. Tout l'angle droit du décor s'ouvre sur un ciel peuplé de longs nuages vivement éclairés et d'où tombe lentement une pluie de gants rigides et espacés.*

UNE VOIX, *en coulisse* : Monsieur.

UNE VOIX, *en coulisse* : Quoi ?

UNE VOIX, *en coulisse* : Le public.

UNE VOIX, *en coulisse* : Qu'il entre.

*Le Prestidigitateur agite vivement son éventail. Sur la scène commencent à tomber des flocons de neige.*

RIDEAU LENT[2]

On ne peut mieux signifier que l'intrusion du public signifie la mort de l'auteur et du théâtre, et l'on comprend bien pourquoi Lorca souhaitait détruire cette pièce, refusant de la livrer aux harpies.

Qu'y a-t-il donc au fond du chapeau du Prestidigitateur ? Dans ce cornet de kaléidoscope où les petits losanges de couleur ravivés aux feux de la rampe dessinent, dans leurs contorsions et leur assemblage, tous les élans et tous les échecs ? Un univers enfantin, certes, une innocence dévastée, un éden mangé aux mites, et qui bourgeonne de fleurs vénéneuses dans les mains coupées de l'adulte, empestant dans ses vêtements guindés (« en habit », « en frac ») et ses souliers vernis, informant la monstruosité du bestiaire. Au demeurant tout est affaire de chiffre. Si l'Empereur est en quête du « un », c'est parce que tout dans cet univers est double. Et dans cette production dite new-yorkaise — le lieu où les deux pièces « impossibles » ont été conçues et partiellement écrites —, ces œuvres sont comme les deux faces d'une même monnaie, à la première l'espace, à la seconde le temps : *Lorsque cinq ans seront passés* est justement sous-titrée : « Légende du temps en trois actes et cinq tableaux[3]. » Le protagoniste est toujours projeté dans son double — miroir, écho —, le cherchant ou l'affrontant sans jamais esquiver le corps-à-corps. Le temps se partage en deux visages : le Jeune Homme et le Vieillard ; passé et futur s'abolissent en un présent démultiplié en l'Ami et Deuxième Ami, deux autres « doubles » du protagoniste. Tout comme, dans *Le Public*, l'espace théâtral se dédouble en « théâtre en plein air » et « théâtre sous le sable », ouvrant sur « la vérité des sépultures[4] » ; c'est pourquoi, à la scène II du troisième tableau, le mur « s'ouvre sur le tombeau de Juliette de Vérone » ; se dédouble en théâtre de la vie qui en est l'apparence — Roméo et Juliette, archétype de l'amour hétérosexuel — et théâtre du théâtre qui en est le grouillement souterrain : Juliette, qui apparaît d'entrée de jeu en « robe blanche d'opéra qui découvre ses deux seins de celluloïd rose[5] », est, en réalité, un bel éphèbe de quinze ans (probablement inspiré à Lorca par *Le Songe d'une nuit d'été*, de Shakespeare, une comédie contenant l'histoire de Pyrame et Thisbé, autre archétype du couple hétérosexuel). Sans doute les Madame Irma de l'astrologie sauront voir là l'expression du zodiaque qui marquait au front le poète du signe des Gémeaux — et il ne se priva pas d'appeler Salvador Dalí son jumeau/gémeau. Tout en Federico est double, oui, tout est duplicité et affaire de masque.

Et Buñuel, le complice des deux amis à la Résidence universitaire, saura s'en souvenir dans *Cet obscur objet du désir*. Sa grande originalité, dans ce film, est de faire interpréter le rôle de Conchita par deux actrices très différentes, qui incarnent les deux aspects de sa personnalité, Carole Bouquet au visage de madone et Angela Molina à la sensualité débordante. Il est clair que Buñuel a emprunté l'idée du dédoublement de son personnage féminin à Lorca dans *Le Public* et dans *Lorsque cinq ans seront passés*.

Pour pratiquer la technique du gros plan et vérifier certaines intuitions, examinons le deuxième tableau du *Public*, cette « Ruine romaine » qui fut gracieusement estropiée dans la première édition espagnole des œuvres complètes de García Lorca en « Reina [reine] romaine[6] » sans aucun souci de cohérence : quelle blague cette intrusion d'une femme — et quelle femme ? la Reine — dans un espace qui lui est rigoureusement interdit ! Nous sommes ici entre hommes et dans un espace mythologique que l'on pourrait qualifier de « panique » avec ces pampres rouges (de Bacchus), cette flûte (de Pan), ces danses aux grelots, ouverture bucolique sur fond de ruines et de chapiteaux de stuc. Lorca dramaturge sera toujours, non pas du côté d'Apollon, mais de celui de Dionysos. Non pas dans la mesure et l'équilibre, mais dans la démesure et le grotesque.

Deux personnages, qualifiés de « personnage aux grelots » et de « personnage aux pampres », et donc définis par leur seul attribut, leur masque, jouent aux devinettes

PERSONNAGE AUX GRELOTS, *vibrant* : Et si je me changeais en eau ?

PERSONNAGE AUX PAMPRES, *défaillant* : Je me changerais en poisson-lune.

PERSONNAGE AUX GRELOTS, *tremblant* : Et si je me changeais en poisson-lune ?

PERSONNAGE AUX PAMPRES, *se redressant* : Je me changerais en couteau. En un couteau bien aiguisé tout au long de quatre printemps[7].

L'heure est au jeu, la flûte résonne et le corps de Personnage aux grelots se contorsionne bruyamment sur une scène éclairée par les couleurs rouges (« pampres rouges ») et or (« grelots dorés ») — évocatrices du drapeau espagnol (qu'un Hemingway qualifiera en pleine guerre civile de « sang et pus »), ou peut-être du drapeau catalan flamboyant tel qu'il apparaît dans l'*Ode à Salvador Dalí*, avec cette « trace de doigt vive à jamais, qu'un sang sur l'or / raye le cœur de la Catalogne éternelle[8] ». Voilà pour l'éclairage et la tonalité.

Jeu enfantin, certes, pas seulement par le va-et-vient des questions-réponses, mais aussi et surtout par la sollicitation scatologique : « Si je me changeais en caca ? — Je me changerais en mouche[9]. » Au demeurant, il est une chose que la traduction française ne peut (et ne pourra jamais) rendre, c'est le sillage allusif des deux personnages joueurs : Figura de Cascabel et Figura de Pámpano — notons, néanmoins, qu'ils ne sont nommés que dans les didascalies, mais Lorca, en les appelant ainsi, avait bien quelque intention malicieuse. Cascabel, prononcé à l'andalouse, s'entend comme « Ca'cabel » et se perçoit avec sa charge scatologique ; quant à Pámpano, il est doté d'une finale qui ne laisse aucun doute sur l'allusion : *ano*, l'anus, explicité justement au tableau suivant, quand Premier Homme s'écrie : « L'anus est le châtiment de l'homme, l'anus est l'échec de l'homme, c'est sa honte et sa mort[10]. » L'anus, en effet, est ce qui distingue l'homme de sa statue, car le marbre efface l'infâme fente des désirs. Les deux « figures » jouent donc à une sorte de jeu sadomasochiste où il s'agit, par le biais de la complémentarité nécessaire — les deux parties de l'un primordial cherchant inlassablement à se rejoindre —, de savoir qui va dominer l'autre, qui va tenir haut le glaive, qui sera l'hétaïre et qui sera le reître. Rêve de l'impossible union pour ce « poisson-lune » qui ne suscite chez l'autre que la lame qui va l'écarteler et lui ouvrir les entrailles (« Je t'ouvrirai avec un couteau parce que je suis un homme[11] »), alors qu'il n'aspire qu'à l'enveloppement douillet d'une « vague » ou d'une « algue », quand ce serait à la fusion d'un baiser établissant sur leurs deux visages réunis la perfection de la « pleine lune ». Mais Pámpano est inflexible, proposant toujours à Cascabel destruction (fourmi/terre) et anéantissement (terre/eau), en un duel vif de propos qui rappelle la lutte des quatre éléments dans l'*auto sacramental* de Calderón. Jusqu'à ce que l'autre le touche au point faible, sa piètre virilité (« bourse de petits œufs de poisson[12] »). Jeu clairement homosexuel, donc, où s'affichent alternativement les deux rôles, le double pôle de l'union abominable, l'un jouant phalliquement de la flûte, l'autre arborant sa houle amoureuse, en un désespoir grandissant car l'homme de cette trempe cherchera toujours chez l'autre non la hanche femelle mais le ventre viril (« je suis un homme, plus homme qu'Adam, et je veux que tu sois encore plus homme que moi[13] »), l'homme qui est non pas notre Adam, mais l'Adán espagnol qui s'inverse en Nada. Réplique à rapprocher de l'*Ode à Walt Whitman* où le poète admiré est qualifié de « Adam de sang, vrai mâle[14] ». Ainsi le jeu d'amour est-il toujours jeu de mort au milieu des ruines — « la blancheur des ruines[15] ». Et si dans ce couple unisexuel, le poisson-lune menacé du couteau viril se réfugie au sein de la lune qui est femelle — « la lune couverte de mouchoirs de dentelles et maculée de sang de femme[16] » —, alors il saignera d'un sang qui ne sera plus menstruel, mais sang stérile imbibant le sable de son ventre infécond, sang de la nécessaire mutilation, telle qu'il la formule : « Prends une hache et tranche-moi les jambes[17]. » En fait, le seul animal qui trouve grâce aux yeux des duellistes est l'escargot, gastéropode hermaphrodite, donc mâle et femelle en un seul corps, pénétrant et pénétré à la fois, clairement évoqué dans la ritournelle du Premier Cheval Blanc : « Amour. Aimer. Amour. / Amour de l'escargot / Qui sort ses cornes au soleil[18]. » Lorca, peut-être, se souvenait de cette chansonnette enfantine que tous les petits Catalans ont chantée, et qu'il aura cueillie des lèvres de Salvadorito, son ami : *Cargol treu banya, Puja a la muntanya* (« L'escargot sort sa corne, il gravit la montagne »). Nous savons à quel point le bestiaire du poète est signifiant.

Dans la passe vertigineuse des masques, le Personnage aux Grelots assume ensuite le rôle adamique du géniteur, suscitant même, dans son désir exacerbé de virilisme, une femme qui a pour nom Hélène, où d'aucuns ont voulu voir le reflet de Gala — de son vrai nom Helena Dmitrievna —, l'épouse de Dalí, amant fourvoyé dans l'amour des femmes, alors que ce prénom qui est hellène, qui est plus loin aussi « Séléné » — la lune —, incarne la femme par antonomase, sans qu'on puisse écarter, dans la logique du jeu et de cet incroyable lacis de sollicitations, quelque analité (songer que le diminutif affectif Lana peut se lire aussi à l'envers « Anal » (d'où ce palindrome : « non Lana anal non »), dans un texte qui joue constamment de l'inversion : un seul exemple, l'entrée des Chevaux du premier tableau ; quand l'un dit « Abominable », l'autre répète « Blenamiboa[19] », et cette inversion de l'abominable, qui est ce que l'espagnol appelle le « *pecado nefando* », autrement dit la sodomie, débouche sur quelque « blenno » (blennorragie) passée par les prostituées dont on sait que Lorca et Dalí, réfugiés dans leur uranisme, avaient la phobie. Mais ce théâtre

« panique » doit aller jusqu'à son accomplissement. Tandis que l'un feint de mettre Hélène — la Femme — dans son lit, l'autre mord l'oreiller, baigné dans l'odeur des mâles et minaudant comme une folle avec son poudrier : « Toi, tu ne serais qu'un petit poudrier qui passe de main en main[20] », sauf que l'expression « *una pequeña polvera* », en espagnol, est probablement allusive de ce que l'argot nomme *polvo*, qui est l'émission séminale. « *Echar un polvo* » est cette expression vulgaire que le français traduit pareillement par « tirer un coup ».

Sur ces entrefaites, acclamé par tous, entre en scène l'Empereur, autrement dit l'Homme sur un piédestal, le Mâle en majesté. Dès lors, la rivalité va s'exercer entre les deux Personnages (aux grelots et aux pampres), chacun voulant servir — séduire — son maître. Notons que c'est un centurion, archétype du macho et hyperbolique géniteur, qui va quêtant pour l'Empereur une âme sœur, en pestant contre cette « race maudite ». L'Empereur est un évident pervers, une sorte de Gilles de Rais sous le masque d'Hérode (« j'ai égorgé plus de quarante garçons[21] »), à la recherche de l'homme qui va consentir à ses caprices : « Lequel des deux est le un[22] ? » lance-t-il aux deux Personnages. Cet « un » renvoie, certes, au *Banquet* de Platon et à l'unité originelle du corps androgyne coupé en deux et condamné à se reconstituer en quêtant partout sa moitié d'orange. Le Personnage aux Pampres s'offre à lui dans une réplique particulièrement crue : « Si tu m'embrasses, j'ouvrirai la bouche pour m'enfoncer ton épée dans le cou[23] », avec en espagnol ce verbe fort *clavar*, clouer, et le substantif *cuello*, si proche, à l'évidence, de *culo* ; nul ne peut ici s'effaroucher de ce vocabulaire qui exprime tant sous le masque et le travestissement, mais les mots et les images ne peuvent manquer de nous frapper. Le rideau du deuxième tableau tombe donc sur l'étreinte de l'Empereur et du Personnage aux Pampres. Nous avons là, sans doute pour la première fois sur une scène espagnole, la mise en scène de l'homosexualité en action : jeu de la séduction, quête de l'homme et accouplement, le tout dans une atmosphère de ruine et de décadence romaine, qui n'interdit pas — car l'onirisme lorquien méconnaît les limites et sait plonger, ne serait-ce que pour faire la pige à Salvadorito, dans le surréalisme — l'intrusion fantasmatique des Noirs de Harlem que le poète côtoya pendant son séjour à New York, où fut très largement rédigée cette pièce : « les énormes Nègres blessés par les rasoirs des yuccas qui luttent jour et nuit contre la vase des fleuves », avec tous les ingrédients de l'imaginaire homosexuel : l'hypervirilité noire, le couteau castrateur et la fange où se vautre l'abominable désir. Inépuisable kaléidoscope d'images et de sollicitations.

Ce kaléidoscope extravagant de Lorca annonce, à l'évidence, la grande machinerie carnavalesque d'un Federico Fellini, notamment dans sa version cinématographique du *Satiricon* de Pétrone et de l'aventure des quatre compagnons — le même chiffre que dans *Le Public*. La Rome impériale et décadente est bien présente dans cette pièce à travers la figure de l'Empereur, ce César « homme de toutes les femmes et femme de tous les hommes », selon la phrase bien connue. Et les frasques erratiques d'Encolpe et Ascylte, plus encore chez Fellini que chez Pétrone, nous semblent parfaitement représentées par ces deux Personnages aux Grelots et aux Pampres. Comme le fera Fellini, Lorca ici bouscule toutes les conventions du récit, du théâtre ou du scénario en nous livrant une cascade de scènes sans lien apparent ou véritable avec cette même liberté d'organisation ou de succession que dans un rêve ou dans l'imaginaire surréaliste. En montrant, bien avant Federico le Romain, une civilisation qui se disloque, une époque où tout chavire dans un débridement absolu des sens, Federico le Grenadin nous livre une vision personnelle du chaos qui plus que jamais fait figure de prémonition ou de prédiction. En cela Lorca est le grand voyant rimbaldien du XXe siècle.

Encore n'avons-nous rien dit de ces images catapultées et culbutées où le poète dit son désir, cet amour qui n'ose pas s'avouer, ses fantasmes : mutilation, castration, sodomie, impuissance, stérilité.

La sodomie est très clairement évoquée à la scène III du troisième tableau du *Public*, mettant aux prises Juliette — celle de Shakespeare, mais ici joué par un garçon de quinze ans, comme cela se pratiquait dans le théâtre élisabéthain — avec les trois chevaux blancs et le cheval noir. Mais quel dialogue entre eux !

LES TROIS CHEVAUX BLANCS : Déshabille-toi, Juliette, et laisse en l'air ta croupe pour que nos queues la fouettent.

[...]

JULIETTE, *se ressaisissant* : Je n'ai pas peur de vous. Vous voulez coucher avec moi, n'est-ce pas ? Eh bien, maintenant, c'est moi qui veux coucher avec vous, mais c'est moi qui commande, c'est moi qui dirige, c'est moi qui vous monte et qui vous tranche la crinière avec mes ciseaux.

CHEVAL NOIR : Qui passe à travers qui ? Ô amour, amour qui as besoin de faire passer ta lumière à travers les chaleurs obscures ! Océan appuyé à la pénombre et fleur dans le cul du mort !

JULIETTE, *énergique* : Je ne suis pas une esclave pour qu'on m'enfonce des poinçons d'ambre dans les seins... Personne à travers moi ! Moi à travers vous[24] !

Cette scène est imprégnée de sadomasochisme : fouet, poinçons, flagellation, pénétration, domination et humiliation. Mais l'allusion au coït anal peut aisément se déduire de ces images de croupe dressée, de l'interrogation « qui traverse qui ? », de cette lumière « à travers les chaleurs obscures » qui semble bien désigner le couloir anal et surtout cette fleur plantée « dans le cul ». L'image a été décryptée par maints critiques, d'abord par l'ami Rafael Martínez Nadal, qui fut le dépositaire et le conservateur du manuscrit, puis par André Belamich, et enfin Ian Gibson : tous relient l'image au fameux tableau de Jérome Bosch *Le Jardin des délices*, que Lorca et Dalí avaient maintes fois contemplé au Prado, à Madrid, et là, dans un angle de l'immense toile, que voyons-nous ? un homme la tête dans les bras, les genoux au sol, la croupe dressée avec en plein milieu une tige portant deux fleurs, une verte et une rouge. Derrière, lui tournant le dos, un autre éphèbe à genoux, regardant devant lui, appuyant la main gauche sur la hanche de l'homme et brandissant dans la droite une autre tige semblable, avec deux fleurs rouges. Dans cette pièce, comme l'écrit justement Belamich, Lorca « offre le spectacle très ouvertement affiché de l'homosexualité[25] ».

C'est, peut-être, ce dernier point qui est au centre du cœur blessé du Jeune Homme, le protagoniste de *Lorsque cinq ans seront passés*. Une homosexualité ici non avouée ni affichée, et qui se traduit par la conscience d'une irrémédiable stérilité. Dans la tonalité des autres grandes pièces de l'âme dévastée, *Yerma* et *Doña Rosita la vieille fille*, le Jeune Homme qui a vingt ans se projette dans tous ces visages possibles et simultanés de son moi problématique, conscient d'un bout à l'autre qu'il n'étreindra jamais rien, ni le corps de l'amour ni la frêle palpitation de son enfant. Le « mon fils », dont il regrette à jamais l'absence, gît aussi dans les mains meurtrières de Yerma à la fin du drame : « J'ai tué mon fils ! De mes mains, j'ai tué mon fils[26]. » L'attente indéfinie de Rosita est bien aussi celle du Jeune Homme assigné au délai de cinq ans, d'abord avec la Fiancée, puis tout autant avec la Dactylo, les deux protagonistes féminines de la pièce. En fait, le temps ne passera pas et c'est à un voyage immobile que nous convie cette œuvre. À chacun des trois actes il est toujours six heures, mais lorsque le rideau tombe au dernier tableau du troisième acte, voilà que sonnent les douze coups de minuit, comme si l'on ramassait les dés, six plus six égale douze, et le double-six est toujours la plus haute mise, l'ultime désir, quoique ce soit au jeune homme perdu de chercher angoissé la porte de sortie, l'issue fatale. N'était-ce pas inscrit, écrit, écrié, dès lors que le Deuxième Ami décrétait à la fin du premier acte : « Il est un puits où, dans quatre ou cinq ans, nous tomberons tous[27]. » C'est ce puits d'angoisse vers lequel nous achemine le Jeune Homme, ce rétrécissement de l'âme qui fut jeune et ne cesse de vieillir au gré du morcellement de ses différents visages — deux rides suffisent à faire de la Fiancée une vieille personne : « Deux jours ont suffi pour me charger de chaînes[28]. » Le jeu de masques est avoué, en permanence. Finalement ce n'est pas le Jeune Homme qui vieillit, c'est sa chambre qui rétrécit (comment ne pas penser à la fantasmagorie de Boris Vian dans *L'Écume des jours* où le décor vital se modifie et réduit dans la progression de la maladie jusqu'à l'étrécissement fatal ?). C'est bien ici une pièce sur le temps qui passe, non pas dans sa chronologie comme dans *Doña Rosita la vieille fille* avec ses trois actes et les trois états de la *rosa mutabile*, mais dans une simultanéité épouvantable qui fait de *Lorsque cinq ans seront passés* la plus angoissante des interrogations théâtrales.

Si l'on songe que cinq ans après avoir mis le point final à cette « légende du temps », le cœur de Lorca était transpercé par la flèche de la mort et les balles assassines des « nationalistes », on ne peut que s'émouvoir ou s'épouvanter du mystère. Lorca avait inscrit, en terrifiant prophète, sa propre mort dans ce texte-ci, le seul qui traite du passage du temps et de l'appréhension de la mort, avec l'ultime et géniale scène des trois joueurs, Parques évidentes qui, lorsque le jeu de cartes commande de « couper », abattent l'atout maître et coupent de leurs ciseaux mythologiques le fil de la vie.

Théâtre symboliste, à la façon de Maeterlinck, plus que surréaliste, *Lorsque cinq ans seront passés* apparaissait à son auteur bien plus présentable que *Le Public*. Sans doute la sollicitation onirique est-elle moindre ici, et la compréhension du texte n'offre-t-elle pas de bien grandes difficultés. En France, notamment, *Lorsque cinq ans seront passés* ravit un acteur de la taille de Gérard Philipe qui, avec à ses côtés la grande Maria Casarès, la donna sur les ondes de la Radio Télévision Française, dans la traduction de Marcelle Auclair. La pièce est jouable, assurément, et il n'est rien sur scène dont l'auteur puisse avoir honte, malgré cette phrase énigmatique de la Servante : « J'ai été fiancée à un militaire qui enfonçait mes bagues si fort que j'en saignais, c'est pour ça que je l'ai quitté[29] » ; la sollicitation sodomique est ici évidente, surtout si l'on songe que le mot espagnol pour « bagues » est *anillos*, diminutif de *ano* (anus). Et comment ne pas voir aussi que ce soldat brutal est la résurgence du centurion du *Public*, du mâle archétypique et violent ?

À tout jamais la femme sera refusée au protagoniste de *Lorsque cinq ans seront passés*. Il est vrai que celui-ci s'appelle Jeune Homme et que tout, dans cette pièce, relève de l'incertitude de l'adolescence, avec ses pulsions désordonnées et ses désirs insatisfaits. Lorca expose par sa voix un double thème, traité par ailleurs dans sa poésie et les autres pièces : la vaine poursuite de la femme et la stérilité masculine qui le privera de descendance. Le tout baignant dans la fuite éperdue d'un temps qui ne semble figé que pour mieux se précipiter lors de la résolution du drame. Ces frustrations et ces espérances déçues prennent à la dernière scène un accent métaphysique qui n'est pas sans annoncer le théâtre économe, dépouillé, désolé, de Beckett :

LE JEUNE HOMME : Il n'y a... ?
L'ÉCHO : Il n'y a... ?
DEUXIÈME ÉCHO, *plus lointain* : Il n'y a... ?
LE JEUNE HOMME : Personne ici ?
L'ÉCHO : Ici...
DEUXIÈME ÉCHO : Ici...

RIDEAU[30]

Désormais Federico est définitivement de l'autre côté, il a rejoint ce puits d'encre qui peuplait son cauchemar, vomi du monde, retourné au tuf matriciel, envahi désormais par l'usure du temps exprimée dans cette pièce : les herbes, la mousse, le pourrissement, enfin sorti du cauchemar du songe, ce mensonge de la vie. Oui, il se délivre enfin de « l'araignée grise du temps[31] ». Lorsque le rideau tombe sur cet « as de cœur lumineux[32] » transpercé par la flèche du Premier Joueur, tout est consommé, le théâtre s'abolit et le temps retrouvé s'inscrit dans les douze coups de minuit de la pendule, que l'on entend tomber en même temps que le rideau. Rideau tombant sur un théâtre moins injouable qu'impossible, un théâtre du défi qui, exhortant le public à sortir du confort douillet de son fauteuil de velours, le contraindra à prendre parti, à se reconnaître. Avec ces deux pièces, si abruptes, si désordonnées, si dérangeantes, Lorca vient d'inventer le théâtre moderne.

# La Bréhaigne

*Seigneur, que ton rosier fleurisse*
*sur ma chair flétrie.*

FEDERICO GARCÍA LORCA[1]

De tout le théâtre de la terre privilégié par l'enfant de la Vega grenadine, *Yerma* représente une sorte de culmination dans l'âpre vision de l'honneur paysan et, au-delà, celle du drame intime de la stérilité, marquée au fer rouge d'une rare truculence, savoureuse malgré l'aigreur et la rancœur qui imprègnent l'atmosphère dramatique. Pièce d'apogée pour le jeune talent de Lorca, elle provoqua dans les couches droitières et puritaines un scandale qui entra, sans doute, en ligne de compte au moment de l'arrestation et de la condamnation du poète.

Ce « Poème tragique en trois actes et six tableaux » fut créé le 29 décembre 1934 au Teatro Español de Madrid par la compagnie de Margarita Xirgu. La pièce était fort attendue et la générale eut lieu dans une grande effervescence le 28 au soir, donc la veille, comme il est d'usage. Trois grands noms des lettres espagnoles étaient présents, l'auteur dramatique Jacinto Benavente, tout auréolé de son prix Nobel de littérature décerné sept ans plus tôt et que Lorca avait connu à Madrid quand il se trouvait à la Résidence, le dramaturge Ramón del Valle Inclán (qui allait mourir, mais de vieillesse, la même année que Federico) et Miguel de Unamuno, qu'il avait rencontré, lors des excursions espagnoles avec le professeur Berrueta, à Salamanque. Le succès fut total à leurs yeux et Unamuno, qui assista également à la première le 29 décembre, ce qui est quand même exceptionnel, déclara que Lorca touchait là « au sommet de son art ». Pour beaucoup *Yerma* est le chef-d'œuvre absolu du théâtre lorquien.

Pourtant cette effervescence du public s'accompagnait d'une tumultueuse agitation de la droite espagnole qui se déchaîna dès le lendemain. La morale espagnole était touchée, selon elle, au plus profond par ce drame rural d'une paysanne qui tuait son mari parce qu'il ne lui faisait pas d'enfant. Mais plus que cela, ce sont les amitiés républicaines de l'auteur et de sa première actrice qui provoquent le hourvari. Lorca est l'ami de l'ex-ministre de la République Fernando de los Ríos, et Margarita Xirgu est l'amie intime de l'ex-Premier ministre de la République Manuel Azaña, qui vient de sortir de prison sous caution. Dès le lever du rideau des cris fusent : *maricón* — « pédé » — à l'adresse de Lorca, et *tortillera* — « gouine » — à l'adresse de la Xirgu, chacun recevant donc son petit paquet d'insultes et d'infamie. Par bonheur, les chahuteurs — probablement, des phalangistes — sont expulsés de la salle, laissant place à l'enthousiasme légitime et fervent, et à l'émotion du public madrilène qui fera de cette première l'un des plus grands succès de scène de Lorca. Bien sûr, la presse du lendemain, celle de droite, persista dans son rejet et son dénigrement du dramaturge républicain et ne se priva pas de clouer au pilori cette pièce qu'un Luis Buñuel, spectateur lui aussi de la première, jugeait pourtant banale.

La droite va trouver cette pièce odieuse, immorale, effrontée, mauvaise à tout point de vue, pleine de blasphèmes et de grossièretés, foulant aux pieds l'éthique chrétienne au profit d'un paganisme débridé. Bref, son âme se soulève et son estomac a des haut-le-cœur. Deux ans avant sa mort, Federico est stigmatisé à double titre : en tant qu'homme de gauche et en tant qu'homosexuel. Ce sera les deux attendus de son procès expéditif et de son exécution capitale.

Le thème de la femme stérile hantait à plus d'un titre García Lorca. Toute son enfance, il avait vu, au salon de leur maison à Fuente Vaqueros, le portrait de la première femme de son père, Matilde Palacios, qui, en quatorze années de mariage, n'avait jamais connu de grossesse, au grand désespoir de son mari ; à sa mort, on a vu que ce dernier s'était empressé d'épouser une jeune femme, Vicenta Lorca, qui le ravit par ses maternités. Le père de Federico adorait ses enfants dans la mesure même où il avait si longtemps macéré dans son désir frustré de paternité. Federico savait tout cela et pensait souvent au drame qu'avait pu représenter dans sa famille et pour son père la stérilité.

Et puis, dans cette Andalousie si fortement marquée par l'islam et un catholicisme strict, avoir des enfants est le signe de l'élection par Dieu et la manifestation de sa bénédiction. D'autant plus en milieu rural tout pénétré de l'idée de croissance et de fructification. Le rôle de la femme consiste à mettre des enfants au monde et à rester au logis pour les élever. Le confinement de la femme est une idée bien espagnole puisqu'il existe ce détestable proverbe tant ressassé au siècle d'Or espagnol (le XVIIe) : *La mujer, la pierna quebrada y en casa*, qu'on peut traduire littéralement par : « La femme, il faut lui briser la jambe et qu'elle reste à la maison. » Le théâtre de Lorca se peuple donc de ces femmes, jeunes et vieilles, confinées et cloîtrées : c'est le cas de doña Rosita la vieille fille, celui de Yerma, que son mari va forcer à rester enfermée en la laissant à la garde de ses deux sœurs ; et c'est le cas, en toute dernière pièce du répertoire lorquien, des huit personnages féminins, Bernarda, ses cinq filles, leur grand-mère et la servante, de *La Maison de Bernarda Alba*. Lorca, imprégné qu'il était du milieu rural andalou, n'avait pas été sans remarquer la condition d'infériorité, de soumission, de dépendance et de misère de la femme espagnole, et c'est pour elle qu'il écrivit ses grandes pièces de femme forte, comme *La Savetière prodigieuse* et *Yerma*, des femmes en révolte.

Et puis il y a ce problème de l'honneur — *la honra* —, que nous ne percevons guère dans l'esprit français, contaminé par la licence et le libertinage heureusement mis à l'honneur (si l'on peut dire) au XVIIIe siècle, qui fut celui des Lumières et de la Révolution. Ce que n'a connu l'Espagne en aucune manière. Qui peut oublier qu'après la désastreuse équipée napoléonienne, lorsque le Bourbon Ferdinand dit le Désiré fut rétabli sur le trône d'Espagne en 1813 et revint à Madrid, la foule « déchaînée », envahissant les rues de la capitale, cria : *¡Vivan las caenas !* « Vivent les chaînes ! », cri qu'allait reprendre, en totale dérision subversive, l'ancien camarade de Federico à la Résidence, Luis Buñuel, dans la dernière séquence de son film *Le Fantôme de la liberté* ? L'honneur, donc, ce maître mot du théâtre de Calderón (chez qui, dans *Le Médecin de son honneur*, un mari dont l'épouse est soupçonnée, à tort, d'adultère, la tue en la saignant, médicalement, afin de soigner son honneur gravement affecté), a toujours cours dans l'Espagne de Lorca. C'est l'honneur qui a le dernier mot dans *La Maison de Bernarda Alba* et c'est pour sauver son honneur qu'agit si tragiquement le personnage de Yerma.

Reste, pour en finir avec la stérilité, le fait même qu'à trente-six ans Federico n'a pas pris femme et n'a pas eu d'enfant. Il est stérile. Buñuel et Dalí sont allés jusqu'à dénoncer son impuissance dans leur film *Un chien andalou*. On peut penser aussi que Federico aurait bien voulu avoir un enfant. Mais il est mort trop tôt, car aujourd'hui rien n'interdit à un homosexuel d'avoir un enfant, soit qu'il l'engendre lui-même, soit qu'il cherche à en adopter un (avec certaines difficultés). Mais nous sommes dans les années trente, dans un autre temps, une époque qui, malheureusement, va se verrouiller encore davantage et connaître, de 1939 à 1975, sous la botte franquiste, trente-six ans de pudibonderie et de moralisme étroit. Qu'on apporte foi ou pas à ses propos, il faut rappeler qu'à la première de *Yerma*, l'amie de Lorca, Encarnación la Argentinita, aurait déclaré que cette œuvre était « la propre tragédie de Federico », ajoutant : « Ce qu'il aimerait le plus au monde, c'est d'être "enceint" et d'accoucher[2]. » Quoi qu'il en soit, la pièce fut sérieusement chahutée par la droite qui vit bien où le bât blessait, et le piétinement de sa morale sous le sabot fougueux de Federico, éternel révolté. Alors oui, Yerma, c'est bien lui — comme Madame Bovary était Flaubert —, mais au-delà de l'anecdote ou des considérations de type sexuel.

Une grande œuvre naît souvent d'un déclic, d'un souvenir d'enfance, de quelque chose qui reste imprimé sur la rétine, et dans le cas de Federico, il faut sûrement évoquer ce pèlerinage de Moclín, un bourg sur les contreforts de la sierra Nevada, dans la région grenadine, auquel se rendaient naguère les femmes stériles qui demandaient au saint de déposer dans leur ventre le germe miraculeux d'un rejeton. Son frère Francisco, dans son livre de souvenirs, *Federico y su mundo*, précise que ni lui ni son frère n'ont jamais assisté à ce pèlerinage, mais qu'on en parlait souvent dans la famille et qu'il y avait même une image pieuse dans leur chambre à la campagne qui rappelait le faiseur de miracles : *el Santísimo Cristo del Paño*. Federico en était hanté et disait à son jeune frère que ce pèlerinage était une fête païenne, une sorte de carnaval lubrique où les jeunes gens de Moclín accueillaient les pèlerins en leur lançant, moqueusement, l'invective « *¡Cabrones ! ¡Cabrones !* » — « Cocus ! Cocus ! » Et donc, la rumeur publique laissait entendre que les femmes sans enfant trouvaient là, dans l'effervescence de la fête et la griserie des implorations, de vigoureux jeunes gens qui, « derrière l'autel », c'est-à-dire dans les bois alentour, déposaient sans coup férir leur semence prometteuse dans ces ventres inféconds. Francisco García Lorca avoue que Federico était fasciné par l'image, et note : « Je dois avouer que l'imagination de Federico allait plus loin que la mienne[3]. »

Le paradoxe de *Yerma*, c'est que cette paysanne jeune, saine et robuste n'a pas d'enfant, alors que la Vega de Grenade est l'image même de la prospérité et de la prolixité ; toute la plaine n'est que sources et fontaines, et les enfants naissent au bord de l'eau, mais Yerma vit dans le désert de sa stérilité. Elle seule n'a rien et s'aigrit au fil du temps, deux ans, d'abord, puis trois, puis cinq — chiffre fatidique et éminemment lorquien (qu'on pense à la pièce *Lorsque cinq ans seront passés* ou au refrain du *Chant funèbre pour Ignacio Sánchez Mejías* : « À cinq heures de l'après-midi ») — quand elle commet l'irréparable. Elle, qui ne peut en avoir, adore les enfants. Justement le rideau se lève sur une *nana*, une berceuse pour enfants :

Dodo, l'enfant do,
nous ferons au nourrisson
dans les champs un cabanon
et nous nous y blottirons[4].

Et dès la deuxième scène, Yerma, dans des stances lyriques imprégnées d'amour maternel non assouvi, interroge en chantant : « Quand te mettras-tu en chemin ? » et se répond à elle-même : « Quand tu sentiras le jasmin[5]. » Pour l'âme andalouse, la blanche fleur de jasmin, si forte d'odeur et entêtante, symbolise la pure fécondité. Dans toute la Méditerranée, le jasmin est la fleur du bonheur. Partout sur ces rivages du Sud les magiciennes entourent le cou d'un collier de fleurs de jasmin, ou les tressent en cornet derrière l'oreille, pour attirer la chance et favoriser la réussite. Sitôt après avoir chanté son amour de l'enfant, María, l'amie de Yerma, arrive et lui annonce qu'elle est enceinte ; elle vient de la boutique où elle a acheté sa layette et donc, elle lui annonce, elle Marie, la Marie de l'Annonciation, et qui est, comme la mère de Dieu, pure, belle et féconde, qu'elle attend un enfant. Au lieu de le dire tout rondement, elle use d'une expression elliptique : « *Ya ha llegado*[6] » — « Il est arrivé », et comme l'autre l'accable de questions pour savoir à quoi ça ressemble d'avoir un bébé dans le ventre, elle répond par cette belle image poétique — à la fois rurale et biblique : « N'as-tu jamais tenu un oiseau vivant serré dans la main ? — Eh bien, c'est pareil... mais à l'intérieur de ton sang[7]. » Et comme l'autre veut savoir le pourquoi du comment, et le comportement de son mari, elle a encore cette belle image : « La nuit que nous nous sommes mariés, il me le disait constamment [qu'il m'aimait], sa bouche contre ma joue, si bien qu'il me semble que mon enfant est une colombe de feu qu'il m'a glissée dans l'oreille[8]. » C'est, en quelque sorte, comme si elle était tombée enceinte par l'opération du Saint-Esprit.

Les détracteurs de Lorca, catholiques de choc, n'ont sûrement pas senti ni voulu voir tout ce que cette scène a d'évangélique et de pieux. Ils n'ont pas vu le contexte marial et la présence christique. Ce que Yerma désire de toutes ses forces, c'est que cet enfant qu'elle pourrait avoir, qu'elle voudrait tant avoir, soit son Sauveur, qu'il soit cet Esprit-Saint fondant sur elle comme une colombe de lumière*. Et qu'il éclaire ses jours. Et rafraîchisse le désert de son âme.

Le drame de Yerma, c'est qu'elle a épousé, voici deux ans, un paysan dur à cuire, qui ne pense qu'à sa terre, désespérément sèche, qui part la nuit s'occuper de ses bœufs, en désertant sa couche, en délaissant sa femme. Il n'a qu'une idée : thésauriser et accumuler les biens, et se réjouit à voix haute de n'avoir pas d'enfants « qui fassent de la dépense[9] ». C'est un avare, un être robuste mais blafard, qui n'a aucune attention pour sa femme, et qui exige d'elle, par-dessus le marché, et par souci de son honneur, qu'elle ne sorte pas de la maison. Face au mari, il y a un berger plein d'attention et de délicatesse pour Yerma — qu'il aurait pu (et dû) naguère épouser — ; et qui, avant d'aller rejoindre ses brebis, passe la voir et lui déclare : « Dis à ton mari de penser moins au travail. Il veut de l'argent et il en amassera, mais à qui le laissera-t-il quand il mourra[10] ? » Victor, à l'inverse de Juan, est toujours gai, il chante, il rit, il parle à Yerma, il est une promesse vivante, ce qu'elle souligne par cette réplique : « On dirait qu'un jet d'eau t'emplit la bouche. » Au même moment le mari, qui rapplique, au lieu d'apporter cette eau tant réclamée par son épouse assoiffée part dans la nuit arroser ses champs desséchés avec une eau rare qui n'est délivrée, au compte-gouttes, que jusqu'au lever du soleil. En attendant, Yerma doit dormir seule. Oublier sa soif. S'oublier.

* Rappelons ici la célèbre phrase de l'Évangile selon saint Marc : « Jésus vit le ciel se déchirer et l'Esprit descendre sur lui comme une colombe. »

Bien entendu les mégères du bourg laissent aller leur langue. Elles médisent de Yerma, elles évoquent la tentation adultérine et le regard plein d'amour pour Victor qu'elles ont surpris dans les yeux de la bréhaigne. Et elles le disent tout crûment : « La femme ne regarde pas une rose de la même façon qu'elle regarde les cuisses d'un homme[11]. » Elles savent que Yerma est tenue enfermée, jalousement gardée par ses deux belles-sœurs, parce que, n'est-ce pas ? « l'homme qui ne donne pas d'enfants à sa femme doit veiller sur elle[12] ». Mais l'honneur gouverne l'attitude de Yerma qui est entière : son mari est son bien, et il doit fructifier. Alors, puisque l'enfant ne paraît pas, elle recourt aux conseils d'une guérisseuse et se rend en pèlerinage à Moclín, pour découvrir là une fête bachique et ces vigoureux jouvenceaux qui aident au miracle. Horrifiée, elle rentre chez elle et, désespérée de ne pas trouver d'issue à sa soif, tue son mari, et donc l'enfant qu'elle aurait pu avoir de lui. La dernière réplique, véritable climax de la pièce, clame en direction des autres et du public, au paroxysme des tensions : « Mon corps est sec à jamais. Que voulez-vous savoir ? N'approchez pas ! j'ai tué mon fils ! De mes mains, j'ai tué mon fils[13] ! »

Lorca, dans cette pièce, oppose deux univers ou deux pôles : celui de la sécheresse — Yerma est la bréhaigne, la femme desséchée et qui ne peut porter de fruits — et celui de la fécondité : monde des sources, des fleurs et du feu fécondant. À celle qui se désespère de son absence de maternité et porte des « seins de sable », il oppose les gaillardes paysannes andalouses au parler libre et provocant, et là, le poète dont toute la poésie est si pleine de sensualité, trouve de fulgurantes images érotiques, comme on ne peut en trouver que dans le Cantique des cantiques, ou la poésie persane des *Rubaïyat* : ainsi, au chœur des lavandières, ces strophes brûlantes :

Dis-moi si ton mari
garde sa semence
pour que gazouille l'eau
le long de ta chemise
[...]
Les braises qu'il me donne
je les couvre de myrtes
[...]
Il faut lier la fleur avec la fleur
[...]
et ouvrir le ventre à des oiseaux de nuit[14].

Certes, on comprend mieux ici les propos exagérés de la Argentinita, car on voit bien que le poète s'identifie à cette femme qui pleure sur son ventre stérile, mais comme dit Francisco, son frère, Federico, a beaucoup d'imagination.

Sa poésie nous donne ici la quintessence de son érotisme exacerbé. Nous retrouvons là les fruits de toutes les promesses du *Romancero gitan*. Et, bien sûr, le public espagnol se partageait aussi entre la sotte pudibonderie de ceux qui lisent le chant d'amour de Salomon en se voilant la face, et la belle acclamation des amoureux de la vie et des sens. Si un homme aussi austère que le philosophe Unamuno — l'auteur du *sentiment tragique de la vie* — a tenu à voir la pièce deux soirs de suite, c'est bien qu'il cautionnait cette fièvre espagnole, cette ivresse des sens non apaisés, cette sècheresse des cœurs, cette aridité sur ce qu'on a appelé « la peau de taureau », cette Espagne bientôt promise à la dévastation et à l'aridité.

## Chercher la femme

*[...] j'ai ouvert mes veines*
*dans un tourment de lys et de morsures,*
*tigre et colombe au-dessus de ton sein.*

FEDERICO GARCÍA LORCA[1]

Federico avait écrit à son ami Jorge Guillén, le 9 septembre 1926, qu'il éprouvait « le besoin d'*être casé* » — *estar colocado*. Il semble, apparemment, qu'il voulait là parler de travail et de ce poste de professeur auquel il pourrait concourir ; et il s'adresse à Jorge Guillén parce que celui-ci est alors professeur de littérature à l'université de Valladolid, ce qui donne à son avis un poids tout particulier. Mais en fait Lorca, dans cette lettre, contemple ce que pourrait être la vie d'un homme « en place », et donc l'inévitable question, qu'on a dû lui poser des dizaines de fois, surgit sous sa plume : « Imagine que je veuille me marier. Le pourrais-je ? » La réponse est : « Non. » Et c'est là qu'il dévoile, déjà, son cœur : « Je vois bien que mon cœur est en quête d'un jardin — *huerto* —, confie-t-il à son aîné et ami, et d'une petite fontaine — *fuentecilla* —... d'un jardin de plein air et de feuilles monotones où mes cinq sens, apprivoisés, contempleraient le ciel[2]. » Alors quoi, pas de femme ? Jamais ?

Pourtant les derniers poèmes du *Divan du Tamarit*, dont trois titres paraissent dans la revue *Héroe* en 1932 — avec cette « Casida du songe en plein air » où il réalise le programme annoncé à Guillén : un jardin en plein air et des feuilles monotones —, sont peuplés du corps nu de la femme, sensuel et offert à sa convoitise désarmée. Le poète aura gardé l'obsession d'une Vénus de marbre froid et l'image d'une femme mythifiée et inaccessible. C'est à Grenade, dans un élan de retour à partir de l'été 1931, que Federico se ressource et retrouve les cours de l'Alhambra, notamment le *patio de los arrayanes*, « la cour des myrtes », à laquelle il dédie un poème. Mais c'est surtout cet orient arabe qui le séduit et auquel il aimerait bien se rattacher, bien qu'ignorant tout de cette langue arabe qu'enseigne le professeur Emilio García Gómez à Grenade. Ce grand arabisant encourage Federico à écrire dans ce genre oriental qu'il affectionne alors — ou découvre, sans d'ailleurs vouloir s'y couler. Il connaît, ou apprend à connaître les termes clés : le *diwan* qui est recueil de chants et poèmes, et qu'il écrit *Diván*, le *ghazal*, qu'il orthographie *gacela*, et qui est le chant d'amour le plus traditionnel de la poésie arabo-persane, caractérisé par un érotisme sans frein, et la *kacide*, qu'il nomme *casida*, et qui est un chant plus grave. Mais Federico n'entend pas faire de la poésie arabe, il n'a même pas, comme Aragon dans *Le Fou d'Elsa* — variation poétique sur la chute de Grenade, en 1492 —, l'ambition de se couler dans le mètre arabe du *zadjel*. Non, ce qu'il entend retenir, c'est un Orient littéraire et personnel, celui où l'on met les corps à nu, où le désir s'exacerbe et la possession demeure impossible. J'ai du sang arabe, affirme-t-il crânement à Gómez, qui avait publié en 1930 *Poemas arabigoandaluces*, une anthologie de poèmes arabes venus d'Andalousie. Et voilà comment Federico rédige, de 1931 à 1935, les poèmes qui vont composer son *Divan du Tamarit* — du nom de la « Huerta del Tamarit », propriété de la vallée de Grenade appartenant à son oncle Francisco García, tout près de la « Huerta de San Vicente » des parents de Federico. Il envisage de publier ces vingt et un poèmes dans le cadre du département d'arabe de l'université de Grenade, mais ce projet ne verra jamais le jour pour la simple raison que le patron du département se situe politiquement à l'extrême droite et que Federico est plus que jamais catalogué à gauche. Ce n'est qu'après la guerre civile que Concha, la sœur de Federico, ira récupérer le manuscrit perdu au fond d'un tiroir des presses universitaires pour le faire éditer à New York en 1940, par les presses de l'université de Columbia, qui avait si bien accueilli le poète en 1929.

S'il est vrai que la poésie arabe chante le désert, c'est aussi pour y puiser ses vertus : renoncement, ascétisme, mysticisme et sagesse. Federico est sensible à cette poésie-là. Peut-être même a-t-il eu connaissance du soufisme, bien que le plus sûr soit qu'il ait lu, en traduction espagnole, les *Rubaïyat* d'Omar Khayyam. Donc le désert est bien présent au rivage du Tamarit, mais, loin des vergers de la Vega andalouse, c'est du désert de son cœur et de son aride esseulement qu'il nous parle. Dans la « Casida de l'enfant blessé par l'eau » le voilà seul et meurtri, entre les murs de Grenade, guettant l'arrivée du jour. Mais pour quel espoir, et pour quel renouveau ?

« Quels déserts de lumière creusaient / les sables du matin [3]? » s'écrie-t-il. Un mot récurrent dans ces poèmes est *yeso*, plâtre, symbole d'aridité et de désert de l'âme. On ne parle alors que de sépulture, de « chiens de plomb », de « cactus noir », d'« arcs brisés », de « planètes obscures » — avec cet adjectif « obscur » qui servira aussi à qualifier ses ultimes sonnets, dits de « l'amour obscur », désignant cet amour qui n'ose pas dire son nom —, de « soleil de scorpions », de « pluie de sel » — qui ne peut qu'évoquer la pluie de soufre et de sel s'abattant sur la Sodome biblique que Lorca avait en mémoire puisqu'il avait l'intention d'écrire une pièce de théâtre intitulée « La destruction de Sodome » —, de « racines amères », de « cœur de plâtre », et de « la vallée grise de ton corps[4] ». Que d'images négatives ! Ce n'est sûrement pas là l'Andalousie, le pays des sources où il est né et demeure, les vergers de son père, le babil du Genil, malgré la présence entêtante de Grenade avec sa porte d'Elvira, sa « cour des myrtes » et sa « cloche de veille », non, c'est bien son âme désertique qu'il met ici à nu en arguant d'une poésie arabe dont il est à cent lieues. Et cette apothéose du dessèchement sans espoir :

Indifférent à l'eau, je vais à la recherche
d'une mort de lumière qui me consumerait[5].

Et puis la poésie arabe, celle du *ghazal*, est avant tout poésie de l'Éros. On y chante le plaisir et l'ivresse des sens, le corps désirable de la femme ou de l'homme, le vin, le plaisir, l'extase. Le paradis de Mahomet, tel qu'il est représenté dans les enluminures, est un jardin des plaisirs. Lorca connaissait bien Omar Khayyam, et surtout Hafiz dont il vantait en 1922 dans sa conférence sur le *Cante Jondo* « les sublimes *gacelas* amoureuses ». Oui, Lorca admirait fort « l'homme de Chiraz..., poète national de la Perse », qui « chanta le vin, les belles femmes, les pierres mystérieuses et la nuit bleue infinie[6] ». Lorca évoque aussi le poète du XIIIe siècle Seraje al Warak, avec son « cœur qui brûle dans des flammes vives », une image que Federico fait donc sienne dans son *Divan du Tamarit,* ainsi que le poète Ibn Ziari, tous découverts à travers l'anthologie publiée à Paris en 1933 : *Poesías asiáticas*, mises en vers espagnols par Gaspar María de Nava, Conde de Noroña.

Mais cette chair désirable ne se retrouve pas dans la poésie « arabe » de Lorca. De la femme il ne chante que le « corps fugitif pour toujours », et refuse sa tentation et ses charmes sombres :

Mais n'éclaire pas ta nudité limpide
comme un cactus noir ouvert dans les joncs.

Laisse-moi dans une angoisse de planètes obscures,
mais ne me montre pas ta hanche fraîche[7].

Federico se situe dans le désir, pas dans la possession, se voue au mystère, pas à la révélation, se complaît à l'attente plus qu'à l'accès, un peu à la façon d'un Valéry : « Car j'ai vécu de vous attendre[8]... » La femme reste pour lui, à l'instar de ces clercs de l'Église médiévale pourfendant un « sac d'impuretés », cet être mystérieux qui vient à lui « par les cloaques troubles de l'obscurité[9] ». Dans la « Casida de la femme couchée », très loin des langoureuses Vénus de la Renaissance ou du beau corps nu de la Vénus de Velazquez offrant sa prolixe croupe, Lorca ne sait déchiffrer dans cette nudité alanguie qu'une signification funèbre :

Ton ventre est une mêlée de racines,
tes lèvres sont une aube sans contour.
Sous les roses tièdes de ton lit
gémissent les morts, attendant leur tour[10].

Inévitablement, pour lui, « la rose... cherchait autre chose », et il le répète à trois reprises, en guise de refrain, dans la *Casida de la rose*. Un seul thème court dans tout ce recueil, finalement, celui de la mort, prolongement de l'aridité de l'âme, illustration de cette « racine amère » qui hante le terreau de cette poésie des derniers temps. Et il en appelle, pour finir, à la main secourable, à « la main impossible » :

Je ne veux rien que cette main
pour les huiles de chaque jour, le drap blanc de mon agonie.
Je ne veux rien que cette main
pour soutenir une aile de ma mort[11].

Tout est dit. Tout est consommé. Il n'est plus place, en cette fin d'année 1935 et à quelques mois de sa mort, que pour ces quelques *Sonnets de l'amour obscur* où Federico dira encore l'autre corps désirable, celui qui lui ressemble trop pour être tout à fait à lui. Ces poèmes, confiés à celui qui était son ami le plus cher depuis le temps de La Barraca, Rafael Rodríguez Rapún, furent pour la plupart emportés dans la fosse de ce dernier, victime de la guerre civile dans les rangs républicains. Mais onze sonnets ont été retrouvés et publiés bien après la disparition du poète. Le titre du recueil, qui fut, certes, retenu après coup pour l'ensemble de ces sonnets retrouvés, était bien dans l'intention du poète qui se livrait là à une glose du plus érotique des poètes mystiques espagnols, Jean de la Croix (San Juan de la Cruz), qui chanta l'amour de l'âme chrétienne pour son Créateur à la façon d'un chant d'amour de l'Amante pour son Amant — glose évidente du Cantique des cantiques de Salomon, que l'âme juive récite chaque vendredi soir pour accueillir la Fiancée Chabbat :

Dans une nuit obscure,
de désirs d'amours tout enflammée,
ô l'heureuse aventure !
je sortis sans être remarquée
quand ma maison était apaisée.
[...]
Sur mon sein fleuri
qui pour lui tout entier se gardait
il resta endormi et moi je le caressais
et l'éventail des cèdres le frôlait[12].

Comment Federico ne pouvait-il scander ces vers qui parlaient tant au poète si semblablement penché sur le torse de l'Aimé ? Où le poète se projetait en scribe au féminin. Et comment ne pas se rappeler aussi les vers de cette *Torche vive* du grand mystique espagnol, célébrant la « touche délicate » et « la main qui caresse[13] » ? Mais au désert de son âme, si différent du fécond dénuement du mystique, Lorca ne célèbre que sa « nuit de l'âme à tout jamais obscure ». Et loin des caresses apaisantes de l'Aimé — l'âme chrétienne s'abandonne aux mains caressantes du Créateur —, il n'évoque que la « voix secrète de l'amour obscur », cette « vive plaie », cette « aiguille de fiel » et cette « fleur étouffée[14] ». L'ultime poème conservé de cette série posthume n'est que plainte infinie sur un amour non partagé :

... car tes refus rendus à mes silences
se perdront tous dans la mort qui ne laisse
pas même une ombre à la chair frémissante[15].

Eh bien, c'est le mot de la fin. Federico offrira sa chair frémissante au peloton d'exécution et mourra, donc, à jamais meurtri, frustré, contrarié face à ce « seul témoin, l'unique, qui a pu voir assassiner mes fleurs[16] ».

## Les derniers feux de la rampe : Rosette l'esseulée, l'effeuillée

*Je veux dormir le sommeil de cet enfant*
*qui voulait s'arracher le cœur en pleine mer.*

FEDERICO GARCÍA LORCA[1]

Le 12 décembre 1935, au théâtre Principal Palace de Barcelone, est créée la dernière pièce de Federico : *Doña Rosita la soltera* — en français, *Doña Rosita la vieille fille*. Une pièce sur le temps qui passe et la frustration, thème récurrent chez Lorca et qui atteint ici, malgré une apparente mièvrerie — ou disons frivolité —, à une singulière profondeur. Sans avoir l'air d'y toucher, et presque en papillonnant, Lorca nous ouvre son cœur et dévoile son angoisse existentielle en recourant au langage des fleurs, parmi quelques froufrous et des friselis d'éventail.

Nous sommes à Grenade au XIXᵉ siècle finissant, mais l'ère nouvelle est déjà là au deuxième acte, et se consume ou se consomme au troisième. Le motif initial de la pièce est un livre français que son ami José Moreno Villa plaça entre les mains de Federico quand il était encore à la Résidence des étudiants, un ouvrage de botanique sur les différents types de rose, dont la *Rosa mutabile*, une fleur bien fragile qui ne durait que l'espace d'une journée, d'où son nom. Ce phénomène dut fortement marquer le poète qui y vit aisément la parabole de la vie humaine, semblable à l'énigme du sphinx que sut résoudre Œdipe : éclosion le matin, maturité à midi, décadence et mort au soir. Lorca lui donna la forme d'un poème en vingt vers octosyllabiques — qui est la forme de la poésie traditionnelle en Espagne :

Lorsque s'ouvre au soleil levant,
elle est rouge comme sang.
N'ose y toucher la rosée
de crainte de se brûler.
À midi elle est ouverte
et dure comme le corail.
Le soleil se penche aux vitres

pour la regarder briller.
Quand commencent sur les branches
les oisillons à chanter,
lorsque le soir se défait
aux violettes de la mer,
blanche elle se vêt du blanc
d'une pommette de sel.
Et quand la nuit va jouant
de son blanc cor de métal,
que s'avancent les étoiles
et que les brises s'en vont,
au bord de l'obscurité
commence à se défeuiller[2].

Plus que l'apparente mièvrerie du poème, nous noterons le ton élégiaque, celui du temps qui passe, inéluctablement, et la tristesse qui s'en dégage, puisqu'il s'agit, en somme, de plier bagage et de finir sa vie, dans une teinte de fin de monde que la critique a souvent rapprochée de l'univers de Tchekhov — notamment dans *La Cerisaie*.

Rosita a vingt ans au début de la pièce, trente-cinq au deuxième acte et quarante-cinq au dernier. Jamais Lorca n'avait montré avec tant d'acuité et de dramatisme le passage du temps. Se sentait-il déjà si vieux et bien esseulé à trente-sept ans ? Il est clair que doña Rosita c'est lui, avec ses frustrations affectives, sa privation des joies de l'amour, son absence de fécondité (qu'il reprend de *Yerma* ou de *La Savetière,* et ressasse dans tout son théâtre), sa solitude inexorable et, peut-être, le pressentiment de sa mort prochaine. C'est tout cela qu'il ressent au fond de lui et déverse dans cette pièce, en apparence si extérieure et si « gentillette », à laquelle il donne comme sous-titre : « Le langage des fleurs ». Notons que la pièce fut jouée tout spécialement pour les fleuristes des Ramblas de Barcelone qui, le 22 décembre de cette même année, affluèrent au théâtre en apportant d'énormes bouquets de fleurs. C'est d'autant plus étonnant que c'était là, en cette fin d'année 1935, la dernière fois qu'une pièce de Lorca était montée en Espagne avant sa mort, et ce cortège de gerbes peut être perçu, après coup, comme ces fleurs et couronnes qui accompagnent des obsèques. Au demeurant, tout dans la pièce dit l'inéluctable fin…

Jeunesse, maturité et déclin caractérisent, donc, les trois actes de *Doña Rosita la vieille fille*. La pièce, initialement, est pleine de joie, avec sa musique et ses chansons, puisées au folklore andalou que Lorca n'a jamais cessé de solliciter, et se présente comme un « poème grenadin » — ainsi que la qualifie son auteur — plein de mélancolie. Le premier acte nous situe dans un jardin d'hiver et toute la poésie des plantes — telles qu'elles étaient probablement nommées dans cet ouvrage de botanique que Federico avait lu plusieurs années auparavant — s'égrène à nos oreilles : « Ellébore, fuchsias, les chrysanthèmes Louis Passy violacés et Altaïr blanc d'argent aux pointes héliotrope… », surtout ces chrysanthèmes, fleurs pourtant françaises, que Federico décrit « aussi dépeignées que la tête d'une Gitane[3] ». Décidément, quoi qu'il ait dit sur cet excès de « gitanerie » dont on a pu l'accabler, Federico restera à tout jamais obsédé par le monde gitan et les danseuses de flamenco qu'il allait voir dans sa jeunesse au Sacromonte. Pour ne pas tomber dans la mièvrerie il multiplie les truculences et les traits d'esprit, surtout dans ce premier acte, avec les « sorties » à ras de terre du personnage de la nourrice — dont le modèle se trouvait dans sa propre famille — qui n'hésite pas à évoquer à tout bout de champ le sexe de la femme et autres « gaillardises de village », ainsi que les qualifie la nounou elle-même. La plus drôle de ses saillies est intraduisible en français, quand elle évoque l'affairement de la petite Rosita qui ne tient pas en place : « Toujours de la foire au moulin, du moulin à la foire, de la foire au moulin et du moulin à la foire[4]. » En espagnol, si le sens est bien respecté, cela dit tout autre chose : « *Siempre del coro al caño y del caño al coro ; del coro al caño y del caño al coro* », et la tante de dire, dans le texte espagnol : « Voyons si tu te trompes[5] ! », car l'astuce dans ce jeu d'allitération consiste à amener celui qui répète à plusieurs reprises la phrase à dire un gros mot là où on ne l'attend pas, ou plutôt là où, malicieusement, on l'attend bien, et dans ce cas précis, le mot « attendu » est évidemment *coño* (con). Ce fonctionnement ludique n'est pas pour nous surprendre si l'on songe en français au même jeu de langues (*trabalenguas*, dit l'espagnol, littéralement « entrave-langues ») qui fait répéter la phrase « la poule couve, le coq pond » très vite et plusieurs fois jusqu'à ce qu'inévitablement la langue « fourche » et accouche d'un « pauv'con ». Federico savait rire avec ses camarades, depuis l'époque lointaine du *Rinconcillo* grenadin, et ce trait d'esprit ne l'a jamais quitté, même dans cette dernière pièce et malgré toute la charge de tristesse qu'elle contient. Justement pour cela, comme pour mieux soulager un cœur trop gros de peine.

Le nœud de la pièce est constitué par cet amour du Neveu pour Rosita. Nous l'avons vu, seule Rosita est appelée par son prénom dans cette pièce, au milieu de personnages qui se nomment la Nourrice, la Tante, l'Oncle, le Neveu, et au second plan, les Manolas, la Mère des vieilles filles, le Jeune Homme, Deux Ouvriers, le Professeur d'économie, et l'on trouve même dans la distribution Une Voix. Cette façon de procéder, soulignée précédemment, évoque le gros plan, comme si les feux de la rampe étaient tous dirigés sur le seul personnage de Rosita la vieille fille. Il y a donc amour au départ et un amour qui restera à jamais suspendu dans l'éther et jamais accompli ni incarné, amour évanescent, amour vite dissipé comme le parfum de cette rose qui ne va vivre que l'espace d'une journée. Lorca écrit là la pièce de l'amour qui n'existe pas, qui ne le peut ni ne le veut. C'est la plus haute expression, dans son théâtre, après tout ce qu'il a déjà écrit de semblable, de l'impossible amour.

Dès le premier acte, le Neveu apparaît pour annoncer qu'il part rejoindre ses parents en Amérique, et la Tante souligne la douloureuse nouvelle en disant : « Tu vas planter (*clavar*) sur son cœur une flèche à rubans violets[6] », usant donc d'une image toute tauromachique de banderille assassine (rappelons que la banderille est un dard orné de bandelettes multicolores que le banderillero plante sur l'encolure du taureau). Nous sommes en Andalousie, ne l'oublions pas, et Federico a été élevé par son père dans le goût de la corrida. Et c'est dans la même tonalité d'une blessure mortelle que le Cousin, avant de partir, à la fin de l'acte, lance à Rosita : « Par les diamants du Seigneur, par l'œillet qu'il porte au flanc, je jure que je reviendrai près de toi[7]. » Tout est dit sur la souffrance annoncée : elle aura les couleurs d'une Passion et la cruauté d'une mise à mort.

Conscient de la dureté dramatique de la situation, Federico ouvre son second acte sur une caricature, celle d'un universitaire pédant qui, à l'aube du XXe siècle, célèbre les progrès et les promesses de la science — notons au passage que Salvador Dalí était un fougueux partisan des machines et de ce progrès dont il partagea avec Fernand Léger la célébration picturale. Mais c'est avant tout d'un professeur quelconque, comme il en avait sûrement connu à Grenade, que Lorca se moque. Entendez-le parader en latin devant l'Oncle ahuri : « Je me sens citoyen de la *polis* vivante, et ne suis pas partisan de la *natura naturata*[8]. » Bon, mais que vient-il faire là ? Eh bien, tourner autour de Rosita qu'il sait esseulée, car quinze ans se sont déjà écoulés depuis le départ de son fiancé. Il lui a apporté un cadeau des plus kitsch et qui lui ressemble : « C'est une tour Eiffel en nacre qui se détache sur deux colombes portant dans leur bec la roue de l'industrie. » Le public rit, mais Lorca, qui est aussi un maître du comique, enfonce le clou du rire dans la gorge des spectateurs : « J'ai failli apporter un petit canon en argent par la gueule duquel on voit Notre-Dame de Lourdes, ou une boucle de ceinture faite d'un serpent et de quatre libellules ; mais je trouve la tour Eiffel de meilleur goût[9] » : on rit à l'énoncé de ces deux autres cadeaux, et l'on rit surtout à la conclusion du bonhomme satisfait de lui. La scène se termine sur un assaut de politesse, de courbettes et de mercis qui fait irrésistiblement penser à quelque scène de commedia italienne, ou encore au *Barbier de Séville* de Beaumarchais (et Rossini). Sur ce, arrive la Nourrice excédée par ce nouveau prétendant, car on laisse entendre qu'il y en a eu un autre, tout aussi gratiné. La truculence du personnage apparaît là dans un de ses tours de magie et conjurations qui caractérisent sa conduite : « J'étais derrière la porte... pour poser un balai tête en l'air et faire ainsi partir ce monsieur[10]. » Ce rite est-il perceptible ailleurs qu'autour du bassin méditerranéen ? Tout enfant né sur le rivage andalou ou algérien sait que le balai retourné placé derrière la porte de la pièce où déblatère un bavard impénitent a la vertu de le faire partir, du fait même que le balai a pour fonction de... balayer la place !

Entre enfin Rosita, et sa première réplique est de s'enquérir du facteur, et de cette lettre des Amériques qui ne vient jamais, ou qui tarde tant de temps. C'est l'anniversaire de Rosita, et la Tante va couper une rose pour l'occasion, malgré la douleur que ressent l'Oncle. Bien sûr, l'effet, sans être trop appuyé, dit clairement que la rose virginale de Rosette a été coupée pour irrémédiablement se faner et dépérir. Le temps a passé et la *rosa mutabile* du début est bien à son zénith, et donc déjà près du déclin. Rosita n'ose plus sortir dans la rue, parce qu'elle voit bien que les choses ont changé, que ses amies sont déjà mariées et mères de famille, qu'on la montre du doigt comme une laissée-pour-compte, alors elle se réfugie dans son rêve et dans cet amour qui lui est refusé. Et elle a cette phrase qui sonne comme une obsession lorquienne (surtout si l'on songe à *Lorsque cinq ans seront passés*) : « Je ne veux pas savoir comment passe le temps[11]. » Mais voilà, il passe malgré elle, ou sur elle comme un rouleau compresseur ; et dans une scène suivante, elle ne sait même plus comment était son fiancé, ayant oublié son visage (est-ce vrai qu'il avait un grain de beauté au visage ? demande-t-elle), ne gardant, dans l'écrin de son cœur pur et fidèle, que ce sentiment amoureux, devenu peu à peu sans support réel, et qui peu à peu l'étiole. Puis voilà le coup de grâce : une lettre arrive, et le Neveu demande bien sa cousine en mariage, mais avec un énorme « Mais ». Cet homme, perdu à Tucumán, aux Amériques, ne peut se déplacer, et propose donc un mariage « par procuration ». Cela peut surprendre aujourd'hui, mais cela n'était pas si rare à l'époque, notamment dans ces unions entre jeunes filles restées sur la péninsule et jeunes gens partis faire fortune au Nouveau Monde. Lorca n'invente donc rien et s'appuie sur un fait de la vie courante en Espagne. À cet instant entre l'Oncle qui annonce le changement du jour — de temps ? d'âge ? de couleur de vie ? — : « Presque sans m'en rendre compte, s'écrie-t-il, j'ai coupé l'unique rose changeante que j'avais dans ma serre ! Elle était encore rouge[12]. » Rideau.

Au dernier acte, dix années sont encore passées. Il n'y a pas eu de mariage par procuration ; pire, le fiancé en a épousé une autre. C'est la fin des illusions de Rosita, et la fin d'un monde. L'Oncle est mort, la ruine est dans la maison, la Tante, la Nourrice et Rosita vont devoir partir ; alors cette fois, nous sommes vraiment dans *La Cerisaie*, mais aux couleurs lorquiennes, et avec cet extraordinaire potentiel d'émotion, de tristesse et de frustration féminine — tout ce qui triturait, en fait, le cœur de Federico, homme éternellement en attente et toujours frustré. Que de mains coupées n'a-t-il pas dessinées ? Que de corps ou de cœurs saignants ? Tout Lorca s'exprime dans la poignante solitude de Rosita. Certes, il tempère l'immense tristesse de l'acte par les habituelles sorties de la Nourrice qui parle d'aller à Tucumán retrouver l'ingrat cousin « avec une épée [pour] lui couper la tête, et la lui broyer entre deux pierres, et couper sa main droite coupable du faux serment et des menteuses écritures d'amour[13] ». Cette rage est salutaire, et détend quelque peu une atmosphère des plus étouffantes. Le rire se fait amer, surtout lorsque intervient une autre sorte de visiteur dans le genre de l'universitaire pédant du premier acte, un soupirant potentiel pour Rosita et pas mal décati ; cette fois c'est un professeur de rhétorique plaintif et raté, auteur d'une tragédie qui n'a jamais été jouée, *La Fille de Jephté*, où l'on reconnaîtra, dans la mémoire de Federico, le fameux opéra avorté de son maître de musique, le professeur Antonio Segura Mesa. Avec ce rappel, n'avons-nous pas là, aussi, le souvenir de la frustration initiale du jeune Federico qui rêvait de devenir un grand musicien, virtuose du piano et compositeur inspiré ? Ce dont le priva la mort inopinée de son maître de musique. C'est alors qu'on entend les cloches sonner le glas, à deux coups, ce qu'on appelle en espagnol *doblar las campanas*. L'atmosphère est on ne peut plus funèbre. La Nourrice laisse une fois de plus éclater sa rage devant tant de misère : « Maudits soient les riches[14] ! », phrase qui, en 1935, devait prendre un sens militant et politique, quoi qu'on ait dit de l'apolitisme de Lorca. Et lorsque la Nourrice achève sa réplique en lançant : « Qu'il n'en reste pas même une rognure d'ongle[15] », n'entend-on pas là gronder la révolte populaire et s'annoncer le combat qui allait bientôt devenir la guerre civile ? Qui est, d'une certaine manière (du moins dans les rangs anarchistes, trotskistes et communistes), le combat des pauvres contre les riches. Nous sortons là du décor tchékhovien et entrons dans la tristesse espagnole et la frustration proprement lorquienne. Les derniers mots de Rosita s'exprimeront dans une longue tirade noyée de larmes, mais exprimée dans des images d'une force singulière pour évoquer l'irrémédiable solitude et la fleur fanée :

> Tout est fini... et pourtant, malgré toutes mes illusions perdues, je me couche et me lève avec le plus terrible des regrets, le regret de sentir que tout espoir est mort. Je veux m'enfuir, je veux ne pas voir, je veux rester sereine, vide... (Une pauvre femme n'a-t-elle pas le droit de respirer librement ?) Et pourtant l'espérance me poursuit, elle m'assiège, elle me mord, comme un loup moribond qui serre les dents pour la dernière fois[16].

La métaphore du loup symbolisant l'espoir anéanti — affamé — est d'une force incontestable, et aussi d'une grande originalité dramatique. Bien entendu, l'ultime réplique, dans la bouche de Rosita, tandis que le rideau tombe, reprend le distique terminal de la *rosa mutabile* :

| | |
|---|---|
| *Y cuando llega la noche* | Puis à l'heure où descend la nuit, |
| *se comienza a deshojar*[17]... | elle s'effeuille et meurt sans bruit[18]... |

La nuit tombe sur le théâtre de Lorca comme sur son ultime pièce jouée de son vivant. Rosita va vers son néant de solitude, et Federico s'en retourne à Madrid où bientôt retentiront les premiers éclats d'une guerre dont il allait être une des premières victimes.

## Mourir ou ne pas mourir à Madrid

*Mais que tous sachent bien que je ne suis pas mort ;*
*qu'il y a sur mes lèvres une étable d'or.*

FEDERICO GARCÍA LORCA[1]

En même temps que Federico donnait sa pièce *Doña Rosita la vieille fille* à Margarita Xirgu, il entreprenait l'écriture d'une autre pièce, qui ne sera jamais achevée, inspirée par la répression des mineurs aux Asturies par le général Franco en octobre 1934. Nous sommes au début 1935 et Lorca veut s'engager un peu plus dans le théâtre d'action sociale et de protestation politique. Lui qui est si peu doué pour s'engager par la parole dans quelque meeting que ce soit, et qui refusera toujours de s'affilier à un quelconque parti, il sent que la seule arme dont il dispose c'est son écriture, et plus particulièrement l'écriture théâtrale. Il écrit donc un premier acte, puis le lit, vers la fin de l'année, à son actrice fétiche. C'est Margarita Xirgu qui, en l'absence d'un texte définitif et qui nous est parvenu en version fragmentaire, a rapporté dans une interview tardive la pièce que Lorca comptait écrire et qu'il lui avait résumée :

L'action... se déroule au Teatro Español de Madrid. On y jouait *Le Songe d'une nuit d'été* de Shakespeare. La représentation s'interrompait brusquement, mais sans que le rideau tombât. Que se passait-il ? Pourquoi les acteurs se retiraient-ils de la scène ? Sortant des coulisses, le poète s'avançait jusqu'à la rampe, un poète qui pouvait être le directeur artistique de la compagnie, et il informait le public qu'une révolution venait d'éclater. Les spectateurs, d'un mouvement instinctif, se levaient comme pour se mettre à courir ; mais le poète les avertissait qu'il valait mieux que personne ne bouge : il était trop dangereux de sortir dans la rue[2].

En réalité le texte dont nous disposons est assez différent, mais se fonde bien sur une situation insurrectionnelle. Federico voyait clairement quelle était déjà la situation en Espagne. Nous n'en avons pas le titre, mais l'auteur pensait appeler cette pièce, par référence à Calderón qu'il admirait tant, *Le Songe de la vie*. Dans le prologue — et nous savons que Lorca aimait faire précéder sa représentation d'un prologue de l'auteur, au demeurant intégré à la pièce, comme dans *La Savetière prodigieuse* —, l'Auteur, donc, déclare, justifiant ce titre-là :

Je dois vous avertir que rien n'est inventé. Les anges, les ombres, les voix, les lyres de neige et les rêves existent, ils volent parmi nous, aussi réels que la luxure, que les pièces de monnaie que vous avez dans la poche, que le cancer latent dans le beau sein de la femme ou la lèvre fatiguée de l'homme d'affaires.

Vous venez au théâtre avec le seul souci de vous divertir. Vous avez pour cela des auteurs que vous payez, et c'est fort juste. Mais aujourd'hui le poète vous a enfermés ici parce qu'il tient et qu'il aspire à toucher votre cœur en vous montrant les choses que vous ne voulez pas voir et en vous criant les vérités toutes simples que vous ne voulez pas entendre[3].

Il s'agit donc de sensibiliser le public à une autre réalité, un autre type de théâtre, à le mobiliser, et justement voilà que des coups de feu éclatent, on entend dire que « les rues doivent être occupées par la troupe », qu'on ne peut plus passer, et que le théâtre est un refuge plus sûr. Une phrase fuse alors, tout droit issue de l'expérience de La Barraca : « Le théâtre appartient à tout le monde ! C'est l'école du peuple ! » Federico a-t-il conscience, en clamant ces mots, qu'il délivre là son testament de dramaturge ? L'acte qui nous est resté de cette pièce, qui parle de troubles et de révolution, où l'on entend des coups de feu et des vrombissements d'avion, s'achève sur cette triple réplique, tandis que, selon l'ultime didascalie, « le théâtre s'éclaire en rouge » :

UNE VOIX : Au feu !
UNE VOIX, *plus lointaine* : Au feu !
AUTEUR, *sortant* : Oui, au feu[4] !

Quelle prémonition de la catastrophe qui se prépare ! Lorca avait dit aussi à Margarita Xirgu, à propos de cette pièce, que le Poète se mêlait à la foule, sortait de son rôle abstrait d'auteur pour aller dans la rue et se mêler à la révolution. Bien entendu Lorca n'en fit rien, et cette pièce sans titre resta, comme tant d'autres, telle cette *Destruction de Sodome* à laquelle il disait vouer son ultime écriture, à l'état de projet. Et, fidèle en cela à sa vocation profonde, il s'appliqua alors, en pleine fièvre civile, à écrire ce qui serait son ultime chef-d'œuvre dramatique, et qu'il qualifiait en sous-titre de « Drame de femmes dans les villages d'Espagne » : *La Maison de Bernarda Alba.*

Or nous sommes toujours à Madrid en cette année 1936. Le 29 avril 1936, Federico et Carlos Morla Lynch assistent, ensemble, au théâtre de la Comedia, à un récital de negro spirituals de la contralto américaine Marian Anderson. Il ne fait pas de doute que Lorca, qui avait dans la tête encore toute fraîche l'émotion de sa rencontre avec le monde de Harlem, a dû pousser son ami diplomate à l'accompagner. Et sans doute lui a-t-il encore une fois récité les vers magnifiques de son *Poète à New York* :

Les Noirs pleuraient confondus
entre parapluies et soleils d'or,
les mulâtres étiraient des gommes, avides d'atteindre au torse blanc,
et le vent voilait les miroirs
et brisait les veines des danseurs[5].

Mais en sortant du spectacle, ils pouvaient voir des gardes civils et des gardes d'assaut en armes à tous les coins de rue. La garde civile était la police espagnole, chargée de l'ordre public et de poursuivre la délinquance, corps traditionnel pas toujours prisé par la population et que Federico avait durement stigmatisé dans son fameux *Romance de la garde civile*. La République, qui n'avait pas trop confiance en la garde civile, avait créé en janvier 1932 un corps de police spécifique, chargé non pas de poursuivre les délinquants mais d'assurer l'ordre public : la garde d'assaut. Il y avait donc, depuis, deux corps de police distincts et pas toujours sur la même longueur d'onde. En fait, la guerre civile était en marche mais elle serait véritablement déclenchée immédiatement après l'assassinat, le 13 juillet 1936, du député monarchiste Calvo Sotelo par des officiers républicains. En réponse à l'assassinat à Madrid, la veille, du lieutenant des gardes d'assaut, José del Castillo, probablement par des phalangistes. Les clivages entre les deux camps s'exacerbent, donc, en ce début 1936, et l'inquiétude de Federico ne cesse de croître pour laisser place à l'angoisse, d'abord, puis à la panique, ce qui va aboutir à sa fuite à Grenade, destination fatale.

En ce début de l'année 1936, qui ne lui promet que sept mois de vie, Federico est toujours amoureux de son dernier ami, Rafael Rodríguez Rapún, son collaborateur et secrétaire, depuis 1933, de La Barraca, cette glorieuse compagnie qu'il va, dès la fin de l'année précédente, laisser voler de ses premières ailes, après quatre années de bons et loyaux services, et deux cents représentations gratuites par les routes d'Espagne. Il confie la lourde tâche de la diriger à un jeune cinéaste, Antonio Román — qui tournera en 1949 *L'Amour sorcier*, inspiré par la partition de Manuel de Falla. Ensorcelé ou pas, Federico nourrit un fort sentiment amoureux pour Rafael pour qui il va écrire ses *Sonnets de l'amour obscur*, inspirés par cette relation et ses avatars, que Rapún gardera précieusement par-devers lui, jusqu'à sa mort dans les rangs républicains. Et c'est à lui qu'il dédie la troisième section des poèmes du *Poète à New York*, avec cet exergue éclairant du poète et ami Vicente Aleixandre :

> Un oiseau de papier [*Una pajarita*] dans notre cœur
> dit que le temps des baisers n'est pas venu[6].

Mots qui se veulent éclairants et restent assez énigmatiques. Seul ce féminin, *pajarita*, qui désigne une cocotte en papier, semble vouloir dire quelque chose de cette relation homosexuelle. Et c'est cet amour pour Rafael qui va, indirectement, conduire Federico à la mort. Cette année 1936, Lorca devait accompagner, fin juin, son actrice fétiche Margarita Xirgu dans sa tournée au Mexique. Le poète avait prévu de prendre le bateau jusqu'à New York, comme précédemment, et de là gagner Mexico en train, en se réjouissant, comme un enfant, de ce long voyage de cinq jours sur les rails. Il avait même acheté ses billets. Mais voilà, il voulait que Rafael l'accompagne, et Margarita Xirgu était tout à fait d'accord. Celui qui n'était pas d'accord, c'était le père de Rapún qui ne voulait pas laisser partir son grand fils alors qu'il avait ses examens à passer — à cette époque, un jeune homme restait dépendant de l'autorité paternelle jusqu'à ce qu'il soit capable de gagner sa vie, et l'on a vu combien pesante pouvait être cette dépendance dans le cas de Federico, qui, pour cette seule raison, décida de retarder son départ : deux semaines plus tard éclatait le soulèvement du général Franco et les heures du poète étaient désormais comptées.

Mais comment Federico vivait-il ces heures sombres pour la République espagnole ? On sait qu'il avait l'âme fort peu politique. Sa seule proclamation quelque peu engagée demeure éminemment poétique et métaphorique :

> En ces moments dramatiques que vit le monde, l'artiste doit pleurer et rire avec son peuple. Il faut renoncer au bouquet de lis et plonger dans la boue jusqu'à la ceinture pour aider ceux qui cherchent les lis[7].

Malgré l'insistance de ses amis qui le pressaient de soutenir leur combat, jamais il n'adhéra au parti communiste, contrairement à son collègue et ami Rafael Alberti qui devint très vite le poète officiel du parti communiste espagnol. Non, ce n'était pas pour lui. Cela aurait fait trop de peine à sa mère, n'est-ce pas ? Federico donnait de lui cette amusante définition : « Je suis "un anarchiste-communiste-libertaire, un païen-catholique, un traditionaliste monarchique[8]." » En fait, Federico était un humaniste, à la façon d'Albert Camus, un défenseur des droits de l'homme, et tout particulièrement des classes laborieuses ou marginalisées. « Je suis d'abord citoyen du monde et frère de tous[9] », déclarait-il. C'est pourquoi il apportera sa caution sous forme de signature au bas de pétitions, n'hésitant pas à soutenir une « Association d'amis de l'Union soviétique », voire dans quelque discours de banquet où, aux côtés d'Alberti et de son épouse María Teresa León, ainsi que de son vieux copain Luis Buñuel, il apporta son appui au Front populaire. Et la presse fit état de sa présence et signala sa signature au bas d'un document intitulé « Intellectuels avec le Front populaire ». Ce qui fait que, malgré toute sa retenue, et la peur de la guerre civile qui le prenait aux tripes, Lorca était tout naturellement catalogué à gauche, et pour les plus droitiers de ses ennemis un dangereux bolchevique. Cela lui sera compté, entre autres « tares », à l'heure de son procès expéditif et de son exécution.

Donc, au lendemain de l'assassinat de Calvo Sotelo, Federico, terrifié devant la tournure des événements, décide de partir, toute affaire cessante, et de regagner ses terres où, pense-t-il, il sera à l'abri. Malgré l'avis de ses amis, dont Luis Buñuel, qui l'abjure de demeurer à Madrid :

> — Federico, des horreurs se préparent. Reste ici. Tu seras beaucoup plus en sécurité à Madrid.
>
> D'autres amis firent pression sur lui, mais vainement. Il partit, très nerveux, très effrayé[10].

Erreur fatale. La mort, comme il l'a chanté dans ses premiers poèmes, l'attendait en Andalousie. Ses derniers mots avant de quitter la capitale, le 15 juillet, sont pour son ancien instituteur de Fuente Vaqueros, Antonio Rodríguez Espinosa, chez qui il se rend dans la nuit pour lui emprunter l'argent du billet de train : « L'orage gronde, lui dit-il, et je rentre à la maison. Là-bas je serai à l'abri de la foudre[11]. »

## La femme recluse

*Vous me trouverez toujours avec le même amour ardent pour le théâtre... Je ne suis pas un songe-creux.*

FEDERICO GARCÍA LORCA[1]

Au dernier temps de cette dramaturgie, Lorca se penche donc, en une ultime touche de génie, sur la condition de réclusion de la femme espagnole, et produit une pièce où l'homme est absent — quoique fortement fantasmé —, et la femme omniprésente, autour d'une maîtresse femme, Bernarda Alba. La pièce, qui sera sa dernière, s'intitule tout simplement *La Maison de Bernarda Alba*, avec un titre tout symbolique qui nous fait penser, à l'évidence, à la pièce la plus féministe du théâtre européen moderne, *Maison de poupée*, d'Ibsen, qui avait parcouru la scène espagnole dans les tournées italiennes de Novelli à la fin du XIXe siècle, en connaissant, d'ailleurs, un succès des plus mitigés. Mais trente ans après, Lorca avait pris connaissance de ces valeurs d'avant-garde du moment, le théâtre d'Ibsen et de Maeterlinck, dont on a pu trouver quelques traces dans sa propre écriture. Mais si Ibsen nous décrit la révolte positive d'une femme qui en a assez d'être une poupée bien rangée dans une vitrine, Lorca nous campe ici toute une théorie de femmes que les lois sociales et le qu'en-dira-t-on tiennent recluses, enfermées au logis, soumises au fameux proverbe espagnol que nous citions plus haut : « La femme, il faut lui briser la jambe et qu'elle reste à la maison. »

Cette pièce ne sera représentée que le 8 mars 1945, neuf ans après sa mort, et à Buenos Aires en Argentine, où s'était réfugiée son actrice fétiche, Margarita Xirgu.

Dans un huis clos étouffant, l'action se déroule toujours entre quatre murs : au premier acte nous sommes dans une pièce toute blanche, au second, dans une chambre blanche de la maison, au troisième entre les quatre murs blancs du patio. La maison est en deuil : le père vient de mourir et le premier acte résonne de requiem et de condoléances. Deux cents femmes défilent, indique une didascalie. C'est toute l'Andalousie endeuillée qui est convoquée sur scène. La mère et ses cinq filles portent des éventails noirs. Le deuil est total, et va durer une éternité de vie, huit années, pendant lesquelles la maison sera close, portes et fenêtres seront murées, « l'air de la rue ne doit pas pénétrer dans cette maison[2] », s'écrie Bernarda. La maison devient un caveau, d'autant plus étouffant que c'est l'été, qu'on est en Andalousie, et que tout le monde a soif, de fraîcheur et d'eau.

Dans cette mentalité étroite et répressive, l'homme est frappé d'anathème pour la jeune fille qui entend rester digne. Bernarda l'exprime bien, sauf que Federico, en véritable marionnettiste, tire les fils avec humour :

BERNARDA : À l'église, les femmes ne doivent regarder d'autre homme que l'officiant, et encore parce qu'il porte des jupes. Tourner la tête, c'est chercher la chaleur du mâle[3].

L'homme, cependant, existe, seul, clandestin et insistant : les filles l'aiment, Martirio en est amoureuse, Adela est sa maîtresse, mais c'est Angustias, la demi-sœur aînée, qu'il va épouser — parce qu'elle a hérité de son père et qu'elle est fortunée. Au drame de l'enfermement et de la frustration se mêle la jalousie entre les sœurs. À la chaleur de l'air, à sa moiteur estivale, se mêle l'ardeur des sens : un étalon qui n'en peut plus de désir, et qu'on doit conduire aux pouliches et à la remonte, donne des quatre fers contre les murs de la maison. Le désir est impérieux, violent, insistant, la passion est renversante. C'est elle qui donne à Adela la force de se révolter, toisant sa mère tyrannique, brisant sa canne, et affirmant haut et fort son amour pour José el Romano. Adela incarne la femme libre qui se révolte. À l'opposé d'une Yerma ou d'une Rosita, elle clame : « Je ne veux pas rester enfermée. Je ne veux pas me dessécher comme vous[4]. » Son cri au premier acte, « Je veux sortir », reprend la célèbre première réplique de *La Savetière prodigieuse* : *¡Quiero salir*[5] *!* Elle est celle qui ressent un désir impérieux de sexe, elle incarne la passion et le feu, toujours le feu de Phèdre : « C'est par-dessus ma mère que je sauterai pour éteindre ce feu qui s'est levé en moi, dans mes jambes, dans ma bouche[6] ! » N'entend-on pas là le poète Lorca et ses propres exigences passionnelles ? Ces femmes rebelles, qui pourrait les retenir, ou les tenir prisonnières ? Au dernier temps du drame, tandis que José (qu'on ne voit jamais) rôde derrière le mur, Bernarda se saisit d'un fusil et tire sur lui en le manquant, alors Adela, qui le croit touché de malemort, court se pendre dans sa chambre. Sera-ce le déshonneur, la honte de la famille va-t-elle s'ébruiter ? Non, car il ne s'est rien passé qu'une mort accidentelle. Nous avons affaire à un drame de l'honneur et la mère est obsédée par le qu'en-dira-t-on et la rumeur publique. Une version officielle est donc établie par Bernarda : la mère martèle que sa fille est morte vierge — pure et martyre — et réclamera le silence. De façon significative, le premier mot et le dernier mot prononcés par Bernarda sont : « Silence ! » Dès sa première réplique au premier acte, et à l'ultime, quand tombe le rideau. Par ailleurs, dans cette Espagne de l'honneur et ce village du qu'en-dira-t-on, c'est aussi son mot de prédilection :

BERNARDA : Et je ne veux pas de larmes. La mort, il faut la regarder en face. Silence ! (*À une autre de ses filles* :) J'ai dit qu'on se taise ! (*À une autre* :) Les larmes, quand tu seras seule ! Nous nous noierons toutes dans un océan de deuil ! Adela, la plus jeune des filles de Bernarda Alba, est morte vierge. Vous m'avez entendue ? Silence, silence, j'ai dit. Silence[7] ! »

C'est le mot de la fin. On imagine la salle pétrifiée après trois actes de tension et de passion dramatique. Federico en achevant la rédaction de sa pièce, le 19 juin 1936, fondit en larmes. Nous qui la lisons aujourd'hui ne pouvons nous empêcher de penser que ce silence prémonitoire, qui tombe comme une chape à la fin du drame, tombera aussi sur les épaules du poète foudroyé par la salve du peloton d'exécution un mois plus tard : le 24 juin 1936, Federico qui vient d'y mettre le point final, lit sa pièce dans le salon du comte et de la comtesse de Yebes, devant ses amis Carlos

Morla, ses fidèles auditeurs, et d'autres. Trois semaines plus tard, il fuit précipitamment à Grenade...

## Le poète assassiné

> *... la mort qui ne laisse*
> *pas même une ombre à la chair*
> *frémissante.*
>
> FEDERICO GARCÍA LORCA[1]

Pourquoi faut-il qu'il retourne à Grenade ? Madrid, en juillet 1936, comme on l'a vu, est à feu et sang. Federico vit dans la terreur de l'agression, il reste cloîtré chez lui, la moindre explosion au loin le fait se tapir sous la table. Sans être pleutre, il est craintif. Il est comme un enfant traqué. Lui qui est homme des rues et de la *convivencia*, comme dit l'espagnol, autrement dit friand de conversations, de bonne société et du commerce des autres, voilà qu'il se sent interdit de séjour et d'amitié. Madrid vit dans l'angoisse ses premiers pas vers la guerre civile.

Alors il a filé à Grenade, le lieu des siens, où il espère, en retrouvant la chaleur familiale et amicale, renaître à la vie. Cette décision lui sera donc fatale. Il ne sait pas encore — ou peut-être le sait-il, lui qui en fut toute sa courte vie obsédé — qu'il va à la mort. Se trompait-il de ville lorsqu'il scandait naguère, dans ses premiers vers : « Cordoue, lointaine et seule..., hélas, c'est la mort qui m'attend du haut des tours de Cordoue[2] » ? Hélas ! la mort l'attend vraiment entre les hauts murs de Grenade, la ville de « la pire bourgeoisie d'Espagne[3] », comme il venait de la qualifier publiquement, et où il va bientôt se terrer, bien plus encore qu'à Madrid. Car Grenade va devenir très vite une cité enclose dans la terreur.

Federico arrive à Grenade le 14 juillet 1936, quelques jours avant le début officiel de l'insurrection du général Franco. Il se rend, bien sûr, chez les siens, à la Huerta de San Vicente, mais la nouvelle est aussitôt rendue publique dans la presse locale, et tout le monde sait que le poète glorieux de Grenade est rentré chez lui. En fait, Federico a l'espoir de ne rester que peu de temps, celui de se refaire une santé — et aussi le temps que son ami RRR achève son année universitaire —, car Margarita Xirgu l'attend au Mexique où elle entreprend une tournée théâtrale, avec son Lorca à l'affiche. Mais Federico ne connaîtra jamais le Mexique, qui deviendra, dans les mois suivants, une terre hospitalière pour tant d'Espagnols se réclamant de la République, tant de réfugiés en quête d'une terre d'asile. Lorca voulait attendre que Rapún, son ami, son amant, se libère de ses examens et partir avec lui outre-mer, mais le sort en décida autrement. Les conspirateurs phalangistes et franquistes (qu'on n'appelle pas encore de ce nom) grouillent dans la cité bourgeoise ; ils détestent l'auteur du *Romancero gitan* et de la républicaine *Mariana Pineda*, ils détestent en lui le promoteur du théâtre populaire et subversif de La Barraca, qui a fait connaître à tant de consciences espagnoles la révolte paysanne de *Fuenteovejuna*, de Lope de Vega. Il les a amenés à se montrer rebelles et à choisir l'insoumission. Et ils détestent aussi, en lui, le poète homosexuel, éminemment scandaleux aux yeux du puritanisme catholique qui va bientôt étouffer l'Espagne sous une chape de silence et d'interdit.

Federico est inconscient de ces inimitiés et de ce qui se trame contre lui. Insouciant et ludique, il se promène et se pavane dans les rues de Grenade, est fêté par ses amis, il parade, fait des lectures publiques, comme celle de sa toute dernière pièce, *La Maison de Bernarda Alba*, qu'il donne dans le quartier gitan de l'Albaicín, dans la villa d'un de ses proches. Mais nous voilà rendus au 18 juillet. C'est le jour où, traditionnellement, on fête dans la bâtisse familiale la San Federico, la saint Frédéric, qui est le nom du poète et aussi de son père, comme on le sait. Les amis accourent de toute la Vega, mais en cette année 1936 les choses sont bien différentes et la fête est gâchée par l'annonce ce jour même du soulèvement militaire du général Franco, lancé depuis les Canaries où le général putschiste est en garnison, ainsi qu'au Maroc où, depuis longtemps, depuis le temps qu'il était général en chef de l'armée coloniale, il avait préparé ses troupes à la prise du pouvoir. Le soir même le général Queipo de Llano s'empare de la garnison de Séville, la plus importante d'Andalousie, et commence à se déchaîner sur les ondes espagnoles, à cracher ses propos haineux contre la République, dont il avait été pourtant l'enfant gâté. À Madrid le gouvernement est en pleine déconfiture, le Premier ministre Santiago Casares Quiroga, incapable de mobiliser les troupes républicaines en

Andalousie, démissionne, et c'est le début de la fin. La République entend combattre la rébellion par des moyens légaux, mais c'est depuis toujours la faiblesse des démocraties : que peut la légalité contre la force sauvage de la subversion, multipliant ses mensonges et déversant sa haine ? Federico perçoit tout cela, entre les murs blancs de la maison familiale et paisible de la Vega de Grenade : le voilà de nouveau terrassé par l'angoisse. Comme au temps de la répression aux portes de sa maison sous la dictature précédente, il ne veut plus sortir, il se terre, se cloisonne dans sa peur. Lui qui n'a jamais fait de politique, n'a jamais choisi un camp contre l'autre, lui que Salvador Dalí qualifiera de l'être le plus apolitique qu'il ait connu, sait néanmoins qu'il a beaucoup d'ennemis politiques. Le 20 juillet, la garnison de Grenade tombe à son tour aux mains des putschistes, et le beau-frère de Federico, maire intérimaire de Grenade, Manuel Fernández Montesinos, le mari de sa jeune sœur Concha, est arrêté. Des barricades dérisoires se dressent dans les hauts quartiers de la ville ; en vain, celle-ci tombera totalement le 23 juillet entre les mains des rebelles qui, pour parfaire leur mainmise sur les lieux, entreprennent tout aussitôt de répandre la terreur. Les « escadrons de la mort » — *Escuadras negras* — sèment la mort aux portes de Grenade.

Au soir du 18 juillet, Lorca, malgré sa peur, va rendre visite à son beau-frère en prison, et lui apporter quelques victuailles, mais il ne peut même pas l'approcher ; alors il rentre chez lui en pleurant, malade de dégoût et de peur, et court se mettre au lit. A-t-il deviné qu'on le recherche et qu'on cherche à le perdre ? Il fait alors un rêve, qu'il rapporte à son ami Eduardo Rodríguez Valdivieso : dans son cauchemar, il se voyait étendu par terre (ainsi qu'il s'était souvent représenté dans sa dramaturgie ludique, auprès de ses amis et de Salvador Dalí qui peignit, sans le savoir, sa mort) ; entouré de femmes vêtues de noir, robe et voile, en grand habit de deuil, et tenant à la main des crucifix avec lesquels elles le menaçaient. N'était-ce pas là Bernarda Alba, la farouche chrétienne, la tortionnaire de ses filles, la frustrée et la vengeresse, qui se dressait devant lui, avec toutes ces veuves rageuses dont il avait peuplé ses tréteaux ?... Federico sait bien qu'il vit là ses derniers jours, il le devine, il le pressent, il s'en obsède.

Déjà, on le cherche, on veut l'arrêter. Le 6 août un de ces sinistres escadrons phalangistes se présente à la porte de la Huerta de San Vicente. À sa tête le non moins sinistre capitaine Rojas, responsable du massacre des anarchistes de Casas Viejas, près de Madrid, en janvier 1933, condamné pour cela à vingt et un ans de prison, mais amnistié par le cabinet de droite de la République l'année suivante et affecté à Grenade. Manuel Rojas est persuadé que Lorca possède un émetteur radio clandestin avec lequel il est en contact avec « les Russes » ! La maison est fouillée de fond en comble, sous le regard apeuré de la famille, et, bien entendu, Rojas ne trouve rien et s'en retourne.

Mais Federico et ses parents sont de plus en plus inquiets. D'autant que le lendemain, un vieil ami, Alfredo Rodríguez Orgaz, architecte municipal de Grenade et socialiste militant, qui est resté caché depuis le 20 juillet, accourt pour demander secours à la famille Lorca ; il évoque devant eux les exécutions quotidiennes et les atrocités commises en ville par les troupes nationalistes. Cependant Federico reste confiant et veut croire encore que Grenade, sous la botte nationaliste, est entourée de troupes républicaines qui ne vont pas tarder à rétablir l'ordre. Et cette nuit-là, alors même que l'architecte demande à don Federico, le père du poète, de l'aider à gagner le territoire républicain, à quelques kilomètres de la Huerta, un escadron phalangiste s'approche de la maison ; l'architecte s'enfuit par une porte arrière et dans l'obscurité gagne la ville républicaine de Santa Fe, à mi-chemin de Grenade et de Fuente Vaqueros, et de là rejoint Málaga. Federico aurait pu, aurait dû l'accompagner et échapper ainsi à ceux qui resserraient l'étau autour de sa personne. Mais la peur l'en empêche et le paralyse.

Le 9 août, un troisième escadron phalangiste investit la Huerta de San Vicente ; ils sont à la recherche du voisin des Lorca, Gabriel Perea Ruiz, accusé d'être le frère de deux assassins ; ils l'arrêtent, le fouettent devant tous les siens et l'emmènent avec eux ; mais auparavant, ils pénètrent aussi dans la maison des Lorca, font descendre brutalement Federico de sa chambre et le frappent en le traitant de *maricón,* de « pédé ». Puis ils alignent toute la famille sur la terrasse, comme pour les fusiller. Le veulent-ils vraiment ? On ne le sait pas trop, car un autre escadron phalangiste arrive alors et leur dit de partir. Les troupes s'en vont, laissant toute la famille Lorca pétrifiée de terreur. C'est alors que Federico, plus que jamais conscient qu'on en veut expressément à sa personne, téléphone (le téléphone, par chance, a été installé dans la Vega juste avant son retour parmi les siens) à son ami Luis Rosales pour lui demander secours. Cet homme délicat et fin, étudiant en philosophie, qui vient de publier ses premiers poèmes, est un ami de longue date de Federico ; ils se voyaient souvent à Grenade ou à la Huerta pour parler poésie. Luis Rosales avait même publié un compte rendu fort élogieux du *Romancero gitan* dans la prestigieuse revue *Cruz y Raya*. Or cet homme qui est un ami véritable possède un atout qui semble imparable dans les circonstances présentes. Il a adhéré le 20 juillet à la Phalange, sur les traces de ses deux frères, José et Antonio, qui font même partie des figures les plus éminentes du parti à Grenade ; Luis Rosales, pour sa part, a été nommé « chef de secteur » de la Phalange à Motril, un bourg près de Grenade. Voilà qui constitue pour Federico une garantie des plus appréciables. Luis Rosales propose à son ami, soit de l'aider à fuir en territoire républicain — mais Federico répugne à quitter les siens et à se retrouver seul dans une sorte d'extraterritorialité —, soit de l'héberger dans la maison familiale, à Grenade, avec l'accord de ses parents. C'est donc cette dernière solution qui est choisie, comme la plus sûre. Qui pourrait attenter à la vie de Federico dans cette bâtisse devenue citadelle phalangiste ? Or Federico, sans s'en douter, allait tomber dans la gueule du loup.

La nuit du 10 août, en parfaite discrétion, le chauffeur des Rosales vient chercher Federico à la Huerta pour l'emmener à Grenade, en « lieu sûr ». Le poète s'est habillé en costume marin et cravate noire — tenue qu'il affectionne, comme le montre une photo prise à Buenos Aires, en 1934, en compagnie de Pablo Neruda et d'amis ayant tous revêtu la même tenue marine — et emporte avec lui du linge de rechange et un pyjama bleu à rayures blanches ; de toute évidence, il garde encore un relatif optimisme, car il ne pense pas être absent de chez lui au-delà de quelques jours. Or justement, le lendemain même, et à peine quelques heures après son départ — sa fuite ? —, les phalangistes opèrent une nouvelle descente à la Huerta, cette fois en quête de la personne même du poète, qu'ils vont chercher aussi chez son cousin, à quelques dizaines de mètres de là, à la Huerta del Tamarit. Là se dresse une énorme jarre en terre cuite où ils pensent trouver Federico caché. En attendant, dans la maison des parents, ils cherchent des papiers compromettants, des articles prouvant son appartenance aux « Rouges », démontant même le piano à la recherche du fameux poste émetteur radio que tout le monde croit en sa possession. Aux yeux des phalangistes, Lorca est un militant communiste qui a partie liée avec les pires Rouges du régime républicain de l'Espagne.

Il ne sait pas qu'il n'a plus que huit jours à vivre. Dans la haute bâtisse grenadine des Rosales, Federico est logé tout en haut au troisième étage, mais nul ne le considère comme un « fuyard » ; au contraire, le voilà allant et venant dans la maison, faisant la conversation, récitant des poèmes, jouant du piano, qu'on a fait monter spécialement dans sa chambre ; il se sent bien au milieu de sa famille d'accueil, se montre galant envers celle qu'il surnomme sa « divine geôlière », Esperanza, la sœur de Luis, à qui il promet un proche retour à Madrid où ils iraient ensemble applaudir sa prochaine pièce. Le soir, au retour de Luis en tenue bleue de phalangiste, les deux amis prolongent la soirée par d'ardentes discussions poétiques, allant même jusqu'à échafauder un hymne à la mémoire de toutes les victimes de cette guerre — qui ne fait pourtant que commencer —, Luis écrivant le texte et Federico la musique. Projet qui avorte bien vite, puisque Federico a déjà ses jours comptés.

Lisant quotidiennement le journal — *Ideal* —, il est au courant des exécutions constantes de Grenadins républicains, d'autant plus importantes que la ville est alors bombardée par l'aviation républicaine, et que ces exécutions prennent la forme de représailles. Le cycle infernal des violences, des vengeances et de la haine fratricide est bel et bien enclenché, et se soldera à la fin de la guerre civile, en 1939, par le chiffre ahurissant d'un million de morts, soit quelque 4 % de la population de l'Espagne. Federico est surtout inquiet du sort réservé à son beau-frère Manuel Montesinos, parce qu'il a lu qu'on tirait chaque jour des prisonniers de leur geôle pour les conduire devant le poteau d'exécution. On pense qu'il aurait même demandé aux Rosales d'intervenir en sa faveur.

Mais voilà, le 15 août, les phalangistes sont à nouveau de retour à la Huerta, cette fois munis d'un mandat d'arrestation du poète. Après avoir mis derechef la maison à sac, ils menacent d'emmener don Federico, le père, avec eux s'il ne révèle pas l'endroit où se cache son fils. Alors Concha, la jeune sœur de Federico, qui tremble pour ses trois enfants d'autant que son mari, comme on l'a vu, a été arrêté aux premiers instants du putsch, craque et révèle la planque de son grand frère. Son mari, Manuel Montesinos, sera exécuté le lendemain. Federico, l'apprenant, sera enfin conscient de l'extrême danger qui l'entoure. La famille Rosales veut alors qu'il parte se réfugier — c'était, d'ailleurs, une hypothèse qui avait été émise au moment de la fuite de Federico — dans la maison de Manuel de Falla, gloire internationale, dont l'ardent catholicisme semble alors une garantie contre la hargne phalangiste à s'en prendre à la personne du poète. Trop tard, cette nuit même du 16 août, à une heure du matin, trois voitures prennent position devant la bâtisse des Rosales. L'escadron est commandé par Ramón Ruiz Alonso, un phalangiste pur et dur, ancien parlementaire de la Confédération espagnole des droites autonomes, mais quelque peu déçu par la Phalange à Grenade, qui n'aurait pas récompensé financièrement son ralliement au parti fasciste, et qui voit tout à coup s'ouvrir le ciel de ses espérances : arrêter un « rouge » au propre domicile des phalangistes, au vu et au su de tous, quelle aubaine ! Bien sûr, il y a tractation, on va même chercher au front l'un des Rosales, mais rien n'y fait, et Lorca sera arrêté sous prétexte, selon Ruiz Alonso, qu'il aurait causé « plus de mal avec sa plume que d'autres avec un revolver[4] ».

Lorca se trouve alors dans sa chambre et entend tout ce va-et-vient en bas, et ce qu'on dit de lui. Il est terrifié, il se sait perdu ; alors il s'agenouille, tout tremblant de panique et sanglotant, devant l'image du Sacré-Cœur et se met à prier. Puis il descend et est conduit en voiture au siège du gouvernement, c'est-à-dire à la préfecture, à quelques mètres de la maison des Rosales. Et pour son malheur le gouverneur civil, nommément José Valdés Guzmán, parti en inspection, a été momentanément remplacé par un lieutenant-colonel de la garde civile, Nicolás Velasco Simarro. Et voilà comment le poète dont on se souvient qu'il fut le pourfendeur de la garde civile se retrouve face à quelqu'un qui, se souvenant de l'affront, ne saurait lui pardonner, malgré ses hauts appuis au sein de la Phalange grenadine. Dès lors tout est consommé. Rien n'y fera, ni l'intervention de la famille Rosales ni celle de l'avocat des Lorca. Luis Rosales ira en personne à la préfecture dénoncer l'action de Ruiz Alonso, qui est d'un grade inférieur au sien, mais il ne peut rien devant le représentant du gouvernement nationaliste, José Valdés Guzmán, qui ne lèvera pas le petit doigt pour arrêter la machine, ou la machination, à l'encontre du poète, dénoncé comme « rouge ». Le 18 août à 3 heures du matin, Federico quitte la préfecture menotté à un autre condamné, un instituteur nommé Galindo González ; une voiture où prennent place deux gardes civils et deux soldats de la phalange les conduit à dix kilomètres, à Víznar, et là, au bord d'un ravin, les deux hommes vont être exécutés, ainsi que deux banderilleros de corrida, militants anarchistes. Un jeune garde civil révèle alors à Lorca que son exécution est imminente, et l'aide à prier, parce que le poète, terrorisé, ne retrouve plus les paroles de la prière *Yo pecador* — le *Confiteor* —, apprise des lèvres de sa mère. Avant que le jour ne se lève, à cinq heures du matin, les quatre hommes sont alignés devant une oliveraie, près d'une fontaine bruissante nommée *Ainadamar* — *'Aïn Adamar* signifie en arabe « source des larmes » —, fusillés et jetés dans une fosse, où leurs corps se mêleront à la terre et à la poussière de l'oubli, dans le murmure ininterrompu des sanglots.

Cette oliveraie est devenue aujourd'hui le « parc Federico García Lorca », et des centaines de curieux viennent voir la grande fosse, encore perceptible, où le corps du poète repose, mêlé et confondu aux centaines, voire aux milliers d'autres martyrs de la répression franquiste à Grenade. Qui pourrait jamais les démêler ?

Évoquant la mort de Federico, son vieil ami et amant Salvador Dalí aura ces mots :

> Dès le début de la guerre, mon grand ami, le poète de la mala muerte, Federico García Lorca, mourut fusillé dans sa ville de Grenade occupée par les franquistes... Quelle ignominie ! Lorca était par excellence le poète le plus apolitique de la terre. Il mourut symboliquement comme la victime propitiatoire de la confusion révolutionnaire... Lorca avait de la personnalité à revendre et à louer, assez pour être fusillé par n'importe quel Espagnol avant tous les autres[5].

À vrai dire, Dalí était plus égoïstement apolitique que Lorca, mais il est vrai que Federico, s'il était avant tout « l'ami du peuple », et même l'ami de tous, n'avait pas réellement pris parti pendant la guerre civile, et le paradoxe de sa mort c'est que, accusé d'être un « rouge », il mourut d'avoir été protégé par ses amis franquistes, par une espèce de monstrueux coup du sort.

De même Luis Buñuel, son ami de toujours (malgré quelques brouilles), affirme que « Lorca... ne pouvait pas se passionner pour la politique », et nous laisse, dans *Mon dernier soupir*, ce bouleversant témoignage d'amitié, ainsi que la juste appréciation de son exécution :

> L'annonce de sa mort fut un choc terrible pour nous tous.
> De tous les êtres vivants que j'ai rencontrés, Federico est le premier. Je ne parle ni de son théâtre ni de sa poésie, je parle de lui. Le chef-d'œuvre, c'était lui. Il me semble même difficile d'imaginer quelqu'un de comparable. Qu'il se mît au piano pour imiter Chopin, qu'il improvisât une pantomime, une courte scène de théâtre, il était irrésistible. Il pouvait lire n'importe quoi, la beauté jaillissait toujours entre ses lèvres. Il avait la passion, la joie, la jeunesse. Il était comme une flamme[6].

En effet, on n'a jamais retrouvé le corps du poète. On avait répandu de la chaux vive sur les corps amoncelés... Mais il restera, pour cela aussi, le mythe vivant de l'ignominie franquiste, qui avait proclamé par la bouche d'un de ses pires sbires : « Mort à l'intelligence ! », et le symbole de l'Espagne martyre. Il fut la victime emblématique de la guerre civile. À tout jamais, et pour les générations futures, Federico García Lorca allait être le « Poète assassiné ».

# Je m'appelle Federico García Lorca

*Le rêve est court, mais il est heureux.*

MANUEL PUIG[1]

Le rideau est tombé. Il n'est plus que d'écrire l'épitaphe. Mais c'est le poète lui-même qui nous la livre. Lorsqu'il prend le train pour Grenade, dans la nuit du 13 juillet 1936, terrifié par le coup d'État franquiste et le début de la guerre civile, il emporte dans ses poches quelques pages griffonnées : sa dernière pièce de théâtre, au titre évocateur : *Les Rêves de ma cousine Aurelia*, dont il ne reste aujourd'hui que les premiers feuillets. Une œuvre ambitieuse qui aurait fait pendant à *Doña Rosita la vieille fille* et qui, après l'intense drame de la réclusion que représentait *La Maison de Bernarda Alba,* renouait avec l'Andalousie des sources, des parfums et des ivresses. Il s'agit en effet d'une chronique grenadine qui se situe en 1910 — *Doña Rosita*, dans son passage du temps en trois actes, s'échelonnait de 1900 à 1925 —, et qui renvoie donc au poète enfant, celui qui a douze ans selon l'état civil, mais peut-être seulement dix, puisque Lorca avait la coquetterie de se rajeunir de deux ans. Eh bien, cette évocation de la vie grenadine nous replonge au gynécée qu'il a connu, avec la compagnie de ses cousines, dont Aurelia sa préférée, qui en 1910 avait vingt-deux ans ; le rideau s'ouvre sur leurs papotages et leurs minauderies : au centre, la rêverie bovaryste à la faveur d'un roman-feuilleton qu'on lit à haute voix et qui tourne autour de l'honneur d'une pure jeune fille qu'un galant vient d'enlever en voiture. Nous sommes dans le sillage de *Noces de sang*, ou de la fille déshonorée de Bernarda Alba. La femme est là avec son attente, et avec ses rêves. « Croyez-vous qu'on puisse vivre sans lire de romans et sans faire de théâtre[2] ? » lance Aurelia qui, ayant vécu la réclusion sévère des bonnes sœurs de Calderón — comme doña Vicenta, la mère du poète, et plus tard sa sœur Concha —, sait ce que s'évader par l'imagination veut dire. Le salut par le rêve, tel est l'ultime message que veut nous transmettre le dramaturge. Celui-là même qui avait monté, avec sa Barraca, la pièce archétypique du théâtre espagnol, *La vie est un songe*, dont l'auteur se nommait, par une insolite coïncidence, Calderón. Et qui s'était réservé ce rôle étrange, l'allégorie de l'ombre, évoluant sur scène dans des voiles noirs de grande veuve bréhaigne, une de ces femmes dont parle aussi Saint-John Perse.

Oui, alors qu'il prend le train du retour, un retour définitif à la terre, Lorca voit défiler sa vie comme un rêve, un rêve court mais heureux, et dans ce défilement d'images, comme il l'a toujours aimé, il se revoit enfant et amoureux de sa grande cousine Aurelia : « Toi, tu as une taille et des seins [jusqu'au bout cette obsession des seins] et des cheveux frisés avec des fleurs. Moi, je n'ai rien de tout cela[3] », lance-t-il à sa cousine, qui lui rétorque, dans sa grande logique : « C'est que je suis une femme[4]. » Que de regrets, sans doute, dans cette observation ! Une fois de plus Lorca se contemple au miroir et voit sur son visage, sans s'effrayer, tous ces grains de beauté qui, parfois, l'ont tant tracassé : « Tu as des grains de beauté comme des petites lunes de mousse tendre[5] », lui dit gentiment sa cousine. Est-ce encore fiction, ou est-ce mémoire ? N'a-t-on pas fait naguère ce compliment à Federico ? Un *piropo* qui va jusqu'à cette déclaration d'amour :

Les grains de beauté de ta figure
pour mes yeux sont des brûlures,
et celui près de ta bouche
ne peut se voir sans trouble lan laire[6]...

Aurelia, ou quelque amant qu'il aura bercé sur son sein, pressé sur son cœur !... Mais dans cette pièce qui se situe à l'époque du Carnaval et nous offre, comme un bouquet final de théâtre lorquien, une valse de masques, apparaît enfin le Gondolier ; car nous voilà transportés à Venise, la ville de toutes les amours, des clandestines et des fardées, et des amours sans lendemain, comme un écho à la célèbre barcarolle d'Offenbach : « Belle nuit, ô nuit d'amour, souris à nos ivresses », qui ne fait que rassembler les fleurs mythologiques de la cité de Casanova. Mais ce Gondolier chante tout autrement, comme le nocher des enfers guidant sa barque vers les ténèbres : il chante les derniers vers que Lorca ait écrits, cet autre poème de l'amour obscur et du plaisir refusé, et voilà que les mots sonnent comme une épitaphe :

Ô gondolier amoureux
au visage sans pareil,
vogue, vogue sans relâche.

L'amour ne viendra jamais,
jamais jamais ne viendra
jamais jamais ne viendra[7]...

Mais une épitaphe se doit d'être signée, et dans ces *Rêves de ma cousine Aurelia* où minaudent si gentiment l'aînée et son jeune cousin, Aurelia lui demande finalement :

Allons, comment tu t'appelles[8] ?

Et, de même que le poète se mettait nommément en scène dans le célèbre poème de la « Mort d'Antoñito el Camborio » (*Romancero gitan*) :

Ô, Federico García,
préviens la Garde civile !
Ma taille s'est brisée comme
une canne de maïs[9]

voilà qu'il veut, une ultime fois, aux portes d'une mort qu'il sait promise, énoncer son propre nom, et pour sa propre mort (sans qu'il le sache), et qu'on s'en souvienne « pour un cercle et un cercle » — *Ledor vador*, dit si poétiquement la langue hébraïque, en désignant le cercle des jours —, oui, que l'on redise son nom de génération en génération et pour les siècles des siècles, ce nom qu'il épela enfant :

Je m'appelle Federico García Lorca[10].

Et si l'on s'interroge, comme le fit le grand poète aîné Antonio Machado, sur ce crime qui eut lieu à Grenade, si l'on veut savoir ce qui s'est passé au ravin de Víznar, à la « Source des larmes », et si l'on demande qui était la victime et pourquoi le mutisme qui suivit, ce silence après la rafale, cette glace sur les lèvres, ce malaise aux gradins et ce sang répandu sur la peau de taureau, alors les pierres vous renverront, en écho, cette seule réponse :

C'est Lorca qu'on assassine...

passé [illegible] des Visages [illegible] Savez-vous la [illegible] et [illegible] demandé [illegible] qui a eu [illegible] et pourquoi le [illegible] du [illegible] de [illegible] sur la [illegible] aux [illegible] répondu [illegible] peu de [illegible] se de [illegible]

— C'est [illegible] un [illegible]

# ANNEXES

## REPÈRES CHRONOLOGIQUES

1898. *5 juin* : Federico García Lorca naît à minuit à Fuente Vaqueros (Grenade). Il est le fils de Federico García Rodríguez, propriétaire terrien, et de Vicenta Lorca Romero, institutrice.

1898-1909. Enfance à Fuente Vaqueros, puis à Asquerosa, qui deviendra plus tard Valderrubio. Naissance de ses frères Luis en 1900, décédé en 1902, et Francisco en 1902, et de ses sœurs María de la Concepción (Concha), en 1903, et Isabel, en 1909. Premières études sous la direction de sa mère, puis d'Antonio Rodríguez Espinosa. En septembre 1908 entre au collège d'enseignement secondaire d'Almería.

1909-1915. La famille s'installe à Grenade. Federico entre au collège du Sagrado Corazón de Jesús, puis au lycée. Il obtient son baccalauréat en 1914 et s'inscrit à la faculté des lettres et de droit de l'université de Grenade. Parallèlement il apprend la guitare et surtout le piano sous la direction d'Antonio Segura Mesa. Fréquente assidûment le café Alameda depuis 1915, et là, dans un coin, compose avec ses amis intellectuels et artistes le groupe du *Rinconcillo*, qui se séparera en 1922.

1916. Mort de son maître de musique. Federico renonce à poursuivre ses études musicales et à l'hypothétique conservatoire de Paris.
*8-16 juin* : voyage universitaire en Andalousie sous la conduite du professeur Martín Domínguez Berrueta.
*15 octobre-8 novembre* : nouveau voyage universitaire, en Castille et dans le nord-ouest de l'Espagne.

1917. Publie dans une revue grenadine son premier texte : *Fantaisie symbolique*, une prose théâtrale.

*15 juin-septembre* : nouveau voyage en Castille et Galice avec le professeur Berrueta.

1918. Publication, à compte d'auteur, de son premier livre, *Impressions et paysages*, inspiré par ses voyages à travers l'Espagne. Il écrit parallèlement beaucoup de poèmes.

1919. S'installe à la Résidence d'étudiants de Madrid où il demeurera jusqu'en 1928, tout en faisant de fréquents séjours à Grenade. Fait la connaissance de Manuel de Falla.

1920. Création à Madrid de sa première pièce, *Le Maléfice de la phalène*.

1921. Publication du *Livre de poèmes*, son premier recueil poétique, dédié à son frère Francisco, qui a aidé à la compilation des textes.

1922. Organisation du concours de *Cante Jondo* à Grenade, avec de Falla. Il rédige son *Poème du Cante Jondo*, qui ne sera publié qu'en 1931. Écrit des pièces pour marionnettes (*Don Cristobal et Rosita)*.

1923. Présente un programme de marionnettes à Grenade en collaboration avec de Falla.

*Juin* : obtient sa licence en droit à l'université de Grenade. Il fait la connaissance, à Madrid, de Salvador Dalí.

1923-1930. Dictature du général Primo de Rivera.

1924. Intense activité poétique et théâtrale. Première version de *Mariana Pineda*, sa seconde pièce. Se lie d'amitié avec Jorge Guillén et Rafael Alberti.

1925. Séjour à Cadaqués, puis à Figueras, chez les Dalí. Il écrit ses *Dialogues*.

1926. Prononce à l'Ateneo de Grenade une conférence, *L'Image poétique chez don Luis de Góngora*, et donne plusieurs autres conférences à travers l'Espagne. Envisage, sans succès, de devenir professeur d'université. Compose son *Ode à Salvador Dalí*.

1927. Second séjour en Catalogne, à Figueras et Cadaqués. Création de *Mariana Pineda* à Barcelone par la compagnie de Margarita Xirgu, décor et costumes de Salvador Dalí. Exposition de dessins de Lorca à la galerie Dalmau, de Barcelone. Célébration à Séville du tricentenaire de la naissance de Góngora. Publication de *Chansons*, à Málaga.

1928. Fonde la revue grenadine *El Gallo*, qui ne connaîtra que deux numéros. Publication du *Romancero gitan* à Madrid, puis de l'« Ode au Très Saint Sacrement », dans la *Revista de*

*Occidente*. À la fin de l'année Dalí part avec Buñuel à Paris où il réalise *Un chien andalou*.

1929. La censure de la dictature interdit la représentation de *Les Amours de don Perlimplin*. Amitié avec le diplomate Carlos Morla Lynch et son épouse « Bebé ». Federico part pour New York, en compagnie de son vieux maître Fernando de los Ríos, suivre des cours d'anglais à l'université Columbia.

1930. Federico est invité par l'Institut hispano-cubain de la culture et part pour La Havane où il restera trois mois et prononcera quelques conférences. Compose « *Son* de Noirs à Cuba ». Retour en Espagne. En décembre, création à Madrid de *La Savetière prodigieuse*, par la compagnie de Margarita Xirgu.

1931. Publie des extraits du *Poète à New York* dans la *Revista de Occidente*. Proclamation de la seconde République espagnole. Publication à Madrid du *Poème du Cante Jondo*.

1932. Création par le ministère de l'Instruction publique du théâtre universitaire « La Barraca », dont la direction est confiée à Lorca. Tournée à travers toute l'Espagne.

1933. Création à Madrid de *Noces de sang*, puis des *Amours de don Perlimplin avec Bélise en leur jardin*. *Noces de sang* est ensuite donné à Barcelone. Federico collabore aux représentations de *L'Amour sorcier*, de Manuel de Falla à la Résidence des étudiants. Publication de l'*Ode à Walt Whitman*, à Mexico.

*Jusqu'à fin mars 1934* : voyage en Amérique du Sud (Argentine, et Uruguay), où son théâtre, dont *Noces de sang* et *La Savetière prodigieuse*, est donné par la compagnie de Lola Membrives avec un immense succès.

1934. Rencontre Pablo Neruda et se lie d'amitié. Mort du torero Ignacio Sánchez Mejías. Federico écrit son *Chant funèbre* qu'il lit en public chez les Morla Lynch. En Espagne, troubles dans les Asturies et répression violente du général Franco : la presse de droite se déchaîne contre Lorca qui a pris des positions ouvertement républicaines. Création de *Yerma* à Madrid par Margarita Xirgu.

1935. Représentation du *Petit Retable de don Cristobal* par une compagnie de guignol de Madrid. Publication du *Chant funèbre pour Ignacio Sánchez Mejías*. Représentation triomphale de *Yerma* à Barcelone. Lorca signe, avec plusieurs intellectuels espagnols, un manifeste antifasciste. Il commence à rédiger une pièce sans titre dont le point de départ est la répression des mineurs aux Asturies. Création de *Noces de sang* à Barcelone, puis de *Doña Rosita ou Le Langage des fleurs.*

1936. Publication de *Noces de sang*, à Madrid, puis de *Premières chansons*. Lecture de *La Maison de Bernarda Alba* auprès de ses amis. Troubles à Madrid, assassinat de Calvo Sotelo (qui servira de détonateur au coup d'État militaire). Lorca rentre précipitamment à Grenade.

*18 juillet* : Soulèvement militaire contre la République. Lorca, physiquement menacé, se réfugie chez son ami Luis Rosales, dont toute la famille est phalangiste et engagée dans la lutte contre la République.

*16 août* : il est arrêté.

*19 août* : Lorca est exécuté au ravin de Víznar. La plus grande partie de son œuvre sera publiée après sa mort.

## ŒUVRES DE FEDERICO GARCÍA LORCA

*Œuvres complètes,* I, *Poésie, Prose, Correspondance,* Gallimard, Pléiade, 1981.

*Suites*, Barcelone, Ariel, 1983.

*Œuvres complètes,* II, *Théâtre*, Gallimard, Pléiade, 1990.

*Obras completas*, 4 volumes, édition de Miguel García-Posada, Barcelone, Galaxia Gutenberg, 1996-1997.

*Epistolario completo*, Madrid, Cátedra, 1997.

## DISCOGRAPHIE

*Federico García Lorca, In memoriam* (CDM 5 66783 2 EMI), 1998. Chansons populaires espagnoles, *Romancero gitan*, Élégie à la mort de García Lorca (Miguel Hernández) et Chansons populaires espagnoles recueillies et interprétées au piano par García Lorca (chantées par la Argentinita).

MAURICE OHANA, *Chant funèbre pour Ignacio Sanchez Mejías*, pour récitant, baryton solo, chœur et orchestre (chanté et dit en espagnol) avec Maria Casarès, récitante, Michel Arry baryton, Chœurs de l'ORTF (3 octobre 1970 — Archives de l'INA).

MAURICE OHANA, *Llanto por Ignacio Sánchez Mejías*, récitant Maurice Molho, baryton Bernard Cottret, orchestre des Cento Soli, chef Ataulfo Argenta (disque Accord 202482 — 1954).

## FILMOGRAPHIE

*Bodas de sangre*, film argentin d'Edmundo Guibourg, interprété par Margarita Xirgu, 1938.

LUIS BUÑUEL & SALVADOR DALÍ, *Un chien andalou* (1929), Édition DVD Collector, Éditions Montparnasse, 2005 (DVD + scénario original).

## OUVRAGES SUR FEDERICO GARCÍA LORCA


JOCELYNE AUBÉ-BOURLIGUEUX, *Lorca ou La Sublime Mélancolie*, Bruxelles, Aden, 2008.

MARCELLE AUCLAIR, *Enfances et mort de García Lorca*, Le Seuil, 1968.

ANDRÉ BELAMICH, *Lorca*, Gallimard, 1962.

ALBERT BENSOUSSAN, *Imagerie et machinerie : le kaléidoscope de Lorca*, in *Le Théâtre impossible de Lorca*, Le Temps, 1998.

LUIS BUÑUEL, *Mon dernier soupir* (écrit en collaboration avec Jean-Claude Carrière), Laffont, 1982.

CLAUDE COUFFON, *À Grenade, sur les pas de García Lorca*, Seghers, 1962.

ANA MARÍA DALÍ, *Salvador Dalí vu par sa sœur*, Arthaud, 1960.

SALVADOR DALÍ, *La Vie secrète de Salvador Dalí*, La Table ronde, 1952.

—, *Journal d'un génie*, La Table ronde, 1964.

—, *Comment on devient Dalí. Les aveux inavouables de Salvador Dalí*, récit présenté par André Parinaud, Robert Laffont, 1973.

SALVADOR DALÍ et FEDERICO GARCÍA LORCA, *Correspondance*, 1925-1936, Carrère, 1987.

GÉRARD DE CORTANZE, *Cent Ans de littérature espagnole*, La Différence, 1989.

FLORENCE DELAY, *Mon Espagne Or et Ciel*, Hermann, 2008.

CLAUDE ESTEBAN, préface et traduction de *Romancero gitan* et *Poème du chant profond*, édition bilingue, Aubier, 1995.

FRANCISCO GARCÍA LORCA, *Federico y su mundo*, Madrid, Alianza Editorial, 1980.

IAN GIBSON, *La Mort de Federico García Lorca et la répression nationaliste à Grenade*, Ruedo Ibérico, 1974.

—, *Federico García Lorca. Une vie*, Seghers, 1990.

—, *Vida, pasión y muerte de Federico García Lorca*, Barcelone, Plaza & Janés, 1998.

—, *Lorca-Dalí, un amour impossible*, Montréal, Stanké, 2001.

—, *Lorca y el mundo gay*, Barcelone, Planeta, 2009.

*Hommage à Federico García Lorca*, université de Toulouse - Le Mirail, 1982.

MARIE LAFFRANQUE, *Lorca*, Seghers, 1966.

—, *Les Idées esthétiques de Federico García Lorca*, Centre de recherches hispaniques, 1967.

VICENTE LORCA, *Cartas de Vicenta Lorca a su hijo Federico*, Barcelone, RBA Libros, 2008.

*Magazine littéraire*, n° 249, « Federico García Lorca », sous la direction de G. de Cortanze, janvier 1988.

CHARLES MARCILLY, *Ronde et fable de la solitude à New York*, Paris, Ediciones hispano-americanas, 1962.

EUTIMIO MARTÍN, *Federico García Lorca, Un messianisme humaniste*, Ellipses, 2007.

FRANÇOIS NOURISSIER, *Lorca*, L'Arche, 1955.

*Organon*, « Lorca, Théâtre impossible », université de Lyon II, 1978.

MICHÈLE RAMOND, *La Question de l'Autre dans Federico García Lorca*, Toulouse, Eché éditeur, 1986.

—, *Le Théâtre impossible de Lorca* (ouvrage collectif), Le Temps, 1998.

LESLIE STAINTON, *Lorca, sueño de vida*, Buenos Aires, Adriana Hidalgo Editora, 2001.

# NOTES

## AVANT-DIRE

1. Albert Camus, *Noces*, in *Essais,* Gallimard, coll. « Bibliothèque de la Pléiade », 1965, p. 55.

2. Federico García Lorca, *Obras completas,* Madrid, Aguilar, 1954.

3. Federico García Lorca, *Romancero gitan*, trad. Felix Gattegno, Alger, Charlot, 1941.

## PARLER DE FEDERICO

1. Ramón Menéndez Pidal, *Flor nueva de romances viejos*, Madrid, Espasa-Calpe, 1943, p. 69.

2. Federico García Lorca, « Chanson du cavalier», *Œuvres complètes*, I, *op. cit.*, p. 346.

## ESQUISSE DE FEDERICO

1. « Saint Gabriel », Romancero gitan, *Œuvres complètes*, I, *op. cit.*, p. 432.

2. Jorge Guillén, « Federico en persona », *Obras completas, op. cit.* p. XIII.

3. Rafael Alberti, *Sobre los ángeles* (1929), Alianza editorial, Madrid, 2002.

1. Saint-John Perse, *Éloges*, Gallimard, coll. « Bibliothèque de la Pléiade », 1972, p. 25.

2. Federico García Lorca, *Œuvres complètes*, I, Appendice des « *Suites* », *op. cit.*, p. 1346.

3. Federico García Lorca, *Epistolario completo*, Madrid, Cátedra, 1997, p. 735-736.

4. Vicenta Lorca, *Cartas de Vicenta Lorca a su hijo Federico*, Barcelona, RBA Libros, 2008.

5. Federico García Lorca, *Œuvres complètes*, I, *Correspondance*, *op. cit.*, p. 998.

6. Federico García Lorca, *Œuvres complètes*, I, *Correspondance*, « À Adolfo Salazar », 2 [août 1921], *op. cit.*, p. 1102.

7. *Ibid.*, « À José Bergamín » [Grenade, février 1927].

8. Federico García Lorca, « Mon village », *Premières proses*, *Œuvres complètes*, I, *op. cit.*, p. 639.

9. *Ibid.*, p. 640.

10. *Ibid.*

11. Ian Gibson, *Vida, pasión y muerte de Federico García Lorca*, Barcelone, Plaza & Janés, 1998, p. 37.

12. Federico García Lorca, « Mon village », *Premières proses*, *Œuvres complètes*, I, *op. cit.*, p. 643.

13. *Ibid.*, p. 647.

14. Ian Gibson, *Vida, pasión y muerte de Federico García Lorca*, *op. cit.*, p. 29-30.

15. Federico García Lorca, « Mon village », *Premières proses*, *Œuvres complètes*, I, *op. cit.*, p. 645.

16. *Ibid.*

## LA MONTÉE À GRENADE

1. Federico García Lorca, « Élégie », *Livre de poèmes*, *Œuvres complètes*, I, *op. cit.*, p. 32.

2. Federico García Lorca, *Doña Rosita la vieille fille*, *Œuvres complètes*, II, Gallimard, coll. « Bibliothèque de la Pléiade », 1990, p. 181.

3. Federico García Lorca, *Œuvres complètes*, I, *op. cit.*, p. 973.

4. Victor Hugo, *Les Orientales* (1829), *Œuvres poétiques*, I, Gallimard, coll. « Bibliothèque de la Pléiade », 1964, p. 177.

5. Federico García Lorca, *Œuvres complètes*, I, *Correspondance*, *op. cit.*, p. 984-985.

### CHER PREMIER AMOUR...

1. Federico García Lorca, « La Femme lointaine », *En marge du « Livre de poèmes »*, *Œuvres complètes*, I, *op. cit.*, p. 124.

2. Federico García Lorca, *Obras completas*, IV, *Primeros escritos*, ed. Miguel García-Posada, Galaxia Gutenberg, Barcelone, 1997, p. 666.

3. *Ibid.*, p. 666-667.

4. *Ibid.*, p. 632.

5. *Ibid.*, p. 633.

6. Federico García Lorca, « Grenade », *Impressions et paysages*, *Œuvres complètes*, I, *op. cit.*, p. 745.

7. « *La Sonata de la nostalgía* », *Obras completas*, IV, *op. cit.*, p. 680.

8. *Ibid.*, p. 671.

9. *Ibid.*, p. 674.

10. Federico García Lorca, *Œuvres complètes*, I, *op. cit.*, p. 306.

### LE PETIT COIN AU FOND DE LA SALLE

1. Federico García Lorca, « Grenade (paradis fermé à beaucoup) », *Hommages et conférences*, *Œuvres complètes*, I, *op. cit.*, p. 59.

2. Prologue de Jorge Guillén à Federico García Lorca, *Obras completas*, Madrid, Aguilar, 1954, p. XLIX.

3. *Ibid.*

### À LA DÉCOUVERTE DE L'ESPAGNE

1. Federico García Lorca, « Méditation », *Impressions et paysages*, *Œuvres complètes*, I, *op. cit.*, p. 671.

2. *Ibid.*, p. 669.

3. Federico García Lorca, in *Epistolario completo*, Cátedra, Madrid, 1997, p. 49.

4. Federico García Lorca, *Œuvres complètes*, I, *op. cit.*, p. 7.

5. *Ibid.*, p. 8.

PORTRAIT EN PIED

1. Federico García Lorca, *Les Rêves de ma cousine Aurelia, Œuvres complètes,* II, *op. cit.*, p. 747.

2. Carlos Morla Lynch, *En España con Federico García Lorca,* Madrid, Aguilar, 1958, p. 26.

3. *Ibid.*, p. 216.

4. Luis Buñuel, *Mon dernier soupir*, Robert Laffont, 1982, p. 74-76.

LA ROSE ET LE RÉSÉDA

1. Federico García Lorca, *Christ* (II), *Œuvres complètes,* II, *op. cit.*, p. 702.

2. Ian Gibson, *Vida, pasión y muerte de Federico García Lorca, op. cit.*, p. 86-87.

3. *Ibid.*, p. 87.

4. Federico García Lorca, « Source », *Œuvres complètes,* I, *op. cit.*, p. 91.

5. Luis Buñuel, *Mon dernier soupir, op. cit.*, p. 76.

À NOUS DEUX, MADRID !

1. Federico García Lorca, « Chansons sous la lune », *Œuvres complètes,* I, *op. cit.*, p. 180.

2. Ian Gibson, *Vida, pasión y muerte de Federico García Lorca, op. cit.*, p. 45.

3. Francisco García Lorca, *Federico y su mundo*, Madrid, Alianza Editorial, 1980, p. 158-159.

LE PIED POSÉ SUR LES PLANCHES VACILLANTES

1. Federico García Lorca, *Le Maléfice de la phalène, Œuvres complètes,* II, *op. cit.*, p. 47.

2. Federico García Lorca, « Poème de la *siguiriya* gitane », *Poème du Cante Jondo, Œuvres complètes,* I, *op. cit.*, p. 132.

3. Juan Ramón Jiménez, *Selección de cartas*, Barcelone, Éditions Picazo, 1973, p. 105.

4. Ian Gibson, *Vida, pasión y muerte de Federico García Lorca, op. cit.*, p. 120.

5. Federico García Lorca, *Le Maléfice de la phalène, Œuvres complètes*, II, *op. cit.*, p. 37.

### D'UN PAS PLUS FERME SUR LES PLANCHES

1. Federico García Lorca, *Mariana Pineda, Œuvres complètes*, II, *op. cit.*, p. 126.

2. Federico García Lorca, À Adolfo Salazar, 2 [août 1921], *Œuvres complètes*, I, *op. cit.*, p. 999-1000.

3. Federico García Lorca, *Tragi-comédie de don Cristobal et de Rosita, Œuvres complètes*, II, *op. cit.*, p. 97.

4. Federico García Lorca, *Doña Rosita la vieille fille, Œuvres complètes*, II, *op. cit.*, p. 622.

5. Federico García Lorca, *Tragi-comédie de don Cristobal et de Rosita, Œuvres complètes*, II, *op. cit.*, p. 88.

6. Federico García Lorca, *Œuvres complètes*, I, *Correspondance*, « À Antonio Gallego Burín », *op. cit.*, p. 1020.

7. Federico García Lorca, *Mariana Pineda, Œuvres complètes*, II, *op. cit.*, p. 215.

8. *Ibid.*, p. 213-214.

### L'AMOUR SORCIER

1. Adriano del Valle, cité par Federico García Lorca, lettre de Federico García Lorca à Manuel de Falla, *Correspondance, Œuvres complètes*, I, *op. cit.*, p. 1028.

2. Federico García Lorca, *Poème du Cante Jondo, Œuvres complètes*, I, *op. cit.*, p. 130.

3. *Ibid.*, p. 142.

4. *Ibid.*, p. 137.

5. *Ibid.*, p. 145.

6. *Ibid.*, p. 148.

7. *Ibid.*, p. 151.

### LE POÈME DE L'ANDALOUSIE

1. Federico García Lorca, « Madrigal », *Suites, Œuvres complètes*, I, *op. cit.*, p. 170.

2. Ramón Menéndez Pidal, *Flor nueva de romances viejos, op. cit.*, p. 271.

3. Federico García Lorca, *Œuvres complètes*, I, *Correspondance*, *op. cit.*, p. 1017.

4. *Ibid.*, *Romancero gitan*, « La Femme infidèle », p. 425.

5. *Ibid.*, Contes, Hommage et conférences, p. 836.

6. Marcel Proust, *Contre Sainte-Beuve* (1954), Gallimard, coll. « Folio essais », 1987.

7. Federico García Lorca, *Obras completas, op. cit.*, p. 360.

8. Federico García Lorca, *Œuvres complètes*, I, *Romancero gitan*, « La Femme infidèle », *op. cit.*, p. 426.

9. *Ibid.*

10. Federico García Lorca, *Obras completas, op. cit.*, p. 361.

11. Ian Gibson, *Vida, pasión y muerte de Federico García Lorca*, *op. cit.*, p. 263.

12. *Ibid.*, p. 264-265.

13. Federico García Lorca, *Romancero gitan, Œuvres complètes*, I, *op. cit.*, p. 968.

14. Ian Gibson, *Vida, pasión y muerte de Federico García Lorca*, *op. cit.*, p. 171.

15. Federico García Lorca, *Obras completas, op. cit.*, p. 1084.

### MON AMOUR, MA SŒUR...

1. Federico García Lorca, « Je suis pour d'autres lèvres », *Œuvres complètes*, I, *op. cit.*, p. 22.

2. Federico García Lorca, *Romancero gitan, Œuvres complètes*, I, *op. cit.*, p. 450.

3. Federico García Lorca, *Obras completas, op. cit.*, p. 391.

4. Federico García Lorca, *Romancero gitan, Œuvres complètes*, I, *op. cit.*, p. 417.

5. *Ibid.*, p. 449.

6. *Ibid.*, p. 450.

7. Federico García Lorca, *Obras completas*, IV, Barcelone, Galaxia Gutenberg, 1996, p. 599-600.

8. Federico García Lorca, *Romancero gitan, Œuvres complètes*, I, *op. cit.*, p. 451.

9. *Ibid.*

10. *Ibid.*, p. 452.

11. *Ibid.*

### FRENTE AL TORO

1. Federico García Lorca, « Polyphème », *En marge des chansons, Œuvres complètes,* I, *op. cit.*, p. 405.

2. Marcelle Auclair, *Enfances et mort de García Lorca,* Éditions du Seuil, 1968, p. 19-20.

3. *Ibid.*, p. 19.

4. *Ibid.*, p. 28.

5. Federico García Lorca, *Chant funèbre pour Ignacio Sánchez Mejías, Œuvres complètes,* I, *op. cit.*, p. 588.

6. *Ibid.*, p. 591.

7. Federico García Lorca, « Sonnet », *Huit sonnets et une berceuse, Œuvres complètes,* I, *op. cit.*, p. 500.

8. Arthur Rimbaud, « Le dormeur du val » (1870), *Poésies — Une saison en enfer – Illuminations*, Gallimard, coll. « Folio classique », 1999, p. 32.

### L'AMANT DE CŒUR : SALVADOR DALÍ

1. Federico García Lorca, « Ode à Salvador Dalí », *Odes, Poèmes en prose* in *Œuvres complètes,* I, *op. cit.*, p. 457.

2. Luis Buñuel, *Mon dernier soupir, op. cit.*, p. 193.

3. Salvador Dalí, *La Vie secrète de Salvador Dalí,* La Table ronde, 1952, p. 31 ; Gallimard, coll. « L'Imaginaire », 2002, p. 31.

4. *Ibid.*, p. 182.

5. *Ibid.*, p. 89.

6. *Ibid.*, p. 190.

7. *Ibid.*, p. 254.

8. *Ibid.*, p. 191.

9. *Ibid.*, p. 242.

10. *Ibid.*, p. 257.

### FEDERICO CASSE LE CINÉMA

1. Federico García Lorca, *Dialogue d'Amargo, Œuvres complètes,* II, *op. cit.*, p. 231.

2. Federico García Lorca, *Scène du lieutenant-colonel de la garde civile, Œuvres complètes,* II, *op. cit.*, p. 222.

3. Federico García Lorca, *Romancero gitan, Œuvres complètes,* II, *op. cit.*, p. 420.

4. Luis Buñuel, *Mon dernier soupir, op. cit.*, p. 76.

5. Federico García Lorca, *La Promenade de Buster Keaton, Œuvres complètes,* II, *op. cit.*, p. 242.

6. *Ibid.*

7. *Ibid.*, p. 243.

8. *Correspondance Salvador Dalí-Federico García Lorca,* Éditions Carrère, 1987, p. 21.

9. *Ibid.*, p. 22.

10. *Ibid.*, p. 18.

11. *Ibid.*, p. 26-27.

12. *Ibid.*, p. 28.

13. *Ibid.*, p. 77.

14. *Ibid.*, p. 42.

15. *Ibid.*, p. 118.

## À LA CONQUÊTE DE LA CATALOGNE

1. Federico García Lorca, « À Sebastián Gasch » [Grenade, fin août 1927], *Œuvres complètes,* I, *op. cit.*, p. 1122.

2. Ian Gibson, *Lorca y el mundo gay*, Barcelone, Planeta, 2009, p. 126.

3. Federico García Lorca, *Suites*, Edición crítica de André Belamich, Barcelone, Ariel, 1983.

4. Federico García Lorca, « Grenade (paradis fermé à beaucoup) », *Hommages et conférences, Œuvres complètes,* I, *op. cit.*, p. 868-869.

5. *Ibid.*, p. 869.

6. *L'Amic de les Arts*, Sitges (Barcelone), 31 juillet 1927.

7. Federico García Lorca, *Romancero gitan, Œuvres complètes,* I, *op. cit.*, p. 441.

8. Antonio Otero Seco, *Obra periodística y literaria,* I, Editora regional de Extremadura, Mérida, 2008, p. 134.

## LE BAISER QUI TUE

1. Federico García Lorca, « Dans tes yeux de serpent », *En marge des « Chansons », Œuvres complètes,* I, *op. cit.*, p. 402.

2. Federico García Lorca, *Le Public, Œuvres complètes,* II, *op. cit.*, p. 351.

3. Alain Bosquet, *Entretiens avec Salvador Dalí* [réédition], Éditions du Rocher, 2000, p. 56.

4. Federico García Lorca, *Epistolario completo,* Madrid, Cátedra, 1997, p. 499-500.

5. Federico García Lorca, *Romancero gitan, Œuvres complètes,* I, *op. cit.*, p. 450.

« Ô SALVADOR DALÍ À LA VOIX OLIVÂTRE ! »

1. Lettre de Federico García Lorca à Salvador Dalí, 2e quinzaine d'août 1927, *Epistolario completo,* Madrid, Cátedra, 1997, p. 512.

2. Federico García Lorca, *Obras completas, op. cit.*, p. 551.

3. Federico García Lorca, « Ode à Salvador Dalí », *op. cit.*, p. 455.

4. *Ibid.*, p. 456.

5. *Ibid.*

6. *Ibid.*

7. *Ibid.*, p. 457.

8. *Ibid.*

9. *Ibid.*

10. *Ibid.*, p. 458.

11. Federico García Lorca, *Epistolario completo, op. cit.*, p. 511.

12. Federico García Lorca, « Ode à Salvador Dalí », *op. cit.*, p. 458.

13. *Ibid.*

14. Lettre de Salvador Dalí à *El País*, 30 janvier 1986.

CE CHIEN D'ANDALOU

1. Federico García Lorca, « Poignard » *in Poème du Cante Jondo, Œuvres complètes,* I, *op. cit.*, p. 137.

2. Luis Buñuel & Salvador Dalí, *Un chien andalou,* Éditions DVD Collector, Éditions Montparnasse, 2005 (DVD + scénario original).

3. Federico García Lorca, *Voyage dans la lune, Œuvres complètes,* II, *op. cit.*, p. 329.

4. *Ibid.*, p. 331.

5. Luis Buñuel & Salvador Dalí, *Un chien andalou, op. cit.*

6. Federico García Lorca, *Voyage dans la lune, op. cit.*, p. 330.

7. *Ibid.*, p. 335.

1. Lettre de Salvador Dalí incluse dans une lettre de García Lorca adressée à Jorge Zalamea, de Grenade, début août 1928. Cf. Federico García Lorca, *Correspondance*, *Œuvres complètes*, I, *op. cit.*, p. 1150.

2. Francisco García Lorca, *Federico y su mundo*, *op. cit.*, p. 169.

3. *Ibid.*

4. *Ibid.*

5. *Ibid.*

6. *Ibid.*

7. *Ibid.*, p. 170.

8. *Ibid.*, p. 164.

9. Federico García Lorca, *Primeros Escritos*, *Obras completas*, IV, édition de Miguel García-Posada, IV, Galaxia Gutenberg, Barcelone, 1996-1997, p. 693.

10. Ian Gibson, *Vida, pasión y muerte de Federico García Lorca*, *op. cit.*, p. 262.

11. Lettre de Salvador Dalí incluse dans une lettre de García Lorca adressée à Jorge Zalamea, de Grenade, début août 1928. Cf. Federico García Lorca, *Correspondance*, *Œuvres complètes*, I, *op. cit.*, p. 1150.

12. *Ibid.*

13. Federico García Lorca, « Normes », *Odes*, *Œuvres complètes*, I, *op. cit.*, p. 460.

14. *Ibid.*

15. Federico García Lorca, « Ode à Sésostris », En marge des « Odes », Œuvres complètes, I, *op. cit.*, p. 471.

16. *Ibid.*

17. Federico García Lorca, Notes et variantes de l'« Ode à Sésostris », *op. cit.*, p. 1450.

18. Federico García Lorca, « Ode à Sésostris », op. cit., p. 471.

19. *Ibid.*

20. Federico García Lorca, *Romancero gitan*, *Œuvres complètes*, I, *op. cit.*, p. 440.

L'AMITIÉ DES MORLA LYNCH

1. Federico García Lorca, Lettre à Carlos Morla Lynch, *Correspondance, Œuvres complètes,* I, *op. cit.*, p. 1166.

2. Carlos Morla Lynch, *En España con Federico García Lorca, op. cit.*, p. 35.

3. Marcelle Auclair, *Enfances et mort de García Lorca, op. cit.*, p. 189.

4. Federico García Lorca, *Correspondance, Œuvres complètes,* I, *op. cit.*, p. 1180.

5. Carlos Morla Lynch, *En España con Federico García Lorca, op. cit.*, p. 129.

6. *Ibid.*

7. *Ibid.*

8. *Ibid.*, p. 105.

9. Federico García Lorca, « À Carlos Morla Lynch » [Grenade, vers le 15 août 1931], *Correspondance, Œuvres complètes,* I, *op. cit.*, p. 1180.

LA DÉCOUVERTE DE L'AMÉRIQUE

1. Federico García Lorca, *Poète à New York, Œuvres complètes,* I, *op. cit.*, p. 530.

2. Ian Gibson, *Vida, pasión y muerte de Federico García Lorca, op. cit.*, p. 285.

3. Federico García Lorca, *Epistolario completo, op. cit.*, p. 615-616.

4. Federico García Lorca, « Ode à Salvador Dalí », op. cit., p. 457.

5. Federico García Lorca, *Poète à New York, Œuvres complètes,* I, *op. cit.*, p. 512.

6. Federico García Lorca, *Obras completas*, Aguilar, 1954, p. 405-408.

L'AMÉRIQUE PROFONDE ET LE BILAN D'UNE AVENTURE

1. Federico García Lorca, *Poète à New York, Œuvres complètes,* I, *op. cit.*, p. 549.

2. *Ibid.*, p. 505.

3. Federico García Lorca, « À Philip Cummings » [New York, début juillet 1929], *Correspondance, Œuvres complètes,* I, *op. cit.*, p. 1167.

4. Ian Gibson, *Vida, pasión y muerte de Federico García Lorca, op. cit.*, p. 309.

5. Federico García Lorca, « Lettre à Ángel del Río, Eden Mills », vers le 25 août 1929, *Correspondance, Œuvres complètes,* I, *op. cit.*, p. 1168.

6. Federico García Lorca, *Poète à New York, Œuvres complètes,* I, *op. cit.*, p. 533.

7. *Ibid.*, p. 533.

## CÉLÉBRATION DE WALT WHITMAN

1. Federico García Lorca, *Poète à New York, Œuvres complètes,* I, *op. cit.*, p. 560.

2. Ian Gibson, *Vida, pasión y muerte de Federico García Lorca, op. cit.*, p. 318.

3. Federico García Lorca, *Poète à New York, Œuvres complètes,* I, *op. cit.*, p. 356.

4. *Ibid.*, p. 559-560.

5. *Ibid.*, p. 557.

6. *Ibid.*

## LA HABANERA DE FEDERICO

1. Federico García Lorca, *Poète à New York, Œuvres complètes,* I, *op. cit.*, p. 564.

2. Cité par Leslie Stainton, *Lorca, sueño de vida*, Buenos Aires, Adriana Hidalgo ed., 2001, p. 291.

3. Federico García Lorca, *Epistolario Completo, op. cit.*, p. 681.

4. Federico García Lorca, « À sa famille » [Cuba, printemps 1930], *Correspondance, Œuvres complètes,* I, *op. cit.*, p. 1173.

5. Ian Gibson, *Vida, pasión y muerte de Federico García Lorca, op. cit.*, p. 334.

6. Federico García Lorca, « L'image poétique chez Jose Luis de Góngora », *Œuvres complètes,* I, *op. cit.*, p. 872.

7. Federico García Lorca, *Obras completas*, Madrid, Alguilar, 1954, p. 456-457.

8. Federico García Lorca, *Poète à New York, Œuvres complètes*, I, *op. cit.*, p. 564-565.

9. Federico García Lorca, « Ode au Très Saint Sacrement », *Odes, Poèmes en prose, Œuvres complètes*, I, *op. cit.*, p. 462-463.

10. Federico García Lorca, *Chant funèbre pour Ignacio Sánchez Mejías, Œuvres complètes*, I, *op. cit.*, p. 586.

11. *Ibid.*, p. 591.

12. Federico García Lorca, « Ode au Très Saint Sacrement », *op. cit.*, p. 463.

13. Ian Gibson, *Vida, pasión y muerte de Federico García Lorca*, *op. cit.*, p. 343.

MAIS QU'EST-CE QUE LE *DUENDE* ?

1. Federico García Lorca, *Œuvres complètes*, I, *op. cit.*, p. 148.

2. Federico García Lorca, « Théorie et jeu du *duende* », *Contes, hommages et conférences, Œuvres complètes*, I, *op. cit.*, p. 920-921.

3. *Ibid.*, p. 921.

4. *Ibid.*, p. 923.

5. *Ibid.*, p. 924.

6. Salvador Dalí, *Les Aveux inavouables*, Robert Laffont, 1973 ; cité par Ian Gibson, *Vida, pasión y muerte de Federico García Lorca*, *op. cit.*, p. 184.

7. Federico García Lorca, « Théorie et jeu du *duende* », *op. cit.*, p. 925.

8. *Ibid.*, p. 930.

9. *Ibid.*, p. 931.

CHAUSSURE AU PIED ET POUDRE DE PERLIMPINPIN

1. Federico García Lorca, lettre à Melchor Fernández Almagro, Grenade, fin juillet 1926, *Correspondance, Œuvres complètes*, I, *op. cit.*, p. 1058.

2. Federico García Lorca, Œuvres complètes, II, *op. cit.*, p. 323.

3. *Ibid.*, p. 315.

## FEDERICO CASSE LA BARAQUE

1. Tirso de Molina, *El Burlador de Sevilla y el convidado de piedra* (1620), Espasa-Calpe, coll. « Austral », 1952 ; traduit en français sous le titre *Don Juan et le convive de pierre.*

2. Robert Marrast (sous la dir. de) *Théâtre espagnol du XVI*e *siècle,* Gallimard, coll. « Bibliothèque de la Pléiade », 1983, p. 1015.

3. *Ibid.*

4. Luis Sáenz de la Calzada, « *La Barraca* ». *Teatro Universitario,* Madrid, Revista de Occidente, 1976, p. 53.

5. *Ibid.*

6. *Ibid.*

7. Tirso de Molina, *El Burlador de Sevilla, op. cit.*

8. Ian Gibson, *Vida, pasión y muerte de Federico García Lorca, op. cit.*, p. 428.

9. Luis Sáenz de la Calzada, « *La Barraca* », *Teatro Universitario, op. cit.*, p. 126.

10. *Ibid.*, p. 152.

## LA TRILOGIE ANDALOUSE : *NOCES DE SANG*

1. Louis Aragon, *La Diane française*, Seghers, 1946.

2. Federico García Lorca, *Noces de sang/Bodas de sangre*, traduit de l'espagnol par Marcelle Auclair et Jean Prévost ; traduction revue et complétée par Michel Prévost, et révisée par Serge Mestre, Gallimard, coll. « Folio bilingue », 2010, p. 141.

3. Federico García Lorca, *Bodas de sangre, Obras completas,* Madrid, Aguilar, 1954, p. 1131.

4. Federico García Lorca, *Noces de sang, op. cit.*, p. 211.

5. *Ibid.*, p. 213.

6. *Ibid.*, p. 229.

7. *Ibid.*, p. 231.

8. Federico García Lorca, « La Femme infidèle », *Romancero gitan, Œuvres complètes,* I, *op. cit.*, p. 426.

9. Federico García Lorca, *Noces de sang, op. cit.*, p. 253.

ENTRACTE ENTRE DEUX SUCCÈS

1. Pedro Calderón de la Barca, *Le Grand Théâtre du monde, Théâtre espagnol du* XVIIe *siècle*, Gallimard, coll. « Bibliothèque de la Pléiade », 1999, p. 900.

2. Cité par Ian Gibson, *Vida, pasión et muerte de Federico García Lorca, op. cit.*, p. 408.

3. *Ibid.*, p. 410.

4. Federico García Lorca, *Obras completas*, Madrid, Alguilar, 1954, p. 475.

5. Federico García Lorca, *Œuvres complètes*, II, *op. cit.*, p. 577.

L'ARGENTINE, ENFIN

1. Henri Meilhac, Ludovic Halévy (livret), Jacques Offenbach (musique), *La Vie parisienne* (1866), Artaus musik, 2008.

2. Ian Gibson, *Vida, pasión y muerte de Federico García Lorca, op. cit.*, p. 430.

3. Federico García Lorca, *Epistolario completo, op. cit.*, p. 774.

4. Ian Gibson, *Vida, pasión y muerte de Federico García Lorca, op. cit.*, p. 478.

5. Federico García Lorca, *Epistolario completo, op. cit.*, p. 816.

6. Federico García Lorca, *Noces de sang, op. cit.*, p. 195.

7. Ian Gibson, *Vida, pasión y muerte de Federico García Lorca, op. cit.*, p. 440.

8. Henri Meilhac, Ludovic Halévy (livret), Jacques Offenbach (musique), *La Vie parisienne* (1866), *op. cit.*

9. Ian Gibson, *Vida, pasión y muerte de Federico García Lorca, op. cit.*, p. 448.

10. *Ibid.*, p. 453.

LE KALÉIDOSCOPE DE FEDERICO

1. Jean Genet, *Journal du voleur*, Gallimard, 1949, p. 235.

2. Federico García Lorca, *Le Public*, *Œuvres complètes*, II, *op. cit.*, p. 383.

3. Federico García Lorca, *Lorsque cinq ans seront passés, Œuvres complètes,* II, *op. cit.*, p. 385.

4. Federico García Lorca, *Le Public, Œuvres complètes,* II, *op. cit.*, p. 339 et p. 361-362.

5. *Ibid.*, p. 356.

6. Federico García Lorca, *Obras completas*, Madrid, Alguilar, 1954, p. 1053.

7. Federico García Lorca, *Le Public, Œuvres complètes,* II, *op. cit.*, p. 347-348.

8. Federico García Lorca, « Ode à Salvador Dalí », *Odes, Poèmes en prose, Œuvres complètes,* I, *op. cit.*, p. 458.

9. Federico García Lorca, *Œuvres complètes,* II, *op. cit.*, p. 347.

10. *Ibid.*, p. 352.

11. *Ibid.*, p. 347.

12. *Ibid.*, p. 348.

13. *Ibid.*, p. 347.

14. Federico García Lorca, *Œuvres complètes,* I, *op. cit.*, p. 558.

15. Federico García Lorca, *Œuvres complètes,* II, *op. cit.*, p. 349.

16. *Ibid.*, p. 347.

17. *Ibid.*, p. 348.

18. *Ibid.*, p. 358.

19. *Ibid.*, p. 340.

20. *Ibid.*, p. 349.

21. *Ibid.*, p. 351.

22. *Ibid.*

23. *Ibid.*

24. *Ibid.*, p. 360-361.

25. André Belamich, *Le Public*, Notice, *in* Federico García Lorca, *Œuvres complètes,* II, *op. cit.*, p. 1050.

26. Federico García Lorca, *Yerma, Œuvres complètes,* II, *op. cit.*, p. 570.

27. Federico García Lorca, *Lorsque cinq ans seront passés, Œuvres complètes,* II, *op. cit.*, p. 402.

28. *Ibid.*, p. 412.

29. *Ibid.*, p. 407.

30. *Ibid.*, p. 440.

31. *Ibid.*, p. 421.

32. *Ibid.*, p. 439.

## LA BRÉHAIGNE

1. Federico García Lorca, *Yerma, Œuvres complètes,* II, *op. cit.*, p. 563.

2. *Ibid.*, p. 1118.

3. Francisco García Lorca, *Federico y su mundo, op. cit.*, p. 357.

4. Federico García Lorca, *Yerma, Œuvres complètes,* II, *op. cit.*, p. 525.

5. *Ibid.*, p. 528.

6. Federico García Lorca, *Yerma, Obras completas*, Madrid, Alguilar, 1954, p. 1187.

7. Federico García Lorca, *Yerma, Œuvres complètes,* II, *op. cit.*, p. 529.

8. *Ibid.*

9. *Ibid.*, p. 526.

10. *Ibid.*, p. 531.

11. *Ibid.*, p. 541.

12. *Ibid.*, p. 542.

13. *Ibid.*, p. 570.

14. *Ibid.*, p. 543-545.

## CHERCHER LA FEMME

1. Federico García Lorca, *Sonnets de l'amour obscur, Œuvres complètes,* I, *op. cit.*, p. 618.

2. Federico García Lorca, « Correspondance », *Œuvres complètes,* I, *op. cit.*, p. 1064.

3. Federico García Lorca, *Divan du Tamarit, Œuvres complètes,* I, *op. cit.*, p. 605.

4. *Ibid.*, p. 592.

5. *Ibid.*, p. 602.

6. Federico García Lorca, « Chant primitif andalou appelé *Cante Jondo* », *Œuvres complètes,* I, *op. cit.*, p. 822.

7. Federico García Lorca, *Divan du Tamarit, Œuvres complètes,* I, *op. cit.*, p. 596.

8. Paul Valéry, *Charmes* (1922), Gallimard, 1942, p. 102.

9. Federico García Lorca, *Divan du Tamarit, Œuvres complètes,* I, *op. cit.*, p. 597.

10. *Ibid.*, p. 607.

11. *Ibid.*, p. 609.

12. San Juan de la Cruz, *Poesías* (vers 1585), editorial Cruz del Sur, Santiago du Chili, 1947, p. 17-18.

13. *Ibid.*, p. 28.

14. Federico García Lorca, *Le poète dit la vérité*, in *Sonnets de l'amour obscur, Œuvres complètes*, I, *op. cit.*, p. 620.

15. *Ibid.*, p. 621.

16. *Ibid.*

## LES DERNIERS FEUX DE LA RAMPE : ROSETTE L'ESSEULÉE, L'EFFEUILLÉE

1. Federico García Lorca, *Divan du Tamarit, Œuvres complètes*, I, *op. cit.*, p. 600.

2. Federico García Lorca, *Doña Rosita la vieille fille, Œuvres complètes*, II, *op. cit.*, p. 576.

3. *Ibid.*, p. 574.

4. *Ibid.*, p. 575.

5. Federico García Lorca, *Doña Rosita la soltera, Obras completas*, Madrid, Alguilar, 1954.

6. Federico García Lorca, *Doña Rosita la vieille fille, Œuvres complètes*, II, *op. cit.*, p. 579.

7. *Ibid.*, p. 585.

8. *Ibid.*, p. 587.

9. *Ibid.*

10. *Ibid.*, p. 588.

11. *Ibid.*, p. 593.

12. *Ibid.*, p. 605.

13. *Ibid.*, p. 608.

14. *Ibid.*, p. 614.

15. *Ibid.*

16. *Ibid.*, p. 617.

17. Federico García Lorca, *Doña Rosita la soltera, Obras completas*, Madrid, Aguilar, 1954, p. 1346.

18. Federico García Lorca, *Doña Rosita la vieille fille, Œuvres complètes*, II, *op. cit.*, p. 622.

## MOURIR OU NE PAS MOURIR À MADRID

1. Federico García Lorca, *Divan du Tamarit, Œuvres complètes*, I, *op. cit.*, p. 600.

2. Margarita Xirgu *in* Federico García Lorca, « Sans titre », Notice, *Œuvres complètes*, II, *op. cit.*, p. 1137.

3. *Ibid.*, p. 625.

4. *Ibid.*, p. 642.

5. Federico García Lorca, *Poète à New York*, in *Œuvres complètes*, I, *op. cit.*, p. 513.

6. *Ibid.*, p. 518.

7. Federico García Lorca, *Œuvres complètes*, I, *op. cit.*, p. 929.

8. Leslie Stainton, *Lorca, sueño de vida*, Buenos Aires, Adriana Hidalgo ed., 2001, p. 456.

9. Federico García Lorca, *Œuvres complètes*, I, *op. cit.*, p. 931.

10. Luis Buñuel, *Mon dernier soupir*, *op. cit.*, p. 193.

11. Leslie Stainton, *Lorca, sueño de vida*, *op. cit.*, p. 524.

## LA FEMME RECLUSE

1. Federico García Lorca, Causerie sur le théâtre du 2 février 1935, *Interviews et déclarations*, *Œuvres complètes*, II, *op. cit.*, p. 878.

2. Federico García Lorca, *La Maison de Bernarda Alba*, *Œuvres complètes*, II, *op. cit.*, p. 652.

3. *Ibid.*, p. 661.

4. *Ibid.*

5. Federico García Lorca, *La zapatera prodigiosa*, *Obras completas*, *op. cit.*, p. 820.

6. Federico García Lorca, *La Maison de Bernarda Alba*, *Œuvres complètes*, II, *op. cit.*, p. 669.

7. *Ibid.*, p. 695.

## LE POÈTE ASSASSINÉ

1. Federico García Lorca, *Sonnets de l'amour obscur*, *Œuvres complètes*, I, *op. cit.*, p. 621.

2. Federico García Lorca, *Chansons*, *Œuvres complètes*, I, *op. cit.*, p. 346.

3. Federico García Lorca, *Œuvres complètes*, I, *op. cit.*, p. 931.

4. Ian Gibson, *Vida, pasión y muerte de Federico García Lorca, op. cit.*, p. 540.

5. Salvador Dalí, *La Vie secrète de Salvador Dalí, op. cit.*, p. 400.

6. Luis Buñuel, *Mon dernier soupir, op. cit.*, p. 193-194.

### JE M'APPELLE FEDERICO GARCÍA LORCA

1. Manuel Puig, *Le Baiser de la femme-araignée*, Le Seuil, 1979, p. 268.

2. Federico García Lorca, *Les Rêves de ma cousine Aurelia, Œuvres complètes*, II, *op. cit.*, p. 739.

3. *Ibid.*, p. 746.

4. *Ibid.*

5. *Ibid.*, p. 747.

6. *Ibid.*

7. *Ibid.*, p. 752.

8. *Ibid.*, p. 745.

9. Federico García Lorca, *Romancero gitan, Œuvres complètes*, I, *op. cit.*, p. 436.

10. Federico García Lorca, *Les Rêves de ma cousine Aurelia, Œuvres complètes*, II, *op. cit.*, p. 745.

3 Federico García Lorca, [illegible] completas, [illegible], p. [illegible]
4 [illegible], Transformación y [illegible] [illegible]
[illegible]
5 [illegible] de [illegible] [illegible], p. [illegible]
6 [illegible] [illegible] [illegible]

[illegible]

1 Manuel Puig, [illegible] [illegible] 1973
p. [illegible]
2 [illegible] es [illegible] [illegible]
[illegible] p. [illegible]
3 Ibid., p. [illegible]
4 Ibid.
5 Ibid., p. [illegible]
6 Ibid., p. [illegible]
7 Ibid., p. [illegible]
8 Ibid., p. [illegible]
9 [illegible] Obras completas, [illegible]
[illegible]
10 [illegible] Œuvres complètes, [illegible], p. [illegible]

# REMERCIEMENTS

L'auteur tient à remercier ceux qui lui ont apporté leur aide inestimable, et tout particulièrement Anne-Marie Casès, Michèle Lefort, Jacques Brélivet et Gérard de Cortanze. Et, *in memoriam,* André Belamich, Michel Boldoduc, Alain Kéruzoré et Charles Marcilly.

ANNEXES

FOLIO BIOGRAPHIES

*Alexandre le Grand*, par JOËL SCHMIDT

*Lou Andreas-Salomé*, par DORIAN ASTOR

*Attila*, par ÉRIC DESCHODT. Prix « Coup de cœur en poche 2006 » décerné par *Le Point*.

*Joséphine Baker*, par JACQUES PESSIS

*Balzac*, par FRANÇOIS TAILLANDIER

*Baudelaire*, par JEAN-BAPTISTE BARONIAN

*Beethoven*, par BERNARD FAUCONNIER

*Sarah Bernhardt*, par SOPHIE AUDE PICON

*Bouddha*, par SOPHIE ROYER

*James Brown*, par STÉPHANE KOECHLIN

*Maria Callas*, par RENÉ DE CECCATTY

*Calvin*, par JEAN-LUC MOUTON

*Camus*, par VIRGIL TANASE

*Le Caravage*, par GÉRARD-JULIEN SALVY

*Céline*, par YVES BUIN

*Jules César*, par JOËL SCHMIDT

*Cézanne*, par BERNARD FAUCONNIER. Prix de biographie de la ville de Hossegor 2007.

*Chopin*, par PASCALE FAUTRIER

*Cléopâtre*, par JOËL SCHMIDT

*Albert Cohen*, par FRANCK MÉDIONI

*Colette*, par MADELEINE LAZARD

*James Dean*, par JEAN-PHILIPPE GUERAND

*Diderot*, par RAYMOND TROUSSON

*Marlene Dietrich*, par JEAN PAVANS

*Albert Einstein*, par LAURENT SEKSIK

*Fellini*, par BENITO MERLINO

*Freud*, par RENÉ MAJOR et CHANTAL TALAGRAND

*Gandhi*, par CHRISTINE JORDIS. Prix du livre d'histoire de la ville de Courbevoie 2008.

*Federico García Lorca*, par ALBERT BENSOUSSAN

*De Gaulle*, par ÉRIC ROUSSEL

*Geronimo*, par OLIVIER DELAVAULT

*Goya*, par MARIE-FRANCE SCHMIDT

*Billie Holiday*, par SYLVIA FOL

*Ibsen*, par JACQUES DE DECKER

*Jésus*, par CHRISTIANE RANCÉ

*Janis Joplin*, par JEAN-YVES REUZEAU

*Kafka*, par GÉRARD-GEORGES LEMAIRE

*Kerouac*, par YVES BUIN

*Louis XIV*, par ÉRIC DESCHODT

*Louis XVI*, par BERNARD VINCENT

*Machiavel*, par HUBERT PROLONGEAU

*Bob Marley*, par JEAN-PHILIPPE DE TONNAC

*Michel-Ange*, par NADINE SAUTEL

*Modigliani*, par CHRISTIAN PARISOT

*Moïse*, par CHARLES SZLAKMANN

*Molière*, par CHRISTOPHE MORY

*Marilyn Monroe*, par ANNE PLANTAGENET

*Mozart*, par JEAN BLOT

*Musset*, par ARIANE CHARTON

*Gérard de Nerval*, par GÉRARD COGEZ

*Pasolini*, par RENÉ DE CECCATTY

*Pasteur*, par JANINE TROTEREAU

*Picasso*, par GILLES PLAZY

*Louis Renault*, par JEAN-NOËL MOURET

*Rimbaud*, par JEAN-BAPTISTE BARONIAN

*Shakespeare*, par CLAUDE MOURTHÉ

*Stendhal*, par SANDRINE FILLIPETTI

*Jacques Tati*, par JEAN-PHILIPPE GUERAND

*Tchekhov*, par VIRGIL TANASE

*Toussaint Louverture*, par ALAIN FOIX

*Van Gogh*, par DAVID HAZIOT. Prix d'Académie 2008 décerné par l'Académie française (fondation Le Métais-Larivière).

*Verlaine*, par JEAN-BAPTISTE BARONIAN

*Boris Vian*, par CLAIRE JULLIARD

*Léonard de Vinci*, par SOPHIE CHAUVEAU

*Andy Warhol*, par MERIAM KORICHI

*Oscar Wilde*, par DANIEL SALVATORE SCHIFFER

*Virginia Woolf*, par ALEXANDRA LEMASSON

*Stefan Zweig*, par CATHERINE SAUVAT

*Composition Nord Compo*
*Impression Maury-Imprimeur*
*45330 Malesherbes*
*le 03 mai 2010.*
*Dépôt légal : mai 2010.*
*Numéro d'imprimeur : 155406.*

ISBN 978-2-07-035583-9. / Imprimé en France.

156471